LOOK OF LOVE

MIRADAS DE AMOR

Lynda Sandoval

Traducción por
Nancy J. Hedges

Pinnacle Books
Kensington Publishing Corp.
http://www.pinnaclebooks.com

PINNACLE BOOKS are published by

Kensington Publishing Corp.
850 Third Avenue
New York, NY 10022

Copyright © 1999 by Lynda Sandoval.

Spanish translation Copyright © 1999 by Kensington Publishing Corp.

Translated by Nancy J. Hedges.

All rights reserved. No part of this book may be reproduced in any form or by any means without the prior written consent of the Publisher, excepting brief quotes used in reviews.

If you purchased this book without a cover you should be aware that this book is stolen property. It was reported as "unsold and destroyed" to the Publisher and neither the Author nor the Publisher has received any payment for this "stripped book."

Pinnacle and the P logo Reg. U.S. Pat. & TM off.

First Pinnacle Printing: October, 1999
10 9 8 7 6 5 4 3 2 1

Printed in the United States of America

*a mi mamá,
Elaine Sandoval,
 ado en todo lo que he soñado.
 a amada memoria de
 l Enrique Sandoval, 1937-1989,
 Amada Perea Sandoval, 1911-1997
 abrían estado muy orgullosos.*

RECONOCIMIENTOS

 decer a las siguientes personas por sus
 taciones para este libro: Phyllis, Terri, y
 osas lectoras/revisoras. LaRita, quien no
 ino que ofreció ideas geniales. Maggi y
 entusiasmo, Elena y Connie por contestar
 as ridículas, y mis amigos electrónicos: Debi
 , Susan B., Karen B., Linda A., Nan A., y
 or sus conocimientos de arte.
 s sincero agradecimiento para una joya de
 Diane Stockwell, por creer que tengo historias
 en la pena contar... muchísimas gracias. Y como
 re, mi amor para Trent por nunca dudar.

CAPÍTULO UNO

Esme Jaramillo limpió sus húmedas palmas sobre las costuras laterales de su pantalón y se preguntó, brevemente, si el traje pantalón color marrón topo habría sido la mejor selección para su primera —y probablemente única— entrevista en la televisión. Habían buscado entre un montón de ropa en su habitación del hotel esa mañana, mientras ella permaneció sentada en un rincón repasando sus apuntes, divertida por las payasadas de alta costura de los demás. Ella supuso que el traje sastre de seda que habían escogido mostraba una imagen suficientemente conservadora para contrastar con su controversial tema: la clonación humana.

Ahora, si ella pudiera hacerse clon de Jennifer López durante su aparición en el programa de entrevistas, la vida sería un lecho de rosas. Una sonrisa amarga empezó a dibujarse en un lado de su boca al mirar alrededor del pequeño estudio de maquillaje, entre los bastidores del foro del escenario del *Programa de Barry Stillman*.

Cuatro paredes color beige, adornadas con fotos enmarcadas de invitados anteriores, rodeaban la silla de salón de belleza donde ella estaba sentada. Había un archivero en uno de los rincones, con un reproductor de discos compactos encima. Atrás de ella, unos estantes sobre ruedas guardaban un surtido confuso de prendas de vestir, quizás para invitados que tuvieran alguna emergencia de modas antes de salir al escenario. Al lado de la ropa de emergencia, había unas batas manchadas de maquillaje. Ante ella había una barra larga amontonada con el mayor número de pomos, frascos y botellas de cosméticos que hubiera visto en su vida, y, colocado arriba de la barra, había un enorme espejo que enmarcaba el reflejo de su cara sin maquillaje.

El calor de los focos que rodeaban el espejo se reflejaba deslumbrantemente de los armazones metálicos de sus lentes, derritiendo los maquillajes amontonados frente a ella. Si los focos del espejo de maquillaje daban calor, Esme ya se imaginaba como se iba a sentir bajo los reflectores en el escenario delante de toda esa gente. Repentinamente nerviosa, se dio cuenta de que estaba temblando. Por lo menos, sus padres y sus mejores amigas, Lilí y Pilar, estarían entre el público para darle apoyo moral. Se recordó a sí misma que tendría que buscar sus caras sonrientes tan pronto se presentara en el escenario.

Hablando de caras... Esme empujó sus lentes sobre la cabeza y se inclinó hacia adelante para ver su propia cara. ¡Fuchi!

Insípida. Aburrida. Así se veía.

Es como se veía siempre. Y su cabello... volteaba la cabeza de lado a lado, tratando de arreglar sus rizos sin vida que caían hasta sus hombros. Se acomodó en la silla hasta ver que su reflejo se convirtió en un cómodo manchón borroso, y suspiró. Ni modo. Nadie esperaba que una científica fuera atractiva, de todos modos. Aun así, estaba agradecida por el maquillista profesional que le aplicaría el maquillaje para la presentación. Una mujer bien podía ser vanidosa de vez en cuando durante la vida, ¿no?

Notó la hora en su reloj, y se preguntó dónde estaría el maquillista. La productora se había asomado antes para decirle que le tocaría salir en quince minutos. No le quedaba mucho tiempo.

Como mandado a hacer, en ese momento se abrió la puerta y entró... Esme tuvo que volver a ponerse los lentes sobre la nariz para voltear a verlo. Se quedó sofocada. Señor, tenía que ser un dios griego. De amplios hombros y piel color de bronce, el hombre vestía un ajustado pantalón de mezclilla, botas negras de tacón bajo, y una también ajustada camiseta negra con el logo del *Programa de Barry Stillman* en letras rojas. Y, si sólo supiera su mamá el tipo de imágenes que la brillante cola de caballo de este hombre le inspiraba a Esme, inmediatamente se pondría a orar una serie interminable de Ave Marías en defensa del alma de su hija.

—¿Doctora Jaramillo?

—¿Sí? —. Levantó su mano hacia el cuello.

—Soy Gabino Méndez, su maquillista —dijo el hombre, con voz grave tan suave como crema de menta—. Usted es la brillante científica de quien he estado oyendo tantas cosas, ¿no?

Le regaló una sonrisa de estrella de cine y extendió hacia ella una mano de dedos largos para estrecharle la mano.

Esme asintió lentamente con la cabeza, sin pensar en el rubor que sentía subiendo hacia su rostro por el cumplido. Desconcertada, bajó la mirada de la cara de él hacia su mano, y luego a su cara de nuevo antes de extender la mano para estrechar la mano tendida.

—Dios mío —susurró en lugar de hablar, al sentir la cálida palma de la mano de él contra la suya. Si los hombres como Gabino Méndez eran comunes en Chicago, entonces ella tendría que hacer clones de todos ellos para convertirse en heroína de la población femenil. El mero pensamiento la hizo sonreír.

Gabino le soltó la mano, preguntándole:

—¿Nerviosa? —volteó, dándole la espalda para prender el reproductor de discos compactos, llenando el cuarto con melodías sensuales de Celia Cruz, y luego organizó los cepillos, brochas, lápices y frascos de color, enfocándose en las herramientas de su oficio.

—Un poco —admitió Esme, contenta con simplemente observar la manera en que él se movía alrededor del pequeño cuarto que compartían en ese momento. Sus movimientos mostraban su destreza y confianza; era masculino, pero elegante. Probablemente sería la única vez en la vida en que pudiera gozar la sensación de las manos de un hombre como Gabino Méndez sobre ella, y estaba más que encantada ante la posibilidad.

—Normalmente la gente no se pone nerviosa hasta que llego yo a ponerle el maquillaje —él le guiñó el ojo.

El corazón de Esme cayó antes de subir de nuevo a formar un nudo en su garganta. Ese guiño podría clasificarse como arma mortal.

—Comparto tu nerviosismo —continuó, aparentemente sin notar la franca admiración de ella—. En lo personal, yo prefiero permanecer tras bambalinas.

—Yo jamás he salido antes en la televisión —Esme se forzó a volver a la realidad y despejó la garganta, pensando que seguramente este hombre tan apuesto ya sabía eso; y se dio cuenta de que, por falta de costumbre, tanta atención masculina la estaba perturbando—. Es rara la ocasión en que a una científica se le brinde semejante oportunidad. Realmente me siento muy halagada.

Empujó sus lentes hacia arriba con el nudillo de uno de sus dedos.

—Mis padres y mis amigos están entre el público —bajó la mirada brevemente, tratando de no parecer demasiado orgullosa.

Gabino la observó con expresión grave durante un breve momento antes de darle la espalda. Esme se preguntó si habría dicho algo impropio, pero el momento pasó.

—Platícame de tus investigaciones, Esme... ¿puedo llamarte así?

—Por supuesto.

Él se paró frente a ella, cruzó los brazos sobre el pecho, y luego se apoyó contra la barra, una postura que acentuaba los músculos esculpidos de sus brazos. Las fuertes luces le creaban una sombra sobre los ángulos de su mandíbula y centelleaban al reflejarse en el diamante solitario que llevaba en el oído. Esme apartó de la mente el aturdimiento que le provocaba este hombre, y se concentró en la pregunta.

—¿Investigación? Investigación. Sí. La clonación humana es lo que investigo —rió con ligereza, sacudiendo la cabeza—. Y, pues, es un tema bastante controversial.

—¿Por qué?

—Existen muchas ramificaciones tanto morales como religiosas. Mi abuela reza todos los días por mi alma. Piensa que mis colegas y yo estamos jugando a ser Dios. Si realmente logro clonar a un ser humano algún día, lo más probable es que me excomulguen de la iglesia —Esme recorrió los dedos a través de su cabello y se encogió de hombros.

—Es como si hablaras de mi abuela. Déjame adivinar... ¿católica? —Gabino se rió, acercando varios colores de lápiz labial hacia la mejilla de ella.

—Pero, por supuesto —le dijo en tono seco—. Entonces sigo con mis investigaciones, pero me remuerde la conciencia.

Él echó la cabeza hacia atrás y se rió, proporcionándole a Esme una excelente vista de su cuello musculoso, y de la blancura de sus bien cuidados dientes. Ella se esforzaba para no divagar, para seguir hablando.

—Pero la verdad es que no estamos realmente intentando crear un ser humano —dijo, desviando la vista de la seductora nuez de Adán en el cuello de él—. Hay muchos otros motivos médicamente razonables para clonar a los seres humanos, pero todo eso suena demasiado a ciencia ficción para ser aceptado.

Se preguntaba cuándo llegaría a ser tocado su rostro por esos largos dedos de Gabino. Estaba preparada y lista para grabar esa sensación en su memoria para poder volver a vivirla frecuentemente.

—Bueno, me imagino que existen razones médicas. Pero, de verdad, como que asusta la idea de ver pequeños duplicados de uno mismo andando por ahí —concedió Gabino, inclinando la cabeza—. Disculpa mi ignorancia si no comprendo. No sé mucho respecto a la clonación.

—No te disculpes. No hay duda que Hollywood le ha dado un giro macabro al asunto. Será muy difícil que el mundo científico lo llegue a superar.

Gabino asintió con un rugido gutural desde lo más hondo de su garganta, y luego dijo:

—Quítate los lentes, por favor, Esme.

Ella reprimió el deseo de preguntarle si no quería que se quitara alguna otra cosa. Se sonrojó. Normalmente no pensaba en cosas tan atrevidas durante una plática tan intrascendente. Sin embargo, jamás había platicado antes con alguien como Gabino Méndez.

Lo observó, hipnotizada, mientras él recogía una gran borla y la metía en uno de los frascos. Soplos de polvo volaron por el aire alrededor de la borla, sus partículas destellando con la luz. Él levantó las cejas en dirección a ella, recordándole lo que había pedido. ¿Sus lentes? Pues sí.

—Discúlpame —murmuró. Se quitó los lentes, los dobló, y los dejó sobre su regazo, y luego cerró los ojos mientras Gabino le hacía cosquillas en la cara con la borla de polvo. La dulce fragancia del talco le recordaba cuando jugaba a vestirse de gala como niña, cuando todavía había tenido esperanzas de ser bella al crecer.

Quería sonreír, pero no lo hizo, temiendo acabar con los dientes empolvados.

Al terminar Gabino, ella se volvió a poner los lentes y meneó las manos para dispersar la nube de polvo que aún flotaba en el aire.

—Nada más espero que el público tenga amplio criterio respecto al tema, y que no sean hostiles conmigo.

—Pues... sí —Gabino se quedó callado.

Siguió una pausa incómoda, provocando en Esme un gran nudo en la boca del estómago. ¿Había malentendido algo aquí?

—Pues, estoy seguro de que vas a triunfar en grande.

—Espero que tengas razón.

Con sumo cuidado, él tapó los frascos de polvo y ordenó los compactos antes de voltear a verla.

—¿Te puedo preguntar algo, Esme?

—Por supuesto.

—¿Alguna vez...has visto el *Programa de Barry Stillman?*

—Ay, tenías que preguntarme eso —. Hizo una mueca, como disculpándose—. Me da vergüenza admitir que jamás lo he visto. Simplemente no tengo mucho tiempo para ver la televisión.

Gabino apretó los labios y asintió con la cabeza.

—¿Por qué? —preguntó Esme.

—Es que yo... por nada. Nada más preguntaba.

Definitivamente parecía que había una razón detrás de su "por nada," pero Esme no quería presionar al hombre. Quizás había tenido alguna contrariedad durante el día. Un pleito con su esposa a la hora de desayunar, quizás. Esme sintió una punzada de dolor simplemente al pensarlo, y bajó la mirada hacia la mano izquierda de él. Ningún anillo. Ninguna huella de anillo. Suspiró con alivio. Como si importara. Se dijo a sí misma que le hacía falta vivir su propia vida, definitivamente.

—Debo decir, sin embargo, que me ha causado una grata impresión —le dijo—. Yo no sabía que había programas de entrevista que todavía trataran temas legítimos hoy en día —notando que Gabino no hacía comentario alguno, continuó—. Si no se trata de gente golpeándose o de travestís en triángulos amorosos, parece no interesarles a los productores de televisión diurna. Por lo menos, eso es lo que pensé hasta que me invitaron al programa.

Esme se miró en el espejo, y la imagen la volvió a la realidad. Presionó los dedos contra sus mejillas y las jaló un poco hacia abajo.

—¿No vas a hacer algo con mi cara? Me veo horrible.

Gabino se metió entre ella y el espejo y separó las piernas hasta quedar al nivel de los ojos de Esme. Esme dobló las manos sobre su regazo mientras su corazón palpitaba fuertemente en su pecho por la cercanía de él. Se preguntaba a sí misma si no se suponía que el respirar fuera automático, al tener que concentrarse en la simple acción de respirar.

Gabino lentamente tocaba la cara de ella. Sus dedos bailaron sobre sus pómulos, sus sienes, y luego deslizó el pulgar sobre su mentón.

—No, doctora Jaramillo, no te ves horrible —su voz parecía una suave caricia—. Te ves hermosa tal y como eres.

—Pues… gracias, pero…—su corazón latía a triple velocidad.

—Nada más recuerda eso —le tocó la punta de la nariz—. ¿Me lo prometes?

Ella frunció el entrecejo, un poco confundida por sus palabras e hipnotizada por la sensación de ser tocada por él.

—Yo… claro. Pero no entiendo. ¿Quiere decir que no vas a maquillarme?

—Correcto —Esme decidió que la mirada de él era de disculpa—. No voy a maquillarte la cara. Pero está bien. No necesitas pintarrajearte como guerrera.

Ahí murió su momento de vanidad. La desilusión inundó a Esme antes de poder disimularlo, y decidió que Gabino estaba tratando amablemente de decirle que no haría gran diferencia. El poner color sobre sus facciones probablemente atraería mayor atención a lo poco atractiva que era. Ah, bien, pues no importaba, y ella no iba a ponerse triste por semejante cosa. Por lo menos él había tocado su cara. Inhaló las fuertes fragancias, mezcla de maquillajes y cálida piel masculina, y decidió que era hora de cambiar el tema.

—¿Desde hace cuánto te dedicas a este trabajo, Gabino? —pensó entrever una expresión de alivio en la cara de él. ¿Por qué?

—Tengo tres largos años trabajando en este programa —se apoyó de nuevo contra la barra, con las manos abiertas empujando contra la orilla, un pie cruzado sobre el otro.

—Lo dices como si fuera sentencia de cárcel.

Él inclinó hacia un lado la cabeza como si le fuera indiferente.

—Paga las cuentas, pero mi primer amor… —la duda se dibujó sobre sus facciones—. ¿De verdad quieres oír todo esto?

—Por supuesto —le aseguró Esme—. ¿Tu primer amor…?

—Es pintar —terminó.

Esme lo miró, asombrada ante la sonrisa que apareció en la cara de él. Su mirada se volvió distante, de soñador. Ella habría jurado que no podría haber sido más guapo. Pero lo había subestimado.

—¿Pintarrajear a guerreros? —bromeó, viendo su cara sin maquillaje en el espejo.

—No —se rió divertido—, no pintando caras. Al óleo. Arte.

—Un artista. Ahhh. No me sorprende.

Él tenía manos de artista, manos que la hacían querer ser un bastidor fresco y nuevo, listo para su atención. Tragó en seco.

—Qué maravilloso, Gabino. ¿Qué pintas?

—Más tarde —ella observó que durante unos momentos a él le había estado temblando un músculo de la mandíbula, y ahora sus ojos se volvieron más serios. Echando un vistazo hacia atrás, Gabino se puso en cuclillas frente a ella, y tomó la mano de ella entre las suyas.

—Esme, escúchame. Respecto al programa...

Antes de que Gabino pudiera terminar la frase, la apurada productora tocó fuertemente a la puerta, para luego abrirla un poco y asomarse. Le caían mechones de cabello de su moño, dentro del cual había metido dos lápices que aparentemente había olvidado.

—Doctora Jaramillo, es hora de presentarla.

Gabino se puso de pie y se alejó de ella, metiendo las manos en los bolsillos traseros de su pantalón. Esme sintió el arrepentimiento como golpe en el estómago, y le clavó la mirada. ¿Qué estuvo a punto de decir? Por absurdo que fuera, no quería dejarlo. Era fácil platicar con él, y era más que fácil mirarlo. Hombres como él normalmente no se fijaban en ella siquiera.

—Yo...

—Ahora mismo, doctora Jaramillo. Por favor —le insistió la productora.

—Ándale, Esme —le dijo Gabino, regalándole otro guiño de ojo.

—¿Qué es lo que me ibas a decir?

—Nada. Nada más que "te rompas una pierna" como dicen aquí —dijo, dándole la señal de triunfo, con los dos pulgares hacia arriba—, que quiere decir que tengas buena suerte. Nos vemos en unos cuantos minutos.

Lo vio con curiosidad al bajarse de la silla, alisando su traje. ¿En unos cuantos minutos? La invadió de nuevo la esperanza.

—¿Que nos volveremos a ver?

—Quiero decir que te veré en los monitores.

—Ah... —hizo una pausa incómoda—. Bueno, pues. Gracias —le dijo, arreglándose el cabello con dedos temblorosos, reprimiendo la sensación de desilusión que sentía. ¿Y qué iba a esperar del tipo? ¿Una promesa de amor eterno? Con una última sonrisa en dirección a Gabino y una respiración profunda para darse valor, Esme volteó y siguió a la productora hacia la puerta.

—¡Caramba! —exclamó Gabino, tan pronto como la delgada profesora de voz suavecita salió de su estudio de maquillaje. Se dejó caer pesadamente en la silla y puso la frente entre las manos, luchando contra el sentido de culpa que lo asediaba por dentro. Cuando se abrió la puerta, levantó la vista para ver al director de escena observándolo.

—¿Qué pasa? —dijo Arlon, levantando la ceja.

—Esa pobre mujer no tiene idea de lo que le espera —murmuró Gabino—. Honestamente piensa que va a hablar de la clonación humana.

—Uy, ¡qué sentimental! —bufó Arlon, apoyándose contra el marco de la puerta con su sujetapapeles entre sus brazos gordos. El audífono inalámbrico colocado sobre su calva cabeza parecía anclado ahí, como si fuera parte íntegra de su ser—. Cualquiera que esté dispuesto a venir al *Programa de Barry Stillman* se merece lo que le toque. Habría que vivir en una cueva para pensar que este programa tiene una pizca de legitimidad.

—Nunca lo ha visto, Arlon.

Gabino se puso de pie de un salto y llegó con paso airado al otro lado del pequeño cuarto. Apagó de un golpe el reproductor de discos compactos y, apoyando las palmas contra la pared, inclinó la cabeza hacia abajo. Esme Jaramillo se había infiltrado en su dominio durante ¿cuánto?... ¿diez minutos? Y ya la música se la recordaba. Todavía podía percibir su fragancia a lavanda en el aire.

Dios, que desgraciado se sentía.

Esa dulce mujer con la cara en forma de corazón y ojos llenos de confianza no merecía esto. Había esperado que una científica de renombre fuera arrogante e indiferente. Por lo menos petulante. En cambio, Esme Jaramillo había resultado ser una de las mujeres más accesibles y reales que él hubiera conocido en mucho tiempo. Desde sus ojos inquisitivos color café, ocultos por esos grandes anteojos, hasta su manera bromista y amplia sonrisa, Esme era absolutamente genuina.

—Claro que ella tiene que haber visto el programa —la voz escéptica de Arlon cortó los pensamientos de Gabino—. Todo el mundo ha visto el *Programa de Barry Stillman*.

—No todo el mundo pasa sus días sentados frente al televisor, Arlon. Es una científica... tiene vida propia.

—Te tiene todo perturbado, Méndez —silbó bajito el director de escena—. Debe de ser guapa. No, espera... —se fijó en el sujetapapeles que tenía en la mano—, no puede ser guapa en este programa en especial. Error mío.

—Se veía muy bien —gruñó Gabino, volteando hacia su colega. Se paró, y corrió las manos a lo largo de su cara, esforzándose por calmarse—. ¿Nunca te afecta, Arlon? —bufó Gabino—. ¿Mentirle a la gente nada más para hacerla salir en el programa?

—Es mi trabajo, amigo — Arlon se encogió de hombros—. Es la televisión. Entretenimiento descerebrado. Además, fuiste nada más el maquillista. No te puede culpar de nada.

—Pero lo hará. Pensará que todos le mentimos, Arlon, y eso es lo que hicimos. Para ella...—Gabino señaló en la dirección general del escenario—, todo esto será una gran vergüenza en público —apretó los dientes, luchando contra la familiar y vieja sensación de ser bravucón en su pasado. Si alguien en el mundo no merecía ser tratado así, era la doctora Esme Jaramillo—. Estamos mandando a una corderita inocente al matadero. ¿Cómo podemos vivir con nosotros mismos?

—No seas tan melodramático. Así que va a hacer el ridículo en la televisión. Ni modo. Se le pasará.

Gabino le echó una mirada despectiva, molesto por su actitud tan arrogante.

—Además, ya no podemos hacer nada para impedirlo —agregó Arlon, presionando el audífono contra su oído—. Parece que acaba de presentarse la buena profesora.

El vocerío y los gritos del público sorprendieron a Esme al entrar al escenario para tomar su lugar en una de las dos sillas en medio de la plataforma alfombrada. Había esperado que fuera un grupo más recatado por tratarse de un programa sobre el tema de la clonación, pero por lo menos parecía que la recibían con agrado. Atrás de ella, el escenario parecía una sala de estar muy cómoda. Las luces montadas en los andamios superiores la deslumbraban, pero podía discernir nebulosamente las caras en las gradas semicirculares ante ella.

Después de acomodarse en su silla, miró alrededor del público, buscando a su familia y a sus amigas. Ahí estaban, en medio de la primera fila. Mamá, Papá, Lilí y Pilar, sentados juntos en la fila.

Les sonrió, pero ellos se veían extraños.

Las manos de Pilar estaban dobladas contra su amplio pecho, sus ojos abiertos y serios. ¿Y Lilí? Esme podría jurar que estaba exageradamente enojada.

Pensándolo bien, su padre se veía algo enojado también. ¿Estaba llorando su mamá?

Perpleja, Esme entrecerró los ojos, tratando de verlos mejor. Sí, su mamá definitivamente estaba llorando. Esperaba que nada hubiera sucedido desde la última vez que había hablado con ellos, y luchó contra el deseo de levantarse y acercarse a ellos. Subió un poco su nivel de adrenalina. Antes de poder preocuparse más, se callaron los ruidosos aplausos, y Barry Stillman le sonrió desde el pasillo donde estaba parado.

—Doctora Jaramillo, bienvenida al programa.

—Gracias —murmuró ella, acomodándose los lentes con un nudillo. Las risas del público la confundieron.

—Cuéntenos de sus investigaciones, doctora.

Ella cruzó una pierna sobre la otra y se inclinó hacia delante. Siempre se llenaba de confianza al tener la oportunidad de hablar de sus estudios. Sonrió ampliamente en dirección a su anfitrión.

—Bueno, yo soy profesora de Ingeniería Genética en una universidad particular en Colorado. Somos los más avanzados en la investigación de la clonación. En especial, la clonación humana, aunque el procedimiento siga siendo ilegal en los Estados Unidos.

—Parece ser un trabajo que podría mantener ocupada a cualquier mujer.

Sintió de repente un cosquilleo de inquietud recorrerle la espalda. Miró de reojo la silla vacía que estaba a su lado, y se preguntó quién se iría a sentar ahí. No le habían dicho que sería parte de un grupo. Y, ¿de qué se trataban las preguntas absurdas de Barry? Pasó la lengua por sus labios, humedeciéndolos.

—Sí, es un trabajo pesado.

—Probablemente no le queda mucho tiempo para mimarse, doctora Jaramillo, ¿verdad? —. Más risas estallaron entre el público.

Repentinamente defensiva, Esme se sentó hacia atrás en su silla, y cruzó también los brazos. Su piel le ardía, y una perla de transpiración corría a lo largo de su columna.

—Tenía entendido que íbamos a hablar de la clonación humana —. Esta vez el público se quedó callado, pero la pausa parecía cargada con pólvora, y a punto de explotar.

—Bueno, doctora Jaramillo, no vamos a hablar de la clonación humana. La verdad es que tenemos reservada una sorpresa para usted.

Esme parpadeó varias veces, tratando de comprender lo que estaba sucediendo. Echó una mirada tras bambalinas y vio a Gabino parado ahí, sus oscuros ojos llenos de angustia. Se juntaron sus miradas momentáneamente, y él bajó la cabeza y le dio la espalda.

¿Qué demonios estaba sucediendo?

—¿Una sorpresa? —refunfuñó Esme finalmente—. No comprendo.

—Quizás podamos ayudarla a comprender. Escuche esta cinta, doctora, para tener una pista sobre quien la trajo al programa hoy.

Todos se quedaron callados, y luego se escuchó una grave voz, con acento y tono de superioridad, que retumbó por todo el estudio.

—Esme, yo sé que me deseas. Pero, estoy aquí para decirte que, antes de que exista una oportunidad para nosotros, tu apariencia de ratoncita de biblioteca tiene que cambiar. Estoy haciendo esto por tu propio bien.

La comprensión de lo que pasaba cubrió a Esme como ácido que quemaba su piel. La voz rítmica era nada menos que la de Víctor Elizalde, su estrafalario colega brasileño. Se cubrió la boca con una mano mientras las palabras penetraban su cerebro. ¡La habían engañado!

Esme había salido con Elizalde dos veces para tomar un café, en son de simple amistad. Él era investigador visitante, y aunque lo había encontrado un poco arrogante y presumido, había intentado hacerlo sentirse bienvenido dentro del equipo. Por supuesto que él habría pensado que ella deseaba más. Macho desgraciado.

Mientras el público gritaba en franca aprobación, el conductor le preguntó:

—¿Reconoce esa voz, doctora?

Ni siquiera pudo asentir con la cabeza, mucho menos hablar. ¿Apariencia de ratón de biblioteca? La mortificación la ancló en su silla, y sintió que se le paraba el corazón. Sus ojos ardían por las lágrimas calientes, y justo cuando su mentón empezaba a temblar, el público empezó a aplaudir, cantando:

—¡Barry! ¡Barry! ¡Barry!

Observó a su familia y amigas, quienes se veían tan horrorizados como ella se sentía. Lilí dijo las palabras mudas:

—Lo siento tanto.

—Damas y caballeros, ¿qué dicen? —. La voz insoportable de Stillman calló el aplauso. Justo después de escucharse sus palabras, cien o más pancartas se lanzaron al aire. "RATONCITA DE BIBLIOTECA" es lo que decía la mayoría de las pancartas, con letras color amarillo neón. Demasiado tarde, su papá levantó su pancarta al revés, con manos temblorosas, manchadas con lunares. "ES UNA BELLEZA," decía su pancarta con letras negras. Esme estaba tan avergonzada por exponer a sus padres a semejante circo. De haberse enterado a tiempo que todo era un truco...

—¿Público? ¿Qué le quieren decir a la doctora Jaramillo?

—No te preocupes, ratoncita de biblioteca. ¡Te vamos a embellecer!

Esme se sintió mareada, y agarró los brazos de la silla para no desmayarse. Era una pesadilla. Con razón Gabino no maquilló su cara. No era hermosa, como dijo él. Al contrario, él quería que se viera lo peor posible para salir al escenario. Esme contuvo un sollozo.

Por alguna razón, el engaño de Gabino le dolió hasta lo más profundo de su ser. Había parecido tan sincero. *La había engañado.*

—¡Vamos a darle la bienvenida al profesor Víctor Elizalde al programa! —gritó Barry. De las bambalinas, por el lado opuesto de donde había visto a Gabino, salió el pomposo y arrogante Víctor Elizalde, su cabello negro alaciado hacia atrás. Levantó los brazos ante el público como si fuera un rey aceptando los aplausos de sus súbditos. Hasta se atrevió a hacerles una reverencia.

¿Cómo podía hacerle esto?

¿Cómo se atrevía a ponerla en la televisión nacional, delante de Dios y de sus padres y de sus amigos? Delante de todos. Sus empleados, sus colegas. ¿Qué demonios le pasaba?

Antes de poder detenerlas, lágrimas ardientes le brotaron tras los lentes, nublándole la vista. Al sentarse Víctor en la silla vacía al lado de ella, Esme se puso de pie tambaleante y se hizo hacia atrás para alejarse de él, extendiendo las lágrimas sobre su cara desnuda con la mano. Puso las manos sobre su delgado abdomen, calmando el temblor.

—¿Cómo pudiste? —le susurró, antes de girar sobre sus tacones bajos y huir del escenario seguida por los fuertes abucheos del público. Tras bambalinas, la productora con los lápices en el cabello agarró a Esme por los brazos y la detuvo.

—Ándale, Esme. Te van a dar un tratamiento de belleza. No será nada desagradable.

Su llanto se había convertido en incontrolables sollozos, provocándole hipo. ¿Era real esta gente?

—Déjeme… jic…en paz, que no voy a volver a salir…jic…al escenario.

Empujó a la mujer, tratando de abrirse paso, y entonces llegó un hombre para ayudar. La productora lo miró, suplicándole ayuda, y sólo alcanzó a decir:

—¿Arlon?

—No... este... no llore ahora, señorita —dijo el hombre, con palabras titubeantes que demostraban su incomodidad al tratar de reconfortarla. Le dio una palmadita en el hombro y despejó la garganta—. No es ninguna tragedia. Conseguiremos un poco de hielo para deshinchar sus ojos y...

—Déjala...en...paz —. La voz gravemente seria de Gabino se oyó atrás de ella. Tanto la productora como el hombre llamado Arlon desviaron su atención hacia Gabino, y Esme aprovechó el momento para abrirse paso entre ellos para correr entre los cables y andamios hacia el pasillo que la llevaría a la salida. Tras ella, escuchó a la productora decir:

—No te metas en esto, Méndez.

Ella lloró incontenlblemente, pues jamás había sentido tanta vergüenza en su vida.

Había trabajado tan duro para enorgullecer a sus padres. La habían traído a este país desde México cuando apenas caminaba, esperando poderle dar mayores oportunidades. Habían sacrificado todo lo que era importante para ellos— su familia, sus amigos, el idioma que los dos hablaban con tanta elocuencia, el país que amaban— todo por ella. Su vida entera estaba dedicada a mostrarles su agradecimiento, y a que vieran que había aprovechado al máximo las oportunidades que le habían dado para convertirse en todo un éxito en su profesión, y en una hija de quien podían estar orgullosos. Y ahora, les salía con esto.

De acuerdo, era una mujer muy culta, destacada en su profesión, pero no podía más que pensar que su mamá y su papá la habían visto con otros ojos el día de hoy. La habrían visto como una mujer poco atractiva de treinta años que no podía interesar siquiera a un desgraciado arrogante y petulante.

Empujó contra la barra metálica de la puerta y pasó hacia el pasillo de la salida, preguntándose cómo iba a poder superar esta vergüenza, y cómo iba a compensar a sus papás por la pérdida de la dignidad que ellos tanto valoraban.

—¡Esme! ¡Espera!

Gabino. Trató de seguir corriendo para escaparse antes de tener que volver a ver su cara, pero él la alcanzó y la agarró por el brazo.

—Suéltame —dijo ella, mirando hacia el suelo al tratar de liberarse de él. Parte de ella esperaba que la abrazara y la consolara. La parte estúpida de ella.

—Esme, por favor. Lo siento tanto. Escucha. Déjame explicarte...

—¿Lo sientes? — La furia se mezcló con la humillación que sentía al volver su hipo incontrolable—. Déjame en paz, Gabino...¿entiendes?

Había fingido ser amable con ella, cuando desde el principio había sido parte de la mentira. Ella levantó el mentón, subió sus lentes y lo miró ferozmente, tratando de enmascarar el dolor con indiferencia. Arrebató el brazo y frotó el lugar donde la había sostenido con la otra mano. Su pecho se levantaba con cada aspiración al mirarlo.

—Simplemente déjame ir. Después de todo esto, por lo menos...jic...¿no puedes hacer eso?

Volteó y se tambaleó a lo largo del pasillo oscuro y vacío. Sus extremidades le pesaban, como exprimidas de toda energía. Nada más quería irse a casa para ponerse una sudadera, y acurrucarse con una copa de...

—Dije la verdad, Esme —le decía Gabino —. Eres hermosa.

Se le encogió el corazón. Otra mentira.

Ni siquiera volteó.

CAPÍTULO DOS

A Gabino no le había resultado difícil decirle a la gente de Barry Stillman que se metieran su trabajo por donde mejor les cupiera. Sin embargo, empacar todo lo que tenía en el mundo para manejar por el país en busca de una mujer que había visto una sola vez, una mujer a quien veía en sus sueños—y quien probablemente lo odiaba—era el riesgo más grande que había tomado en su vida entera.

No importaba. Lo hacía sentir bien. Había estado manejando por lo menos doce horas, y al aparecer ante él la vista nocturna de Denver, Gabino miró hacia abajo para consultar el mapa, esperando que lo ayudara a llegar a Esme. Ella merecía una disculpa, y por primera vez Gabino tendría la oportunidad de rectificar las cosas con una de las personas a quienes había lastimado inmerecidamente. Gabino condujo su camioneta negra hacia el Bulevar Speer Sur, y se metió al carril central. Bajó la ventanilla para disfrutar el aire fresco y seco de verano, tan diferente a la humedad sofocante de Chicago, donde él había crecido. Pero la verdad era que todo lo referente a su juventud había sido sofocante.

A Gabino le costaba tanto trabajo recordarse a sí mismo como un iracundo y joven bravucón como recordarse que ahora no lo era. Se había transformado, y su cambio de forma de ser lo tenía que agradecer a su maestro de arte en la preparatoria, el profesor Fuentes. Por delgado y poco masculino que fuera, Fuentes jamás se dejó intimidar. Ni siquiera había pestañeado al enfrentarse con un iracundo y joven Gabino cara a cara, pero al mismo tiempo, jamás trató de anularlo. Al contrario, Fuentes lo hizo creer en su habilidad para pintar, en su talento. Él le había enseñado a Gabino como canalizar su ira contenida hacia su arte, lo hizo comprender que la verdadera felicidad del hombre nacía en el interior, y no del exterior. Además, aunque Gabino todavía no llegaba al grado de poder mantenerse sólo pintando, por lo menos había logrado exponer sus obras en varias exhibiciones, había vendido algunas pinturas y, a la edad de treinta y cuatro años, todavía tenía confianza en sí mismo.

Fuentes se había ganado el respeto de Gabino, y luego su admiración. Gabino había agradecido al hombre en más de una ocasión a través de los años, pero jamás había regresado a disculparse con ninguno de aquellos a quienes había lastimado. Quizás su cambio de vida fuera suficiente penitencia, pero el sentido de culpa constante por sus acciones en su juventud le pesaba mucho. Tal vez no pudiera rectificar el daño con una simple disculpa, pero por lo menos era un paso positivo. Y cualquier paso que lo llevara más cerca de la doctora Esme Jaramillo era un paso que definitivamente quería tomar.

De ser totalmente honesto consigo mismo, no iba nada más por buscar una oportunidad para disculparse con la diminuta profesora del sedoso y fino cabello, que lo incitaba a peinarlo con los dedos. Había algo más instintivo que lo atraía también. Había pasado una noche inquieta, recordando la suave fragancia a lavanda de Esme, visualizando imágenes de sus brillantes ojos café tras sus anteojos, escuchando su risa que repicaba como campanas al aire, antes de darse cuenta de que tenía que volver a verla. Si no lo hacía, el recuerdo de ella le quedaría grabado para siempre, como una herida de guerra. Algo que le recordaría, de vez en cuando y con una punzada de dolor, lo que pudo haber sido.

Volvió a mirar el mapa arrugado sobre el asiento del pasajero, quitando de encima las envolturas de chocolates Snickers que lo cubrían. De no haberse desorientado estaría tocando a la puerta de Esme dentro de poco tiempo. Y, si así lo deparaba su destino, ella estaría dispuesta a escucharlo.

Habían pasado tres día infernales desde su presentación en el *Programa de Barry Stillman*. Esme, vestida cómodamente en un holgado traje de ejercicio y sintiéndose terriblemente, estaba sentada en el suelo de su sala frente a sus mejores amigas, Lilí Luján y Pilar Valenzuela. Entre ellas, sobre la alfombra color café obscuro, había platones de servicio con varias de sus comidas favoritas: enchiladas, puré de papas, pollo con mole, y un pastel de queso Sara Lee. Sin mencionar la jarra de cóctel margarita. Los tenedores colgaban inertes de las manos de las tres mientras tomaban un colectivo respiro de su consuelo gastronómico.

Esme se recostó contra su sofá y descansó las manos sobre su hinchado abdomen con un gemido. ¡Si la viera Gabino Méndez en este momento!, pensó. ¿Qué tan hermosa la creería?

Sus ojos seguían hinchados por las lágrimas, y le había brotado una urticaria en el cuello debido a la tensión. Había pasado la mayor parte de los últimos dos días acostada en el sofá en absoluta apatía, cambiando los canales en el televisor con el control remoto entre sus ataques de llanto. Ahora estaba hinchada, y simplemente no le importaba. El universo entero ya sabía que era fea. No tenía caso tratar de ocultarlo.

Lo más extraño era que otro recuerdo aparte del de su humillación en la televisión le venía una y otra vez a la mente, atormentándola. Había sido apenas una chiquilla, una niña a quien le fascinaba jugar a vestirse como grande, viendo el concurso de Señorita Universo en la televisión. Cerraba los ojos durante los comerciales para visualizarse aceptando la corona como representante de los Estados Unidos. En esa etapa de su vida, todavía creía que algo así podía sucederle a ella.

Pero, una tarde del verano, su tía Luz y su madre estaban tomando un té helado en el porche de la casa, mientras Esme jugaba con sus muñecas en su cuarto. Su ventana estaba abierta, invitando a la brisa que llevaba las voces de su mamá y de la tía Luz.

—Mira, Luz. Tengo las fotografías de los niños en la comida campestre de la iglesia la semana pasada.

Luego le llegaron los sonidos de su tía hojeando las fotos, y Esme prestó atención al escuchar que ésta decía:

—Ay, aquí está la pequeña Esme —hubo una pausa—. Tan inteligente la niña.

—Gracias —murmuró su madre, y Esme pudo escuchar la sonrisa en la cara de su mamá.

—Gracias a Dios que tiene cerebro. Es una lástima que no haya salido bella. Con esas rodillas de pollo y sus lentes gruesos, dudo que jamás encuentre marido, pero por lo menos siempre podrá conseguir un buen trabajo.

Esme se quedó helada, experimentando la misma sensación de calambres en el estómago que había tenido la semana anterior después de comer la masa cruda para galletas. Guardó sus muñecas y se acostó en posición fetal sobre el suelo, esperando que se le pasara el dolor. Le dolía tanto que quería llorar. Trató de dejar de escuchar, pero no pudo.

—No seas cruel, Luz —decía su madre—. No todas pueden ser bellas. Al crecer, será bonita.

—Sólo podemos esperar que sea un diamante en bruto en espera de ser pulido —agregó Luz.

Pero no se había pulido en lo más mínimo, hubiera dicho lo que hubiera dicho Gabino de su aspecto tres días antes. De haberse pulido, no habría acabado como invitada en el *Programa de Barry Stillman* acerca de la transformación de ratas de biblioteca. Apartando el recuerdo doloroso de su mente, Esme se rascó las inflamadas ronchas bajo el oído y trató de controlar su hipo.

—¿Aún tienes hipo? —preguntó Pilar.

—Me da hipo cuando estoy...jic... nerviosa —subió los lentes y empezó a rascar el otro lado de su cuello—. Vienen y van desde el día del...jic...fiasco. Debe de ser porque he comido demasiado...jic... rápido.

Pilar se levantó, pasando por encima de los platillos, para luego sentarse en el sofá atrás de Esme.

—Voy a taparte los oídos, y vas a tomar tu margarita. A lo mejor no te lo quita, pero después de todo el tequila, no te importará.

Esme rió sin alegría, y luego hizo lo indicado. Funcionó. Le sonrió a Pilar, quien estaba jugando con su cabello indisciplinado, y sin darse cuenta, empezó a rascarse de nuevo el cuello.

—Amiga, ya no te rasques las ronchas. Las harás peores —le dijo Lilí suavemente—. ¿Te pusiste la crema que te di?

Esme asintió con la cabeza y descansó las manos sobre su regazo. Si alguien conocía cómo se sentía ser juzgada por la apariencia física, era Lilí. Sin embargo, ella y Esme comprendían el concepto desde distintos puntos de vista. Lilí, con su belleza natural por su cabello largo y ondulado que le llegaba hasta la cintura, y sus enormes ojos verdes, había sido modelo de renombre después de ser elegida la muchacha más bonita en la preparatoria. A sus treinta años, era de las chicanas más conocidas de los Estados Unidos, habiendo engalanado las páginas de revistas como *Cosmo*, *Vanity Fair*, *Latina*,

Vanidades y *Vogue,* entre otras. En cuanto a atractivo físico, ella y Esme habían sido las caras opuestas de la moneda, desde siempre. Pero, considerando a Pilar también, ellas eran trillizas de corazón.

¡De haberse visto como Lilí al salir en la televisión!, pensó Esme. Quizás Gabino hubiera sentido algo, aparte de lástima por ella. Esme cerró los ojos ante la ola de vergüenza que había vuelto a vivir constantemente desde su regreso de Chicago. Aun en el avión, se había sentido como si todo el mundo la estuviera mirando, diciendo: "¡Mira' ahí está la profesora fea!"

Se había dosificado con varias botellitas de vino barato durante el vuelo, y finalmente se había convencido sola de que estaba excesivamente paranoica. Aun así, había tenido que armarse de valor para caminar por el Aeropuerto Internacional de Denver con la frente erguida, aun con el apoyo moral de Lilí y Pilar, una a cada lado de ella. Por supuesto que la habían visto.

El *Programa de Barry Stillman* contaba con 10 millones de televidentes. Nada más le faltaba saber quiénes, exactamente, la habían visto, y eso era lo que más la asustaba.

Se había sentido tanto mejor cuando por fin pudo entrar a su cómoda casa en Parque Washington, y cerró con llave la puerta tras ella. Y después de media hora de silencio, había empezado a sentirse mejor, pensando que quizás nadie la había visto, después de todo. Entonces había empezado a sonar su teléfono. Parecía que todas y cada una de las personas que había conocido a lo largo de su vida habían visto el condenado programa. Su máquina de contestar había estado repleta de mensajes molestos de conmiseración y lástima— justo lo que no necesitaba. Un salón de belleza local de servicio completo había enviado a un mensajero para hacerle llegar un certificado de regalo, para su mayor desagrado.

El teléfono volvió a sonar, y Esme lo miró con desprecio.

—Quiero morirme —le murmuró a sus amigas, y tomó un trago largo de su margarita. Limpió la sal de su boca—. Y ahora, ¿quién me llamará? ¿El presidente? Creo que es el único que falta por mandarme su más sentido pésame por la prematura muerte de mi dignidad —agregó.

—Cuando nos dimos cuenta de lo que estaban haciendo —Lilí miraba a Esme con expresión de cariño en la cara mientras Pilar apagaba el timbre del teléfono—, tratamos de llegar tras bambalinas contigo para decírtelo, Esme, te lo juro —le dijo Lilí.

—No nos dejaron pasar —agregó Pilar, metiendo su tenedor en el pastel de queso—. Desgraciados. Tu mamá les dijo hasta de lo que se iban a morir, con una serie de groserías en español. Se me pararon los pelos. Me da la impresión de que no sabían qué hacer con ella —metió el pastel en la boca y lo masticó, con la mirada fija en la cara de Esme.

—Yo no las culpo a ustedes. Fue mi culpa por caer en la trampa.

Enredó los dedos en su cabello y descansó la cabeza sobre el respaldo del sofá. Y qué clase de trampa le habían tendido, con un atractivo seductor como Gabino Méndez para atraer y convencer a las mujeres. Dios, ¡qué estúpida había sido!

—Es inconcebible lo que le hacen a la gente, Esme. Deberías poner una queja —dijo Lilí, sirviéndose otra porción de enchiladas.

Ella apartó de la mente los pensamientos de Gabino y le sonrió débilmente a su amiga.

—No, de nada serviría. Además, lo único que quiero es olvidar todo el suceso.

Y se dijo a sí misma: "...y olvidar que durante un segundo llegué a pensar que un hombre como Gabino

Méndez se fijara en una mujer como yo." No era precisamente la Señorita Universo.

—¿Cuánto tiempo tienes de descanso antes de comenzar el nuevo semestre? —preguntó Pilar.

—Un poco más de un mes —dijo, pensando que solo le quedaban poco más de cuatro semanas antes de tener que verle la cara al desgraciado de Víctor de nuevo. Simplemente con pensar en Víctor tenía ganas de golpear a alguien—. Ay, ese hombre —bufó—. ¿Quién cree que es? ¿Chayanne?

—Exactamente —dijo Pilar, abrazando a Esme desde atrás del sofá—. Como si alguna vez te hubiera interesado el tipo, ¿no?

—Tengo que encontrar la manera de vengarme de ese idiota arrogante —dijo Esme, furibunda.

—Ah, sí, la venganza —asintió Lilí con la cabeza—. Siempre es una buena y saludable manera de recuperarse de un trauma.

—De cualquier modo —dijo Esme reconociendo el sarcasmo y poniendo los ojos en blanco—, espero que cuando regrese esto ya sea noticia antigua para todo el mundo y yo me haya repuesto de la vergüenza. No quiero ningún recuerdo de ese desastre —dijo, pensando que, en especial, *no quería recuerdo alguno del artista de ojos café y dedos que harían a cualquier mujer pedir a gritos pinturas comestibles para el cuerpo.*

Tocaron el timbre de la puerta. Dos veces.

Esme miró a Lilí y luego a Pilar, con expresión grave.

—¿Quién podría ser? *¿Duro y Directo?*

—Muy chistoso. Debe de ser tu mamá —dijo Lilí, parándose—. Yo voy.

—No, espera —Esme gimió al ponerse de pie—. Déjame a mí. Probablemente será mi único ejercicio de la semana —. Arrastrando los pies sobre la alfombra al caminar zigzagueando por los efectos del tequila, Esme logró llegar al pasillo que conducía a la puerta principal. La verdad es que le urgía un poco de aire fresco.

En Colorado, durante el mes de julio el sol calentaba, pero el calor bajaba con el sol, y el ocaso traía consigo brisas frescas con la llegada de la luna. Quizás se sentara con su mamá en el porche en lugar de entrar a la casa. La oscuridad ocultaría algo de la hinchazón alrededor de sus ojos, y quedarse afuera impediría que su mamá viera su pequeña fiesta de conmiseración sobre la alfombra de la sala. La mujer estaría horrorizada no solamente de que estuvieran consumiendo tanta comida, sino, además, de que estuvieran comiendo en el suelo. Su mamá era muy decorosa.

Esme se paró en el pasillo oscuro, descansando contra la pared, y respiró hondamente. Al pensar en ver a su madre la invadió una sensación de vergüenza de nuevo. Por supuesto, sus padres habían manejado las cosas mucho mejor que ella. No importaba—de todos modos ella se sentía culpable. Ella sabía, muy en su interior, que tenían que estar apenados al saber que su hija ya tenía fama nacional de ser una solterona. Le costara lo que le costara, lograría que el incidente quedara en el pasado, tan pronto disipara su furia para con Víctor Elizalde.

Esme prendió la lámpara exterior antes de quitar la llave, y jaló la pesada puerta de madera tallada. Empezó a hablar en cuanto empezaron a rechinar las bisagras.

—Es tarde, mamá, no deberías estar en la ca... —se quedó sin terminar las palabras, dejando que su mente comprendiera bien que el musculoso hombre parado en su porche no se parecía en lo más mínimo a su madre.

No estaba segura de si su corazón se había parado o si latía con tanta velocidad que no podía sentirlo. De cualquier manera, estaba exageradamente desarreglada y tenía la sudadera manchada de guacamole, y ahí se encontraba, cara a cara con, nada menos que...

—Gabino...jic...¿qué haces aquí?

Era una pregunta asombrosamente serena considerando que su vida acababa de pasar ante sus ojos. Esme esperaba no caerse, porque ya no sentía los pies. E, ignorando la imposibilidad fisiológica, acababa de comprobar que un ser humano podía vivir sin pulso y sin respirar. *¿Gabino Méndez? ¿Aquí?*

—Esme. Discúlpame por... pues por llegar sin avisar —. Abrió los brazos y luego los dejó caer hacia los costados, como buscando qué decir después. Su cabello largo estaba suelto sin la cola de caballo que ella recordaba, y la luz amarilla de la lámpara del porche hacía que ese cabello brillara como una hoja de oro negro. Él lucía tan guapo con el pantalón de mezclilla oscuro y una vieja sudadera de la Universidad de Chicago como el día en que lo había conocido.

Mirándolo, Esme luchó contra el ridículo deseo de sentarse en el suelo. En lugar de eso, se quedó quieta, cubriendo la mancha de guacamole con una mano, arrugando su sudadera en su puño. Con la otra mano, se acomodó sus lentes sobre la nariz.

—Creí... pensé que te había dicho que me... jic...dejaras en paz.

Para su mayor descontrol, Gabino le mostró una dulce y devastadora sonrisa que hizo un hoyuelo, que ella no había notado el otro día, en su mejilla izquierda.

—No me digas que has tenido hipo desde que saliste de Chicago.

Ella negó meneando la cabeza, pero siguió con el hipo.

—Esme, necesitamos hablar.

Él avanzó un paso, y ella empezó a cerrar la puerta suavemente, ocultando la mitad de su cuerpo tras la puerta. Él se detuvo, mirándola fijamente.

Ella dirigió la vista a su nuez de Adán, y vio que él tragaba en seco.

—No, no necesitamos hablar. Yo quiero... —sostuvo la respiración un momento para controlar el hipo—... olvidar todo lo que pasó ese día.

Por Dios que quería estar enojada con él. No quería que su corazón palpitara en espera de poder verlo, ni quería preocuparse por el cabello desarreglado. No quería olfatear su colonia en la brisa de la noche ni quería desear sus brazos alrededor de ella para consolarla.

—La negación es mi droga preferida. Voy a hacer como si eso jamás hubiera pasado.

—No debería haber sucedido, Esme —él colocó la palma de la mano sobre la parte superior del marco de la puerta, inclinándose hacia ella—. Me siento tan ma...

—No lo digas —dijo ella, extendiendo la mano. Él había participado en tenderle la trampa, y no podía olvidarlo—. No te disculpes ahora, después de los hechos, porque realmente pensé que eras un buen hombre, Gabino Méndez. Una disculpa sólo me provocaría el deseo de golpearte, y estoy demasiado traumatizada y demasiado...jic...tomada con tequila como para resistir el deseo.

—Es un riesgo que estoy dispuesto a correr —dijo él, después de hacer una pausa para morderse el labio.

Su mirada fija, llena de afecto, la hizo sonrojar. Esme suspiró y agachó la cabeza. ¿Qué tanto podía aguantar una sola mujer? Hacía mucho que su tía Luz había señalado sus defectos, y aunque sus lentes no fueran tan gruesos hoy en día, sus rodillas estaban iguales de huesudas. Ella no podía permitir que un hombre como Gabino, un hombre totalmente fuera de su alcance, la afectara. Sólo le traería más dolor. Después de un largo momento, levantó la mirada hacia él.

—Mira. Sólo estabas haciendo tu trabajo, ¿no? Yo lo comprendo.

Él abrió la boca para hablar, y ella meneó la mano para rechazar sus palabras, recordándose estar enojada. La había engañado. La había puesto en ridículo. Había dejado su cara sin maquillaje.

—Está bien, Gabino, por favor. Nada más... déjame con mi vida y regresa a la tuya. Hay muchas otras mujeres feas a cuyas caras puedes no hacerles caso también.

—¿Esme? —la llamó Lilí desde la sala—. ¿Estás bien?

—Estoy bien —gritó ella en respuesta, un poco demasiado fuerte, sin quitar la vista de encima de la cara de Gabino.

—Golpéame si quieres, pero sí siento mucho lo que pasó, Esme. Más de lo que te podrás imaginar jamás. Y probablemente no me lo crees.

—¿Viniste para convencerme a mí, o a ti mismo? Porque ya me mentiste una vez. Te va a costar mucho trabajo hacerme cambiar de opinión respecto a ti.

—Esme —susurró su nombre con mirada implorante. Ella no intentó moverse. Se detuvo el tiempo entre ellos al mirarse los dos a los ojos. Gabino bajó el mentón. Esme levantó el suyo. Una ráfaga de viento movió las hojas de su gran álamo, al mismo tiempo levantando un mechón del cabello de Gabino, que le cayó sobre la cara.

—¿Por qué estás aquí? —susurró ella—. Vives en Chicago.

—Ya no —se acomodó el mechón de cabello tras el oído—. Ya no trabajo para el *Programa de Stillman*— agregó.

—¿No?

—Y eres una mujer atractiva, Esme —le salieron graves las palabras—. Y lo digo de verdad.

Ella pasó por alto el comentario. Le interesaban otras cosas.

—¿Te corrieron?

—Renuncié.

—¿Por qué?

El asombró la sacudió, y soltó la puerta, acercándose más para recostarse en el marco al postular la pregunta.

—Porque no quise volver a ver jamás la expresión de dolor en la cara de una persona como la que vi en la tuya cuando saliste del estudio. No puedo impedir que engañen a la gente para llevarla al programa, pero puedo no ser partícipe.

Esme suspiró y bajó la mirada hacia las botas de tacón bajo de él. ¿Por qué tenía que ser tan amable? ¿Tan sincero? ¿Por qué no la podía dejar en paz con su resentimiento en lugar de invadir su casa con su presencia y calor, llenándole la nariz con la fragancia de su piel masculina y los oídos con su voz como de crema de menta?

—Yo no puedo sentirme responsable porque hayas perdido tu empleo, Gabino.

—Yo no te estoy culpando.

—¿Qué vas a hacer?

Sus miradas se encontraron de nuevo.

—Yo saldré adelante —se encogió de hombros—. Ya es hora de probar mi suerte con la pintura, y ¿quién sabe?

Ella meneó la cabeza lentamente y levantó la mano para rascarse el cuello. Él había renunciado a su trabajo. Renunció a su trabajo y empacó su vida entera, y ahora estaba parado ahí en la puerta de la casa de ella a cientos de kilómetros, tratando de convencerla de que no era fea. ¿Por qué?

—Ya tengo que irme—susurró, sintiendo que se avecinaba otro ataque de hipo.

—¿Puedo pasar?

—No —empezó a cerrar la puerta.

—Esme, espera —dijo, deteniendo la puerta—. Quiero volver a verte.

—¿Para tranquilizar tu propia conciencia? No creo.

—No es por eso.

Eso decía él. Pero, ¿cómo podría ella estar segura?

Él extendió la mano y recorrió la mejilla de ella lentamente con el dorso de sus dedos.

—Tienes urticaria.

—Me hace verme aún más bella, ¿no crees?

—No, querida.

Su mano se deslizó desde la mejilla de ella hacia su hombro y descansó ahí.

Ella parpadeó, cerrando los ojos, y trató de impedir otro río de lágrimas. Este hombre podría partirle el alma si se lo permitía.

—Déjame en paz, Gabino. Por favor.

—No puedo.

—¿Esme? —Lilí y Pilar se asomaron por el pasillo, luego vieron a su amiga con Gabino, y los ojos de las dos se abrieron, sorprendidas. Ninguna se movió.

Esme volteó a verlas.

—Ahora voy con ustedes. El señor Méndez ya se va.

—No, no me iba.

—Pero ahora sí.

—No hemos terminado.

—Ni siquiera empezamos.

Él apretó los labios y bajó el mentón. Su mirada triste la penetró durante unos momentos insoportables antes de convertirse en sonrisa que hizo salir de nuevo su hoyuelo. Guiñó el ojo.

—¿Mañana, Esme? ¿Puedo verte entonces?

—No.

—Nada más para tomar un café. Sin presiones.

—No.

Cambió su peso de bota a bota, y luego cruzó sus musculosos brazos sobre el pecho.

—¿Tengo que recordarte que dijiste que pensabas que yo era un buen hombre?

—También dije que quería pegarte —contestó ella, con el tono más altanero que pudo encontrar.

—Pero no lo hiciste.

—No me hagas esto. Por favor —dijo ella titubeando, mordiéndose los labios, que habían comenzado a temblarle.

—Voy a seguir tratando hasta que me des una oportunidad, Esme.

Armándose de valor, ella cruzó los brazos sobre su estómago é inhaló.

—Estarás perdiendo el tiempo.

Él acarició sus labios temblorosos con el nudillo de uno de sus dedos, y luego retrocedió un paso.

—Ah, pero verás que prefiero perder mi tiempo contigo que aprovecharlo con cualquier otra persona.

Con un movimiento de la cabeza, les deseó las buenas noches a Lilí y Pilar, quienes estaban todavía atrás de Esme, y luego bajó por las escaleras del porche y desapareció en las sombras de la noche.

CAPÍTULO TRES

Esme durmió mal las próximas dos noches y pasó sus días contestando las constantes preguntas de Lilí y Pilar respecto a Gabino. Era pura tortura. Realmente no quería aceptar las respuestas. ¿Quién es él? ¿Cuándo lo conociste? ¿Por qué está aquí? ¿Te invitó a salir? Y la pregunta que era un auténtico Triángulo de las Bermudas: ¿qué es lo que sientes hacia él?

Y, la verdad, ¿qué era lo que sentía hacia él? Había estado enojada con él y con todo el mundo en el *Programa de Barry Stillman* durante unos días, pero ya no sentía estar enojada con Gabino. Él se había disculpado, después de todo, y para ella no era natural guardar rencores.

Él la atraía. ¿Y qué? También encontraba atractivo a Armand Assante, pero eso no quería decir que ella aspirara a tener alguna oportunidad con él tampoco. Sus sentimientos hacia Gabino eran tan confusos y desequilibrados como sus sentimientos respecto a sí misma, y simplemente la situación no estaba mejorando.

No le ayudaba el hecho de no haberlo visto siquiera desde aquella noche en el porche, y no pudo más que preguntarse si su sentido de culpa se habría disipado suficientemente como para que él simplemente siguiera su camino. Secretamente, la idea la decepcionaba. No quería ilusionarse, no quería pensar en él, pero no lo podía evitar. Gabino Méndez había invadido su alma. Lo peor del asunto era que ya no estaría con él aunque él se lo pidiera de rodillas. No podría, no después del fiasco en el programa de Stillman, sabiendo que lo único que ella podía inspirarle a él era lástima, y que eso no cambiaría. De haberse conocido en otras circunstancias, las cosas podrían ser distintas.

Pero no fue así, y no lo serían.

Asunto concluido.

En algún momento del segundo día, Esme había decidido que el trabajo duro sería el antídoto ideal para lo que la aquejaba, y les había pedido a Pilar y a Lilí que la ayudaran a pintar su casa, tarea que había estado posponiendo. Ahora estaban paradas con el sol matutino brillando caluroso, cubriendo sus cabellos con pañoletas y mezclando la pintura que Esme esperaba hiciera más alegre su casa, y al mismo tiempo alegrara su vida un poco. Y, naturalmente, estaban hablando de Gabino.

—Por supuesto que le interesas, Esme, no seas tonta —dijo Lilí. Tenía el aparato para rociar la pintura en los brazos como una ametralladora, sus uñas manicuradas a la francesa rodeando el mortífero cañón.

Esme la observó, preguntándose si había elegido bien la tarea a emprender.

—Lo que para ti es ser tonta, para mí es ser realista. Pero no tiene caso discutir la semántica. Ya baja esa pistola de pintura, porque me estás asustando.

Ninguna de ellas había pintado el exterior de una casa antes, pero la vieja casa había tenido gran urgencia de una pintada durante los últimos dos veranos. Si pensaba sacar una renta decente del departamento sobre la cochera, entonces le convenía arreglar un poco la casa.

—En serio, Esme, ¿por qué otro motivo renunciaría el hombre a su trabajo?, ¡por el amor de Dios! ¿Y qué me dices de manejar al otro lado del país? —preguntó Pilar.

—El sentido de culpa es un incentivo muy poderoso —dijo Esme—, y no ha regresado. Un tipo como Gabino Méndez no basaría una decisión vital en una mujer como yo, así que olvídalo.

Lilí, quien había tenido la cordura de abandonar la pistola de pintura, dejó de abrochar los botones de una bata que se había puesto sobre sus shorts y camiseta corta, y le echó una mirada sardónica a Esme.

—Una mujer como tú. Ahhhh. Vamos a analizar eso —puso los brazos en jarras, e inclinó la cabeza de lado, pensando—. Eres una exitosa ingeniera de genética a la madurísima edad de treinta años, líder nacional en la investigación de uno de los descubrimientos científicos más importantes desde... desde...

—Las drogas de fertilidad —ofreció Pilar, echando una mirada en dirección de sus dos hijos, Pepe y Teo, contentos jugando con sus coches favoritos sobre la acera. Los niños, como su padre, adoraban todo lo referente a los vehículos y conocían muy bien las marcas y modelos de los mismos.

—Yo iba a decir Velcro, pero sí, desde las drogas de fertilidad —Lilí abrió los brazos y se inclinó hacia delante, levantando las perfectamente formadas cejas hacia Esme—. Tienes razón, mujer. Tú debes de ser el premio de consolación.

Esme suspiró decididamente.

—Tú sabes lo que quiero decir. No estoy diciendo que no soy exitosa, pero dada la elección entre una bata de laboratorio y un negligé, ¿cuál crees que escogería la mayoría de los hombres?

—Te subestimas, Esme, siempre lo has hecho —dijo Pilar, señalando a su propio cuerpo lleno de curvas—. Si te comparas conmigo, eres delgada y ligerita...

—Huesuda.

—Y alta...

—Un metro ochenta y cinco centímetros como Lilí es ser alta, Pilar. Yo mido uno sesenta y cinco, y no soy alta.

—Lo es cuando mides uno cincuenta y ocho y estás gordita.

—No estás gordita, eres voluptuosa —suspiró Esme, acomodándose los lentes—. Es imposible que ustedes dos comprendan. Lilí, pues tú eres Lilí Luján. ¿Qué más puedo decir? Y Pilar, todo el mundo te ha adorado desde la preparatoria. Tú eres la Señorita Popularidad. No recuerdo que hayas pasado un momento sin tener novio.

—¿Y qué? Nada más tuve uno, y me casé con él.

—Por lo menos tuviste la oportunidad —Esme dobló las manos, suplicando a sus amigas—. Por favor no se sientan como si fuera necesario ser generosas conmigo. No estoy diciendo en ningún momento que te envidio por tu belleza, Lilí, o que envidie tu popularidad, Pilar. Pero la verdad es que necesito que sean totalmente honestas conmigo en estos momentos. No niego que soy inteligente ni que soy exitosa, pero... por superficial que les parezca... no me es suficiente ahora. Ustedes saben que nunca me ha importado ser bella o no. Tenemos que aceptar lo que el destino nos depara y conformarnos con lo que tenemos. Pero acabo de ser públicamente exhibida como esperpento en cadena nacional —Esme bufó una risa sin humor y meneó la cabeza—. Discúlpenme si quisiera... nada más una vez en la vida... pues que alguien me viera bonita. Quizás hasta sensual. Suficientemente, por lo menos, para hacer sufrir a Víctor.

Lilí rió con un gruñido muy femenino.

Pilar nada más suspiró.

—Te subestimas. Lo volveré a decir. A Gabino Méndez lo traes calientito, amiga.

Un escalofrío corrió por Esme, pero ella lo rechazó. Quizás no iban a admitir que no era bonita, pero tenían que admitir que Gabino estaba fuera de su alcance.

—Les he pedido que sean honestas. Vieron al hombre, ¿no?

—¡Caramba! Que si lo vimos —dijo Pilar—. Y si yo no estuviera casada...

—O si yo no tuviera ningún compromiso romántico... —agregó Lilí.

—Nos estaríamos peleando a brazo partido por él aquí mismo en el jardín —Pilar le guiñó un ojo.

Esme le sonrió, luego se agachó para mezclar la pintura color "cáscara de huevo primaveral" para exteriores, que tenía exactamente el color y consistencia de la masa para preparar un pastel de manzana. Ella sabía dos cosas con absoluta certeza. La primera, que todo el mundo, incluyendo a sus dos mejores amigas, deberían pensar que era o muy crédula o ciega. Y la segunda, que a pesar de sus amenazas en broma, ni Lilí ni Pilar perseguirían a Gabino, sabiendo lo que sentía ella hacia él.

Esme dejó de mover la pintura y parpadeó varias veces. ¿En qué estaba pensando? Había pensado en aquello de los sentimientos de nuevo. No sentía nada por Gabino. Tenía su orgullo. Jamás aceptaría salir con él sabiendo que la invitaba por simple lástima, y eso era precisamente lo único que podría esperar de Gabino Méndez. El hombre le tenía lástima. Punto. Se sintió humillada al pensarlo.

Recordó la noche antes de su baile de graduación, cuando visitaba las casas de sus amigas para ver sus vestidos. Había estado verdaderamente emocionada al admirar los vestidos de Pilar y Lilí, pero una vez de vuelta en su casa, no pudo más que sentirse deprimida y aislada. Nadie siquiera la había invitado al baile. Su mamá, bendita sea, había tratado de hacerla sentirse mejor. Había arrinconado al primo segundo de Esme,

Juanito, en la cocina, pidiéndole que llevara a Esme a la fiesta dado que Esme "no lograba que nadie la invitara". ¡Qué premio de consolación! Esme jamás se había sentido tan mortificada, y más aún al observar la expresión en la cara de Juanito cuando cambió del asombro al horror a la resignación... y finalmente a lástima. Había fingido estar enferma para evitar salir con aquel que había accedido a sacarla por lástima. Nunca más. No era tan desagradable estar sola como saber que dabas lástima.

Además, ¿qué importaba ahora? Habían pasado ya muchos años desde aquel entonces, y ella tenía que pintar su casa. Se ordenó no pensar más en todo eso, y se lo repitió a sus amigas:

—Ya dejemos ese tema. Vamos a empezar antes de que haga demasiado calor.

Tres horas después, con sólo una pequeña sección de la parte anterior de la casa pintada, Esme, Lilí y Pilar estaban recostadas sobre unos sillones de jardín tomando té helado y descansando sus extremidades fatigadas.

—Jamás pensé que fuera a ser tan difícil —dijo Esme. Pintar era trabajo duro y fatigante. Le ardían los brazos y tenía calambres en las pantorrillas, y parecía que no habían avanzado nada.

—Necesitamos ayuda —agregó Pilar.

—Necesitamos pagar para que alguien lo termine —dijo Lilí, dando voz a lo que habían estado pensando todas—. Esto es un infierno.

Pepe y Teo vieron cuando llegó una gran camioneta negra que se estacionó en frente de la casa, y luego Pepe, un niño de apenas seis años, volteó hacia ellas, anunciando:

—Alguien llegó en una Ford F350 del 97, tía Esme.

Esme miró justo a tiempo para ver las largas y musculosas piernas de Gabino, enfundadas en pantalones de mezclilla, por debajo de la portezuela del conductor. Al cerrar la portezuela, apareció su torso en forma de triángulo invertido, luciendo muy bien en una camiseta sin mangas. Esme se sentó derecha, tirándose el té helado sobre su camisa manchada de pintura.

Teo, el niño de cuatro años, se paró de un brinco y atravesó el jardín saltando, deteniéndose frente a las botas de Gabino. Echó su cabecita hacia atrás para mirar a la cara sonriente de Gabino.

—Nosotros no vivimos aquí, pero mi tía sí. ¿Puedo sentarme en tu camioneta? ¿Es tuya? ¿Quién eres? —dijo.

—¡Teodoro! —gritó Pilar—. ¿Dónde está tu educación?

—Soy amigo de tu tía —dijo Gabino riéndose, acariciando el cabello de Teo—. Soy Gabino.

Teo corrió por el jardín gritando:

—¡Tía Esme, tu amigo Gabino ya llegó en su camioneta negra Ford de doble tracción!

Luego se concentró en una oruga en la acera que le había llamado la atención.

Esme les echó una mirada despectiva a sus amigas salpicadas de pintura, y luego trató de decidir si se levantaba para ir al encuentro de Gabino o si lo esperaba ahí. Como sentía las piernas temblorosas y débiles, mejor se quedó sentada para tratar de convencerse que no estaba emocionada por verlo. Ni tantito.

Gabino caminó lentamente por el jardín en dirección a ellas, sus ojos cafés cubiertos por unas gafas de sol. Miró hacia la casa y su labio tembló.

—Buenos días, señoras.

—¿Qué haces aquí? —preguntó Esme, inmediatamente enojada consigo misma por ser tan brusca—. Quiero decir…

—Está bien. Estaba por el rumbo. ¿Qué están haciendo?

—Están pintando la casa —le explicó Pepe, sin levantar la vista. El niño estaba sentado sobre una pierna, con la otra pierna doblada con su rodilla hacia arriba frente a él, proporcionando el lugar perfecto para descansar el mentón mientras alineaba su colección de cochecitos.

—¿Y estás ayudando? —le preguntó Gabino al niño.

—Para nada —dijo Pepe, mirándolo—. Soy niño nada más.

—Pues tienes un gran ojo morado para ser tan niño —Gabino se puso en cuclillas para observar el moretón alrededor del ojo izquierdo del niño.

—Ya no me duele —dijo Pepe, encogiéndose de hombros.

Gabino volvió a pararse y volteó de nuevo hacia las mujeres.

—Con mucho gusto las ayudo con la pintada —ofreció.

—No, gracias —dijo Esme, mientras Pilar y Lilí dijeron a la vez:

—Sería maravilloso —las mujeres se miraron ferozmente entre sí, hasta que Pilar volteó a sonreír en dirección a Gabino.

—Es la casa de Esme. Me supongo que es decisión de ella.

Gabino miró a Esme, levantando la ceja.

—Estamos bien. Podemos hacerlo solas.

—Como quieras, pero soy pintor, ¿sabes?

—No quiero un mural pintado en ella —refutó ella—. Nada más quiero una capa de color "cáscara de huevo primaveral," y somos perfectamente capaces de hacerlo solas.

—Habla por ti misma, Mujer Maravilla —murmuró Pilar.

Gabino se quitó las gafas y les sonrió a Pilar y Lilí.

—Soy Gabino Méndez —les dijo, inclinándose hacia adelante para estrechar las manos de ellas, una tras la otra, dándole una excelente vista a Esme para observar dentro de su camiseta sus fuertes músculos pectorales. Ella desvió la vista para ocultar el deseo que seguramente se notaba en sus ojos.

—Pilar Valenzuela —Pilar señaló hacia el jardín—. Aquellos changuitos jugando allá son mis hijos, Pepe y Teodoro—. Saluden, hijos.

—Hola —dijeron los niños con poco interés.

—Y —siguió Pilar—, te presento a Lilí Luján.

Gabino se volvió a ver a Lilí.

—¡Caray! ¿La Lilí Luján?

—Ésa soy yo —dijo ella, encogiéndose de hombros, tan genuina y sencilla como siempre—. Llena de pintura y todo.

—Es un placer conocerlas —se cruzó de brazos colocándolos sobre el pecho y le sonrió a Lilí—. Mi sobrino de dieciocho años tiene fotos tuyas sacadas de revistas colgando de todas las paredes de su cuarto. Espero que no te moleste eso. Pero, ¡el chico se va a desmayar cuando yo le diga que te conocí en persona!

Esme se sorprendió al escuchar las palabras de Gabino. No había duda que Gabino estaba fascinado por conocer a una celebridad. Sin embargo, no estaba mirándola con deseo, como lo hacían la mayoría de los hombres.

—No, no me molesta —dijo Lilí riéndose—. Nada más hazlo alejarse de los muebles si se va a desmayar cuando se lo digas. No quisiera sentirme responsable por una fractura de cráneo —inclinó la cabeza y miró en dirección a Esme—. Y ésa es nuestra mal educada amiga, Esme. Pero supongo que ustedes ya se conocen.

Esme forzó una sonrisa débil. ¿Qué es lo que haría ella si no fuera Gabino el que estaba parado al pie de su silla cubriendo su ardiente cuerpo con su sombra refrescante? Ah, sí. La hospitalidad.

—¿Puedo...servirte un té helado, Gabino?

—Estoy bien, gracias —contestó él, negando con la cabeza.

Esme no lo dudaba en lo más mínimo.

—La verdad es que vine a ver el departamento que anunciaste para alquilar —dijo, señalando al letrero que estaba en el jardín.

—Ya está alquilado —replicó Esme, justo al mismo tiempo que Pilar y Lilí dijeron:

—Está disponible—de nuevo intercambiaron miradas las tres.

—Ya sé —dijo Gabino, riéndose de nuevo—. Es la casa de Esme, y la dejaremos decidir a ella.

Ella tragó en seco, sintiendo la garganta cubierta de pintura color cáscara de huevo primaveral para exteriores.

—Lo que quería decir es que todavía no está listo el departamento para alquilarlo.

—Entonces, ¿para qué poner el anuncio? —Gabino señaló con la cabeza en la dirección general del letrero.

Pilar se levantó, seguida por Lilí. Las dos caminaron en dirección a la casa.

—Niños, vámonos. La tía Lilí y yo les vamos a preparar la comida.

—Esperaremos aquí —dijo Teo sin emoción alguna en la voz, hipnotizado por la oruga que caminaba sobre su camiseta.

—No, no lo harán. Ven, Teo. Y deja la oruga allá. ¿Pepe? Guarda tus cochecitos.

Esme se sentó hacia delante, su corazón palpitando fuertemente al pensar en quedarse sola con Gabino.

—Pilar, espera...

—Ahora mismo, hombrecitos —Pilar no hizo caso a sus protestas.

—¡Ay, mamá! —chilló Pepe—. Todavía no es hora de comer...

—No protestes.

—No es hora de comer —insistió el niño—. Acabamos de desayunar. Vomitaré.

—Obedece a tu mamá —canturreó Lilí.

La urticaria brotó de nuevo en el cuello de Esme, y mirando de reojo, vio que Gabino estaba sonriendo con expresión traviesa. Obviamente sabía lo que estaba pasando. Qué vergüenza. Se imaginaba que sería así de penoso salir con alguien en una cita a ciegas.

Pepe continuó protestando. Entre gemidos y chillidos, Teo y él arrastraron los pies camino a la casa, siguiendo a las dos mujeres. Durante unos minutos después de su partida, Esme se sentó tiesa en su asiento, concentrándose en los cantos de los pájaros en el álamo. O por lo menos fingía hacerlo. Pronto Gabino se recostó sobre el sillón junto a ella, suspirando con satisfacción como un hombre que estaba perfectamente a gusto ahí.

—Qué agradable es el clima de Colorado —dijo.

Ella aparentó observar cómo una enorme nube blanca flotaba a través del cielo azul, mientras echaba miradas fugaces hacia las largas piernas de Gabino y sus conocidas botas. ¿Qué podría decirle a este hombre? ¿Te deseo? ¿No te deseo? ¿Quédate? ¿Vete? Jamás se había sentido tan atraída por un hombre ni tampoco tan confundida, y aún dudaba respecto a sus motivos. Sin embargo, no podían seguir ahí sentados sin hacerse caso mutuamente, o ella se volvería loca. Esme respiró hondamente. Cruzó los brazos bajo sus senos.

—Entonces —dijo ella.

—Entonces.

—Estás aquí otra vez —dijo después de una pausa incómoda.

—¿Alguna vez dudaste que regresaría? —sus mismas palabras sonreían.

Esme reprimió su respuesta. Por supuesto que lo dudaba. Lo dudaba tanto como esperaba estar equivocada. No podía ponerse cursi con él de repente.

—¿Qué quieres de mí, Gabino?

Pudo sentir la mirada de él sobre su cara durante varios largos minutos. La quemaba como si la hubiera tocado. En lugar de contestar la pregunta, él se limitó a decir:

—Se te está quitando la urticaria.

—Pensé que te habías ido —dijo, levantando las manos hacia el cuello y mirándolo de reojo—, que habías regresado a Chicago, o... algo.

Escuchó el revoloteo de alas cuando varios pájaros emprendieron vuelo desde las ramas del álamo. Su estómago se sentía como si los pájaros estuvieran aleteando en su interior mientras esperaba que él respondiera. Trató de concentrarse en la plática, en lugar de ser distraída por su frescura masculina con fragancia a jabón. Cuando ya no pudo soportar el suspenso, volteó hacia él y encontró sus ojos de café líquido mirándola intensamente.

—¿Por qué no me alquilas tu departamento, Esme?

Su voz suave la calentó, refrescándola simultáneamente. Todo alrededor de este hombre la distraía y la atraía, cada palabra que hablaba hacía que deseara tocarlo. Si no se mantenía bastante reservada alrededor de él, podría caer en un abismo de dolor.

—Porque no sé por qué lo quieres.

—Bueno, para empezar, me sale caro pagar un hotel —dijo riéndose, y recorrió las manos a través de su largo cabello.

—Hay muchos departamentos en Denver, Gabino. El mercado de bienes raíces es bastante amplio.

—Y en segundo lugar, eres la única persona que conozco en Denver.

—No me conoces.

—Quisiera cambiar eso. Esa es la tercera razón.

Esme meneó la cabeza lentamente, sin poder reprimir una risa sin alegría.

—Está bien, está bien. Te perdono por lo del programa. ¿Eso es lo que quieres escuchar? ¿Te hará dejar de tratar tanto de aliviar tu sentido de culpa? Te perdono —enunció amargamente—. Ahora estás en libertad de irte.

Hubo un silencio largo que Gabino rompió.

—¿Alguna vez se te ha ocurrido, Esme, que me gusta estar cerca de ti?

—Ah, no —. Ella sintió un nudo en la boca del estómago—. No soy tan inocente. Recuerda cómo nos conocimos. Seguramente no lo habrás olvidado.

—No. Lo recuerdo bien —suspiró—. Déjame preguntarte esto. En el estudio de maquillaje, ese día... —ella palpó la incomodidad de él, y por un momento le tuvo lástima—. ¿Te gustó platicar conmigo?

—Claro, pero fue antes de darme cuenta de que me estabas engañando...

—Esme, no lo digas —la amonestó suavemente. Extendió la mano para ponerla sobre la pierna de ella. Suavemente. Inocentemente.

Ella miró los bellos dedos que la tocaban, deseando que siguieran tocándola, pero sabiendo a la vez que debería decirle que los quitara de encima de ella. No dijo nada. Probablemente ni podía respirar. Luego él empezó a acariciarle la pierna, con pequeños círculos prometedores, y el mundo de ella tembló.

—Tú y yo sabemos perfectamente que nos caímos mutuamente bien en ese cuarto, querida. A pesar de todo. Eras hermosa entonces, y sigues siendo hermosa. Con o sin maquillaje, Esme Jaramillo, haces que me gire la mente y que palpite mi corazón. Pero, no es eso lo que más importa.

Ella parpadeó, acomodándose los lentes.

—Aunque seas hermosa, no me importa en lo más mínimo tu apariencia física, porque eres una de esas mujeres que son hermosas por dentro, y se nota —su boca se enchuecó de un lado—. ¿Por qué no me crees?

¿Se atrevería ella a creer en las palabras hipnotizantes de este hombre? Quería hacerlo. Sin embargo, no estaba dispuesta a exponerse a más dolor. Su piel se le había enchinado desde la cabeza hasta los pies, y cuando sacó la lengua para humedecerse los labios, vio que la mirada de él descendía hacia su boca, profundizándose. El deseo empezó a quemarla por dentro.

—No saldré contigo porque me tengas lástima, Gabino. Ni ahora, ni nunca.

—Jamás sería así.

—Yo no estoy buscando una relación. No soy ninguna desesperada... solterona...fea...—titubeó, sintiendo como si alguien la hubiera apuñalado directamente al corazón.

—No eres fea, como te lo he dicho. Pero ése no es el punto.

—¿Cuál es el punto?

—No vine para enamorarte, Esme. No necesariamente. Podemos ser simplemente amigos si así lo prefieres —quitó la mano de su pierna—. Puedo aceptar eso —. Pasó otro momento—. ¿Es eso lo que quieres?

—Sí, me...supongo.

Pero no sabía. Suspiró y volteó la cabeza, armándose de valor, analizando sus verdaderos motivos. ¿Qué tendría de malo que fueran amigos? Siempre y cuando se fijaran las reglas claramente, y cada quien las respetara, podrían controlar las cosas. Ella necesitaba un inquilino, y él necesitaba un lugar para vivir. Ella era perfectamente capaz de resistírsele. Era simplemente un hombre. Un exquisito pedazo de dura piel bronceada de lo más besable: eso es lo que era. Esme bajó los lentes, cerrando los ojos, y se pellizcó el tabique de la nariz. ¿Qué le pasaba? ¿Estaba enamorada? No obstante el aspecto físico de él o cuán dulcemente hablaba, ella podría manejar una relación platónica con Gabino Méndez, maquillista y pintor. Claro que podía. Se le ocurrió una idea. Abrió los ojos súbitamente.

Con gran emoción y esperanza, se dio cuenta de que Gabino poseía talentos que ella no tenía. Talentos y conocimientos que la podrían ayudar a recuperar su orgullo. Gabino no se atrevería a negárselo, aunque no estuviera de acuerdo con su plan. Ella se aprovecharía de su sentido de culpa de ser necesario. Su ocurrencia llenaría las necesidades de los dos.

—Hay buena luz en el departamento de la cochera —murmuró, despejando la garganta—. Quiero decir, para que puedas pintar. Yo te puedo reducir la renta durante los primeros meses para que puedas estabilizarte si...

—Espera un momento —la esperanza iluminó sus ojos, provocando una pequeña sonrisa—. ¿Quiere decir que...?

—Sí —dijo ella—. Es tuyo con un par de condiciones.

Él se cruzó de brazos, estirando sus bíceps.

—Lo que tú digas.

Ella inclinó la cabeza hacia la mala pintada y puso los ojos en blanco.

—Para empezar, puedes terminar de pintar esta condenada casa.

—Sabía que llegarías a pedir eso —rió él—. No hay problema.

—Segundo, que los dos entendamos que somos amigos —. Le dirigió una mirada sincera—. Nada más amigos. No busco ningún... enredo —dijo, pensando para sí misma que no quería enredos por lástima, para ser más exacta.

Él se encogió de hombros.

—Tengo que admitir que la segunda regla es una lata, pero si así tiene que ser, acepto. Trato hecho.

—No tan rápido. Una cosa más.

Su café matutino le quemaba el estómago. Abrió la palma sobre su torso y presionó.

Él la animó, asintiendo con la cabeza.

—Quiero que tú...—titubeó, temiendo decir las palabras, mordiéndose el labio inferior durante un momento—. Quiero que me ayudes a cambiar mi imagen, Gabino. El maquillaje, cabello, todo. Eres todo un profesional, y necesito un cambio.

—Si eso es lo que quieres, acepto —se vio confundido—. Pero, ¿por qué? Te ves de maravilla.

—No todo el mundo lo piensa —no iba a caer en esa trampa de nuevo—. Además, ya no quiero la imagen que tengo. No quiero que me recuerde nadie como salí en ese programa.

Gabino frunció el entrecejo.

—¿Qué es lo que quieres, Esme?

Volteando hacia él, levantó el mentón, retándolo a burlarse de ella. Respirando profundamente, le dijo:

—Quiero verme sensual, como toda una estrella. Quiero que me ayudes para ser absolutamente irresistible para Víctor Elizalde.

CAPÍTULO CUATRO

Gabino comprendía perfectamente la urgencia de Esme de volver a tener control, de hacer cambios en su arreglo personal para poder recuperarse del golpe tan duro que recibió en el *Programa de Barry Stillman*. Lo que no comprendía del todo era su deseo de convertirse en una mujer irresistible para el tal Víctor, un pomposo, cruel y jorobado hijo de mala madre, cuando él mismo estaba aquí a su lado, deseoso de mostrarle cuán irresistible la encontraba ahora mismo. Mujeres. ¿Quién las entendía?

La analizó. La tensión hervía justo bajo la superficie, aunque su postura indiferente desmintiera esa verdad. Recostada cómodamente en el reposet junto a él, delgada y curiosa como una gacela, cualquiera que la viera diría que estaba de lo más relajada. A Gabino no lo engañaba. Ella estaba esperando su respuesta. El sol brillaba sobre los mechones de cabello que se escapaban de la pañoleta que ella estaba usando, y una bolita de pintura se había secado justo en la punta de su nariz respingada y besable. Aun vestida con una camisa enorme de hombre y pantalón de mezclilla cortado como shorts, en cada centímetro de Esme se notaba que era la brillante científica que él sabía que ella era.

Luego se dio cuenta de la verdad.

Tal vez ella se sentía atraída por el desgraciado de Elizalde porque los dos estaban al mismo nivel educativo. Quizás sus propios encantos no la afectaban porque él no contaba con las cualidades que eran importantes para esta mujer. Era simplemente un artista muerto de hambre, un hombre sencillo. No estimulaba el exquisito cerebro de ella, y quizás el otro desgraciado sí. La idea le hizo apretar los dientes al grado de rechinarlos.

Elizalde no merecía a Esme.

Pensándolo bien, quizás él tampoco la merecía, pues ya la había lastimado. Le ardió una punzada de tristeza. ¿A quién trataba de engañar? Esme no lo quería en su vida por lo que había sucedido en el programa de Stillman. Durante los primeros momentos de conocerla, la había traicionado. La compensaría por ello, aunque eso significara que tuviera que renunciar a su deseo de conquistarla, por el momento. No tenía sentido tratar de convencerla con palabras de amor. Todavía estaba convencida de que había venido a Denver nada más porque ella le había inspirado lástima.

—¿Entonces? —Esme parpadeó en dirección a él tras sus anteojos—. ¿Estás de acuerdo con todas las condiciones?

Su mamá no había criado a ningún imbécil. Él estaría de acuerdo con lo que fuera con tal de poder pasar tiempo con ella, aun dentro de su plan idiota de belleza. Claro que pensaba aprovechar la oportunidad para lograr sus propios fines utilizando el plan de ella, pero ella no tenía por qué enterarse. A él le daría el tiempo necesario para exonerarse ante ella, y después le mostraría como podía estimular su cerebro, y al mismo tiempo sus demás sentidos, no obstante las diferencias educacionales entre ellos. Pero de momento, llevaría la fiesta en paz con ella. Lanzarse con su acostumbrado estilo de ataque nada más la asustaría. Dejaría que ella llevara la batuta, y, con un poco de suerte, acabaría por quererlo.

—Por supuesto que sí. Será un gran placer serte útil en algo —. Ella obviamente quería convertirse en toda una vampiresa sensual, así que él accedería con ganas. Tantas ganas, probablemente, que ella no soportaría la imagen y acabaría por apreciar su propia belleza natural. Funcionaría. Tenía que funcionar.

—Entonces, trato hecho. Gracias —se suavizó su tono—. De verdad, te lo agradezco —. Puso su mano sobre la pierna de él y le dio un apretón. Durante un breve momento, su mente giró locamente. Este tipo de gratitud era bastante placentero. Trabajaría muy duro para darle mayores motivos para tocar su cuerpo con sus manos de terciopelo, pero por ahora, el agradecimiento le había caído muy bien.

—¿Tú lo agradeces? —rió—. Me estás rescatando de un viaje en camino a la nada, Esme.

—Ni siquiera había reparado en tu situación —dijo ella, frunciendo el ceño preocupada, tocándose el labio inferior con los dedos—. Nada más supuse… ¿puedes quedarte en Denver?

El señor Fuentes siempre le había dicho que si no tenías a donde ir, entonces más valía que te empezara a gustar el lugar donde estuvieras. Gabino abrió los brazos y sonrió.

—Soy todo tuyo. Dos meses de renta gratis puede ser exactamente el apoyo que mi carrera de artista necesita —. Y en silencio se dijo a sí mismo que eso también le daría el tiempo necesario para demostrarle a ella que todo lo que necesitaba en un hombre lo podía encontrar en él. Se recostó, sintiéndose mejor que en mucho tiempo.

—¿Qué me vas a hacer primero? —preguntó Esme.

Un sable de deseo se le clavó en el corazón, y momentáneamente no pudo ni respirar. La mirada de ella era clara, y su pregunta totalmente inocente, pero él estaba muy orgulloso de ser un macho latino de sangre caliente. Le costó cada gramo de autocontrol no aprovechar el doble sentido de la pregunta. ¿Acaso era el único que palpaba la carga de electricidad que corría entre ellos?

Contra sus inclinaciones naturales, adoptó una actitud de negocio.

—Primero, necesito mudarme para el departamento. Luego, terminaré de pintar la casa. Y luego —juntó las palmas de las manos, frotándolas lentamente mientras la estudiaba profundamente—, ¿cuánto tiempo tengo para este cambio?

—La reunión del plantel docente para el otoño es el 0 de agosto, así que tienen... —miró hacia arriba como calculando el tiempo— ...cuatro semanas —su cara se cubrió de duda—. ¿Es suficiente tiempo para lograrlo?

—Más que suficiente. Arreglaremos primero tu cabello.

La mano de ella subió a la pañoleta, y movió el mentón como un cachorro acostumbrado a ser maltratado.

—Está bien —dijo ella, pero él se dio cuenta de que tendría que cuidar mucho cómo decía las cosas para no lastimarla.

—No porque tu peinado necesite de ningún cambio, Esme. Pero tenemos que empezar en algún lado. Creo que lo mejor es comenzar con tu cabeza y lentamente ir bajando por todo tu cuerpo hasta cubrir todos los puntos. ¿Te parece bien? —se moría de ganas de sonreír libidinosamente, pero se contuvo.

Vio que Esme sostenía la respiración, e intuyó perfectamente que estaba tratando de evitar el hipo. Ella finalmente contestó, y su voz sonó sensual y femenina.

—Este... es que... pues sí. Me parece bien.

El hombre definitivamente usaba trusa, decidió Esme. O quizás nada. O quizás ella no debería estar observando su trasero con abierta lujuria, pero no podía evitarlo. Había clavado la vista, con la boca seca, en una rotura en el pantalón de mezclilla de Gabino que exponía su piel, justo abajo de sus nalgas, cuando él bajó la escalera para tomar el agua helada que ella le había traído. Cuando su pie llegó al último peldaño, ella se forzó a desviar su mirada reverente del cuerpo de él y se fijó en la capa fresca de pintura "Cáscara de Huevo Primaveral" en su casa. Pero el ojo de su mente permaneció fijo en sus nalgas.

—Se ve muy bonito.

Gabino volteó hacia ella, con una sonrisa curiosa en la cara. La estudió sobre la orilla del vaso mientras tomaba un poco de agua, luego de pasar el dorso de su mano sobre los labios.

—Tanto entusiasmo podría hacer que el pintor quisiera ser la pintura.

—¡Ja! —replicó ella con tono brusco pero juguetón. ¡Si supiera! Bajó la mirada hacia el suelo, pero no antes de notar su desnudo, musculoso pecho brillando por el sudor y manchado de pintura. Notó con interés bastante impropio para una dama que su pantalón de mezclilla estaba desabrochado.

—De verdad te agradezco que hayas abrochado todo esto. Quiero decir, que lo hayas terminado.

—No hay problema. Es un trabajo tranquilizador —dijo Gabino—. Me da tiempo para pensar en mi arte.

Con mucha pena, Esme se dio cuenta de que había estado muy concentrada en sus propios asuntos últimamente, y ni siquiera había preguntado cómo le iba a Gabino en su propia vida.

—¿Y cómo va todo eso? ¿Estás a gusto en el departamento?

Él asintió con la cabeza.

—Después de terminar la nueva pintura que acabo de comenzar, creo que llevaré unas obras por las diferentes galerías de la ciudad, para ver qué clase de reacciones recibo.

—Me parece muy buena idea. Me encantaría ver tus obras —insinuó ella, esperando que él tomara un momento para llevarla a verlas en ese mismo momento. Pensaba que podría conocerlo mejor así.

—Algún día, claro —dijo él, pero sin ser convincente.

Ella sintió que la plática estaba terminando y trató de pensar en cualquier cosa para revivirla.

—¿De qué se trata la nueva pintura? ¿Puedo verla?

—Jamás muestro mis obras en progreso hasta que las termine —dijo, levantando un hombro, con la mirada distante, como si mirara hacia adentro en lugar de hacia afuera. Sacó un hielo del vaso para pasarlo por su cuello y pecho, y gimió guturalmente al sentir su frescura.

—Necesitaba esto —dijo—. Hoy hace calor.

Habla Esme, ¡di algo!, se decía Esme. Había dirigido conferencias técnicas, había hablado ante comités de becas con elocuencia; sin embargo, no se le ocurrió nada inteligente que decir ante tanta atracción física masculina. Bueno, podía olvidarse de una de las carreras en su lista de alternativas a su carrera actual. Jamás podría trabajar como narradora en un club de baile exótico masculino al desnudo. Quedaría constantemente muda.

—¡Agosto! —exclamó.

—¿Perdón?

—Agosto es normalmente el mes más caluroso en Colorado —dijo ella, cruzando los brazos sobre su torso—. Y eso que no has visto lo peor del calor todavía.

El clima. Sí. Aceptable e insípido tema de conversación. Ya no quería evocar la imagen de Gabino pasando ese hielo por la piel de ella. O, a decir verdad, era exactamente lo que quería fantasear.

Ella había sido la que quiso mantener la relación entre ellos como amistad platónica, así que ¿por qué quería suicidarse por haber establecido esa regla cada vez que veía al hombre? A lo largo de estos tres días de la estancia de Gabino en el departamento sobre la cochera, habían adoptado una amistad casual y cortés. Se reunían en el porche trasero de la casa para tomar un café mientras leían diferentes secciones del *Denver Post*. Él había cumplido su palabra al ser todo un caballero. La trataba casi como hermano. A pesar de ello, aquí estaba ella, deseándolo como gata en celo y esperando que su deseo fuera recíproco. ¿Qué tan voluble podría ser ella?

No dudaba haber inventado por lo menos cincuenta excusas para salir y mirarlo mientras pintaba su casa, vestido sólo con el pantalón roto y tenis. Ya era hora de tranquilizarse.

—Pero es un calor seco, ¿no? —dijo él sonriendo.

—¿Cómo? Ah, sí —. Ella forzó una sonrisa normal y vio como se movía la garganta de él al terminar toda el agua. Una gota de hielo derretido cayó por su pecho, atravesó su duro estómago, y mojó la parte superior de su pantalón. Dios mío, pensó ella, que llamen a los bomberos.

—¿Qué planes tienes para hoy en la noche? —preguntó Gabino, extendiendo el vaso vacío hacia ella.

Esme desvió su mirada hacia la cara de él, luego de aceptar el vaso, apretándolo contra su pecho.

—La verdad es que no tengo planes. Iba a revisar unos estudios de laboratorio, pero no son urgentes. ¿Por qué?

Él miró hacia la casa, y luego se agachó para ordenar los enseres de pintura sobre la acera.

—Pensé que podríamos hablar de algunas opciones para tu cambio de apariencia... cenando, en donde tú quieras —dijo él de paso—. Luego podríamos escuchar un poco de jazz en vivo en El Chapultepec —se paró con las manos sobre las caderas.

A ella se le abrieron los labios. ¿La estaba invitando a salir?

—Antes de que protestes —dijo él, levantando las palmas y guiñándole el ojo—, te puedo asegurar que saldremos como dos amigos para comer algo y escuchar un poco de música.

—Ya lo sé —una desilusión irracional pasó por su ser.

—Yo invito.

—Bueno... pero soy perfectamente capaz de pagar mi parte.

—Como tú prefieras.

Nada parecía molestar al tipo. Jaló el elástico de su cola de caballo y se peinó con sus dedos. El sudor mojaba su frente y las gotas corrían a lo largo de su mandíbula.

—He oído mucho respecto al jazz de El Chapultepec, que dicen que está a nivel mundial. Será divertido ir juntos.

Como si hubiera algo que no sería divertido con él, pensó Esme. Ni siquiera había oído mencionar El Chapultepec, lo cual indicaba la extensión de su vida nocturna. Aun así, su corazón palpitó al pensar en pasar una velada con Gabino. No era una cita, pero ella se sentía como si lo fuera. El ridículo deseo de girar en círculos la asediaba.

—Jamás he ido. Pero me parece buena idea —titubeó—. Realmente divertido. Así que sí, con gusto. ¿A qué hora iremos?

—¿De veras? —el sol de la tarde iluminaba la cara de Gabino con tonos dorados—. ¡Qué gusto me da! Entonces necesito limpiar un poco aquí, y luego echarme un regaderazo. ¿Qué te parece, entonces, en una hora? ¿Te da suficiente tiempo?

—Nos vemos entonces —dijo ella, asintiendo con la cabeza—. Llevaré un cuaderno y una pluma.

—¿Un cuaderno y una pluma? —la confusión se notó en los ojos de él.

—Para tomar apuntes y escribir nuestro plan —. Ella ajustó sus lentes—. Para el cambio de apariencia. Dijiste que lo hablaríamos durante la cena. Por eso vamos a salir, ¿no? —al decirlo, estaba esperando en Dios que él la corrigiera.

—Ah. Correcto. Por supuesto —dijo él, con la boca temblándole—. Bueno, este, entonces tú traes esas cosas. Me ahorras la molestia de buscar las mías —guiñó el ojo, y la luz del sol se quebró en un prisma de mil colores al reflejarse contra el diamante de su arete.

Esme volteó y dio unos pasos titubeantes hacia el porche, analizando la expresión de diversión en la cara de Gabino. Se sentía como si se hubiera equivocado en algo como idiota, pero no tenía idea alguna en qué, y no tenía tiempo para analizarlo. Le quedaba apenas una hora para estar lista. Fuchi. Odiaba arreglarse. Lentamente volteó, con sus mejillas ardiendo por la pena.

—¿Gabino? Disculpa. ¿Qué acostumbran ponerse las mujeres para ir a lugares así? —se mordió el labio, y la humillación la inundó como burbujas por tener que admitir su falta de experiencia en este tipo de situación social.

Él cerró el espacio entre ellos en cuestión de segundos y tocó su nariz con un dedo manchado de pintura.

—Lo que tú escojas será perfecto, querida. No es un lugar elegante, de ninguna manera. Ponte algo con lo que te sientas cómoda.

Ella soltó el aire que había estado sosteniendo. Sonrió, y sintió un hormigueo donde la había tocado. Era una nueva sensación para ella ser tocada por un hombre como él, y le estaba gustando la atención.

—Gracias —dijo, y fue sincera. Gabino Méndez era un buen hombre. La hacía sentirse menos científica y más mujer. Después de la debacle de Barry Stillman, jamás habría pensado que pudiera sentirse así, pero la alegraba mucho que Gabino hubiera venido a Denver.

El famoso club de jazz no era más que un pequeño tugurio en la esquina de las Calles 20 y Blake en la parte más céntrica de la ciudad. Esme atravesó la puerta, y fue recibida por una mujer que le sonrió, pero no revisó sus identificaciones. El lugar estaba bastante concurrido para tratarse de una noche entre semana. Hombres y mujeres tomaban lentamente sus bebidas y movían las cabezas al ritmo de la música. El pantalón negro de rayón y juego de blusa y saco color rojo cereza que Esme había escogido estaban algo conservadores en comparación, pero no se sentía fuera de lugar en lo más mínimo. Gabino le había dicho que se veía hermosa, lo cual la había hecho sentir bien.

El cuarto posterior era una cantina iluminada punzantemente, que ofrecía comida básica y una mesa de billar. Acababan de comer en la Parrilla LoDo al lado del lugar, sin embargo, así que buscaron una mesa en el área de la barra cerca de los músicos. Vieron a una pareja abandonando una mesa con asientos corridos de madera con vinilo a la mitad del camino entre la puerta y el pequeño escenario, y fueron directo hacia la mesa. Esme se deslizó por el asiento, sorprendida cuando Gabino tomó el lugar al lado de ella en lugar de sentarse al otro lado de la mesa. Lo miró con expresión inquisitiva.

—¿No te importa? Me gusta poder ver a los músicos —explicó él, subiendo los tacones de sus botas en el asiento frente a ellos para acomodarse—. Soy artista visual.

—No me importa —. ¿Estaba loco? Sentarse junto a él era un gusto. Recorrió el interior obscuro con la vista. Fotografías de quienes habían tocado ahí forraban las paredes, marco contra marco. Las luces color rosa se reflejaban contra los mosaicos del piso y en las orillas cromadas de las mesas de formica. Cuatro músicos estaban amontonados sobre un pequeño y maltratado escenario en la parte principal, llenando el club con su música por medio de un sorprendentemente buen sistema de sonido. Un letrero grande cerca del escenario decía: "CONSUMO MÍNIMO DE UNA BEBIDA POR SERIE".

Una joven y atractiva mesera, vestida con pantalón de mezclilla y una blusa verde de manga corta se acercó a la mesa. Apenas vio a Esme antes de fijar una mirada hambrienta sobre Gabino, sonriéndole con 300 vatios de fuerza.

—Bueno, ¿cómo están hoy? —su voz sonaba a whiskey mezclado con sensualidad confiada—. ¿Qué les sirvo?

—¿Esme? —Gabino volteó de la mesera hacia ella.

—Lo mismo que tomes tú —le dijo, notando de reojo la postura de la mesera que clamaba por atención.

Gabino pidió un café con Frangélico para los dos mientras Esme se perdió en las melodías graves, pasando por alto el abierto coqueteo de la mesera con Gabino. Sólo le faltaba montarse en el regazo de Gabino para tomar la orden. Qué molesto. Y ella, ¿qué era? ¿Invisible? De acuerdo, Gabino no tenía ningún compromiso con ella, ¿pero cómo lo podía saber la mesera? ¿Era tan obvio para la mesera que una mujer como Esme jamás pudiera estar de verdad con un hombre como Gabino? Su estómago se retorció. Simplemente no iba a pensar en eso, y punto.

Al llegar sus cafés, Esme se dio cuenta de repente de lo pegaditos que estaban sentados Gabino y ella. Su cuerpo la atraía como si fuera un campo magnético. Si volteaba la cabeza, probablemente podría contar cada barbita sobre su mejilla bronceada. Su brazo estaba descansando con naturalidad sobre el respaldo del asiento, sus largos dedos tamborileando al ritmo de la música cerca de la cabeza de ella. Su cercanía hizo que todos los sentidos de ella bailaran, y a pesar de lo irracional de ello, ella tenía ganas de acercarse aún más a él, de acurrucarse contra él. Cerró los ojos y se dejó llevar por la fantasía de cómo se sentiría si Gabino Méndez realmente se sintiera atraído por ella. Una canción terminó, y otra empezó.

—Es nada más mi opinión —dijo él cerca de su oído, con aliento cálido, y su voz suave vibrando contra su piel hasta que ella ya no pudo soportarlo—, pero simplemente hay algo tan abiertamente erótico en la música del saxofón. ¿Verdad?

Esme tragó en seco con dificultad, y sus ojos se abrieron instantáneamente. Era una pregunta sencilla. Ella no sabía nada de la música en sí, pero había definitivamente algo erótico en cuanto a un hombre letalmente sensual respirando sobre su cuello en un brumoso club de jazz, mientras los ritmos del saxofón llegaban hasta su alma. Era algo a lo que le gustaría acostumbrarse. Se tocó el cuello con la mano.

—Si. Es... pues es bonito —logró decir por fin.

La risa ligera de Gabino la hizo mirar su perfil. Trató de adoptar una pose indignada, pero el café y el compañerismo la habían puesto de excelente humor.

—¿Te estás riendo de mí?

—Estoy riéndome contigo, Esme —le dio un apretón en el hombro.

—Bueno —dijo ella, cruzándose de brazos y levantando una ceja—, considerando el hecho de que no estoy riéndome, ¿de qué te ríes?

Él se volteó para darle la cara, para no tener que hablarle al oído para ser escuchado sobre el fuerte bajo sensual que retumbaba entre la muchedumbre. La luz rosada se reflejó sobre un lado de su cara mientras las sombras cubrieron el otro lado.

—No sé... porque me haces sentir feliz.

—¿Cómo?

—Aquí estoy, describiendo la música del saxofón como erótica y sensual, y tú dices que es bonita —se encogió de hombros—. Eres diferente a todas las mujeres que he conocido. Eres tan... pues real.

—¿Pensaste que era una simple ilusión? —preguntó ella, levantando una ceja.

Él corrió sus dedos sobre el hombro de ella, estudiando su cara con una intensidad que Esme apenas pudo soportar.

—A veces me lo pregunto.

Esme volvió a prestarle atención a la banda, sintiéndose ligera, vibrante y viva. Él siempre le decía cosas muy amables. Ella hasta podría pensar que él encontraba su incomodidad atractiva. En ese momento, no le importaba si Gabino le estaba simplemente dorando la píldora, tratando de caerle bien para compensarla por lo que había pasado. Los halagos eran agradables, y ella simplemente quería disfrutar su compañía durante un rato. Era ocurrente y atento, y extremadamente guapo. Ella se sentía cálida y especial sentada a su lado en el asiento, aunque no se tratara de una verdadera cita.

Su mente divagó hacia su anterior discusión sobre su cambio de apariencia. Iban a intentar darle un aspecto exótico, como lo había sugerido él durante la cena de hamburguesas tejanas y papas fritas. Elizalde era del Brasil, había explicado Gabino, y muchas mujeres brasileñas se estilizaban así. Para Esme, la palabra "exótica" significaba sombreros cargados como canastas de frutas y boas púrpuras, pero estaba segura que para Gabino significaba otra cosa totalmente. Por lo menos, así esperaba.

—Hazme un favor —dijo ella, inclinándose hacia él—. Si ves a alguna mujer con el estilo exótico que estamos buscando, enséñamela.

—Con gusto —dijo Gabino, inmediatamente buscando entre la gente. Ella trató de seguir su mirada, pero en lugar de ello se encontró admirando su mandíbula cuadrada, sintiendo ganas de tocarla. Aun con el fuerte olor a humo y comida, Gabino olía a frescura de jabón, audazmente masculino. Ella estaba segura que ni usaba colonia, porque no necesitaba ayuda alguna para oler increíble.

—Allí tienes a una mujer con tipo exótico —él inclinó la cabeza en dirección de una mesa cerca del escenario.

Esme siguió su línea de visión hasta que sus ojos descansaron en la mujer en cuestión, y sintió que su estómago cayó, pero no tan profundamente como el escote del vestido de la mujer. A lo mejor estaba viendo a la persona equivocada. Esme buscó por las mesas, pero aparte de la Señora Escote, nada más había hombres ocupando los asientos. Desde su cabello exagerado hasta su maquillaje estrafalario y su ropa como pintada al cuerpo, la mujer no representaba para nada la idea que tenía Esme de exótica. La mujer parecía... pues piruja.

—¡No puedes estar pensando en ella! —se quejó Esme, resistiendo la tentación de reír en voz alta—. ¿La del minivestido morado?

—Esa misma —Gabino sonrió con expresión que sólo podía ser interpretada como aprobación masculina—. Se ve increíble, ¿no?

La mano de Esme subió a su garganta, sus ojos fijos sobre la caricatura de la estereotipada fichera de cantina. ¿Sería ésta el tipo de mujer que le gustaba a Gabino? Una espiral de celos desilusionados se liberó dentro de ella. Ella jamás podría lograr ese estilo. Tomó un sorbo grande de su café y se recordó a sí misma que no estaba tratando de interesarle a Gabino, sino que estaba intentando vengarse de Víctor. Ésa era su meta. Punto.

—Bueno, me supongo que podrías decir que se ve exótica —jugaba con su tazón—. Pero algo exagerado, ¿no crees?

—¿Bromeas, no? De verdad, creo que es un poco insípida.

—¿Insípida? —el terror surgía por todo su ser—. Para nada. Se ve…

—¿Qué?

Arrugando la nariz, ella movió la cabeza de lado a lado, buscando una descripción más decente, antes de darse por vencida al decir lo que realmente le había llegado a la cabeza primero.

—Se ve como… si le pagaran.

—Tú no te verás exactamente como ella —rió Gabino, echando la cabeza hacia atrás—, no te preocupes. Cuando digo exótico, quiero decir el estilo.

—Pero, ¿ese estilo?

—Estamos hablando de un adinerado científico brasileño cosmopolita —le recordó—. Ese hombre podría escoger cualquier mujer. Tenemos que escoger un estilo que se destaque de todos los demás.

A Esme se le cerró la garganta ante el prospecto de destacar de esa manera. Se vería como modelo de todas las mujeres treintonas corrientes y desesperadas. Pero, ¿qué sabía ella de esas cosas? Gabino tenía medido el pulso de la industria de la moda, y era hombre. Ella tendría que confiar en su juicio respecto a lo que atraería a otros hombres.

—Bueno pues, de verdad que se destaca —. Su mirada dudosa bajó de nuevo hacia el escote de la mujer. Ella jamás podría llenar un vestido de esa manera. Les faltaban cuatro escasas semanas, y sin una cirugía plástica, sus pequeños senos estaban destinados a ser lo que eran. Los sostenes "Milagro" eran sólo una marca, después de todo.

—Esto es lo que querías, ¿verdad, querida? —su tono bajó cuando los músicos terminaron una canción y el público los aplaudía fuertemente—. ¿Verte diferente a como te ves ahora? ¿Para atraer a Elizalde? Creo que dijiste que te convirtiera en todo un objeto sexual.

La cabeza de ella asentía, pero su mente gritaba que no. Alejó un poco su bebida, sin saber si iba a poder terminarla.

—Sí, es lo que quiero, pero... quizás ella no sea una muestra ejemplar. Busca a otra que también se vea exótica.

Gabino buscó a su derredor, finalmente señalando a una rubia despampanante con un corpiño color azul real que hacía juego con su minifalda.

—Ella tiene el estilo.

Esme la estudió, sintiendo hasta náusea. Ni siquiera pudo fingir aprobación del traje impúdico de la rubia. Su mamá sufriría una embolia si viera a Esme con un traje así.

—¿Alguien más?

—La del traje color rosa brillante —señaló Gabino—. Hasta allá.

La tercera es la vencida, pensaba Esme, y ella se sintió vencida. Se fijó en la pelirroja de farmacia. Si estas tres eran alguna indicación de lo que le deparaba la moda a ella, entonces su destino era verse como piruja barata. No se sentía con el derecho de juzgar a las tres mujeres por su estilo, pero era un estilo que simplemente no le quedaba a ella. Sin embargo, ésa era la manera en que Gabino visualizaba su metamorfosis. Qué horripilante.

La desilusión le revolvió el estómago, y enfocó su atención hacia la calle fuera de la ventana. Ella había instigado todo el plan, así que ya no podía echarse para atrás. Que ella supiera, podría funcionar. Quizás el meollo de su problema de belleza era su temor a correr riesgos. Podría ser que al usar ropa ajustada de piel azul, se armara de poder y entusiasmo. Lo dudaba mucho. Pero si Gabino pensaba que iba a funcionar...

—Ya te lo dije —dijo él, como si estuviera leyendo sus pensamientos—, no necesitas cambiar. Si quieres seguir con esto, está bien. Si no, también está bien. Eres perfecta tal y como eres.

—¿Por eso acabé en el *Programa de Barry Stillman?*

—Acabaste en el programa porque Elizalde es un mentiroso, desgraciado y ... —él mantuvo una expresión calmada, pero Esme notó que estaba apretando fuertemente el puño.

—No te preocupes. Yo me encargo de él —. Lanzó las palabras como si fueran basura—. En cuanto a mi cambio de estilo, no tienes por que mimarme, Gabino. Ya estoy grandecita. Sé que necesito trabajo.

—Tendremos que estar de acuerdo en no estar de acuerdo sobre ese punto —. Cubrió la mano de ella con la suya y rápidamente la soltó—. Pero ya te dije que voy a cambiar tu estilo. Tus deseos son órdenes para mí. Así que tú me dirás qué es lo que quieres.

—Yo sé que es muy superficial de mi parte —dijo, y un suspiro displicente escapó de sus labios—, pero simplemente quisiera sentirme bella —Esme no estaba segura si era el licor o la manera en que los ojos de Gabino se oscurecían al mirarla, pero un calor líquido surgió por ella, haciendo que sus extremidades se sintieran ligeras y flotantes. Cuando él la miraba, realmente la miraba. Como si importara más que cualquier otra persona. Ella jamás había experimentado nada igual.

—No te preocupes, querida —dijo finalmente—. Tengo todo tipo de formas de hacer que te sientas como la mujer más bella del mundo.

Esme quería creerle. De verdad, quería creerle.

CAPÍTULO CINCO

—¡Morado!
—¡Sí!
—¿Realmente dijo que iba a pintarte el cabello de color morado, y tú nada más parpadeaste tus ojitos coquetos y dijiste que sí? ¿Estás loca? —la voz incrédula y rasposa de Lilí corrió por la línea telefónica.

Esme volteó para mirar malhumoradamente por la ventana en dirección al departamento sobre la cochera, enredándose en el cable del teléfono en el proceso.

—No, no estoy loca, y no le coqueteé. Nada más no supe que responder. Parece que me cuesta trabajo formular frases inteligibles alrededor del tipo.

—Me estás volviendo loca, amiga —suspiró Lilí—. Nada más respira hondo, retrocede, y dime exactamente lo que te dijo.

Esme acomodó el teléfono entre su mejilla y el hombro y se dedicó a sacar los trastes del lavaplatos para ocupar sus manos nerviosas.

—No dijo que sería exactamente morado. Dijo color de berenjena, que es peor. Berenjena, por el amor de Dios. No sé si puedo seguir con algo tan drástico, Lilí —. Aventó un tenedor en el cajón—. Me veré como niña de club. Lo presiento.

Había pasado una semana desde que Gabino le había señalado las tres mosqueteras exóticas en El

Chapultepec. Le había quebrado su resolución al grado que lo había evitado durante tres días. Pero ayer, él le había tendido una trampa. Le había sonreído con ese hoyuelo, le había dicho "querida" y le había preguntado que cuándo iba a comenzar el trabajo. Ella había contestado sin pensar, deseosa de pasar un poco de tiempo con él, que si le parecía el día siguiente, y ahora era el día siguiente, y no había manera de dar marcha atrás.

—Oh —suspiró Lilí, suavizando un poco su tono—. Eso es diferente. Es uno de los nuevos colores más populares, Esme. No sale como morado para nada, especialmente en el cabello obscuro como el tuyo o el mío. Es un bonito color. Berenjena es sólo un nombre, ¿sabes? ¿Ya llegó él?

Esme miró por la ventana, buscando hacia el departamento sobre la cochera a ver si había señas de vida.

—Todavía no —se apoyó contra el fregadero y agachó la cabeza, todavía insegura ante la idea de pintarse el cabello del color de una verdura bulbosa que a muy poca gente gustaba—. ¿Segura que saldrá bien?

—Dile que use un color temporal en lugar de permanente si realmente te preocupa. Creo que saldrá bien —titubeó Lilí—. Oye, Esme, he querido hablar contigo respecto a todo esto. Si estás haciendo cambios que te darían más autoestima, si lo estás haciendo por ti misma, es una cosa. Sin embargo, si es parte nada más de tu ridículo plan de venganza...

—Oye, perdón que te interrumpa, pero ya llegó, Lilí —mintió Esme, no dispuesta a escuchar otro sermón. Parecía que sus amigas creían que ella debería simplemente aventarse en los brazos de Gabino y olvidarse de Elizalde. Como si con ello pudiera recuperar su dignidad—. Te llamaré más tarde.

—Pero Esme...

Esme colgó suavemente, y luego volvió a mirar hacia el departamento sobre la cochera. ¿Dónde estaba? La añoranza hervía dentro de ella como un volcán inestable.

A pesar de sus dudas en cuanto a la inminente pintada del cabello, Esme ansiaba pasar un poco de tiempo con Gabino. Aunque siguieran juntándose en el porche trasero de su casa todas las mañanas para tomar café, él había pasado la mayor parte de sus días trabajando duramente en su nuevo proyecto secreto. Lo había visto brevemente por su ventanal con cara hacia el norte varias veces, lo cual la hacía sentirse como mirona. Pero ella no tenía la culpa de que la ventana de su cocina diera directamente hacia el departamento de él.

Acababa de preparar la cafetera para hacer el café, y había servido un poco de pastel cuando la sombra de Gabino cubrió la puerta trasera.

—Hola, hola. No es la vendedora de Avón llamando —dijo por la puerta mosquitera, acentuando sus palabras con un guiño del ojo.

—Entonces, debe de ser el hombre de L'Oreal, porque yo lo merezco todo, como dice el comercial.

—Una dama chistosa —respondió él—. ¿Me abres la puerta?

Esme alisó las manos sobre su pantalón de mezclilla al sentir la emoción vibrando dentro de ella, mezclada con temor. Atravesó el cuarto y empujó la puerta para abrirla, sonriendo nerviosamente para recibirlo.

—P-pasa.

Un pantalón descolorido que casi hacía juego con el que traía ella apretaba sus muslos musculosos, y una camiseta negra de polo se amoldaba a sus anchos pecho y hombros. Su cabello colgaba húmedo y suelto, y su fragancia de recién bañado atacó los sentidos de ella y llenó el cuarto. Era un olor tan conocido, tan vivo y vibrante, que la mareaba.

—Pareces sofocada —le dijo él, cargando una capa de plástico y algo que parecía ser una caja de pescar.

—Estoy…este… bien —Esme vio las cosas que había traído sin ocultar su consternación, y luego cruzó los brazos sobre su pecho y tembló—. Está bien. Mentí. Estoy nerviosa.

—¿Por qué? —puso sus cosas sobre la mesa del antecomedor de madera y volteó hacia ella, colocando sus puños sobre las caderas. Entrecerró los ojos, y sonrió de manera que luciera su hoyuelo—. ¿Todavía preocupada porque te vaya a dejar con cabello fosforescente?

Ella rió nerviosamente, caminó a la alacena, y sacó dos tazas. El fuerte olor a delicioso café llenó el aire entre ellos.

—Tú sabes que eres hombre muerto si lo haces. Deberías de estar temblando dentro de esas botas negras que usas. Toma un poco de pastel —dijo señalando al pastel.

—No haré nada alocado, te lo prometo —levantó un pedazo de pastel y lo mordió—. ¡Qué rico! Está todavía calientito.

—Es como salen normalmente las cosas del horno —bromeó ella —. Lo acabo de hacer.

—¿Lo hiciste? —exclamó, meneando la cabeza y mirándola con risa en los ojos—. Inteligente, bella, chistosa, y la chica también sabe cocinar. Eres buen partido, profe. La verdad, sin mentiras.

—Sí. Cómo no —. No le creía, pero sus palabras aun así le daban calor. Ella agarró una rebanada de pastel y comió un poquito, dejando lo demás sobre un pequeño plato.

—Sabes, empecé a pensar que habías cambiado de parecer respecto al cambio de estilo —. Metió lo que le quedaba del pastel de desayuno en la boca, y luego frotó sus dedos cubiertos de canela entre sí mientras masticaba y tragaba.

—Para nada. Estoy ansiosa de lograrlo. Nada más he estado ocupada arreglando todo para el comienzo del semestre —. Esme volteó para ocultar la mentira y se ocupó en servir los cafés. No le quedaba mucho por preparar antes del semestre de otoño, porque, como siempre, lo había terminado de hacer durante las primeras semanas de las vacaciones. A veces convenía ser de personalidad tipo A.

Sin advertencia, Gabino se puso atrás de ella, metiendo sus largos dedos cálidos en su cabello, y luego los movió lentamente desde su nuca hacia los lados de su cabeza. El corazón de ella brincó, y no pudo respirar. Se le enchinó la piel por toda la espalda. Su toque la quemaba, pero se quedó congelada, sólo recordando exhalar cuando el líquido caliente empezó a derramarse por la orilla de la taza que estaba sirviendo, desparramándose por toda la barra.

—¡Caramba! Yo... pues, ¿que demonios estoy haciendo? —bajó la cafetera y la chocó contra la barra, y volteó para enfrentarlo. Demasiado cerca. Pudo ver los puntitos de oro en sus ojos cafés, y notó nerviosamente que se había humedecido los labios con la lengua—. ¿Q-qué estás haciendo?

—Nada más checando el largo de tu cabello, decidiendo si debo cortarlo un poco antes de teñirlo. No quise asustarte —colocó las palmas de las manos sobre la orilla de la barra, una a cada lado de ella, acorralándola entre sus brazos. Su expresión se volvió traviesa—. ¿Qué pensaste que iba a hacer? ¿Besarte?

—Bueno, pues...pensé... no... —mortificada, se acomodó los lentes y trató de dejar de temblar. Levantó el mentón, y trató de usar su tono más profesional—. Por supuesto que no.

—Qué bueno, porque tenemos el convenio y todo eso. Amigos, nada más —dijo lentamente. Los ojos de él observaron su cara, quedando fijos sobre sus labios el tiempo suficiente para incomodarla—. Tú recuerdas las reglas, querida, ¿no?

—Por supuesto —tuvo que armarse de valor para no morderse el labio, o el labio de él, pero tenía que cuidar su dignidad—, las recuerdo perfectamente bien. Yo soy la que las fijé —dijo, pensando que, efectivamente, ella misma había hecho esas reglas estúpidas, restrictivas y molestas.

—Tienes razón. Fuiste tú —dijo, inclinando la cabeza de lado, con una media sonrisa triste. Bajó su mirada hacia la garganta de ella, e inhaló. Junto a ellos, el café cayó de la barra al piso, salpicando y extendiendo la mancha.

—Discúlpame —dijo Esme cuando por fin notó el líquido derramado por el piso—. Necesito un trapo de cocina —dijo, sabiendo que lo que realmente necesitaba era alejarse de él para poder respirar sin que cada inhalación fuera con la fragancia de él, la promesa de él.

Las promesas huecas.

Él se apartó como si nada hubiera ocurrido y caminó hacia atrás hasta toparse con la mesa. Metiendo las manos en los bolsillos traseros, se quedó observándola.

Esme agarró el trapo de la cocina y limpió el derrame de café en la barra antes de agacharse para limpiar el piso. El aire casi crujía por la tensión silenciosa. ¿Sería ella la única que sentía la electricidad entre ellos?

Logró tartamudear algo de plática sencilla mientras sirvió el café. No fue hasta que estuvo sentada sobre el banquito de la barra, tapada con la capa de plástico de Gabino, que sus nervios se calmaron al grado de facilitar una conversación normal.

—Tengo una cita para comprar mis lentes de contacto el lunes —le dijo mientras él peinaba su cabello. Estaba sosteniendo sus lentes sobre sus piernas, el cuarto ante ella una mancha borrosa—. Quizás podamos ir a comprar cosméticos después de eso.

—Claro —él colocó el peine sobre la barra y dio la vuelta para verla de frente—. No hay prisa.

Acostúmbrate a los lentes primero. Tu piel es sensible. No me sorprendería que tus ojos lo sean también.

—De acuerdo —dijo ella, entrecerrando los ojos para verlo mezclando algo que olía feo en un tazón chico de plástico. Indicando la mezcla, sus palabras sonaron titubeantes—. Es un tinte temporal, ¿no?

—Se quita en unas cuatro semanas —dijo él, asintiendo con la cabeza—. Antes, si de verdad te choca el color. Deja de preocuparte.

—Trataré —entrecerró de nuevo los ojos para observar la mezcla y se sentó hacia atrás, horrorizada—. ¿Va a salir mi cabello de ese color?

—No, Esme —dijo con paciencia exagerada—. No te teñiría el cabello de color de muerte. Confía un poco en mí.

—Perdón —estiró las manos y respiró hondo—. Bien, estoy bien.

—No porque cuente mucho mi opinión, pero creo que te ves adorable con tus lentes —dijo levemente, colocando el tazón sobre la mesa y sacando cuadritos de papel de aluminio de la caja. Los puso al lado del tazón, y pasó por detrás de ella y le hizo una raya con un peine amarillo, sujetando la mitad con algo que parecía una pinza de tendedero.

Su opinión importaba mucho, pero ella no se lo podía decir. En lugar de decírselo, bromeó.

—Pues, tú sabes lo que dicen... que los hombres no les hacen piropos a las cuatro ojos.

—Hombres como Elizalde, el malcriado, quizás no, pero es él quien pierde —. Levantó una sección de cabello y puso un poco del tinte desde la raíz hasta la punta, y luego lo dobló sobre uno de los cuadros de papel de aluminio.

—¿Y los hombres como tú, Gabino? —preguntó—. Por alguna razón no me puedo imaginar que te interesen las mujeres tipo ratón de biblioteca cuando las mujeres más guapas se te lanzan.

—¿Los hombres como yo? —rió—. ¿Qué quieres decir con eso?

¿Qué podía decir? ¿Hombres letalmente guapos? ¿Hombres que jamás deben de estar más que medio vestidos? Hombres con el pecho descubierto, tan calientes que deberían hacer comerciales de la coca cola de dieta? ¿El tipo de hombres que hacen temblar a las mujeres, esperando que ellas se lancen?

—Tú sabes —dijo bufando, pues la mezcla química le picaba la nariz—. No eres exactamente mediocre.

—Si eso fue tu versión de un halago —dijo mientras hábilmente pintó y envolvió otra sección de cabello, sus dedos seguros y tiernos—, profe, gracias. Y a propósito, nada más porque una mujer usa lentes no significa que es solterona.

Ella ya no quería seguir discutiendo las virtudes de sus anteojos.

—Platícame de tu familia —. Esme no podía ver su cara, pero él pareció pensarlo mucho antes de contestar, tomándose su tiempo para pintar y envolver otra sección de su cabello.

—No hay mucho que platicar. ¿Qué quieres saber?

—Ya sabes, lo de siempre. Dónde naciste, dónde se encuentran tus padres, si tienes hermanos y hermanas.

—Jamás conocí a mi padre —empezó, metiendo la brochita en el tazón de plástico—. Mi hermano Felipe y yo nos criamos con mi mamá en Chicago.

—¿Todavía vive ahí ella?

—Murió hace cuatro años.

Silencio. Tinte de cabello. Papel de aluminio.

—Lo siento mucho —susurró Esme, sintiéndose incómoda—. Qué mala educación de mi parte entrometerme.

—No te preocupes. No estabas entrometiéndote. Estamos conociéndonos. De todos modos, yo también lo siento. Tuvo una vida muy dura, así que no la culpo por irse pronto —. Hizo una pausa, descansó las palmas de las manos sobre el cuero cabelludo de ella—. Pero la extraño.

—Te apuesto que ella también te extraña a ti y a Felipe.

—Mi hermano y yo no le hicimos la vida más fácil, te lo aseguro —rezongó, volviendo a trabajar con su cabello—. Hasta que crecimos, por supuesto. Felipe siempre fue bastante buen hijo. Yo, en cambio …—chupó un lado de su mejilla para hacer un sonido de arrepentimiento.

—¿Fuiste un chico malo, Gabino? —dijo Esme bromeando.

—La verdad… sí.

Su tono sombrío la hizo enderezar y la amonestó para evitar ese tema.

—¿Y Felipe? ¿Dónde está?

—Es misionero con la iglesia. Vive en Venezuela.

—¿Un misionero?

—Sí, de veras —rió—. ¿Te sorprende mucho?

—Nada más que no me parece que tienes estilo de misionero —. Y qué desperdicio sería, pensó, esperando que le cayera un rayo.

—Felipe es el misionero, Esme, no yo.

—Sí, pero —acomodó la cabeza hacia atrás—, bueno, me supongo que tienes razón. ¿Se parece a ti?

—Un poco —sacó más tinte—. Tiene el cabello más corto. ¿Por qué?

Ella se enderezó de nuevo y subió un hombro.

—No sé. Me parece una injusticia para las mujeres venezolanas. Un misionero que se parece a ti las hará querer pecar, no hacer penitencia.

Gabino se rió otra vez, y Esme sintió que sus mejillas se ruborizaban. ¿De dónde le salían los comentarios tan atrevidos? Cualquiera pensaría que estaba coqueteando con él. Era mayor su curiosidad que su prudencia, y preguntó:

—Platícame de tu pasado como chico malo, ¿no?

—Por supuesto, escandalosa. ¿Quieres que saque todos los trapos al sol?

—No —dijo Esme, cloqueando la lengua—. ¡No soy chismosa! Nada más estoy haciendo plática.

—Cómo no —terminó de aplicar el tinte y papel de aluminio a su cabello, y alcanzó un reloj. La marcha del reloj y el ruido del motor del refrigerador llenaron el aire—. Si te platico de mi pasado, entonces tú tienes que contestar cualquier pregunta que yo te haga. ¿De acuerdo?

—¿Cualquier pregunta? ¿Y cómo va a ser justo eso?

—Tómalo o déjalo —dijo bromeando, apoyando su cadera contra la barra y cruzando los brazos.

Ella abrió la boca. Pero antes de que pudiera contestar, los interrumpió un toque sobre la puerta trasera.

—¿Esme? —Pilar parecía estar llorando.

Tanto Gabino como Esme voltearon.

—Pilar —dijo Esme, sacando sus lentes de debajo de la capa—. ¿Qué pasa? Entra, por favor —ella se paró y atravesó el cuarto hacia la puerta.

Las mejillas hinchadas y los ojos rojos delataron que había estado llorando. Pepe caminó a su lado, arrastrando los pies, con la cabeza agachada. La mano de Pilar protegía su pequeño cuello.

—Siento mucho interrumpir —dijo distraída—. Hola, Gabino—agregó luego.

—Hola.

—No estás interrumpiendo, amiga, y tú lo sabes —agregó Esme, enfocando su atención hacia el niño. Suavizó su tono y se puso en cuclillas para estar al nivel de él—. Hola, Pepe. ¿No vas a saludar a tu tía?

Él levantó la cabeza lentamente, y vio asustado el cabello de ella envuelto en papel de aluminio.

—¡Qué padre! Pareces un hombre del espacio muy macabro.

—Gracias —esme notó el ojo morado que traía Pepe, y cortadas frescas sobre su ceja y en su labio hinchado. Le echó una mirada a Gabino, quien estaba estudiando la cara del niño con gran consternación—. Y tú pareces un boxeador profesional, hijito. ¿Qué te pasó?

—No quiero hablar de eso —la expresión grave de Pepe se agravó.

—Está bien, bebé —dijo Pilar, su voz temblando al tratar de contener el llanto—. Vete a la sala y ve la televisión mientras platico con tu tía Esme. Después te llevo a McDonald's, ¿te parece bien?

Pepe se encogió de hombros, y luego salió del cuarto, arrastrando los pies.

—¿Dónde está Teodoro?

—Lo dejé en la casa de mi mamá —miró tristemente en dirección a la puerta por la que había salido su hijo mayor—. Pensé que Pepe necesitaba un poco de tiempo a solas conmigo.

—¿Te puedo servir un café? —preguntó Gabino.

Ella asintió con la cabeza antes de desplomarse en una silla al lado opuesto de la mesa, dejando fluir el llanto. Los hombros de Pilar temblaban mientras lloraba con la cara entre sus palmas.

Esme jaló una silla a donde estaba Pilar y, sentándose, puso una mano sobre la rodilla de su amiga.

—Amiga, ¿qué pasó? ¿Fueron los mismos chicos otra vez?

Ella asintió, y añadió:

—Es sólo un bebé. ¿Por qué tiene que pasar esto?

Gabino colocó la taza frente a Pilar, y luego puso la mano sobre el hombro de Esme, queriendo decirle que estaría esperando en el otro cuarto. Se le hacía un nudo en la boca del estómago cada vez que veía llorar a una mujer, e intuía que debería dejar a solas a las dos mujeres.

Esme levantó la vista para mirarlo, su expresión perturbada. Antes de que pudiera irse, cubrió su mano con la de ella y dijo:

—Pepe ha tenido problemas con unos bravucones de la vecindad. Ha llegado a su casa así de golpeado durante todo el verano. Es su cuarto...

—Quinto —corrigió Pilar.

—Su quinto ojo morado durante las vacaciones.

—Y tiene seis años. ¡Seis! Apenas le empiezan a salir sus dientes permanentes, y temo que se los van a sacar a golpes —. Pilar sollozó fuertemente y luego trató de limpiarse los ojos—. Es un niño tan pacífico, tan introvertido. ¿Qué pasa con los niños, Gabino? ¿Por qué siempre molestan a los niños más débiles?

Gabino tuvo la sensación de haber sido pateado en el estómago con una bota con punta de acero. Se sentó en una silla, deslizando su palma por la cara. Si supieran ellas que estaban hablando con uno de esos atormentadores de Pepe ya en grande. Una oleada de remordimiento lo invadió. Se sintió como un fraude.

—No sé, Pilar. ¿Lo ha hablado tu marido con Pepe? —dijo, pensando que sería mejor pasarle el problema a otro.

—Ese es el otro problema —dijo, con sus ojos brillando. Miró a Esme con enojo en los ojos, agitando las manos para enfatizar sus palabras—. Tiene tiempo para solucionar los problemas del mundo entero, pero no puede tomar medio día para quedarse en la casa para hablar con su hijo.

—Daniel es policía en Denver —dijo Esme, mirando a Gabino de nuevo y enchuecando un lado de la boca—. Todos fuimos compañeros en la preparatoria —explicó, sus ojos relatando más que sus palabras—. Su horario le impide estar mucho en casa.

Las voces alegres y los efectos de sonido se filtraron desde la sala, extrañamente fuera de contexto dada la seriedad de la plática. Si Pilar y Daniel habían peleado esa mañana, Gabino estaba seguro— por ser hombre— que estaba en el lado equivocado del campo de batalla. Esme y Pilar lo observaron mientras se preparaba para atravesar un campo verbal de minas en esta guerra de Marte contra Venus. Desafortunadamente, desarmado. Tragó en seco y tomó un paso tentativo, preparándose mentalmente para una explosión.

—A lo mejor está muy ocupado con su trabajo. Estoy seguro de que se quedaría en casa si pudiera —ofreció, sin estar seguro en lo más mínimo. Ni siquiera conocía al tipo. Lo único que podía ofrecer eran globos de aire llenos de falsa seguridad, sin peso, vacíos e insignificantes.

No explotó ninguna mina, gracias a Dios. Pilar medio rió, medio rechazó su sugerencia.

—Sí, es una maravilla tener a un tipo rudo como papá cuando ni siquiera te puede ayudar a escaparte de los bravucones de la vecindad —dijo, alcanzando una rebanada de pastel para mordisquearlo sin ganas.

Gabino había esquivado una mina y se enfrentó con otra. No tenía derecho alguno a ofrecer ningún consejo matrimonial ni sobre ser padre. Pero Esme, con los ojos abiertos y serios, a pesar de la gota de tinte color mezcla de morado con gris que corría sobre su frente desde su loca corona de aluminio, siguió mirándolo como si esperara que se golpeara los puños sobre el pecho y que rescatara a todos. Y lo peor del caso era que no quería desilusionarla.

Se quedó parado, señalando la puerta.

—¿Por qué no platican ustedes? Yo iré a pasar un rato con Pepe. Movió la cabeza en dirección al reloj.

—Llámenme cuando suene eso para enjuagarte.

—Lo haré —dijo Esme distraída.

—No lo olvides salvo que quieras el cabello frito.

—No lo olvidaré. Te lo prometo. Ve a hablar con Pepe —. Ella le sonrió como si fuera un caballero en una armadura metálica, rescatando al pequeño príncipe. A él le dio ternura. Se inclinó hacia ella, con ganas de cautivar sus labios color de manzana roja con sus propios labios. En lugar de besarla, le limpió el tinte de la frente, y luego le guiñó el ojo.

—Es tan amable —escuchó a Pilar murmurando al salir del cuarto.

El corazón de Gabino palpitaba con el ritmo de una marcha militar mientras caminaba hacia la parte principal de la casa. Se detuvo en el pasillo. ¿Qué demonios iba a decir? Se preguntó qué es lo que le habría gustado que alguien le dijera a los seis años. Realmente no habría querido escuchar nada de parte de ningún adulto, desafortunadamente. Como niño, siempre quiso que lo escucharan más que otra cosa. Nada más quería que alguien lo oyera. Pensando en eso, siguió adelante. ¿Qué tan peligroso podía ser un niño de seis años?

Se paró en la entrada de la sala y apoyó su hombro contra la pared, cruzándose de brazos. Pepe estaba desplomado sobre el sofá envuelto en su ropa holgada de moda. La acción animada en la pantalla no provocaba emoción alguna en su cara inocente. Los fuertes colores de la televisión se reflejaban en sus ojos tristes y redondos. Tenía el labio inferior hacia afuera, y los hombros jorobados. Se veía deprimido. A los seis años de edad, eso era simplemente inaceptable. Pepe miró de reojo a Gabino, tratando de fingir que no lo había visto.

—¡Órale, chavalito! —Gabino se impulsó de la pared y caminó hacia el niño.

Pepe parpadeó, solemne.

—¿Te corrieron? — preguntó.

—Algo así —contestó Gabino—Pepe hizo un puchero.

— Es la hora del chisme. No se permite la entrada a hombres —agregó el niño con tono conocedor y resignado.

La hora del chisme. Gabino sonrió ante la descripción de las conversaciones de su madre con sus amigas. Se acomodó en el sofá al lado del pequeño niño, imitando su postura. Los pies de Pepe ni se acercaban al piso, un detalle que Gabino encontró muy tierno. Se veía demasiado chiquito para ser víctima de unos bravucones.

Durante unos minutos, nada más vieron la pantalla juntos. Gabino le dio tiempo al chico para pensar en el motivo que pudiera tener un adulto para sentarse a su lado.

—¿Qué estamos viendo? —preguntó Gabino.

Los pies de Pepe se balancearon tres veces y luego se detuvieron. Sus ojos permanecieron clavados en la pantalla.

—Algo, pero no sé qué.

Gabino recogió el control remoto.

—Si es tan aburrido, entonces quizás podamos ver una telenovela.

—No, por favor, ¡no! —chilló Pepe, alcanzando el control remoto. Tenía la mirada de un niño desesperado que había sufrido esos programas cursis más de una vez.

—Ándale, vamos...¿qué tal uno de esos donde las muchachas lloran mucho y hay muchos besos? —Gabino imitó los besos en el aire.

Un lado de la boca de Pepe sonrió, jalando la cortada que había hinchado su labio inferior.

—Para nada. No me gustan esos programas. Vamos a ver éste.

—Es decisión tuya —dijo, entregándole el control remoto al muchacho. Estiró las manos hacia arriba, entrelazando los dedos tras su cabeza.

Pepe sostuvo el control remoto contra su pecho huesudo. Después de un corto tiempo lo bajó, luego estiró los brazos y entrelazó los dedos tras su propia cabeza. Echó un vistazo hacia Gabino.

—¿No eres el tipo de la camioneta Ford negra?

—Ése mismo.

—No me acuerdo, ¿es de cabina extendida o doble?

—Extendida.

Pepe meditó sobre eso.

—Sabes, el de cabina doble tiene un asiento trasero de verdad, en vez de uno plegable —dijo, con tono tranquilo—. Si tienes hijos, deberías comprar el de cabina doble. ¿Tienes hijos?

—No —miró de reojo al chico—. ¿Y tú?

El niño se rió ante lo absurdo de la pregunta.

—¿Cómo te llamas otra vez?

—Gabino.

—Gabino —repitió Pepe, como si probara el sonido en la lengua—. ¿Y puedo llamarte así?

—Claro —dijo Gabino, bajando los brazos, luego de cruzar las piernas, y descansar un tobillo sobre la rodilla.

—¿Tienes aquí esa camioneta Ford del 97, Gabino?

—Sí.

Una vez despierto su interés, Pepe estiró el cuello para ver por la ventana delantera de la casa, y luego volteó hacia Gabino.

—No la veo estacionada afuera.

—Está atrás —le dijo Gabino—. Estoy viviendo aquí.

—¿Vives con mi tía Esme? —el niño quedó boquiabierto, los ojos abiertos plenamente—. ¿Eres su marido?

—Tranquilo, amigo —rió Gabino—, ni siquiera la he besado todavía.

—Fuchi —. Miró hacia Gabino con absoluta inocencia, y aparente repugnancia—. Eso es un asco. ¿Qué tiene que ver con ser marido el tener que besar?

Gabino entrecerró los ojos jugando a ser amenazador.

—¿Quieres que vuelva a poner la telenovela, amigo?

La falta de dientes de Pepe hacía que su sonrisa pareciera como la división entre los pinos siete y diez en el boliche.

—No —contestó el chiquillo.

—Entonces deja de hablar y ve tu programa.

Pepe se rió de nuevo. Pasaron unos momentos de silencio mirando las caricaturas antes de que perdiera de nuevo la capacidad de sentarse quieto sin hablar.

—¿Eres el tío de mi tía Esme? —preguntó.

—No —frunció el entrecejo Gabino—. ¡Dios! ¿Qué tan viejo me crees?

—No sé —pepe se encogió de hombros—. Te ves igual que cualquier otro adulto—. Tocó suavemente su labio hinchado, luego revisó los dedos buscando sangre—. ¿Eres su primo?

—No.

—¿Su hermano? —preguntó, inclinando la cabeza de lado.

Gabino lo miró con exasperación fingida.

—Vamos a hacer un trato, Pepe. ¿Qué te parece? Yo contestaré tus preguntas si tú contestas algunas de las mías —. Ofreció su palma.

—Trato hecho —al estrecharse las manos, la mano del niño se perdió en la mano de Gabino—. Entonces, ¿lo eres?

—¿Que si soy qué?

—¿El hermano de tía Esme? —repitió, poniendo los ojos en blanco.

—A veces parece que sí —suspiró Gabino y despeinó al muchacho—, chavalito, pero no, no soy su hermano.

Esme se prestó para ser paño de lágrimas, escuchando a Pilar hasta que ésta se sintió un poco mejor. Exhalando largamente, su pequeña amiga levantó los ojos hacia los mechones de cabello envueltos en papel de aluminio.

—Mira nada más... pareces como de película de ciencia ficción. ¿Cómo va a quedar, Esme?

Ella se paró para llevar los trastes al fregadero, y luego volteó para ver hacia atrás.

—No sé, pero el color del tinte se llama berenjena.

—¡Ay! —se encogió Pilar—. ¿Qué dijo Lilí?

Se sobreentendía que hubiera consultado con la supermodelo familiar. Generalmente aceptaban que ella conocía todo lo que había que saber sobre el arreglo personal.

—Dice que se verá bien, que es un color de moda —. El reloj había marcado diez minutos—. De todos modos, cualquier cosa tiene que ser mejor que mi color natural.

—Ay, amiga —dijo Pilar, inclinando la cabeza de lado—, no digas eso. ¿Cuándo vas a abrir los ojos? Olvídate de Elizalde. Es obvio que le gustas a Gabino. Tener un hombre tan guapo a tu lado sería en sí la mejor venganza.

Esme cerró los ojos y contó hasta diez.

—Pilar, no quiero discutir todo esto contigo y con Lilí durante la misma mañana, ¿te parece? Tengo que hacer lo que tengo que hacer, y punto.

—¿Todavía crees que Gabino sigue aquí porque te tiene lástima?

—Sí. No. Carajo, no sé —dijo, desplomándose sobre la silla—. Me trata muy bien. Somos amigos.

—Así que, ¿por qué no...?

—Amigos, Pilar, eso es todo —afirmó—. No es mi novio, y yo tengo que vengarme como yo quiera.

—Vengarte — se burló Pilar, pero levantó las manos como vencida, volteando la cabeza hacia un lado—. Mira, olvida lo que dije. Te quiero, Esme.

—Lo sé, y yo también te quiero mucho.

—Eres una genio, y eres chistosa —dijo, contando las cualidades de Esme con los dedos—. Tienes una excelente carrera, una buena casa.

—No es el punto...

—Y yo —continuó Pilar— conozco tu belleza.

Esme sonrió con un poco de tristeza.

—Bueno, si yo pudiera verme a través de tus ojos, quizás no estuviera aquí adornada como pavo del futuro. Pero no puedo, así que aquí me tienes. Final de la discusión —su voz bajó hasta un susurro—. Por favor, nada más apóyame.

—Sabes que te apoyo —Pilar agarró otra rebanada de pastel del platón—. Me preocupo por ti. Eso es todo.

—Pues no te preocupes —dijo Esme, revisando el reloj. Faltaban cinco minutos—. Voy por él. No me gusta la idea de que se me caiga todo el cabello. Ahora regreso.

Esme pudo escuchar el sube y baja de la conversación al acercarse, y caminó más despacio para no interrumpir. Se detuvo antes de llegar, justo afuera de la sala, asomándose por la esquina. Los dos hombres estaban sentados juntos, exactamente en la misma postura— un tobillo cruzado sobre la rodilla de la otra pierna.

Pepe, viéndose extremadamente pequeño al lado de Gabino, miraba atentamente y con fascinación a su nuevo amigo.

—Entonces, si no eres el hermano, ni el tío, ni el primo, ni el marido de mi tía Esme, ¿qué eres?

—Soy su amigo —dijo Gabino con naturalidad.

—Pero, ¡mi tía Esme es niña! —dijo el niño, arrugando la cara y echando la cabeza hacia atrás—. ¿Cómo?

Esme se hizo hacia atrás y se tapó la boca para no reírse.

—¿Y? También puedes tener a las niñas como amigas, Pepe.

—Pero ¿quién iba a querer a una niña como amiga? Primero serían amigas, y luego tendrías que comprarles cosas. Y tarde o temprano tendrías que besarlas.

Gabino se rió.

—Ya cuando seas más grande te darás cuenta que no pasa eso con tanta frecuencia como quisieras, amigo mío.

—¡Qué asco! Yo no quiero que me pase jamás.

—¿Sí? Vuélvemelo a decir en unos diez años —murmuró Gabino, con tono seco. Su voz cambió luego—. Ahora me toca a mí hacer la pregunta —pasó un momento—. ¿Qué pasa con los moretones, amigo? ¿Quién te está molestando?

—No quiero hablar de eso—refunfuñó Pepe.

La voz grave de Gabino se oyó suavemente en el cuarto.

—Habíamos hecho un trato. ¿Te acuerdas? Yo contesté tus preguntas, y ahora me contestas las mías.

Pepe chasqueó la lengua, sonando algo triste. Pero aun a la corta edad de seis años, no podía renegar de un trato.

—Yo no les hago nada a esos niños, Gabino —dijo en tono suplicante—. Ellos simplemente no me quieren y no me dejan en paz.

—¿Los conoces de la escuela?

—No, son mucho más grandes. Tienen como nueve —sus palabras mostraron su respeto—. Empezaron por decirme faldero mimado, y ahora dicen que soy soplón porque mi papi es policía. Me dicen cosas que no puedo decir porque no me dejan decir groserías.

Esme podía escuchar la rabia contenida de Gabino desde donde estaba parada. Ni siquiera tuvo que ver su cara. Su capacidad para ocultárselo a Pepe la impresionó, sin embargo.

—¿Y das la vuelta y te vas? —preguntó con voz serena.

—Trato de hacerlo —dijo Pepe—, pero me agarran.

Esme se asomó por la esquina otra vez. Gabino había volteado en su lugar hacia Pepe y había descansado su largo y musculoso brazo sobre el respaldo del sofá. Miraba intensamente al niño.

—¿Has hablado con tu papá de todo esto?

—Un poco. Me dice que tengo que enfrentarme a ellos... pero me da miedo —terminó, con voz llena de vergüenza. Ella podía ver el temblor en el labio del pequeño niño desde donde estaba parada, y no puedo controlar el enojo que sentía hacia Daniel. ¿Cómo podía decirle a un niño tan pequeño como Pepe que los enfrentara? Macho desgraciado.

Gabino levantó el mentón del niño con el nudillo de su dedo hasta mirarlo a los ojos.

—No tiene nada de malo tener miedo, chavalito. Aférrate a ese miedo.

—Pero mi papi no le tiene miedo a nada.

—Todo el mundo teme algo, Pepe —dijo Gabino, meneando la cabeza—. Y admitirlo no te hace menos hombre.

—Bueno, pues yo tengo miedo de enfrentarlos, entonces —murmuró Pepe—. No sé pelear.

—Lo que trata de decirte tu papi es que no tienes que pelear con puños, sino que te defiendas con esto —dijo, señalando a la cabeza del niño.

—¿Mi cabeza?

—Tu cerebro. Tu inteligencia.

—¿Qué quieres decir? —dijo el niño, inquieto.

—Muchos bravucones actúan muy crueles porque no son muy inteligentes. Están vacíos.

Los ojos de Pepe se abrieron con terror.

—¿No tienen entrañas?

—No —se rió Gabino—, quiero decir que no tienen nada en el corazón. No sentimientos, no tienen amor. ¿Entiendes?

Pepe asintió con la cabeza.

—Hasta tratan de sentirse mejor maltratando a la gente más chica que ellos —Gabino bajó el mentón y su tono—. Pero, tú... pues tú eres inteligente, ¿verdad?

—Sí —dijo Pepe, sonriendo.

—Jamás dejes que te hagan dudar de lo que tienes aquí adentro —tocó el pecho del pequeño niño—. Tú tienes amor y sentimientos en tu corazón, Pepe. No dejes que esos niños te contagien su enojo. Puede ser que tengas que seguir alejándote de ellos por ahora. Pero tarde o temprano te dejarán en paz. Cuando lo hagan, olvídalos. Cuando se meten contigo, es problema de ellos, no tuyo.

—¿De veras? —miró de reojo hacia Gabino—. ¿De seguro crees que mi papá no se enojará conmigo si no peleo con ellos?

—Yo creo que tu mamá y tu papá estarán muy orgullosos de ti si tienes el valor para usar tus sesos en lugar de tus puños —le guiñó el ojo—. Yo sé que yo estaría muy orgulloso de ti.

—¿Qué sesos?

Gabino señaló otra vez a sus sienes.

—¿Lo mismo que la inteligencia? —dijo sonriendo.

—Ya entendiste —dijo Gabino, colocando la mano sobre la cabeza del niño.

Esme se quedó pasmada, sintiendo el pecho apretado. ¿Acaso había algo que este tierno, dulce e inteligente hombre no supiera hacer? Tenía ganas de abrazarlo. Quería cubrirle la cara con besos. Quería sentarse en sus piernas y...

¡Pin! El reloj hizo que Gabino volteara a ver la entrada. La sorprendió. Ella dio un paso hacia la entrada y sonrió débilmente, tratando de apagar las olas de deseo y asombro antes de que la descubriera. Despejó la garganta.

—Parece ser que ya está cocida la berenjena.

CAPÍTULO SEIS

Lo primero que Gabino había notado en Esme era su claridad de inteligencia, su autenticidad y su sentido del humor. La respetaba más que a cualquier otra mujer que jamás hubiera conocido, y su personalidad lo atraía, sin duda alguna. Sin embargo, mientras más la trataba, más lo atraía físicamente, y él había empezado a obsesionarse con el deseo de tocarla. La mujer no tenía idea alguna de lo sensual que era. Gabino no se disculpaba por desearla, pero la estipulación forzada de mantener la relación platónica era un pequeño obstáculo para poder actuar conforme a sus deseos.

Pepe y Pilar se habían ido, y Gabino se esforzaba en no clavar la vista en las bien formadas caderas de Esme mientras ella se inclinaba sobre el fregadero para enjuagarse el cabello. Los Levi's de mezclilla a la cadera le quedaban mejor a ella que a cualquier otra mujer que él hubiera conocido. No le quedaban apretados, simplemente se le pegaban de una manera que le daban a él un misterio en que pensar en la noche al quedarse dormido. Eran suficientemente holgados para mantener el típico recato de ella que ya lo estaba volviendo loco de deseo.

La capa negra de plástico se había abierto, permitiéndole ver un destello de su delgada cintura. Unos vellitos casi invisibles adornaban su espalda. Pasmado, se moría de ganas de tocarla, de rodear su cintura hasta tocar su suave y plana pancita y jalarla contra él hasta que ella entendiera cuánto la deseaba, y lo mucho que lo excitaba.

—Entonces, ¿cómo se ve?

—¿Q-qué? —dijo, quitándole la mirada libidinosa de encima.

Esme levantó la cabeza, envolvió su cabello en una toalla, al estilo de un "swami", y volteó. Estaba ligeramente sonrojada.

—La berenjena —contestó, como si fuera obvio—. ¿Me veo ridícula? Di la verdad.

Él tragó saliva, con su reseca garganta sedienta de algo que no podía tomar. Por lo poco que había visto del color del cabello, se veía lustroso y sedoso. A ella le iba a encantar. Pero estaba demasiado distraído para fijarse en ese momento.

—Tendremos que peinarlo primero. Pero te prometo que no te vas a ver ridícula. ¿Por qué no traes tu secadora? —sugirió, dándole la espalda para ordenar sus cosas. Tomó su tiempo, concentrándose en calmar ciertas partes de su anatomía para poder pensar.

Gabino no sabía qué tanto podría seguir fingiendo que nada más quería ser su amigo. Por el amor de Dios, la deseaba. ¿Era malo eso? ¿Era justo que el destino le negara la posibilidad de una relación con ella simplemente por sus desafortunados comienzos? Quería cortejarla y seducirla, quería ver esos brillantes y tiernos ojos mirándolo mientras él le hacía el amor a su delicado cuerpo.

Lo peor era que Esme ni siquiera lo excitaba a propósito. Pero su inocencia nada más servía para intensificar sus sentimientos. Le gustaba todo lo referente a ella, desde su seriedad hasta su sentido del humor, su casa arreglada a la perfección, la solidez de sus amistades y la moralidad obvia de la educación que recibió de sus padres. Era distinta a cualquier gente que él jamás hubiera conocido. Quería ser su amigo, pero también quería ser más que eso.

Había venido a Colorado impulsado por el deseo de ver a una mujer que lo había intrigado, pero había encontrado a una mujer a quien, con el tiempo, supo que podía amar. Lo asustaba, y mucho. Ni siquiera estaba seguro de ser el tipo de hombre que Esme merecía. Bueno, a respirar hondo. Se estaba adelantando a sí mismo. Distancia. Eso es lo que necesitaba. Espacio para pensar...

El brazo de ella rodeó su cintura, y la capacidad de razonar de él desapareció instantánea y totalmente. Su suave cuerpo con olor a lavanda se amoldó contra la espalda de él, y la sintió presionar su mejilla contra su hombro. Apenas se daba cuenta de que su toalla le mojaba su camisa, pero no le importó. ¿Era esto real, o simplemente una cruel alucinación?

—No tienes idea de lo emocionada que estoy por lo que hiciste por Pepe —susurró ella, y su aliento era una ráfaga cálida que atravesaba su camisa. Él no pudo ni hablar ni moverse, y no quería que se rompiera la magia del momento—. No fue mi intención escucharlos, pero me alegro de haberlo hecho. Jamás he conocido a un hombre tan bondadoso como tú, o tan generoso como lo fuiste con ese niño.

Sólo un pensamiento lo asediaba, y era que él no era nada mejor que los muchachos que habían golpeado a Pepe, pero apartó el pensamiento.

—Yo no hice nada especial, querida. No me des crédito que no merezco —estiró el brazo hacia atrás para presionarla contra él, cerrando sus ojos e inclinando la cabeza hacia atrás.

—¿Cómo puedes decir eso? —murmuró ella—. Se negaba a hablar abiertamente con su mamá, y no quería hablar conmigo. Pero entré a ese cuarto, y lo tenías mansito y contándote todo.

—Por mi camioneta —Gabino despejó la garganta—. Nada más le gusta la camioneta. Fue algo entre hombres.

—Lo que haya sido —dijo ella suspirando—, me impresionó. Gracias. Muchas gracias. Serás excelente padre algún día, Gabino.

Una cruda sensación sensual invadió a Gabino, de Esme embarazada con un hijo suyo, y sintió que se le doblaban las rodillas. No pudo formular las palabras para contestar.

—Y me da mucho gusto que seamos amigos —añadió ella firmemente, aflojando el inesperado abrazo.

"Amigos". La palabra colgaba en el aire como un himno fúnebre; el momento se había perdido. Antes de poder recuperarse de la pérdida, ella ya había salido del cuarto. Gabino se volteó, pensando que quizás lo había soñado todo. Pero no. El aire soplaba frío sobre el lugar mojado que había dejado su toalla en la espalda de su camisa. Extendió la mano sobre el hombro para tocar la tela húmeda sin pensar.

Lo había abrazado.

Y ya se había ido.

Se inclinó hacia delante y descansó los codos sobre la barra, agachando la cabeza. Cerró los puños involuntariamente, y apretó los dientes. Qué idiota era. Le había dado más importancia al momento de lo que merecía, y ahora se sentía como si hubiera estado atado a una vía de montaña rusa emocional y el carrito lo hubiera atropellado. Varias veces. Murmuró una blasfemia entre dientes: Esme quería que fueran amigos.

Y él quería agradarle a Esme.

Entonces, se alejaría para ser su amigo, pero necesitaría un poco de distancia emocional y física de ella para lograrlo. La mera verdad era que no podía estar cerca de ella sin desear más que amistad. Estaba así de perdido.

Carajo. Necesitaba un regaderazo. Frío.

Media hora después, con el cabello seco y peinado, Esme se paró frente al espejo del baño.

—Me encanta. De veras —volteaba la cabeza de lado a lado y admiraba la sutileza del color de mora—. Berenjena, ¿quién hubiera pensado?

—Me agrada que apruebes.

—¿Sabes por qué me gusta? —continuó, tratando de no preocuparse por el hecho de que Gabino pareciera tan distante y ansioso de alejarse de ella. ¿Habría resentido que lo metiera en el asunto de Pepe? Quizás no le gustaban los niños. Quizás no quisiera tener tanto que ver en la vida personal de ella.

—Me gusta porque me veo como yo, pero... mejor —dijo, tratando de impulsarlo a hablar de lo que faltaba en su cambio de apariencia. Ella deseaba que él moderara un poco su versión exótica.

—Así es —dijo Gabino, sin realmente mirarla—. Quiero decir que sí te va. Pero no te preocupes, que te daremos un peinado un poco más atrevido para la reunión de otoño de la facultad, quizás con unos picos.

—¿Picos? —se le quedaron las manos paralizadas en el aire.

Él asintió con la cabeza, y un músculo en su mandíbula se movió al observarla él con una mirada objetiva.

—Quizás un espray con luces también. Queremos que te destaques de las demás para que Elizalde no pueda más que fijarse en ti.

Así que podía olvidarse de la idea de moderar un poco el tono exótico. Era bastante claro que Gabino encontraba demasiado aburridos los cambios sutiles en su arreglo, comparados con las mujeres despampanantes que tanto le gustaban en El Chapultepec. Esme reprimió el deseo de suspirar. Por ridículo que fuera, se enojaba mucho al pensar en él deseando a ese tipo de seductoras tan falsas. Para él se veían exóticas, pero para ella eran simplemente artificiales. Ella jamás podría verse tan... ofrecida. Ni siquiera quería intentarlo.

No debería importarle. Ya le había dicho a Gabino que él no le interesaba como hombre, y, dada su actitud tan distante de momento, obviamente él tampoco estaba interesado en ella. La verdad, ¿qué otra cosa podía haber esperado ella?

Basta. Tenía que vengarse.

Los sentimientos de Gabino hacia ella no eran importantes ante la enormidad de su plan. Además, si simplemente aceptaba su juicio respecto al cambio de arreglo personal no obstante los resultados, quizás él llegara a verla con otros ojos, sin sentido de culpa ni lástima. Y quizás se le quitara la actitud de querer estar en cualquier lado menos con ella.

Volteó hacia él, descansando sus caderas ligeramente sobre el lavamanos.

—¿Sabes? Tienes razón. Me gustarían los picos.

—¿De verdad? —él levantó las cejas.

—Cuanto más atrevido el peinado, mejor.

Su expresión se nubló con desconfianza.

—¿Desde cuándo?

—Desde no sé cuando... —se encogió de hombros—, desde ahora. ¿Qué tengo que perder? ¿Mi apariencia aburrida y poco atractiva? Yo digo, entonces, que me pongas picos —dijo sonriendo—. Y vísteme de piel.

El cuarto se quedó en silencio, aparte de la fuga de agua en el lavabo viejo que goteaba. Había esperado una señal de aprobación más efusiva. Pero en lugar de eso, Gabino la miraba fijamente, con su cara completamente desprovista de toda expresión.

—¿Qué? Pensé que te habría dado gusto que siguiera tus consejos —abrió los brazos—. ¿No quieres que me vea exótica?

Después de un rato, Gabino despejó la garganta y la tocó en el brazo.

—No, claro que eso quiero. Me sorprendiste, eso es todo —una sonrisa irónica se dibujó en su cara—. Parece que tienes talento para eso.

El sol de la tarde golpeaba sobre ella mientras Esme marchaba rumbo a la cochera, con una misión y una meta: enterarse de por qué Gabino le había estado rehuyendo y lograr que lo dejara de hacer. Caray, extrañaba su compañerismo. No lo había visto más de unos cuantos minutos en varios días, y aún no había hecho comentario alguno respecto a sus lentes de contacto. ¿Por qué? ¿Qué habría hecho ella? Parecía que desde el día que habían metido a Gabino en los problemas de Pepe, él se había esfumado conscientemente. En lugar de pasar el tiempo con ella, dividía su tiempo entre recluirse en su departamento y hacer reparaciones menores en la casa. Ella apreciaba todo lo que él había hecho, pero estaba dispuesta a quedarse con sus puertas que rechinaban, llaves que goteaban y tablas sueltas en el porche con tal de entenderlo un poco y saber qué le pasaba.

Tocó a la puerta tres veces. Dio un paso atrás y trató de controlar su respiración. Escuchó que él arrastraba los pies, y también se oía música de Zydeco al otro lado de la puerta. Escuchó que los pasos se acercaban, que abría la chapa de la puerta, luego...

—Hola —dijo Gabino, pareciendo distraído y sorprendido por su visita inesperada.

Un olor fuerte a pinturas y aguarrás flotaba por el aire, haciendo que sus ojos ardieran. Tomó un paso hacia atrás y respiró aire fresco.

—¿Estás bien? —él miró por sobre su propio hombro, y luego se escabulló hacia afuera, cerrando la puerta tras sí—. Perdón por el olor. Yo estoy acostumbrado, pero sé que puede ser bastante molesto.

Descalzo, Gabino vestía el pantalón de mezclilla roto que a ella le gustaba tanto y nada más, de no contar las manchas de pintura como accesorios.

—Está bien. Estoy bien. Es nada más que... pues no te he visto —sus hombros subieron y bajaron—. Somos vecinos ahora, entonces, quise venir a saludarte —ella se preguntó si él la llegaría a invitar a pasar, y decidiendo que no era probable, se cruzó de brazos—. Así que, pues... hola.

Sus ojos y su cara sonrieron.

—Hola.

—¿Estás ocupado? — su mirada pasó hacia la puerta cerrada y luego fue a la cara de él.

—Estoy... —se frotó la mandíbula con los nudillos y luego señaló con el pulgar tras el hombro—...trabajando.

—Me lo imaginé. ¿Cómo vas con el trabajo?

—Muy bien —le brillaban los ojos—. Tengo unos dueños de galería que se interesan en ver algunas piezas. Puedo conseguir algunas exhibiciones, quizás algunas ventas.

—¡Qué maravilla! —exclamó Esme, juntando las manos. Si lograba establecerse en el mundo del arte local, podría decidir quedarse aun después de cumplir con su trato de cambiarla. De alguna manera, ella pensaba mantenerlo ahí a como diera lugar—. ¿Cuándo sabrás?

—No estoy seguro. He estado trabajando como loco para terminar todo —su mirada bajó hacia el suelo—. Me supongo que por eso no he estado... este... cerca.

—Está bien —dijo ella, sin creerle del todo—. ¿Qué mejor razón? Estoy muy orgullosa de ti.

Los ojos de él buscaron en su cara, y luego extendió los dedos para recorrerlos a lo largo de la mejilla de ella. La caricia fue breve e inesperada.

—¿Todavía vamos a comprar el maquillaje mañana? —preguntó él.

Ella sentía un hormigueo en la cara y se le había secado la garganta.

—Por supuesto, si es que tienes tiempo.

—No quisiera pasarme el día haciendo ninguna otra cosa.

Ahora era ella quien estaba confundida. No parecía estar enojado con ella; de hecho parecía casi feliz de que hubiera ido a visitarlo. Entonces, ¿por qué había dejado de pasar a tomar el café con ella en el porche de su casa en las mañanas? No podía ser nada más por su trabajo. Un hombre tenía que descansar de vez en cuando.

—Qué bueno —se detuvo, queriendo decir más, pero sin estar segura de sí misma. Hasta pensó que tal vez lo hubiera ofendido...

—¿Te está molestando algo?

—No. Bueno, la verdad, sí —ella rió ligeramente—. Es que quería invitarte a la casa a cenar.

Durante medio segundo, la idea pareció afectarlo, pero luego se le pasó.

—Es que, como te dije, tengo mucho trabajo.

—Ándale, Gabino. Pilar y los niños van a venir. Lilí iba a venir también, pero tuvo que cancelar —estudió la cara de él, pero la idea de una reunión en grupo no parecía molestarlo. De hecho, sus facciones mostraron algo que parecía alivio—. Yo sé que Pepe estará desilusionado si no vas. Tú eres su nuevo superhéroe, ¿sabes?

—Créeme que no soy ningún superhéroe —gruñó.

Ella levantó el mentón, lista para una desilusión, pero sus palabras siguieron fluyendo:

—Podríamos alquilar una película para después. Quizás no sea una noche de parranda como acostumbras, pero...

Él puso los dedos sobre los labios de ella para parar sus palabras, y dijo:

—Deja de tratar de convencerme. Me encantaría ir.

—¿De veras? ¿Te gustaría? Qué bueno —luchó contra su propio entusiasmo, porque no tenía caso mostrar que estaba acostumbrada a las negativas—. Está bien, entonces —empezó a alejarse, para luego voltear de nuevo—. ¿A las siete?

Él extendió el brazo para apoyarlo encima del marco de la puerta, y sus ojos la atravesaron.

—¿Qué tal a las seis?

—¿A las seis? Bueno. No tendré todo listo para entonces. Los demás vienen a las siete —se movió para acomodarse los lentes. No estaban ahí. Entonces, enredó las manos tras la espalda y sonrió.

—Aún mejor. Te ayudaré a cocinar.

—¿Cocinar? —se quejó—. ¿Estás seguro?

—Esme... —dijo, como si la palabra fuera un suspiro.

Ella no estaba segura de lo que quería decir al decir su nombre así. Lo único que sabía era que necesitaba alejarse para respirar un poco ella misma. El hombre la desconcertaba.

—Está bien. Tú ganas. A las seis entonces.

—Perfecto. ¿Puedo llevarte algo?

—Nada más... tú mismo —. Ella se dijo que él era lo único que necesitaba. Caminó por la vereda a su casa, sintiéndose tan feliz que estaba a punto de explotar, como si hubiera ganado un premio y estuviera tratando de no lucirse. Su cuerpo quería correr pero hizo puños apretados a sus lados y se dedicó a contar sus pasos.

—Querida —la palabra, su voz que parecía caricia, la pararon. Su corazón latía fuertemente—. Los lentes de contacto te quedan muy bien.

Ella volteó lentamente y sus miradas se encontraron durante un momento. De no saber lo contrario, ella habría jurado que Gabino parecía querer besarla. Pero, ¿cómo podía ser, cuando había estado evitándola durante varios días? Se le aceleró el pulso, indicándole que le urgía escaparse antes de aventarse en sus brazos. Su cumplido la había envuelto como un abrazo.

—Gracias —dijo finalmente, levantando las manos para acomodarse un mechón que no estaba fuera de lugar—. A mí también me gustan.

Gabino se frotó las manos y echó un vistazo alrededor de la cocina.

—Bueno, el asistente de cocinero Méndez a sus órdenes y listo para cocinar. ¿Qué puedo hacer?

La luz dorada suavizaba los rincones del cuarto y la voz dulce de Celine Dion llenaba el aire. Esme traía una falda larga y ondulante color vino, estampada con pequeñas flores azules, y una camiseta azul para completar el conjunto. Un mandil como bolsa de harina tapaba la mayor parte del conjunto, y lo doméstico de la escena lo alegró. Las sandalias de ella exponían sus pequeñas uñas pintadas, y todo el cuarto olía a lavanda, como de costumbre. La situación, y la compañía, se prestaban tanto al romance, que Gabino daba gracias a Dios de que Pilar y los niños iban a llegar pronto para servir de barrera entre ellos.

—Puedes servirnos una copa de vino, y luego puedes escoger —dijo ella señalando con el cuchillo de cocina—. Puedes sazonar los bistecs, picar las zanahorias, preparar la ensalada, o preparar las papas. El postre ya está listo.

—Sé preparar unas zanahorias salteadas maravillosas —dijo, abriendo una alacena tras otra hasta encontrar las copas de vino. Metió dos de las bases entre los dedos y las bajó para colocarlas sobre la barra—. ¿Qué tal si preparo las zanahorias y los bistecs y tú la ensalada y las papas?

—Trato hecho.

Trabajaron en silencio como buenos compañeros durante varios minutos hasta terminar casi toda la preparación. Esme levantó su copa de vino y se sentó cómodamente en una silla, girando los tobillos.

—Ya no hay nada que hacer hasta que lleguen —dijo—. No quiero que la carne salga demasiado cocida.

Gabino se sentó en la silla en frente de ella.

— Se siente rico relajarse un poco —miró alrededor de la casa—. Me gusta tu casa.

—Qué amable de tu parte —sonrió ella—. A mí me gusta también. Especialmente porque últimamente has arreglado todos los molestos problemitas que tenía. ¿Sabes? No tenías que hacer todo eso.

—No fue nada —dijo, sin tomar en cuenta el cumplido.

Esme echó un vistazo hacia el reloj esperando que Pilar hubiera podido meter a los niños en el coche sin problemas.

—Debo advertirte, que los niños de Pilar son algo mañosos para comer —enchuecó la boca hacia un lado—. De un día al otro cambian sus gustos.

—¡Ah, los niños! Fui niño una vez —tomó un poco de vino de su copa, observándola por encima de la orilla de la misma—. A propósito, ¿cómo está Pepe?

—Bueno, sé que no te gustan los halagos, pero Pilar dice que ha estado de mejor humor que durante mucho tiempo —se detuvo— desde que hablaste con él.

—Me da mucho gusto —dijo, pero una sombra cubrió la expresión en su rostro y cambió rápidamente el tema—. Platícame del marido de Pilar. Se llama Daniel, ¿no?

—Sí —esme meneó la mano y descansó la cabeza contra la pared—. No hay mucho que decir, de verdad. Daniel y Pilar han estado juntos desde que estuvimos todos en segundo de secundaria. Eran la pareja perfecta, ¿sabes? Siempre supimos todos que se casarían —cruzó las piernas, moviendo su falda.

—¿Pero? —Gabino esperaba lo que seguía.

Ella tomó un poco de vino, preguntándose cómo supo que tenía más que decir.

—Nada más es mi opinión, y jamás le diría nada a Pilar, pero Daniel ya no le hace caso como antes. Sé que está muy ocupado con su trabajo...

—¿Patrulla las calles?

Ella asintió con la cabeza, con sus ojos enfocados en la copa de vino. Giró la copa por la base, pensativa.

—Probablemente es lo que hará siempre. Le gusta la emoción y la adrenalina, me supongo. Pero, por lo que yo he visto, no aprecia mucho a Pilar ni a los niños.

—Es una lástima.

—Ellos saldrán adelante —colocó su copa sobre la mesa y lo miró directamente a los ojos—. Siempre lo hacen.

Él extendió la mano sobre la mesa y cubrió la mano de ella con la suya.

—¿Y tú, querida? ¿Por qué nunca te has casado?

Ella se sonrojó, sintiendo el calor en sus mejillas. ¿De donde fregados había salido eso?

—Me supongo que no he encontrado la persona ideal.

—La respuesta común —dijo, sonriendo.

—Está bien. ¿Quieres la verdad? —aspiró y retiró su mano, un poco apenada, pero sin querer ocultar su verdad de él. Es lo que era ella: una solterona. Si realmente era su amigo, entonces no le importaría—. Jamás he estado en una relación seria, Gabino. En la preparatoria... nadie me invitó a salir. Luego estuve en la universidad y posgrado. Simplemente... estuve ocupada. O, mejor dicho, es mi excusa, y de ahí no me saca nadie —rió sin humor y no pudo sostener la mirada de los ojos de Gabino—. Bastante patética, ¿no?

Él acercó su silla hacia ella, y le levantó el mentón.

—Si tú eres patética, yo también lo soy, Esme.

Ella parpadeó varias veces.

—¿Qué quieres decir?

—Estoy diciendo que he salido con varias mujeres, pero tampoco he estado enamorado nunca.

—No lo puedo creer —dijo ella boquiabierta.

Él se encogió de hombros.

—No tengo razón alguna para mentirte.

—Pero… pero, ¿por qué nunca te has enamorado? —tartamudeó ella—. No hay razón alguna para que un hombre como tú…

—Y ahí vas con tu "un hombre como tú" otra vez —él sacudió la cabeza, fingiendo estar molesto—. ¿Sabes lo que me gustaría, Esme? Que me dejaras de catalogar para simplemente verme como soy. Gabino. Por quien soy y no quien piensas que debo ser.

El calor le llegó hasta el cuello, y estuvo a punto de tener un ataque de hipo.

—Tienes absolutamente toda la razón. Perdóname.

—Está bien. Lo único que estoy tratando de decirte es que todos tenemos nuestras razones por evitar la intimidad. Tú tienes las tuyas, y yo tengo las mías —hizo una pausa para tomar las dos manos de ella entre las suyas—. Deja de pensar que eres tan distinta, profe. No todo el mundo encuentra el amor verdadero en la preparatoria como lo hizo Pilar. No lo hice yo y no lo hiciste tú, y los dos estamos bien, por lo que yo veo.

Antes de poder profundizar en la enorme revelación, ella escuchó que se abría la puerta principal, interrumpiendo el momento.

—¡Tía Esme! —gritó Teo desde la sala.

Esme y Gabino se separaron al oír los pequeños pasos corriendo hacia ellos. Compartieron una sonrisa privada al escuchar a Pilar gritándoles a los niños que no corrieran en la casa. Momentos después, se encontraron envueltos en los abrazos efusivos de Pepe y Teo.

Un frenesí de saludos, risas y exclamaciones de hambre siguieron. Para cuando Pilar había sentado a los niños en sus lugares alrededor de la mesa, la casa se había llenado con la mezcla de olores de la carne asándose y los demás platillos. Esme acababa de servirse otra copa de vino para ella y una para Gabino. Le ofreció una a Pilar también, y luego sirvió vasos de leche para los muchachos. Gabino terminó de preparar los bistecs y los llevó a la mesa adornada con un mantel de tela. Pilar dijo la bendición, y empezaron a pasarse los diferentes platillos.

—Yo no voy a comer ésas —dijo Teo, mirando con gran disgusto el platón de zanahorias salteadas frente a él. Un mechón de cabello recalcitrante se le paraba en la corona de la cabeza al inclinarse hacia adelante para olfatear el platillo—. Las verduras me dan asco.

—Fuchi. Yo tampoco las quiero —agregó Pepe, estirándose desde su silla de honor al lado de Gabino para observar el platón. Sus moretones se habían desvanecido, quedando como manchas amarillas como recuerdo de sus problemas.

—Teodoro, no seas mal educado — lo regañó Pilar, sus mejillas sonrojadas por la pena maternal. Miró a Esme con una expresión que silenciosamente ofrecía una disculpa—. Comerás lo que haya preparado tu tía, jovencito, o pasarás hambre —fijó una mirada asesina en su hijo mayor é indicó el platón—. Pepe, espero que le des el ejemplo a tu hermano. Sírvete unas zanahorias.

El pequeño mentón de Pepe tembló ante el terrible peso de tener que dar el ejemplo.

—Mamá, por favor no me hagas comerlas. Son anaranjadas.

—La verdad es que no las preparé yo — interrumpió Esme, tratando de ayudar a Pilar con la lucha. Ella les sonrió a los muchachos mientras alisaba la servilleta en su regazo—. Las preparó Gabino. Son salteadas, lo que quiere decir que tienen mantequilla y azúcar mascabado.

—¿De veras las preparaste tú, Gabino? —preguntó Pepe en tono serio. Era obvio que no creía que el hombre a quien veneraba pudiera rebajarse tanto como para preparar una cosa tan ofensiva para la cena.

—Claro que sí.

—Siguen siendo verduras sin importar quien las haya preparado —murmuró Teo, sentándose hacia atrás en su silla y levantando los pies sobre la misma.

—Baja los pies, jovencito —teo hizo lo indicado. Los ojos de Pilar estaban furiosos—. Ustedes deben de estar avergonzados por portarse así. Ofrezcan una disculpa a Gabino y a su tía Esme ahora mismo.

—Perdón —dijeron juntos sin sinceridad alguna.

—Está bien. ¿Podrían pasármelas, por favor…? —Gabino señaló al platón. Esme extendió la mano en frente de Teo y le pasó las zanahorias a Gabino. Él le guiñó el ojo en franca complicidad—. Gracias —dijo, enfocando su atención en la madre de los niños—. Las zanahorias son comida de hombre, Pilar. Me imagino que éstos son demasiado niños para comerlas, lo cual quiere decir que hay más para mí. Qué rico —agregó, sirviéndose una gran porción.

—¿Cómo? Ah, sí —dijo Pilar, entendiendo perfectamente después de un momento de confusión—. Casi lo olvido —sus ojos siguieron los movimientos de Gabino, sin saber lo que él iba a hacer luego.

Esme miró de reojo a los niños mientras observaban a Gabino con expresiones fascinadas entre reverencia y horror.

—Pero tú no las comías cuando eras niño, ¿verdad Gabino? —preguntó Pepe, con tono esperanzado.

Gabino levantó las cejas mientras terminaba de masticar, y luego tragó.

—¿Bromeas? Las comía todo el tiempo. Por supuesto, saqué un permiso especial para comer la comida de hombres porque quería crecer para ser un hombre fuerte —tensó el brazo, atrayendo la admiración de todos los ocupantes del cuarto por sus bíceps perfectos.

Pilar lo miró boquiabierta con descarado placer femenino, y luego miró hacia Esme, quien le respondió con una mirada grave. La boca de Pepe se abrió, y volvió a mirar a las zanahorias con gran interés.

—¿A qué saben?

—Ya lo verás cuando tengas edad para comerlas —Gabino metió más zanahorias en la boca haciendo sonidos de placer al masticarlas.

Pepe pensó un rato.

—¿Cuando será eso? —preguntó luego.

—Tienes que tener por lo menos diez años, ¿no es así, Esme?

Ella se mordió el labio para aguantar la risa y asintió con la cabeza. Gabino Méndez era todo un genio.

—Casi tengo diez años —dijo Pepe, su mirada fija amorosamente en las zanahorias—. Tengo seis, y seis es casi llegando a diez.

—Mamá, ¿de verdad tienes que tener diez años para comerlas? —susurró Teo, con tono suplicante—. No es justo, porque Pepe tampoco tiene diez años.

—No es suficiente, chavalito —le dijo Gabino a Pepe, haciendo como si no hubiera escuchado lo dicho por Teo—. Ni modo.

Pepe chasqueó la lengua e hizo un puchero.

Gabino se movió en su silla.

—Pero supongo que si realmente quieren probarlas, les podemos dar algunas a escondidas.

—¿De veras? —dijo el muchacho, y su cara se iluminó.

Gabino fingió pensarlo mucho. Chupándose la mejilla, sacudió la cabeza.

—Pero pensándolo bien, no quiero romper las reglas.

—Ándale Gabino —pepe brincó—. Nadie lo sabrá. Mi mami y mi tía Esme no van a decir nada, ¿verdad?

Las dos negaron con las cabezas.

—¿Por favor? —la voz de Teo sonaba digna de lástima.

—¿También quieres tú, amiguito?

—Sí —dijo Teo, con ojos como platos. Estaba sentado sobre sus manos.

Gabino fingió una expresión de sorpresa, mirando a Esme y a Pilar.

—¿Qué creen ustedes, señoritas?

Pilar no pudo ni hablar por las ganas de reír.

Esme se despejó la garganta.

—Bueno, Teo tiene cuatro y Pepe tiene seis años. Si sumamos sus edades, son diez —dijo, encogiéndose de hombros.

—Yo no había pensado en eso. Me supongo que por eso tú eres la científica, Esme —Gabino enchuecó la boca de lado y pensó un rato mientras los niños estuvieron quietecitos en sus sillas. Cuando la tensión había aumentado suficientemente, se dio por vencido—. Está bien. Nada más esta vez, pueden comer zanahorias.

—¡Bravo! —gritaron los dos niños en estéreo, mientras Pilar les servía zanahorias. Le echó una mirada de reojo a Gabino—. Gabino Méndez, yo no sé donde te han estado guardando, pero eres un D-I-O-S. Me siento pequeña ante tu presencia.

Él se rió, sacando el mentón en dirección de los niños.

—No, nada más fui como ellos antes. Entiendo bien lo que se necesita.

—Bueno, pues tú puedes comer con nosotros cualquier día de la semana.

Él partió su bistec, y luego miró en dirección a Esme. Descubrió una vez más esa mirada como de alguien rescatada por un príncipe.

La cena había sido un gran éxito. Después de jugarles a los niños el brillante truco de psicología inversa de las zanahorias, congraciándose con Pilar, se había ganado totalmente el cariño de Pepe y Teo al llevarlos afuera para sentarse en su camioneta. Hasta les había arrancado el motor. Era el invitado perfecto y un amigo maravilloso. A Esme le gustaba más ahora que nunca.

Pilar había llevado a los niños a casa desde temprano, dejando a Esme y a Gabino para tomar el café en el porche trasero de la casa antes de terminar la velada. La luna llena reflejaba una luz plateada sobre el jardín, y soplaba una brisa fresca sobre ellos. Esme cerró los ojos, gozando el momento casi perfecto, rodeando la taza cálida con sus manos.

—Estuvo muy agradable —dijo ella—. Todo salió bien.

—Vaya que si salió bien. Estoy llenísimo —dijo Gabino, sobándose el estómago. La silla de jardín rechinó cuando él cambió de posición—. Jamás debería haber comido la segunda rebanada de pastel de chocolate.

Ella volteó la cara hacia él, sintiéndose más cómoda con él que otras veces. Le gustaba estar con él así, sin lo del cambio de apariencia o Elizalde o recuerdos del fiasco de Barry Stillman como obstáculos.

—¿Qué tiene de malo darse gusto a sí mismo de vez en cuando?

—Tienes razón, pero jamás podré dormir así —dijo, haciendo una mueca de dolor—. No me digas que eres una de esas personas controladas que siempre deja el último bocado en el plato.

Ella se rió, decidiendo no contestar su pregunta.

—Podríamos caminar un rato, si quieres. Dios sabe que necesito el ejercicio.

—¿Sí? Me encantaría —él se puso de pie, ajustando la cintura de su pantalón de mezclilla negro como si apenas le quedara—. Entonces vamos antes de que explote.

Después de cerrar las puertas de la casa con llave, caminaron por la acera hablando de muchas cosas, pero nada de importancia. Al llegar a una esquina especialmente oscura, Gabino miró alrededor.

—¿Qué tan seguro es este vecindario?

—Relativamente seguro —contestó—. No caminaría sola en la noche, pero me siento bastante segura contigo.

Él sonrió y rodeó su hombro con el brazo, jalándola hacia él.

—Siempre dices las cosas más correctas, querida.

A ella no le molestó en lo más mínimo que el dejara el brazo sobre sus hombros.

—¿Yo siempre digo las cosas más correctas? ¿Y qué dices de todo aquello de que las zanahorias son comida de los hombres? ¿No fue brillante eso? ¿Viste como atacaron las verduras Pepe y Teo? —preguntó Esme, riéndose.

—Fue un buen truco, tengo que admitirlo.

Gabino sopló sobre sus uñas, satisfecho consigo mismo, frotándolas sobre su camisa.

—Así es —ella subió la mano para ajustar los lentes imaginarios, pero paró la mano a medio camino y la bajó de nuevo. Se rió—. No me acostumbro a no usar lentes.

—Siempre puedes volver a usarlos.

Ella decidió pasar por alto el comentario para no lanzarse de nuevo a la conversación de lo bien que se veía con anteojos.

—Yo sé que no te gusta que te halague, Gabino, pero no lo puedo evitar. Gracias por hoy, por enseñarles la camioneta a los niños... por todo.

—De nada. Me caen bien. Son criaturas extrañas, los niños.

Ella miró hacia arriba para verlo bien.

—Ya sé. Es lo que los hace tan divertidos. ¿Cómo aprendiste a manejar a los niños con tanto éxito?

Él se encogió de hombros.

—Yo no sabía que lo hiciera, siquiera. Como te dije antes, realmente no he tratado a muchos niños. Me supongo que simplemente —hizo una pausa, recorriendo la palma de la mano sobre su cara— recuerdo cuando yo era chico, y lo duro que era ser niño. Los comprendo.

Esme navegó entre las grietas y cemento levantado de la acera, perpleja por sus palabras extrañas. No las comprendía. Su infancia había sido maravillosa, sus padres amorosos, siempre apoyándola. Sin embargo, no era tan inocente como para creer que todos hubieran pasado infancias tan ideales como la de ella. Quería pedirle a Gabino que explicara lo que había dicho, pero no quiso ser entrometida. Atravesaron la calle y llegaron al campo deportivo de la escuela primaria.

—¿Es la escuela de Pepe?

—No. Daniel y Pilar no viven en este vecindario.

Esme observó el campo deportivo a través de la cerca de malla. Las cadenas, que se usaban en un juego de los niños, colgaban de los postes y pegaban contra éstos con un canto extrañamente desolado. Los columpios se mecían suavemente, y las huellas de las pisadas de los niños todavía estaban marcadas en la arena al fondo de la resbaladilla. La infancia no debería ser difícil. Le dio tristeza pensar que lo pudo haber sido para Gabino.

Antes de poder decir palabra alguna, Gabino la agarró por la mano y la jaló en dirección de los juegos.

—Vamos. Hace muchos años que no me aviento por una resbaladilla.

—¿En serio?

Él sonrió traviesamente.

—El último en llegar a la resbaladilla huele a huevo podrido.

—No es justo. Yo traigo sandalias.

—¡Cobarde!

Esme se quedó boquiabierta.

—Sé que lo eres tú, pero, ¿qué soy yo? —lo empujó, aprovechándose de que él casi se cayó para echarse a correr. Él corrió tras ella, y finalmente la rebasó.

Se detuvieron ante la resbaladilla, y ella se dobló desde la cintura, respirando fuerte. Él hizo lo mismo.

—Hiciste trampa —le dijo él.

—Nada más equilibré la balanza —dijo ella, señalando a sus sandalias.

—Y gané de todos modos —dijo, satisfecho consigo mismo, sonriendo.

—Ay, por favor —bufó ella—. Te dejé ganar. No quise desinflar tu precioso ego.

Echando la cabeza hacia atrás, él se rió fuertemente por lo que ella había dicho. La respiración de los dos volvió a la normalidad, y corrieron de juego en juego, riéndose. Gabino se colgó de las barras de chango mientras Esme se echaba por la resbaladilla. Ella se mareó cuando Gabino la hizo girar en el carrusel, así que mejor tomaron un descanso lado a lado en los columpios. Esme dejó que sus pies colgaran sobre la arena, haciendo dibujos en esta con el pulgar de un pie. Pensó en la infancia de Gabino de nuevo, y decidió tratar de sacar el tema con tacto.

—Te apuesto a que te divertiste mucho cuando eras niño.

La luna se reflejaba sobre su cara, iluminando el movimiento de sus sienes cuando él apretó las mandíbulas. Finalmente, la miró. Sostenía las cadenas de su columpio con los codos. Con sus brazos cruzados frente a él, cada mano estaba aferrada a la cadena del lado opuesto. Lentamente giró.

—Esme, hay algo de mí que tengo que explicarte.

Todo en ella se tensó. El tono grave de él la puso nerviosa. ¿Sería ex-convicto? ¿Casado? ¿Homosexual?

—E-está bien. Adelante.

Él suspiró y miró en dirección a las barras del gimnasio durante un momento.

—Cuando yo era niño, no era... pues no era muy buena gente—dijo sin mirarla.

La inocencia de sus palabras después de lo que había esperado ella la hizo casi reír, pero se contuvo. La expresión seria en la cara de él le indicaba que esta confesión significaba mucho para Gabino.

—¿Qué quieres decir?

—Todos tenemos papeles en la infancia —luchaba por sacar la explicación—, como Pepe y Teo ahora tienen sus papeles ahora. Nos forman.

Ella asintió con la cabeza.

—¿Y tu papel era?

Sus ojos se encontraron con los de ella directamente, y la vergüenza que ella pudo ver en ellos le hizo un nudo en la boca del estómago.

—Fui un bravucón —masculló—. Un tipo rudo, egoísta e insolente sin consciencia ni remordimiento. Tan lleno de furia por lo que fuera ... que no pude ver las cosas como eran. No era nada mejor que los chamacos que andan golpeando a Pepe.

La confesión la sorprendió, y no supo cómo contestar. Jamás había conocido a un hombre más tierno que Gabino Méndez.

—Gabino, los niños chiquitos son conocidos por su crueldad con otros niños —se mordió el labio—. Tú sabes eso.

—No terminó en mi infancia —pateó un arco de grava—. Fui cruel y amargado y malo hasta la edad de dieciocho años. Fui... una persona horrible.

—No digas eso —extendió la mano y le tocó la pierna, intuyendo que él necesitaba el contacto—. El Gabino que yo conozco es bueno y...

—No. No me des crédito cuando no lo merezco, querida —se le tensó el cuerpo—. Si no fuera por un solo hombre, un maestro, probablemente seguiría igual el día de hoy.

—Pero es absurdo eso.

Levantó la cara.

—Le das demasiado crédito a ese hombre por la persona en quien te has convertido, Gabino —dijo, levantando la palma—, y no quiero menospreciar cuánto aportó hacia tu crecimiento personal. Sin embargo, ¿te controla actualmente? ¿Eres su títere?

—No, pero...

Ella se inclinó y tomó su mano.

—Mi vida, la gente cambia. Se transforma —hizo una pausa para tragar en seco, dándose cuenta de que acababa de decirle "mi vida," pero siguió adelante antes de que él pudiera rebatir sus palabras—. Cualquiera que te conozca sabe el tipo de persona tan buena y tierna que eres. A la única persona que estás ofendiendo ahora es a ti mismo.

La quietud que siguió fue tan completa, que hasta las cadenas dejaron de pegar en los postes. Él la miró, y una serie de emociones cruzó por los ángulos de su cara— confusión, gratitud, alivio.

Esme jamás había sentido tanta intimidad con ninguna otra persona. Extendió la mano para recorrer la mejilla de él con su palma.

—No puedes formar tu imagen de ti mismo en base al niño que alguna vez pudiste haber sido. Enojado o no.

Su nuez de Adán subió lentamente, y luego cayó de nuevo.

—Yo te podría decir lo mismo.

Ella se echó para atrás y parpadeó.

—¿Qué quiere decir eso?

—¿Quién te dijo que eras fea, Esme?

Ella se mofó, levantando las cejas para ver a la luna.

—Ah, ¿quieres decir aparte de Víctor Elizalde, Barry Stillman, y doscientos invitados en el público que portaban carteles?

Él meneó la cabeza una vez, sin echarse para atrás.

—Tenías que haberlo creído desde antes para que te hubiera lastimado tanto.

Los ojos de ella buscaron compasión en la cara de él durante un momento antes de suspirar, apoyándose contra la cadena de su columpio.

—Nadie me lo dijo. Lo escuché.

—¿Quién lo dijo?

—Mi tía Luz —. Para su horror, le brotaron las lágrimas, y una de ellas cayó por su mejilla. Así nada más él había logrado quebrantar su cáscara protectora.

—¿Qué pasó? Cuéntame.

Ella le contó toda la historia, sin darse cuenta siquiera de que las seguidoras fieles de la primera lágrima empezaron a caer hasta su regazo. Al terminar, Gabino le levantó el mentón. Ella no pudo mirarlo a los ojos.

—Mírame, Esme. Por favor.

Lo hizo. Sin ganas.

—Bebé, ¿cuándo me vas a creer cuando te digo cuán hermosa eres? —su voz susurraba, acariciaba—. ¿Cuándo vas a escuchar a tus mejores amigas que te quieren tanto? Ay, Esme, te volviste muy bonita.

Ella sollozó, sintiéndose de alguna manera segura con él. No le asustaba decir las cosas que le dolían.

—No sé nada de eso, Gabino, pero yo sé que tú me haces sentir mejor respecto a mí misma.

Una sonrisa triste levantó un lado de la boca de él. Limpió una lágrima de la mejilla de ella.

—Entonces mi vida está completa.

El corazón de ella se expandió, y presionó su cara contra la palma de él.

—Y ahora dime, Gabino Méndez —preguntó con voz temblorosa—, ¿te parecen ésas las palabras de un bravucón?

Después de un breve silencio, Gabino agarró las cadenas de su columpio y la jaló hacia él. La atrapó con sus piernas, y sus brazos rodearon su cuerpo, y la sostuvo con un extraño abrazo suspendido. Los tornillos arriba de ellos rechinaron conforme se mecían en la brisa, y el resto del mundo se desvaneció hacia el olvido.

—No hables —le dijo él cuando ella abrió los labios—. Estoy guardando este momento para siempre en mi corazón.

CAPÍTULO SIETE

Gabino se alejó del caballete un paso, examinando el lienzo mojado con ojo crítico. El ambiente ya estaba perfecto; los cambios que había hecho habían sido exactamente lo que le faltaba a la pintura. El placer corrió por su ser. Un vistazo hacia su reloj le indicó que casi era hora de ver a Esme. Metió unos trapos en la lata de café que había heredado del señor Fuentes y la tapó. Los olores familiares del aceite de linaza y de espesas pinturas le excitaban sus sentidos.

Los pinceles de sable rojo y las espátulas de paleta estaban desparramados como palillos por toda su mesa de trabajo. Frunciendo el ceño, empezó a ponerlos en orden. Normalmente no era tan desorganizado, pero había estado tan emocionado cuando por fin había decidido qué dirección tomar con la pintura, que había querido transferir la idea al lienzo tan pronto le fuera posible. Había terminado todo el trabajo principal, y los toques finales podrían esperar hasta después de sus compras en el centro comercial.

Con cuidado de no tirar demasiada pintura, Gabino atravesó el piso de madera tapado con una lona, y luego metió los pinceles y espátulas en frascos de trementina que tenía alineados sobre la barra de la cocina. El olor fuerte, como de condimentos, de las sustancias químicas llenó el cuarto.

Había conocido la dirección que quería tomar con esta pintura desde su primer bosquejo al carbón, pero algo no le había cuadrado. Hiciera lo que hiciera, no había podido darle vida. Hasta ahora.

Limpiándose las manos sobre el mandil roto que tenía puesto, Gabino volteó hacia el retrato de Esme y sonrió. Sí. Los ojos habían estado mal antes, nada más no había podido ver en dónde hasta la noche anterior cuando se sentaron en los columpios. Habían hablado de tantos detalles íntimos bajo la luz de la luna, que Gabino sintió que la había visto por primera vez. Había visto su interior. Y, cuando ella lo había mirado de una manera tan especial… era hermosa.

Les agregó un resplandor a los ojos del retrato, le dio profundidad a la expresión, hasta que el simple verlo lo hacía sentir en casa. De seguro que llamaría la atención de los dueños de las galerías. Aunque no se emocionaran con el retrato, tenía la esperanza de que le fascinara a Esme. Él quería que ella se viera a sí misma a través de los ojos de él. Quizás entonces ella se diera cuenta del poder de su propia belleza tan tierna.

Gabino limpió su paleta de mármol y luego aventó rápidamente en un gran recipiente de plástico los tubos arrugados de pintura que había usado, notando que se le estaba acabando el Blanco de Titanio y el Verde Viridiano. Al guardar el bote de plástico en el refrigerador, hizo una nota mental para preguntarle a Esme si no le importaba pasar por una tienda de útiles de arte mientras andaban en la calle. Compraría unos cuantos lienzos de lino, unos estiradores extras, más yeso, y otra lona de una vez. Necesitaría todo eso, ya que una multitud de nuevas ideas había comenzado a girar por su cabeza. No podía creer qué tan inspirado había estado desde que se cambió a Colorado. Todo lo referente a Esme lo animaba.

Vio el reloj. Se le acababa el tiempo. Arrancándose el mandil, y quitándose la camiseta, Gabino se paró ante el lavabo y se restregó con jabón Lava para quitar la pintura de sus manos y brazos; luego se metió en la regadera. Tenía que llamar para confirmar su cita con el dueño de la galería, pero eso tendría que esperar. Si la noche anterior con Esme había sido alguna indicación, entonces estaban encaminados hacia algo muy intrigante. No quería perder ni un solo momento del tiempo que podía pasar con ella.

¿Miau? —Esme se quedó boquiabierta sin poder creer las pequeñas letras impresas sobre el fondo del lápiz labial de veinticinco dólares. Para empezar, no podía creer que algo tan pequeño y frívolo fuera tan caro; pero, aún más importante, ¿qué clase de color era "Miau"?

Gabino le dio la vuelta al mostrador de cristal para ver el lápiz labial. Lo destapó para revisarlo, y luego volvió a taparlo y se lo devolvió a Esme.

—Es rojo.

Ella bufó, plantando un puño sobre la cadera.

—Entonces, ¿por qué no lo llaman rojo? ¿Qué idiota pretenciosa sacó "Miau" como nombre? —. Una parte distante de su cerebro registró franca admiración por Gabino, un hombre que definía la palabra masculino, porque no tenía ningún problema con su ego al estar comprando maquillajes. Aun así, no podía comprender cómo se le había permitido a algún cavernícola idiota nombrar un producto para mujer de manera tan básicamente ofensiva. Miau, sobre todo—. Mi interior feminista siente que debe estar gravemente ofendido por la implicación.

Él rió, dándole una palmadita paternal en el hombro.

—Bueno, vamos a evitar los rojos vivos para ti de todos modos, así que mete las garras, Señorita Gatita.

Ella dejó escapar un monosílabo gutural al mirarlo. Una esquina de su boca y luego la otra se convirtieron en una sonrisa contra su voluntad.

—Gabino Méndez, por favor dime que no acabas de decir lo que creo que dijiste.

—Está bien, no lo dije —aceptó, levantando las manos en forma de garras, e hizo un ruido como de felino peleando, que sonaba algo así como "¡Reeeer!"

—¡Aja! Estás caminando en tierra peligrosa, amigo —. Colocó el tubo negro sobre el mostrador con disgusto fingido y le pegó en el pecho con el dorso de la mano. La excursión de compras había sido agradable hasta el momento; su amistad había llegado a un nuevo nivel. Gabino parecía más cómodo con ella, y ella sabía que se sentía más a gusto con él. Nada más el estar cerca de él le daba más confianza—. Señorita Gatita —espetó—. Idiota. Debería...

—Es una broma nada más —. Gabino le rodeó el cuello con un brazo y la jaló hacia él, jugueteando, mientras paseaban por el pasillo de la tienda por departamentos hacia el próximo mostrador de cosméticos—. Empieza a buscar un tono bonito y no ofensivo, borgoña o vino, querida. Con tu nuevo color de cabello, me gustaría aprovechar esa gama de colores. ¿Crees que tu interior feminista puede aguantar eso? —le preguntó al oído antes de soltarla.

El estómago de ella revoloteó al ser soltada, pero de manera totalmente positiva. La verdad era que estaba de mejor humor que... que nunca. Si no por otra cosa, después de la noche anterior sabía que ella y Gabino disfrutaban una amistad tan especial que nadie podría meterse entre ellos. Se habían confiado sus verdades, y ella tenía la impresión de que él jamás se había abierto tanto con nadie respecto a su pasado, lo cual significaba que eran realmente amigos en el mejor sentido de la palabra. Ella aceptaría eso si no podía tenerlo a él por completo.

—No cambies el tema. Me voy a vengar de ti por llamarme Señorita Gatita. Cuando menos lo esperes, cuídate —le dijo ceñudamente, a pesar de la calidez interior que sentía.

—Mira como tiemblo —él le guiñó el ojo.

Un hermoso vestido de cóctel color ciruela, de seda y satín, en el departamento colindante le llamó la atención a Esme, y se le acercó, estirando la mano para tocar la tela. El corte sesgado del vestido hacía que colgara sobre el maniquí de una manera sutilmente sensual, y lo corto del vestido lo sacaba de lo común. Era exquisito. Poderosamente femenino. Exactamente el tipo de vestido que Esme siempre había soñado ser lo suficientemente atrevida para usar.

—Oye, estamos comprando cosméticos, ¿te acuerdas? —Gabino se le acercó desde atrás y miró brevemente el vestido.

—Perdón. Nada más estaba ... —levantó la bastilla del vestido una vez más para luego dejar caer la tela y voltear a ver a Gabino—. Perdón. ¿Dónde me necesitas?

Gabino señaló un banco cromado con asiento de vinilo blanco al lado de un mostrador impecable de cosméticos. Un letrero anunciaba la suavidad de la línea en pieles sensibles.

—Siéntate ahí. Basta de jugar. Voy a preguntarle a la vendedora si me deja probar algunos de los productos contigo.

Esme se sentó en el banco, enganchando sus tacones en el peldaño inferior del mismo. Una absurda versión instrumental de *Aflójate con la Música* de Will Smith se oía por la tienda. Alrededor de ella, por todos lados las clientas entregaban su arduamente ganado dinero a cambio del privilegio de llevarse con ellas promesas de belleza y mejor sexo disfrazadas de lápices labiales extremadamente caros.

Mirando a todas las vendedoras de cosméticos a su alrededor, Esme llegó a la incómoda conclusión de que no querría ser maquillada jamás como ninguna de estas supuestas expertas. Comprendía que era su negocio, pero parecía que muchas de ellas habían aplicado los colores con una espátula bajo una pésima luz. Un caso claro de exageración. Esme observó divertida como la clientela daba una gran vuelta alrededor de una demostradora de perfume demasiado afanosa, y luego, con un golpe, colocó su bolsa sobre el mostrador.

Sus ojos buscaron y encontraron a Gabino, quien atravesaba hacia un mostrador colindante de cosméticos. Llamó la atención de una maquillista de bata blanca con ojos seductores y gran propensión a sacar la pelvis al caminar. O quizás lo hiciera porque se acercaba ondulando hacia Gabino y su pelvis tenía que guiar al resto de su cuerpo. Esme no estaba segura de cuál sería la razón.

Cuando las cimbreantes caderas de la mujer llegaron a Gabino, ésta se detuvo, con una sonrisa que le daba un nuevo sentido al concepto de servicio al cliente. Mientras Gabino explicaba lo que quería y hacía gestos, la mujer pestañeaba y asentía con la cabeza. Ella se inclinó más cerca que lo necesario cuando él sacó un documento de su cartera para que lo examinara. Después de estudiar el documento, la mujer sacó la cadera y echó un vistazo en dirección a Esme. Su fría evaluación y abierta envidia sacaban chispas.

Con un movimiento desacostumbrado en ella, Esme cuadró los hombros y le regaló a la mujer maquillista una sonrisa que decía "apuesto a que tú quisieras estar con él." Su atrevimiento tan fuera de lugar la alegró a la vez que la asustó. Dios, ¿desde cuándo sacaba las uñas? ¿Podría tener alguna base real el comentario que había hecho Gabino, eso de la Señorita Gatita? ¡Reeeer! La idea le dio mucha risa.

Con la Señorita Pelvis ondulando a su lado, Gabino se acercó.

—¿Por qué te ríes, Esme? —preguntó.

—Ah, nada. Nada más estoy sentada aquí entreteniéndome —Esme le sonrió a la mujer, esta vez sinceramente. Levantó la mano y se tocó la cara—. Entonces, ¿creen que hay esperanza alguna para esto?

La Señorita Pelvis, cuyo nombre real según el gafete plateado rectangular sobre su saco era Inga, le sonrió.

—Por supuesto —estiró una mano con garras color Miau alrededor de los bíceps de Gabino y lo apretó ligeramente—. Voy a ordenar nuestro muestrario de cosméticos y darle carta blanca a Gabino. Ya que tiene licencia profesional y todo —parpadeó varias veces.

—Fabuloso —contestó Esme, sorprendida y divertida por la atención. Estaba totalmente fuera de su elemento, pero sin sentirse inferior en lo más mínimo. Miró de reojo a Gabino y parpadeó unas veces ella misma. Él frunció el ceño, confundido, pero logró guiñarle un ojo privadamente.

Inga dio la vuelta hacia el lado privado del mostrador, haciendo alardes al sacar los productos de belleza. Gabino hizo plática educadamente, pero sin caer en la trampa de su coquetería, algo que lo elevó desmedidamente en la estimación de Esme. Después de quedarse mucho más de lo necesario, Inga onduló desganadamente hacia otro lado y Gabino se puso a trabajar.

Esme rechazó el deseo de comentar sobre el abierto coqueteo de Inga. En cambio, cerró los ojos y se perdió en la sensación de la loción humectante que Gabino aplicaba a su piel con sus dedos suaves y cálidos.

—¿En qué estás pensando? —preguntó él.

—En nada —hizo una pausa antes de continuar—. Bueno, de verdad, estaba pensando en lo de anoche. Me divertí muchísimo. Gracias.

—No me des las gracias. También me divertí.

—Me da gusto que hayamos podido hablar, Gabino —dijo con tono bajo.

Sus manos dejaron de moverse, y él volteó los dedos para acariciar su mejilla.

—A mí también.

Se miraron mutuamente durante un momento que a Esme le hizo nudo el estómago. Temblorosamente, dijo:

—No me dejes interrumpir lo que estabas haciendo. Se siente rico —volvió a cerrar los ojos.

—No te voy a maquillar aquí —dijo él, mientras continuaba haciendo pruebas—. Nada más quiero probar unos colores para ver que no reaccione tu cutis con nada, y luego llevaremos los productos a casa.

—Ratero —bromeó Esme.

Él se rió, agarrando un pequeño triángulo de hule espuma del muestrario para seguir con las aplicaciones a la cara de ella.

—No, confía en mí. No pienso cometer ningún delito. Sacarás tu tarjeta de platino antes de irnos —le levantó el mentón y le hizo cosquillas con la esponja.

Ella abrió un ojo.

—Hablando de eso, ¿hay manera de que no escojas el lápiz labial que cuesta veinticinco dólares?

—Trataré —dijo secamente, y continuó trabajando en su cara—. Pero estoy acostumbrado a los productos de calidad, así que prepárate.

Ella extendió la mano y lo agarró por la muñeca, entrecerrando los ojos con una mirada que esperaba fuera dura y firme...

—Quizás tengas gustos de champaña, amigo, pero yo tengo bolsillo para cerveza, así que el chiste es ser ahorrativo.

—Sí, sí —sonrió—. Cierra el ojo antes de que irrites tus lentes de contacto.

Ella obedeció.

Pasaron unos momentos llenos sólo con la música de la tienda antes de que Gabino murmurara:

—Tienes excelentes huesos.

—Eso le dijo el empleado de la funeraria al cadáver —le contestó ella.

—Tú sabes a lo que me refiero —se rió él—. Tu estructura ósea. Pómulos altos, buena frente.

Ella abrió lo ojos y se agarró del asiento de vinilo. Sintió un destello de desacostumbrado orgullo en el pecho.

—¿De veras? Nadie me ha dicho algo así en toda mi vida.

—¿Quiere decir que saco puntos por original?

—Ya tienes suficientes puntos, Gabino.

—Ah, ¿sí? —. Arqueó las cejas. Tenía muestras de diferentes colores de base contra la mejilla y el cuello de ella, volteándole la cara de lado a lado. Escogió una, la aplicó con los dedos y con una esponja, y luego escogió un polvo. Tomando una gran borla que parecía un conejillo de indias sobre un palo, dijo:

—Mantén los ojos cerrados mientras te pongo el polvo.

Ella lo hizo, pero a la mitad del proceso, una idea se le metió a la cabeza.

—Ya no nos queda mucho tiempo antes de la reunión de la facultad, Gabino. No siento que hayamos progresado mucho con mi cambio de apariencia —sopló, quitándose el polvo de los labios, levantando una mano para limpiarse y quitarse el polvo de los dientes—. Fuchi.

Gabino se rió.

—Regla número uno del artista de maquillaje. No abras la boca mientras te pongan el polvo.

—Perdón. Estás olvidando que soy neófita para todo esto —Esme observó la mano de Gabino cuando pasó por encima de un color bonito y pálido de rubor para escoger uno con tono más fuerte que le recordaba los moretones de Pepe. Excelente. Sintió un piquete de ansiedad.

—Entonces, también lo siento —tomó una brocha del muestrario—. Te iré diciendo más sobre lo que voy a hacer.

Ella cruzó las piernas y se acomodó hacia atrás en la silla.

—Empieza por explicarme cómo podemos transformarme de aburrida a despampanante en los pocos días que nos quedan.

—No te preocupes, querida, nos queda suficiente tiempo —. Metió la brocha en el rubor, la golpeó contra el frasco para eliminar el exceso, y luego lo probó en la mejilla de ella. Después de estudiar el color de los dos lados, asintió, para luego limpiarle la cara con un pañuelo. Colocó el rubor color hematoma en el montón de productos a comprar, para el pesar de ella.

—Nada más se trata de un cambio, ¿sabes? No se trata de cirugía plástica.

—Sí —Esme vio el montón de cosméticos que tendría que comprar. Calculando cada uno con un valor aproximado de veinticinco dólares, se imaginaba que ya había gastado por lo menos cien dólares, sin contar el impuesto—. ¿Qué más tenemos que hacer?

—Compraremos todo esto más los productos para el cabello hoy y buscaremos un vestido mañana —se detuvo, buscando entre los lápices en una copa— A propósito, ¿te importa si pasamos a una tienda de arte en camino a la casa? Me faltan algunas cosas —puso un tubo de rímel negro sobre el montón de compras, así como un lápiz delineador color morado.

El sonido de la caja registradora sonaba en la cabeza de Esme. Tragó en seco.

—Por supuesto que no me importa. Lo que necesites.

Gabino agregó un lápiz para pintar cejas, un paquete de brochas para maquillaje, y un delineador de labios que le recordaba a Esme el lápiz de color tutifruti en la caja de 96 crayolas de Pepe. También agregó un paquete de triángulos de hule espuma.

Esme señaló el montón, diciendo:

—Oye, no quiero echar a perder tu diversión, pero no soy millonaria, ¿sabes?

—No te preocupes. Nada más estoy comprando lo más básico —sonrió.

—¿Todo esto es lo más básico? ¿Cómo le hacen las otras mujeres? —Esme no pudo más que pensar que él estaba gozando al máximo su ruina financiera.

Gabino esquivó la cuestión del dinero.

—Estaba pensando en hacer un ensayo con el cabello y el maquillaje hoy en la noche, nada más para estar seguros de tener todo lo que necesitamos antes del gran evento —le echó una mirada de reojo a ella—. Nos divertiremos. Quizás ordenando comida china si quieres.

—Está bien —ella echó un vistazo al montón de productos—. ¿Ya es todo?

—No. Nos falta lo más importante.

—¿Qué? ¿Una cuenta en el extranjero para pagarlo?

—El lápiz labial, querida —dijo riéndose—. No hay nada más bonito en una mujer que un brillante mohín.

—¿Cómo lo pude olvidar? —lo tomó por el brazo—. Por favor no escojas un color que se llame Miau o nada igualmente repugnante.

—¿Esme?

—¿Sí?

Él le dio un golpecito en el mentón con un nudillo y meneó la cabeza lentamente.

—¿Eres siempre tan mandona?

Ella suspiró.

—Nada más sé lo que no me gusta.

Gabino suavizó la pregunta con un guiño de ojo y con su hoyuelo. Tomó un tubo dorado de color de labios, lo destapó, y sonrió.

—Aquí lo tenemos. Perfecto. Y se llama —lo volteó para ver la etiqueta—, Vino de Medianoche. ¿Aguantas eso?

Ella alcanzó el tubo y vio el color, quedándose boquiabierta.

—¿Vino? ¡Esto es negro, Gabino!

—Vino oscuro —respondió él.

Ella lo miró de nuevo, para enseguida decir:

—No. Es negro. Totalmente negro. Jesús. Prostíbulo de Medianoche sería mejor nombre para este terrible color —le picó de nuevo la ansiedad, esta vez sacando sangre—. No puedes pensar que esto se me vería bien.

—Por supuesto que sí —le quitó el lápiz labial y lo agregó al montón de productos.

—Espera. ¿No puedo convencerte respecto a ese color?

—No. Es dramático. Dice algo.

—Si. Dice "soy una terrier de labios negros" —gimió Esme, sacando su tarjeta de crédito de la bolsa—. No es mi idea de último grito de la moda.

—Oye, soy bueno —dijo él riéndose—, pero no tan bueno como para pensar en un chiste de gato y otro de perro durante la misma tarde de compras.

Ella se cruzó de brazos y miró despectivamente el lápiz labial ofensivo.

—En este momento no me tienes muy contenta.

—Bueno, pues por lo menos me da gusto ver que dominas la técnica del mohín —Gabino levantó el montón de cosméticos contra su pecho y sonrió—. Vamos, profe. Ya se te quitará —extendió la mano para tomar su tarjeta de crédito—. Vamos a poner la tarjeta al máximo.

—¿Para qué se usa eso? —preguntó Esme, señalando al yeso que Gabino tenía en la mano mientras esperaban que el cajero trajera los lienzos. Los clientes andaban por toda la tienda de enseres de arte, y aunque los empleados parecieran atentos, había pocos de ellos para tantos clientes.

—¿Esto? —lo puso sobre el mostrador—. Se pone en un lienzo para darle fondo. Para prepararlo antes de poner la pintura —agregó cuando su entrecejo fruncido le hizo ver que ella no entendía.

—Ah, no sabía que tenías que hacer eso —dijo ella apenada—. Pensé que nada más aplicabas la pintura cuando se te ocurría algo creativo. Temo que no sé mucho respecto a tu profesión. Pero me encantaría aprender más.

—Algunos pintores preparan el lienzo con goma de piel de conejo antes del yeso —le dijo—, pero muchos curadores no aprueban la práctica ahora —se inclinó hacia ella, bajando la voz—. Hay animales que encuentran deliciosa la goma de piel de conejo.

—Fuchi —arrugó ella la nariz al pensarlo. Esperó pacientemente hasta que el dependiente le había entregado a Gabino los lienzos y unos tubos de pintura. Al caminar a la caja, lo miró de reojo—. Dime más de pintar al óleo.

—Ya me cansé de hablar de mí. Platícame de tu trabajo.

Ella levantó la cara, sorprendida.

—¿De veras? Nadie quiere saber de mi trabajo nunca.

—¿Por qué? La clonación es mucho más interesante que la pintura.

Ella se rió, y pusieron las cosas en la banda de la caja.

—Bueno, ¿qué quieres saber?

Él abrió los brazos como si fuera incapaz de seguir.

—Ni siquiera sé lo suficiente sobre el tema como para hacer una pregunta adecuada. Nada más sigo pensando en duplicados malvados de la gente corriendo por todo el planeta creando un caos.

Ella puso los ojos en blanco.

—Dios mío, Hollywood. La perdición de mi existencia —. Una empleada que mascaba chicle empezó a pasar sus compras. Tenía la mirada vacía de la gente desilusionada que gana sueldo mínimo—. Estamos trabajando en los avances médicos que puedan aportar la clonación en lugar de los aspectos de ciencia ficción.

—¿Como cuáles? —él sacó una tarjeta de crédito de su cartera y la entregó a la cajera después de escuchar el total.

—Bueno, pues... hay tantos —ella lo pensó detenidamente y luego volteó la mano—. Un ejemplo sería la posibilidad de poder hacer una clonación de las células sanas del corazón de un paciente que sufre de una enfermedad cardiaca, para luego inyectarlas en las zonas afectadas. Hacemos muchos estudios sobre las células madres embriónicas, también.

—¿Qué significa eso? En inglés, por favor. O en español —agregó sonriendo.

Ella se cruzó de brazos apoyando una cadera sobre la caja.

—Estamos investigando si las células madres pueden ser cultivadas para producir órganos o tejidos para reparar daños en los originales o cambiarlos por otros. Células de piel para víctimas de quemaduras, células de médula para cuadripléjicos. Cosas así. Si los tejidos fueran clones hechos con las células del paciente en lugar de ser de un donador, la proporción de rechazos se reduciría mucho.

Gabino agarró sus bolsas distraídamente, concentrándose en lo que ella le contaba.

—Así que ¿eso es la clonación? Jamás lo supe. ¿Cómo cultivan estas células?

Ella apretó los labios y consideró la pregunta al caminar hacia la camioneta, y luego trató de explicar el procedimiento con los términos menos técnicos posibles. Sabía que la terminología científica era lo que más le molestaba a la gente.

Gabino cerró la puerta de la caja de la camioneta y se frotó las palmas para quitarse el polvo del camino.

—Entonces, siempre y cuando la gente que cree que se trata de un truco de la ciencia ficción para conquistar al mundo no prohiba la tecnología, muchas enfermedades y padecimientos podrían mejorarse mediante la clonación.

Ella asintió con la cabeza, como siempre llena de energía por poder hablar del tema que le había dado vida desde la preparatoria.

—Potencialmente. Se necesitan muchas más investigaciones, pero es emocionante —se encogió de hombros—. El problema es que necesitamos el dinero para becas y el apoyo del gobierno, que es difícil conseguir cuando todos los grupos de intereses especiales del mundo andan protestando la investigación. Simplemente no comprenden el potencial.

—Qué trabajo tan maravilloso y espiritualmente satisfactorio haces.

Ella suspiró.

—Me encanta mi carrera, pero tiene sus aspectos negativos. Sabes, soy la única mujer en el equipo de investigación, y también soy la única persona menor de cuarenta años. Agrega a eso el hecho de que para ellos soy miembro de una minoría, entre comillas, y resulta que soy una rareza.

—Lo cual te debe de llenar de orgullo.

—Estoy orgullosa, no me malentiendas. Simplemente a veces es bastante molesto ser la más avanzada en el terreno. Mucha gente piensa que soy solamente la latina de rigor. Que debo de estar ahí nada más para llenar una cuota, no por mi cerebro —bufó—. He trabajado mucho' muy duro para llegar a donde he llegado, desde que empecé a aprender de la clonación humana en mi primera clase de genética en la preparatoria.

—Me imagino que sí.

Ella sonrió por puro agradecimiento.

—Y eso sin mencionar que el campo está lleno de hombres arrogantes y petulantes que se molestan como no tienes idea por tener que trabajar con una mujer de treinta años a un nivel igual al de ellos.

Como Elizalde, pensó Gabino. El hecho de que Esme mostrara el mínimo interés en el hombre lo molestaba sobremanera. No quería ni pensarlo.

—Si tuviéramos hombres inteligentes y amables en el terreno, quizás pudiera yo ser más feliz. Hombres como tú —agregó finamente.

Gabino sintió cálido el cumplido y desvió la mirada. Y había estado pensando que ella habría estado aburrida al andar con un simple pintor. Quizás estaba equivocado. Dios, quería abrazarla. Ella lo hacía sentir tan increíble, tan especial y ... tierno. Sus crecientes emociones le indicaron que tenía que regresar al tema, y rápido.

—¿Y cosas como ligamentos dañados o miembros amputados? —abrió la puerta para que ella se subiera a la camioneta—. ¿Podría la clonación regenerarlos en alguien?

La cara de ella se iluminó.

—¡Exactamente! Es increíble hablar con alguien que simplemente entiende. Eso... —lo empujó suavemente en el pecho con el dedo—...es el tipo de investigación que hacemos en la clonación humana. No estamos tratando de recrear duplicados humanos sin emociones.

Él levantó las manos como un peleador de peso completo que acababa de ganar el campeonato mundial.

—¡Y Méndez gana otro punto por entender! ¡Todos aplauden! —hizo copa con las manos alrededor de la boca e hizo el ruido de un gentío vitoreando. Fue un débil intento de aligerar el ambiente íntimo que se había creado entre ellos, antes de dejarse vencer por el impulso de abrazarla contra su pecho y llenarla de besos.

Ella meneó la cabeza y rió un poco, luego de estudiarlo intensamente.

—¿Alguna vez has pensado en trabajar en las ciencias, Gabino? Obviamente tienes la mentalidad para hacerlo.

Él puso una expresión de escepticismo, pero el cumplido lo llenó de placer.

—No. Dejaré el trabajo duro para los expertos como tú. Soy perfectamente feliz como pintor.

—Que en sí es una aportación absolutamente brillante para el mundo.

—Ah, dulce Esme —acarició el brazo de ella lentamente, del hombro a la muñeca—. Un hombre podría acostumbrarse a estar con alguien como tú.

Más tarde esa noche, Esme estaba sentada sobre la orilla del lavabo del baño mientras Gabino aplicaba la "cara completa" que le había prometido. Ella no había visto ni su maquillaje ni su peinado. Nada más podía adivinar el efecto que podría tener el espray con diamantina en su aspecto general. Dios me ampare, pensó.

—Deja de tocarte el cabello.

—Perdón —ella dobló sus manos nerviosas en su regazo. Se le ocurrió una idea—. ¿Ya tienes hambre? Podríamos tomar un descanso y ordenar la cena —. Realmente quería una excusa para voltearse para ver su cara en el espejo.

—No, no puedes ver, pero fue un buen intento —dijo él seriamente—. Ya casi terminamos. Y para contestar tu pregunta, puedo esperarme para ordenar, salvo que te estés muriendo de hambre.

—Yo también puedo esperar —murmuró ella, contrariada porque la había descubierto en su truco de principiante.

Gabino había estado haciendo preguntas respecto a su trabajo desde el minuto que había entrado por la puerta, lo cual le había agradado a ella. A la mayoría de los hombres que había conocido o les había aburrido el tema, o sus conocimientos los habían asustado. Al parecer, él estaba sinceramente interesado. Como si leyera sus pensamientos, él hábilmente desvió la conversación de nuevo a su trabajo. ¿Qué papel tiene Elizalde en el equipo de investigación?

Lo extraño era que pensar en Elizalde ya no le daba tanta furia como justo después del desastre del programa de Stillman. Ya lo encontraba algo patético, aunque siguiera firme en su afán de venganza por lo que le había hecho.

—Él está dentro de un programa de intercambio de dos años con la Universidad Federal de São Paulo —dijo ella—. Realmente es médico y es parte del proyecto de células madres embriónicas. Un hombre muy importante en su país. En todo este campo, en realidad.

—Ah —dijo Gabino, sin haberse impresionado—. Mírame a la garganta y no parpadees —Gabino le aplicó rímel a las pestañas en silencio. Al terminar, volvió a meter el cepillito en el tubo y la miró de reojo—. ¿Puedo hacerte una pregunta de algo que no es asunto mío?

—Buen comienzo, realmente relajas a la gente así —le dijo ella sonriéndole—. Pero claro. Adelante.

—¿Qué es lo que le ves a ese tipo?

Ella arrugó la frente.

—¿A Víctor?

Gabino le dio la espalda y tomó un momento para buscar entre los cosméticos.

—Sí —dijo a regañadientes.

Ella se encogió de hombros.

—Bueno, pues no sé a qué te refieres. Respeto su trabajo, su aportación a la investigación genética... y somos afortunados de tenerlo en el equipo.

—Pero, ¿es suficiente razón para...?

El timbrazo del teléfono interrumpió su pregunta.

—Debo contestar.

¡Sí! Ahora podría verse.

—Está bien, pero no te veas.

—Está bien —mintió, brincando del lavabo. Tenía que verse para poder controlar su reacción en caso de que fuera a odiar el resultado. Y no por ser pesimista.

—Correré hasta la planta baja y pediré la comida al mismo tiempo. Tardarán por lo menos 45 minutos en traerla.

Él levantó el dedo.

—Es en serio, Esme. No te veas.

Ella no le hizo caso, y corrió hacia la planta baja para contestar el teléfono al cuarto timbrazo.

—¿Bueno?

—Hola, soy Lilí.

—¡Lilí! Hace muchísimo que no hablamos.

Lentamente, con el miedo apretando sus pulmones y oyendo música de película de terror en su cabeza, Esme volteó poco a poco para verse en el espejo del pasillo. Se animó, diciéndose que quizás no fuera tan terrible. Quizás Gabino había decidido proceder con sutileza, después de todo. Quizás...

La primera vista fue como un golpe en el estómago.

Pasmada, respiró hondo. Lo único que la podría hacer verse peor sería agregar el lápiz labial negro, lo cual era lo próximo.

—Ay, ¡Dios mío! —exclamó.

—¿Qué te pasa, Esme?

—Esto no puede ser. Tienes que ver esto —dijo Esme. Enredó el cable del teléfono en su puño y volteó hacia atrás para asegurarse de que Gabino no pudiera escucharla.

—¿Por qué estás susurrando? ¿Ver qué?

Con absoluto pánico, buscó una ruta de escape de la pesadilla de su plan de cambio de apariencia. Vulgar era una cosa, pero jamás había pensado siquiera que pudiera llegar a lo macabro. De alguna manera tenía que convencer a Gabino de que así no era como tenía que verse. Se le ocurrió una idea.

—¿Estás ocupada?

—No, por eso llamé —Lilí parecía confundida—. Pensé en pasar a verte más tarde si no estás ocupada.

Esme se humedeció los labios con la lengua, moviendo su cabeza como el perrito chihuahua de plástico que usaban en los tableros de los coches.

—Excelente. Sí. Excelente. ¡Mierda! Ven pronto. Ven ahora.

—Esme Jaramillo, estás hablando como una loca. Por última vez, ¿qué es lo que pasa?

Ella inhaló y sacó todo en una sola frase al exhalar.

—Gabino me maquilló y me peinó, algo así como ensayo final...jic... para la fiesta del viernes. Bueno, ¿te acuerdas de aquella canción, *Gitanas, Vagabundas y Rateras*?

—Sí.

—Bueno, pues me veo como las tres cosas en un solo paquete ridículo...jic... de caricatura. Mezclada con un poco de diamantina de ciencia ficción para mejorar el efecto.

La descripción le quedaba corta. Definitivamente no había fuerza en el mundo que la hiciera presentarse en público viéndose así. Echó una mirada en el espejo a la irreconocible mezcla de puta y vampiresa que le devolvía la mirada. Le dolió el estómago. Luchó contra el llanto.

—Ay, Dios. Tienes hipo. No puede ser bueno.

—¡No lo es! —susurró, sin poder enunciar las palabras.

—Está bien. Espera —dijo Lilí, siempre la voz de razón—. ¿De alguna manera, le diste la impresión de que se trataba de una fiesta de disfraces?

—No, por supuesto que no —aumentaba el pánico de Esme. Brincó, agitando la mano por la urgencia—. Deja de hacer preguntas tontas y ven…jic… para acá. Tienes que convencerlo de que esto se ve ridículo. Quizás si tú se lo dices…

—Está bien, está bien —la consoló Lilí, con el nerviosismo notándose en su voz—. Pero, ¿qué pasa si estás equivocada y me gusta?

Confía en mí —su garganta se cerraba—. No te va a gustar.

Se oyó un suspiro.

—Estoy en camino.

Esme colgó y pidió la comida, agregando una orden de Pollo Kung Pau —el platillo favorito de Lilí— en caso de que no hubiera comido. Aceptó la sugerencia del simpático restaurantero de pedir su carne de res con picante, porque supuestamente el chile curaba el hipo. Después de poner una expresión tranquila, se presionó el torso con la palma para calmar el temblor, y subió las escaleras para enfrentarse a su destino de labios negros.

En el baño, Gabino cubrió el espejo. Le puso una mano al lado de la cara como si fuera caballo de carreras con anteojeras, mientras ella se acomodó sobre el lavabo.

—No te viste, ¿verdad?

¿Cómo podía mentir sin realmente mentir?

—Vi algo en el espejo del pasillo pero sin…jic… ver bien —cambió el tema antes de que él pudiera profundizar en el asunto—. Va a venir Lilí a cenar con nosotros. ¿No te importa?

—Por supuesto que no. Ya casi terminamos aquí. Entrecerró los ojos, como sospechando algo. ¿Por qué tienes hipo?

—Médicamente, creo que es por tragar aire.
—Eso es eructar.
—Como sea —se humedeció los labios—. Vamos a terminar antes de que llegue. ¿Qué falta? ¿Nada más los labios de terrier?

Él apretó los labios, regañándola con la mirada.
—Nada más el color de labios.

Gabino sacó un pincel pequeño y empezó a ennegrecerlo con el ofensivo color de labios. Esme lo miró con la tensión en aumento. ¿Realmente le gustaba a él este estilo?

—Entonces —posó con gracia—, ¿cómo me...jic... veo?

Él dio un paso atrás y se tomó el mentón, volteando la cabeza de lado a lado al estudiarla.
—Definitivamente exótica.

Ella rió nerviosamente. Le sudaban las palmas.
—Bueno, me supongo que eso era lo que queríamos —jugaba con el volante que venía en la caja del lápiz labial mientras Gabino le sostenía el mentón y pintaba el fúnebre tono sobre su boca. Terminando, sonrió, y luego empezó a juntar los productos. Esme se concentró en leer el volante del lápiz labial, con instrucciones y promesas de mercadotecnia en inglés, alemán, francés, español y un idioma asiático que ella no reconoció. Se preguntó quién necesitaba instructivos para ponerse el lápiz labial.

—¿Ya me puedo ver?
—Todavía no. Yo primero —se metió en el espacio personal de ella y la vio de cerca—. Te ves increíble, Esme.

¿Estaba loco? Sus ojos leyeron más rápido.
— Ah, gracias.

Sus nudillos se acercaron para descansar a cada lado de ella, atrapándola perfectamente. Su olor a hombre, como gamuza cálida, la rodeaba. Algo se movió entre ellos con la fuerza de las placas tectónicas de la tierra. Ay, Dios, pensó Esme.

—Personalmente, creo que siempre te ves fantástica.

Sí, cómo no, se dijo ella.

—Pero, el cambio también te queda —murmuró él.

—¿Estás seguro?

Ella se tensó, inadvertidamente apretando las caderas de él con sus muslos. Sus ojos la quemaban y se acercó más hasta que su cara quedó a escasos centímetros de la de ella. Dios mío, gritó Esme en silencio, la iba a besar. Lo sabía, lo podía sentir como si ya hubiera vivido ese momento, como si lo estuviera reviviendo a todo color y con sonido estereofónico. Acababan de encarrilar su amistad. No podía besarla. Por favor, Dios, ¡que me bese!, rogó ella mentalmente.

Sin poder contenerse, se pasó sus recién ennegrecidos labios por los dientes.

Él bajó la mirada.

—Oye —bromeó—. Vas a comerte todo el color de los labios, querida.

Ella levantó el volante del lápiz labial.

—Ah, según esto, es a prueba de mordidas —sostuvo la respiración y evitó el hipo—. Aunque de verdad, estoy segura de que no han hecho ninguna investigación científica para comprobarlo —. ¡Caramba!, se dijo a sí misma. Y ella que siempre había pensado que el concepto de una persona con el corazón en la garganta era una metáfora. Tragó en seco, apenas.

—¿Sabes que más dice, Esme? Que es a prueba de besos.

Una risa sofocada logró salirle por un lado del corazón que tenía trabado en la garganta.

—¡Definitivamente tampoco hicieron ningún estudio científico para probar eso!

La mirada de él descansó sobre su boca. Podía ver el pulso de él en su cuello, podía sentir su cálido aliento haciéndole cosquillas en los labios.

—Probablemente no —dijo—, pero, nena, definitivamente es recomendable tener pruebas de testigos.

CAPÍTULO OCHO

Ella extendió la mano con intención de empujarlo por el pecho y así impedir el beso, pero su corazón tenía otros planes. Antes de poder detenerse, Esme había agarrado la camisa de Gabino y lo había jalado bruscamente contra ella. Sus bocas se juntaron con una pasión tan natural que era inevitable. Un gemido surgió de la garganta de ella, gutural y espontáneo.

La lengua de él exploraba la boca de ella, y las manos de ella serpentearon alrededor de su cuello hasta tocar su nuca, soltando la cola de caballo de la liga. Dios, había deseado hacer eso durante tanto tiempo. Metió sus dedos dentro del brilloso cabello de él y lo apretó entre sus puños, gozando la sensación de tocarlo. Su postura levantó sus senos contra el pecho de él y los presionó más contra él, sin pensar en nada aparte de su deseo cegador de frotar los pezones contra su dureza. Todo su cuerpo vibraba. Su libido tomó el control de su cerebro, poniéndolo en piloto automático para gozar el loco paseo sensual.

Él levantó la boca.

—Dulce Dios, querida, te deseo.

Sus palabras temblaban con asombro y sorpresa. Acarició las caderas de ella y la jaló más cerca hasta que la parte interior de sus muslos hizo contacto con el hueso de la cadera de él, hasta que ya no los separaba nada aparte de la ropa y el húmedo calor. Capturó de nuevo la boca de ella. Pasó su lengua sobre los labios femeninos, metiéndose y retirándose. Con gran urgencia sus manos acariciaron los brazos de ella, su espalda, sus muslos, y cuando sintió que la lengua de ella se acercaba a su boca, la chupó suavemente hacia adentro. Ella jadeó.

Sus miradas se unieron por una eternidad.
El tiempo se detuvo. Dejaron de respirar.
Y luego otra ola de pasión los inundó.

Ella jamás imaginó que esto pudiera ser tan bueno, tan natural. A él lo sentía tan grande y cálido, tan abiertamente masculino, que no se conformaba con un poco de él. Quería todo. Ella jaló impacientemente la camiseta de él, sacándola de la cintura del pantalón. Sus manos buscaron la cálida piel desnuda que había admirado desde lejos durante lo que ahora le parecía toda una eternidad. Cuando ella deslizó sus manos sobre el duro y musculoso estómago de él, y oprimió los pezones con las puntas de sus pulgares, él simultáneamente se agachó y gimió. Ella enterró los dedos hacia su ancha espalda.

Él la empujó hacia atrás hasta que su cabeza pegó contra el espejo... un poco más fuerte que lo planeado. Ella se llevó la mano a la cabeza. Se rió.

—Perdón —dijo él, riéndose también, pero Esme lo calló con su boca hambrienta sobre la de él.

Ella se acercó hacia él sin gracia alguna y tiró un cepillo del lavabo, el cual cayó de golpe sobre el piso de mosaico, seguido rápidamente por la barra de jabón y el contenedor de los cepillos de dientes. No le importó. A él tampoco parecía importarle. Sus largos dedos encontraron el camino hacia los senos de ella. Los cubrió, levantándola. Ella se arqueó, presionando contra sus palmas y echó la cabeza hacia atrás para dejar que sus labios calientes y barba rasposa tocaran su cuello.

Tocaron el timbre de la puerta.

¿A quién le importaba? Que se fueran. Ocupados. Nadie en casa.

Volvieron a tocar.

Los ojos de Esme se abrieron. Dios, era Lilí. Lilí, a quien había instruido para convencer a Gabino de que el nuevo estilo de Esme como Mujer de la Obscuridad era inaceptable. Pero, obviamente a Gabino le gustaba su nueva apariencia, y ella definitivamente aprobaba el cambio que le había provocado a Gabino. Cambio de planes. Tenía que llegar a Lilí antes de que ésta hablara con Gabino.

—¡Detente! —agarrando los hombros de Gabino, lo empujó hacia atrás, logrando tirar unas cuantas cosas más al suelo.

Él se vio perturbado, distraído.

—Pero, yo...

—Tengo que...

—Espera, yo... —susurró él con un tono rasposo.

Se inclinó hacia ella de nuevo, pero ella agarró sus hombros para detenerlo. Tenía pánico de que Lilí fuera a usar la llave extra que tenía, y echara a perder todo justo cuando estaban llegando a lo bueno.

—No... nada más déjame bajar de la...

Casi se cayó del lavabo, arreglándose la ropa, tratando de sostenerse en pie. Sintiéndose borracha por la lujuria y loca por él, se pasó la mano sobre la boca. No encontraba las palabras para explicar.

—Es Lilí —su mirada bajó por temor a que él descubriera en sus ojos la verdad, la cual era que se maquillaría así todos los días con tal de gustarle a él—. Tengo que... ir.

Pasó junto a él, salió por la puerta, y luego por el pasillo.

Así nada más, y había desaparecido.

El silencio lo chupó como una aspiradora. La sangre hervía en las venas de Gabino. Su cerebro palpitaba con un doloroso deseo agudo. Con las manos temblorosas, se agachó para recoger los artículos desparramados sobre el suelo del baño, tratando de devolver su cuerpo a su estado normal. Colocó el recipiente de cepillos de dientes sobre el lavabo en su lugar, y luego alineó el cepillo de cabello ordenadamente a un lado.

Por mucho que tratara de ignorarlo, una sensación de desastre inminente se apoderó de él. Remordimiento. Cerró los ojos y descansó su frente en la parte superior del lavabo. No debería haberla besado. Caramba, por poco la había devorado, y sabía que ella no tenía casi nada de experiencia. ¿Qué había pasado con su acostumbrada ternura con ella? ¿Con tomar las cosas con calma? Definitivamente había forzado el paso demasiado, demasiado pronto. El pánico que había visto en los ojos de ella al escaparse del baño lo decía todo.

La regaste, Gabino. Ella quería tu amistad, se dijo. Te aprovechaste de ella.

Gabino se paró, apoyando las manos sobre el lavabo. Agachó la cabeza, dejando caer su cabello como pantalla sobre su cara. Carajo. Quería que ella supiera que él la aceptaría de cualquier manera en que pudiera tenerla. Como vecina, amiga, o amante.

Amante. Le surgió de nuevo el deseo.

No. Ella no quería eso. Carajo, pensó, alejando bruscamente el cabello de su cara. Se enderezó, viendo su reflejo en el espejo, asqueado. Forzando a la gente para sacarles lo que él quería. Todavía. ¿Quién demonios pensaba que era?

Arreglaría esto aunque tuviera que ofrecerle disculpas, arrodillarse, suplicar. Le diría que no debería haber sucedido y le aseguraría que no volvería a pasar. Haría las paces con ella. Lo lograría.

Pasara lo que pasara.

A Esme le costó trabajo abrir la puerta.

—Entra —ladró—. Apúrate.

—Qué bonito saludo —replicó Lilí. Sus facciones cambiaron de la diversión a la mortificación con una sola mirada a los resultados del cambio en su amiga—. Dios nos libre, amiga, te ves como la Noche de los Muertos Vivientes —se persignó.

—Es horrible, lo sé. Pero no me importa.

—¿Cómo?

—Silencio. Nada más acompáñame —Esme agarró a Lilí por el brazo y la jaló hacia adentro de la casa. Se tropezaron al pasar por la sala en camino al baño de visitas en el pasillo. Empujó a Lilí hacia adentro, cerró y le echó llave a la puerta, y luego se apoyó contra la misma.

—Dios mío —exhaló, cerrando los ojos. Sus manos formaron puños—. No puedo creer lo que acaba de pasar.

—Deja de exasperarte y déjame ver —dijo Lilí, obviamente pensando en otra cosa. Agarró a Esme y la centró frente al espejo, luego se paró atrás de ella, viendo el reflejo por encima de su abultado cabello. Lilí se mordía el interior de la mejilla, y una arruga de preocupación surcaba su frente perfecta.

—Está bien. Para empezar, el lápiz labial se pone en los labios, no alrededor de ellos.

—No me importa el maquillaje —dijo Esme con voz rasposa, mirando con sentido de culpabilidad hacia su confundida amiga, mientras extendía el negro alrededor de su boca. Se vio de nuevo en el espejo. Parecía que había estado limpiando la chimenea con los labios. Y eso que era a prueba de besos.

—Yo sabía que no podían comprobar eso científicamente —murmuró.

—¿Científicamente? ¿Qué?... —preguntó Lilí.

—Nada. Olvídalo —Esme dio la vuelta, balanceándose con las palmas sobre el lavabo—. Mira. Nuevo plan. Tienes que decirle a Gabino que te encanta. Que se ve de maravilla. No quiero que sepa lo mucho que odio esta apariencia.

Lilí se quedó boquiabierta y abrió sus ojos verdes con asombro.

—Amiga, ¿te has vuelto totalmente loca? No puedes ir a la fiesta de la oficina arreglada así.

—Ya lo sé, pero...

—No, obviamente no lo sabes —Lilí agarró el mentón de Esme para voltearla hacia el espejo—. Mírate, por el amor de Dios. Pensé que me habías dicho que Gabino era todo un profesional. ¿Qué pasó?

—Es profesional —Esme apartó la mano de Lilí y empezó a morderse el labio, antes de decidir no hacerlo. No quería los dientes negros también. Se sentó en la tapa del escusado, con sus pies y rodillas apuntando hacia adentro. Puso los codos sobre las rodillas, el mentón en las palmas.

—Yo no sé. No lo puedo explicar —dijo.

—Inténtalo.

—Lo único que te puedo decir es que... —Esme inhaló—, Gabino y yo hemos logrado hacernos amigos.

—Sí, me dijo Pilar. ¿qué tiene que ver eso con...?

—Escucha nada más. Todo estaba perfectamente bien entre nosotros. Luego él me maquilló así —levantó las manos para enmarcar la cara con ellas—, y fue el acabose.

—¿El acabose?

—Bueno, un buen acabose.

—No dejes que tu mamá te oiga diciendo eso —dijo Lilí chasqueando la lengua.

Esme no le hizo caso.

—Me besó, Lilí. Un beso de verdad.

Lilí puso expresión de gran asombro.

—¿Y eso es el acabose?

—Un buen acabose, ¿te acuerdas? —Esme tragó en seco, con la excitación sensual corriendo por ella al recordar qué tan bueno había sido en realidad ese beso.

—Pero, ¿te besó? —sonrió Lilí ampliamente.

—Dios mío, que si me besó —se sintió golpeada por la sensación de pasión desenfrenada, y no pudo seguir durante un momento. Cuando logró continuar hablando, Esme levantó la mano para agarrar su camiseta por el cuello—. Me besó —volvió a decir—, justo antes de que llegaras. Por eso traigo boca de mapache.

—Qué bueno. No se por qué te ves tan triste. Perdóname por interrumpirlos —Lilí la agarró por las muñecas, y las sacudió sonriendo—. Te dije que él te traía muchas ganas.

—Sí, para esta yo. No la yo verdadera —las palabras de Esme parecían necias aún para sí misma, como bien tenían que ser—. A la que desea es a la Vampiresa. ¿Qué voy a hacer?

Lilí se deslizó contra la pared y se sentó en el suelo con las piernas cruzadas.

—Esme... —murmuró un sonido de sorpresa—, no seas idiota. No es posible que le gustes así.

—Pero, ¿te has olvidado de que él mismo creó este estilo? Me dijo que me veía bien. Ni siquiera sabe que lo he visto. Además... —Esme abrió los brazos y habló con un tono sarcástico—, ¿me besó en mi estado natural? No.

—¿Le diste la oportunidad para hacerlo? No —contestó Lilí, imitando el sarcasmo de Esme—. Al contrario. Le dijiste a ese cuero de hombre que querías que fueran amigos, nada más.

—¡Porque nada más vino porque me tenía lástima por fea! —gritó Esme, empujándose hacia la orilla de la tapa del escusado. Apretó los labios y luchó para bajar la voz—. ¿Qué puedo hacer Lilí? ¿Agradecer la limosna?

—No estás... —gruñó Lilí por la frustración—. Esme, despiértate. Dios, a veces eres tan irritante. Dile a Gabino que no te gusta el estilo. Dile que quieres un estilo más natural. Dile que deseas su cuerpo. Asunto concluido. Felices para siempre.

Sin querer, los ojos de Esme se le rasaron de lágrimas. Le tembló el mentón, y se le escapó un sollozo.

—Es bien fácil para ti decir eso, Lilí. No lo entiendes. Ni siquiera los "nerdos" científicos se fijan en mí. Nadie se fija en mí. Nunca lo han hecho —sacó un pañuelo de la caja que estaba sobre el tanque del escusado—. ¿Y honestamente crees que un hombre como Gabino Méndez pudiera estar interesado? Mil disculpas si no comparto tu confianza.

Lilí se suavizó.

—Ay, amiguita.

—Lo más probable es que esté sufriendo del síndrome de Frankenstein —dijo Esme—. Una lujuria enfermiza por su creación macabra.

Lilí desdobló sus largas piernas hasta que pudo arrodillarse. Se arrastró por el piso de rodillas y abrazó a Esme.

—No fue mi intención ser frívola, Esme. Pero no te das suficiente crédito con este hombre.

—Es que no sé cómo —su cuerpo entero temblaba. Estaba asustada ante la posibilidad de perder algo que ni siquiera era suyo—. Jamás me he sentido así antes. Lo único que sé es que si le gusto así, ¿por qué voy a querer cambiar a lo que era antes? ¿Para estar sola? ¿Para hacer el ridículo en la televisión nacional?

—Pero, si realmente le importas, él no querría cambiarte —. Lilí le frotaba la espalda.

—Gracias, qué amable —dijo Esme secamente.

—No, lo que quiero decir es…

—Olvídalo. Yo sé lo que quieres decir. Nada más que hay algunas en el mundo que no tenemos de donde escoger —. Soltándose de los brazos de Lilí, Esme inclinó la cabeza hacia atrás. Oprimió los dedos envueltos en un pañuelo desechable contra las pestañas inferiores, porque no quería echar a perder totalmente el maquillaje, dado que tenía que volver a ver a Gabino—. Creo que me estoy enamorando de él, Lilí.

—Yo sé que sí, amiga —Lilí puso la palma de su mano sobre la mejilla de Esme y sonrió—. Todo saldrá bien. ¿Qué quieres que yo haga?

—Nada más déjame manejarlo como yo pueda — le imploró Esme a su amiga—. Dile que se me ve bien y sé convincente, ¿sí?

—Está bien, Esme —suspiró Lilí—. Si realmente es lo que quieres, le diré que te ha convertido en todo un símbolo sexual —la consolaba—. Lo que tú quieras.

—¿Me lo prometes? —susurró Esme—. No me juzgues mal.

Lilí le pegó en el brazo.

—¿Con quién crees que estás hablando? Soy tu mejor amiga. Ya deja de llorar o te vas a ver como la *Noche Lluviosa de los Muertos Vivientes*.

Esme se rió entre lágrimas, luego se paró y se inclinó hacia el espejo. Logró borrar casi todo el lápiz labial de los alrededores de su boca, y luego se pegó varias veces en las mejillas para eliminar las señas de su llanto.

Exhaló, diciendo "aaaaaaa" para soltar la tensión.

—Gracias por todo esto, Lilí. Te pedí un pollo Kung Pau —dijo con voz temblorosa.

—Qué bueno, porque me muero de hambre —dijo Lilí sin emoción. Se veía completamente sacada de sus casillas por la preocupación.

Esme exhaló, estirando el cuello de lado a lado. Sacudió las manos como un boxeador preparándose para entrar a pelear.

—¿Estás lista? —preguntó.

—¿Yo? Yo más bien preguntaría, ¿estás lista tú?

Esme se mordió el labio inferior mientras pasaba un pañuelo mojado por sus dedos.

—No, pero jamás voy a estar más lista. Vámonos —. Le quitó la llave a la puerta, y con Lilí siguiendo atrás, caminaron a escondidas por el pasillo como rateras.

—Caray, déjame agarrar mi bolsa —dijo Lilí, volteando para regresar.

Esme le echó una mirada breve, pero continuó hacia la sala. Pensó en Gabino, y se le hizo un nudo en la boca del estómago.

Ese beso. Claro, había involucrado poco más que los labios, pero lo había sentido hasta las puntas de los pies. No había sido un beso normal de todos los días. Gabino se había metido hasta lo más profundo de su ser, y se había convertido en parte de ella, al grado que ella ya no sabía si eran sus nervios o si él había estado excitado al punto de gritar.

Dios. No estaba enamorándose de él.

Estaba enamorada de él.

Y lo deseaba. ¡Qué beso!

Entrando a la sala, se enfrentó con Gabino, quien estaba precariamente sentado sobre el brazo del sofá.

—¡Ay! —exclamó ella. Su mano voló a su pecho que se llenó de calor con simplemente verlo—. Me asustaste.

—Perdón. Yo... —él se paró y atravesó el cuarto cuidadosamente, viéndose picado e intenso. A unos pies de distancia, abrió los brazos, pero se detuvo y se hizo hacia atrás—. Esme, escucha. Tenemos que hablar de...

—Hola Gabino —interrumpió Lilí. Estaba parada en la entrada.

—Hola —caminó hacia atrás, peinándose con los dedos, mientras sus ojos corrían de una mujer a la otra. Cuando sus talones pegaron contra el respaldo del sofá, se sentó—. Se me olvidó que estabas aquí.

—Estoy aquí —dijo Lilí, fingiendo alegría. Apuntó un pulgar en dirección del pasillo—. No nos aguantamos y vimos su nueva apariencia en el baño de abajo—. Perdón.

Siguió una pausa larga. El aire que inhalaba llenaba una y otra vez los pulmones de Esme hasta que ella pensó que iba a explotar y flotar por el cuarto como confeti.

—¿Y? —la nuez de Adán de Gabino subió y cayó—. ¿Qué te parece?

—Me encanta —espetó Esme, exhalando el aire.

—Le encanta —dijo Lilí, acentuando la declaración con una risa nerviosa.

Esme le echó una mirada grave en dirección a Lilí, y luego volteó hacia Gabino y forzó una pequeña sonrisa. Envolvió los brazos sobre su torso y no habló por miedo de un ataque de hipo. O de llanto. O de morirse.

Gabino se quedó boquiabierto. Parpadeó varias veces. Su cara volteó hacia Esme.

—¿Te...te gusta? ¡¿De veras?!

Ella asintió varias veces con la cabeza.

—Pero...¿el maquillaje? ¿El peinado? ¡Todo?

—Sí —le dijo—. Es exactamente lo que quería. Muchas gracias.

—Bueno... qué bueno —le regaló una sonrisa forzada, pero tenía una expresión en la cara que lo hacía parecer algo enfermo—. Me parece... bueno. Le encanta —le agregó a Lilí, volteando la mano y encogiéndose de hombros al mismo tiempo—. ¿Qué opinas de ella, Lilí?

Lilí se apoyo contra el marco de la puerta.

—Ni quien la entienda.

¿Cómo podía haberle gustado?, Gabino pensaba. Se sintió vacío. Totalmente solo. La había maquillado para hacerla verse macabra con toda intención, para que ella se diera cuenta de que era ridículo pensar que el maquillaje, o la falta de él, podría hacer a una mujer. Pero, le había salido el tiro por la culata. Ahora iba a tener que enviarla a una importante función de la facultad viéndose horrible. O era eso, o tendría que confesar todo su complot. Después del estallido en el programa de Stillman, no creía que ella pudiera perdonarlo por humillarla por segunda vez, independientemente de cuáles hubieran sido sus intenciones. Pero ese maquillaje...¡híjole!

¡Y a ella le fascinaba!

—Me fascina de verdad.

Su mirada fue a la elegante joven mujer parada a su lado, Denae Westmoreland. Había pensado en cancelar la cita con la dueña de la galería esa mañana, y ahora se arrepentía de no haberlo hecho. Apenas pudo armarse con el suficiente entusiasmo para prestarle atención a una de las más importantes dueñas de galerías en Denver, lo cual era un serio error para su carrera.

—¿Perdón?

Su perfectamente peinado cabello rubio no se movió cuando ella giró hacia él para sonreírle, con pose de quinceañera. Señaló hacia el retrato de Esme con una mano que portaba tantos anillos pesados que él se preguntaba cómo lograba sostener la muñeca.

—Dije que me encanta, señor Méndez. El retrato. Es exquisito. A mi marido también le encantará, estoy segura.

—Bueno, es que la modelo es exquisita —le dijo, mirando a la Esme que adoraba. Pura, tierna, genuina. No suya. No podía olvidar que ella quería a Elizalde. Debería haber recordado eso la noche anterior. Otro flechazo de arrepentimiento y tristeza le pegó al corazón. Un flechazo directo. Sin sobrevivientes. Descansen en paz.

—No creo que haya visto jamás un retrato en que la modelo usara lentes. Por lo menos no un retrato pintado con tanta hermosura.

—Gracias —. Olfateó el aire clandestinamente, esperando haber fumigado adecuadamente el departamento sobre la cochera. Él había llegado al grado en que apenas le molestaba el olor fuerte de las pinturas y aceites, pero sabía que distraía a muchos visitantes. Sin embargo, esta visita en particular se dedicaba al mismo negocio.

La señora Westmoreland inclinaba la cabeza de un lado a otro, cambiando el peso de un tacón de diez centímetros al otro. Un brazo descansaba sobre su torso, tenía el codo opuesto en la palma de la mano, y gesticulaba con dos dedos.

—La composición es de primera clase. Pero, ¿sabe? Tampoco es eso —se tomó el mentón y retrocedió un paso, examinando la pintura con los ojos entrecerrados y los labios apretados—. Es la emoción en la pieza, la vida.

A pesar de su humor desconsolado, el corazón de Gabino empezó a palpitar. Realmente parecía gustarle. Una consignación con la galería Westmoreland podría levantarlo. No tendría que irse de Denver. Ni dejar a Esme. Volvería a empezar, a compensar el daño que le había hecho.

La señora Westmoreland lo observó como si hubiera hecho el descubrimiento del siglo.

—Ya entiendo. Es su mirada.

Gabino tragó en seco y volteó a ver el retrato.

—¿Su mirada?

—Absolutamente, señor Méndez —enfocó su atención de nuevo en el lienzo colgado en la pared—. Esa hermosa mujer tiene una mirada innegable de amor.

Esme arrastró los pies tristemente hacia la cocina y empujó la cafetera bajo el grifo. Le dolían los músculos, y sus ojos le ardían tanto que ni siquiera había podido pensar en ponerse los lentes de contacto. Sin embargo, sus lentes, de algún modo extraño, se sentían cómodos en su cara limpia de todo maquillaje. Se sentía como ella misma, con todo y sus cuatro ojos.

Había llorado hasta quedarse dormida después de que Gabino la había jalado a un lado para decirle que el beso había sido un error. Él se había disculpado. Dijo que se sentía muy mal por ello y que jamás debería haber sucedido. Le habría sido menos doloroso que él le hubiera clavado un cuchillo en el corazón.

Ella no quería salir a ninguna parte sintiéndose tan vulnerable, especialmente no con él. Sin embargo, tenían que ir a comprar su atuendo hoy. La reunión de la facultad iba a ser la próxima noche. Soportaría ir de compras con Gabino, pese a que se veía y se sentía peor que como se había sentido los primeros tres días después del programa de Stillman. ¿Qué tenía que perder? Él no la quería, y ahí estaba ella, dispuesta a usar maquillaje macabro nada más para retenerlo. Qué idiota.

Todo era un fiasco. Su vida entera era un fiasco.

Dios, como lo amaba.

Ella gimió. Casi contra su voluntad, se movió hacia la ventana de la cocina para mirar por el jardín hacia el departamento sobre la cochera. El sol brillaba en el techo. El olivo ruso en la parte trasera del jardín se movía con la brisa. Con su ventanal enorme que daba al norte, este podría ser un estudio perfecto para Gabino. Si él fuera a vivir con ella, él podría sacar todos los muebles de ahí y tener amplio espacio para su creatividad. Si sólo la amara como ella lo amaba a él, podría funcionar.

La puerta de Gabino se abrió. Ella inhaló profundamente y se agachó. ¿La había visto él? Su corazón latía fuertemente por la vergüenza que sentía. Se levantó lentamente para moverse a un lado de la ventana, asomándose cuidadosamente tras la cortina blanca. Gabino salió, y...

Se le paralizaron las extremidades. Gabino estaba parado en la puerta con una rubia perfecta como salida de una revista. La mujer usaba un ajustado traje, adornado con imitación de piel en el cuello y las mangas. Se le notaba a leguas que tenía mucho dinero. Se sonrieron y se rieron juntos, y Gabino se veía absolutamente hermoso, completamente despreocupado. Estaba vestido con una camisa color gris perla con cuello mandarín, metida en la cintura de su pantalón color gris carbón. Su cabello, el mismo que ella había sostenido entre sus manos con desesperado deseo y necesidad, caía suelto, reflejando el sol y la brisa.

La mujer se inclinó hacia adelante para decir algo y tocó el brazo de Gabino. Él no se veía arrepentido de eso. Las feas y puntiagudas garras de los celos estaban deshaciendo las entrañas de Esme. Apretó el borde del fregadero hasta que sus nudillos se volvieron blancos por la tensión, y quiso odiar a los dos por ser perfectos y hermosos y totalmente fuera de su alcance. Pero no pudo. Porque amaba a Gabino Méndez con cada fibra clonable de su cuerpo. Y ella que siempre había estado tan orgullosa de su inteligencia. ¡Ja!, Esme se burló de sí misma.

Gabino extendió una mano hacia la mujer y ésta la tomó, pero luego lo jaló hacia ella para abrazarlo con entusiasmo. Al rodear los brazos de él a la rubia perfecta, Esme casi pudo oler la fragancia de él envolviéndola a ella también. Por supuesto que él desearía a una mujer como ésa. ¿Por qué no? Lágrimas calientes de angustia borraban la imagen que hubiera preferido no haber visto jamás. No los habría visto, de no haber estado espiando por la ventana hacia el departamento sobre la cochera, soñando un sueño que jamás sería realidad.

Como si su día no hubiera sido suficientemente horrible, ahora esto.

Estaba segura de una sola cosa: ya no tenía cara para verlo.

CAPÍTULO NUEVE

Después de cambiarse a su pantalón de mezclilla y una playera de polo, Gabino atravesó el césped trasero hacia la casa de Esme. El sol le calentaba el cabello y besaba su piel. Sus pasos eran tan ligeros que parecía volar. El día había comenzado imperdonablemente mal, pero su suerte había mejorado. Una sensación de esperanza lo invadió. No aguantaba las ganas de compartir con Esme las buenas noticias y develar el retrato. Quizás pudiera convencerla de que Elizalde era un desgraciado que acabaría por romperle el corazón. Todavía no podía creer que ella pudiera querer a ese cretino. Inconcebible. Así que le confesaría sus sentimientos, esperando que le diera una oportunidad. Podrían volver a empezar.

Denae Westmoreland no sólo aceptó en consignación la "Mirada de Amor", sino que seleccionó cinco piezas más de su colección, y tenía toda intención de dedicar una sala completa en la galería para la inauguración de su exposición. La adinerada dueña de la galería parecía aún más emocionada que él sobre su nueva asociación. ¡Hasta lo había abrazado! Ella y su marido pertenecían a la más alta sociedad, pero él podría tolerarlos para lograr tan alta meta. En el mundo del arte, los Westmoreland eran lo máximo, y eso era lo que le importaba.

Gabino brincó en el aire, subiendo los puños. ¡Sí!

Su cuerpo entero se sentía lleno de energía, con vida. Todo eso era por Esme. Ella lo inspiraba, lo hacía aceptar al hombre en que se había convertido para perdonar al muchacho que había sido alguna vez. No necesitaba suplicar que lo perdonara toda la gente que había lastimado, sino que nada más tenía que perdonarse a sí mismo. Ahora lo sabía. Era por ella. Cuando estaba cerca de ella, Gabino se sentía bueno. No le había pasado antes. Dios, como la amaba. Más que lo que había pensado que pudiera amar jamás.

Se le hizo un nudo en la garganta y se le revolvió el estómago. Le hubiera gustado que aún viviera su mamá para que la conociera. Dios, que gusto le daría. Por fin podría hacer algo para hacerla feliz. Y Felipe... su hermano tenía que conocer a Esme. El señor Fuentes también. No creerían que Gabino hubiera encontrado a una mujer tan maravillosa.

Se rió y levantó la cara hacia el sol. Sin darse cuenta siquiera de su propio poder, había tomado los colores disparejos y el lienzo vacío de su vida y lo había convertido en una obra maestra de arte.

Ella sería suya. De algún modo.

Aunque tuviera que controlar sus propios sentimientos y esperarla.

Un poco más serio, Gabino aminoró el paso. Las cosas entre ellos no eran perfectas, tenía que tener eso en mente. Podrían ser perfectas de no haber sido por su regada tan terrible la noche anterior. Con la mandíbula apretada, conscientemente aflojó la tensión. No era el momento para dudar. Tenía que pensar positivamente. Esperaba, después de haberse disculpado tan efusivamente, que ella habría tenido tiempo para perdonarlo por el beso. Era asombroso lo equivocado que había estado respecto al beso. Por la manera en que ella había respondido, él había sentido que ella lo deseaba tanto a él como él a ella. Se había equivocado. Con un poco de suerte, ella sabría que su disculpa había sido sincera y podrían volver a empezar. Ir de compras. Bromear. La vida sería buena de nuevo.

Un extraño y persistente presentimiento lo asediaba. Por supuesto, quedaba la tarea de prepararse para la reunión del plantel docente y explicarle por qué la había engañado para convertirla en mujer macabra con ese peinado y ese maquillaje. Pero... sabría como manejarlo conforme se presentara la necesidad. Ella no podría usarlo en su contra para siempre, ¿o sí? Esme era una mujer razonable e inteligente. Escucharía sus motivos antes de rechazarlo. Dios, que lo escuchara. Una vez más, testarudamente alejó el mal presentimiento.

Gabino subió los tres escalones hacia el porche con un solo brinco y levantó los nudillos para tocar a la puerta. Antes de poder tocarla, algo le llamó la atención. Se quedó congelado, con su puño en el aire. Un sobre.

Blanco. Sellado. Pegado en un ángulo extraño sobre el cristal. Y justo en medio, con la letra de molde de ella, estaba su nombre. Gabino.

Su corazón no golpeó, ni palpitó. En cambio, parecía haberse parado, y todo en él se enfrió. Ella le había dejado una nota sobre la puerta, lo cual tenía que significar que no quería verlo. No podía ser bueno, ¿verdad? ¿Sería un aviso de desahucio? ¿Una carta de despedida? ¿Una carta de odio?

Abrió el puño y jaló el sobre del cristal. Con los dedos temblorosos, lo abrió. El olor a lavanda que emanaba del sobre le llegó como un golpe en el estómago. Olía a ella. Había algo pesado en el sobre. Miró hacia adentro y frunció el ceño. Era la tarjeta de crédito de ella. Confundido, abrió la nota y la leyó:

Querido Gabino.

Hoy no me siento bien, probablemente por la carne de res al ajonjolí tan condimentada que comí. No me siento bien para tener visitas, ni puedo salir de compras. Por favor, ve tú, sin mí. Abajo anoté mis tallas. También te anexo mi tarjeta de crédito para que no incurras en ningún gasto por mí. Discúlpame. Compra lo que consideres apropiado. No me importa. Te tengo confianza. Nos vemos mañana. Espero que todavía estés dispuesto a arreglarme.

Esme.

Justo como había sospechado, no era buena noticia. Gabino arrugó la carta en su puño y miró hacia la ventana encortinada de la recámara de Esme. ¿Res al ajonjolí echada a perder? Lo dudaba mucho. Esme ni siquiera quería verlo. Le repugnaba.

Él mismo se repugnaba.

Sus ojos le ardían. Un lento dolor empezó en su garganta y corrió por todo su cuerpo. Agachó la cabeza, sintiéndose abatido y desesperado. Suplicaría, cambiaría, moriría... lo que fuera por esta mujer. ¿No lo sabía ella? Jamás había sido su intención lastimarla. Sin embargo, es lo que había hecho. No una vez, sino dos. Quizás fuera su destino. Y ahora le correspondía a él ser el lastimado.

—Esme —susurró.

Que Dios lo ayudara. No soportaría perderla ahora.

—¿Gabino?

Al escuchar su nombre, volteó del escaparate de la tienda Recuerdos, donde había estado mirando distraídamente unos vestidos de novia durante los últimos quién sabe cuantos minutos. No sabía cuánto tiempo había estado ahí. Le parpadeó a la mujer alta y delgada que se abría paso entre los compradores que pasaban.

—Pensé que eras tú —dijo Lilí, bajando sus gafas de sol para observarlo.

—Hola, Lilí —aun vestida sencillamente con gafas obscuras y gorra de béisbol, cada centímetro de ella mostraba la supermodelo que era. Su intento de pasar inadvertida lo habría divertido si no se sintiera como si le hubieran arrancado el corazón del pecho con un gancho de carnicero—. ¿Qué andas haciendo?

—De compras, nada más —inclinó la cabeza de lado—. ¿Y tú?

Abrió la boca, pero no le salió palabra alguna. ¿La verdad? había estado arrastrando los pies por el centro comercial como triste vagabundo durante las últimas tres horas, maldiciendo a la persona que había escrito aquellas palabras que decían "es mejor amar y perder que jamás amar, etcétera, etcétera, etcétera". Había visto ropa para Esme, pero no había tenido humor para comprar nada todavía. Se había dado cuenta de que estaba vencido al encontrarse en la tienda de Hallmark leyendo cada tarjeta en su línea de "relaciones personales." Una de las tarjetas hasta le había sacado lágrimas de emoción. ¿Qué es lo que estaba haciendo?

Volviéndose completamente loco, eso es lo que estaba haciendo.

Levantó los brazos sin ganas, dejándolos caer de nuevo.

—De verdad la regué con ella, Lilí —. La insuficiencia de las palabras que finalmente tropezaron en su lengua lo frustró. Aun así, una pequeña parte del peso que cargaba sobre sus hombros se aligeró al haber dado voz a la verdad.

Pasó un momento de silencio, con las madres empujando carriolas y las adolescentes pasando al lado de ellas, una imagen borrosa entre plática y paquetes. Lilí se mordía el interior de la mejilla mientras lo estudiaba.

—Mira Gabino —dijo finalmente—, eres un hombre muy amable, pero Esme es mi mejor amiga. Mi amiga del alma. Absolutamente no puedo ver que nadie la lastime.

—Y yo tampoco —dijo él firmemente.

Ella se veía protectora. Desconfiada.

—¿Qué es lo que quieres de ella?

—¿Qué quiero yo? —Gabino se acercó a Lilí—. Estoy enamorado de ella —dijo con voz rasposa, llevándose los puños al pecho—. Enfermo de amor por ella —cuando vio que Lilí no decía nada, continuó con un gruñido—. Y, ¿qué quiero de ella? Todo. Toda ella. Para siempre. Quiero hacerla feliz.

Lilí se cruzó de brazos y apretó los labios al exhalar.

—Eso es lo que pensaba. Pero, por Dios, amigo, ya estaba empezando a dudarlo —ella rodeó su hombro con el brazo y lo condujo hacia el conjunto de restaurantes—. Vamos a hacer un trato. Invítame a un capuchino y un bizcocho y me puedes contar tus penas.

Quince minutos, dos cafés, cuatro bizcochos y una explicación confusa después, Lilí arqueó una ceja perfectamente depilada y puso los codos sobre la mesa.

—No tienes idea de lo aliviada que estoy al saber que realmente no te gustaba ese maquillaje monstruoso.

—Fue horrible, ¿verdad? —dijo con una sonrisa torcida.

—Horripilante.

—Fue justo lo que estaba tratando de hacer. Por lo menos algo me salió bien —suspirando, Gabino pasó la mano sobre su cabeza y la descansó en la nuca. Se quedó mirando a la mejor amiga de la mujer que amaba—. Pero, se suponía que no le tenía que gustar, Lilí. Se suponía que se iba a dar cuenta… pues de algo. No sé. Ya ni recuerdo, y de todos modos, ¿a quién le importa? Se terminó. Le encantó. No puedo creer la enormidad de mi error —masculló una blasfemia, y agachó la cabeza.

—Gabino —le ordenó Lilí secamente—, mírame a los ojos.

Él lo hizo.

—Aquí te va lo que no has comprendido —se pegó en la cabeza con los nudillos—. A Esme no le gustó el maquillaje.

—Pero —él parpadeó confuso—, ella dijo que...

—Sé realista —Lilí abrió los brazos ampliamente—. Lo detestó. Lo odió. ¿Cómo no lo iba a odiar? Ni siquiera te voy a decir las palabras que ella usó para describirlo.

Una descarga eléctrica corrió por Gabino como baleros metálicos en un juego de boliche electrónico. Se desató un pandemonio en su cerebro. Ella dijo..., él pensó... habían hecho un trato para... pero en cuanto a...

Lilí aprovechó el momento de pasmado silencio de él para tomar su capuchino, observándolo sobre la orilla de la taza.

—Entonces, ¿por qué dijo que le encantaba? —tartamudeó finalmente, señalando a Lilí con el dedo. Entrecerró los ojos—. Le encantó. Definitivamente recuerdo que usó la palabra encantar.

Lilí se limpió los labios finamente y lo miró como si fuera un caso perdido.

—Porque, gran noticia: Te ama a ti, Gabino.

El corazón de él brincó. ¿Podría ser cierto? Aun así, no tenía sentido que dijera que adoraba ese arreglo tan horrible.

—Pero eso no explica por qué...

—Por alguna razón se le metió en la cabeza que nada más te parecía atractiva cuando se transformaba en una vampiresa con exceso de maquillaje —Lilí ondeó la mano por el aire por lo ridículo—. Algo dijo de un beso.

Él apretó los dientes.

—Ya sabía que no debio haberla besado.

—No, claro que debiste besarla, nada más que no con ese maquillaje de monstruo. Eso, hermano, fue tu error crítico.

Gabino se concentró en esa parte de la declaración.

—¿Quieres decir que estuvo bien besarla?

—Sí. O lo habría estado, hace algunas semanas.

—Pero ella dijo que nada más quería que fuéramos amigos —dijo él, tratando de defender su falta de acción—. Me dijo que no quería enredos.

—Este... pues perdona mi contestación tan brusca, pero, ¡que tonto te viste! —abrió ampliamente las manos para acentuar sus palabras—. Esme dijo eso para conservar su dignidad, Gabino.

—¿Cómo?

—Mira, así es la cosa —suspiró Lilí—. Esme se niega a creer que un hombre como tú podría encontrarla atractiva, por lo menos no a la verdadera Esme. Lo cual, por supuesto, sin querer, le confirmaste al besarla mientras estaba maquillada con su pintura de guerra anoche.

Él ni siquiera contestó la parte referente al "hombre como él," aunque la había escuchado perfectamente.

—Eso es ridículo. Le he estado diciendo a Esme cuán hermosa es desde el primer día que llegué a Colorado.

Lilí suavizó su tono y sonrió, sintiendo el dolor de Gabino.

—Sí, pero dada la manera en que se conocieron ustedes dos, no puedes culparla por dudar de tus motivos.

Él apretó los labios. La verdad le dolía. Partes de la explicación de Lilí tenían sentido, pero faltaban algunas piezas críticas del rompecabezas.

—Hay una cosa que no comprendo para nada dentro de todo el fiasco —dijo.

—¿Y qué cosa será ésa?

—Si se supone que me ama, ¿para qué quiere a Elizalde?

El asombro se vio en la cara de Lilí, quien luego echó la cabeza hacia atrás para reír en voz alta. Cuando volvió a mirarlo, tenía los ojos llenos de lágrimas.

—Gabino, ¡Dios! Eres tan hombre. Tú y Esme hacen la pareja perfecta. Los dos están locos.

Él trató de mostrar su indignación, pero no pudo más que poner una expresión de confusión y tristeza.

—¿Qué se supone que quiere decir eso?

Ella extendió la mano sobre la mesa y tomó la mano de él, y habló con tono medido y preciso, como si estuviera hablando con un niño.

—Esme no quiere a Elizalde, bobo. Quiere que la encuentre extremadamente atractiva para poder rechazarlo. Humillarlo como él la humilló a ella. ¿Entiendes? —hizo una pausa, esperando que él lo entendiera bien—. Todo el chiste del ridículo plan de cambio en ella es para que Esme pueda vengarse de él. Y a propósito, jamás he aprobado del plan, en absoluto.

Santa madre, tenía sentido. Una esquina de su boca, luego la otra, subieron para formar una sonrisa. Esme lo amaba. *Lo amaba*. Nada más tenían que buscar la manera de encontrar su camino en el laberinto de su estupidez combinada y todo saldría bien. ¿Correcto? Pero, todavía la tenía que transformar para el evento, ¿y cómo, exactamente, pensaba lograrlo? Dejó de sonreír. Ella todavía pensaba llevar a cabo su plan de venganza, y aunque él estuviera totalmente opuesto a la idea, lo último en el mundo que quería hacer en este momento era oponerse a ella. Frunció el ceño.

—¿Cómo me las voy a arreglar para salir adelante con todo esto, Lilí?

Ella sacudió la cabeza.

—Yo ya te di las pistas, Gabino, pero tú tendrás que resolver el misterio por ti mismo. Si realmente la amas, ya sabrás que hacer.

—Pero, ¿tú crees que me podrá per...? —tragó en seco, su garganta ardía— ¿...perdonarme? ¿Por lo del maquillaje? ¿Por todo? —descansó los brazos sobre la mesa y dobló las manos.

Lilí se inclinó hacia adelante y le dio una palmadita en las manos.

—Te voy a dar el último consejo, amigo. Pierde el lápiz labial negro —se paró y subió la bolsa al hombro. Poniéndose sus gafas para pasar incógnita entre la gente, sonrió—. Gracias por el café. Buena suerte.

Cuando llegó la tarde del viernes, Esme se había resignado a volver a ver a Gabino. ¿Qué importaba, a fin de cuentas? Nunca había esperado realmente que llegara a haber nada entre ellos, de todos modos. Nada más tendría que soportar la próxima hora... y luego la reunión del plantel docente, y luego podría regresar a su vida segura y predecible y olvidarse por completo de que este verano hubiera existido. En cuanto a Gabino, estaba segura de que él seguiría su camino para lograr cosas más grandes y más rubias.

Que así fuera.

La tetera empezó a silbar. La quitó rápidamente del quemador y vertió el agua hirviente sobre una bolsita de té de menta. Agarrando el hilo, movía la bolsa distraídamente en la taza. Su mirada se desvió hacia la ventana de la cocina en dirección al departamento sobre la cochera, deseando que ya apareciera él para que pudieran apresurar la tarea pendiente. Terminar. No había señas de vida. Gran sorpresa. Hacía mucho que había aprendido que el simple desear algo no hacía que se hiciera realidad.

Con un suspiro, Esme llevó su té hacia la sala, principalmente para alejarse de aquella ventana de la cocina. Se acomodó en un rincón del sofá, tomó el último ejemplar de *Noticiero Semanal,* y lo hojeó sin gran interés. El gran círculo rojo del sol poniente bajó tras un bosque, echando largas sombras por la ventana hacia el cuarto. No se molestó en prender una lámpara. Estaba disfrutando la oscuridad. En su próxima vida, le gustaría volver como murciélago. Cualquier cosa que viviera en la oscuridad.

Lo que fuera, menos una solterona.

Toc, toc, toc.

Gabino. Tiró la revista a un lado, y miró hacia la cocina. A pesar de las órdenes directas al contrario, el corazón de Esme empezó a golpear como tambor en su pecho. Lo más enfermizo era cuánto quería volver a verlo. Todavía. Ella se desenroscó del sillón, ajustando la bata alrededor de su cuerpo, y caminó en dirección a la puerta trasera. Abriéndola, lo vio, y luego bajó la mirada.

—Hola.

—Hola —siguió una pausa larga—. ¿Cómo te sientes, querida?

¿Me siento?, pensó ella, echándole una mirada de reojo. La luz del ocaso le daba un tono rojizo a la piel bronceada de él y le daba un aspecto como de fuego a su largo cabello. Su arete de diamante también reflejaba ese tono, como si fuera un rubí. ¿Me siento? Volvió a pensar en la palabra. Ah, sí. La carne de res al ajonjolí.

—Mejor —mintió, despejando la garganta—. Gracias por preguntar —se hizo a un lado para dejarlo pasar. Al atravesar el umbral, ella notó el portatrajes que él tenía junto con una bolsa de compras. Se dejó vencer por la curiosidad—. ¿Qué compraste?

—Un traje —levantó el portatrajes, para luego levantar la otra bolsa—. Zapatos, medias, bolsa, accesorios ... y más cosméticos —dijo, colocando las dos bolsas sobre la mesa.

—¿Cosméticos? —ella frunció el entrecejo, acomodándose los lentes—. ¿No crees que compramos los suficientes el otro día?

—No te preocupes, que todo esto es regalo —dijo, con una pequeña sonrisa—. Realmente me has hecho un enorme favor al darme un descuento con la renta. Nada más quise agradecértelo.

Ella no tuvo fuerzas para discutir.

—De nada.

—Además, pensé que podríamos probar un estilo ligeramente diferente para hoy, y necesitábamos unas cuantas cosas más.

—Oh, está bien —pero si le había comprado un traje apretado con solapas y mangas de imitación de piel, se moriría—. ¿Quieres un poco de té?

—¿Tienes una cerveza?

Desganadamente, ella sonrió al caminar hacia el refrigerador.

—Si estuvieras en el jardín de niños, te reprobaría por dar respuestas inapropiadas a las preguntas —sacó una botella del refrigerador y se la dio.

—Bueno, pues nunca fui un estudiante ejemplar —. Destapó la botella y tiró la tapa a la basura—. Y no estoy de humor para tomar té.

Y, entonces, ¿de qué humor está?, Esme se preguntó. ¿Y por qué? Contra su voluntad, la hermosa fragancia de él— a jabón, masculina, fresca— fue percibida por sus sentidos y capturó su corazón. El mismo corazón que él se había robado cuando ella se había descuidado durante un breve momento. Sus ojos ardían por las lágrimas saladas. Parpadeando, las logró contener.

En un solo movimiento, Gabino colocó su botella sobre la mesa y la abrazó con tanta ternura que ella sintió que su corazón se partía en dos. Una de sus manos tocaba la espalda de ella, la otra acariciaba su cabeza, acomodándola contra su pecho. Ella levantó la mano para quitarse los lentes de la cara. Se pararon así durante un largo rato, en silencio, meciéndose, los brazos de ella tensamente a sus costados, los brazos de él alrededor de ella. Ella sintió cuando él presionó primero su mejilla, luego sus labios sobre su cabeza.

—Dulce Esme —susurró—. Yo sé que estás nerviosa por lo de hoy. Y yo no he podido ayudarte. Mereces tanto más que eso.

—Estoy bien —mintió ella. Sus brazos lo abrazaron por la cintura, y dejó que sus lágrimas corrieran por su cara, mojando la camisa de él. ¿Por qué tenía que ser tan amable? El desgraciado. Nada más quería abrazarlo para siempre. ¿Era demasiado pedir?

—Te prometo que voy a mejorar las cosas para hoy, ¿sí? —sus labios calentaron su cabello de nuevo—. Creo que esta vez te va a gustar como te voy a maquillar, pero mucho, mucho más.

—La vez pasada estuvo bien —murmuró ella, con apatía.

—No estoy de acuerdo.

—¿No? —¿Y ese beso?, pensó ella, parpadeando repetidamente contra el pecho de él—. Tuve la impresión de que te había gustado.

—Estaba pasable. Pero... —ella sintió que él se encogió de hombros—, no eras tú. Este estilo serás tú. Te lo prometo.

—No demasiado yo. Tengo que atraer a Elizalde, ¿te acuerdas?

—¿Cómo podría olvidarlo?

Ella inhaló profundamente, luego se apartó de él y se limpió las mejillas.

—Perdóname por eso. Siempre me pongo chillona cuando... —cuando se me rompe el corazón, pensó—, este... cuando no me siento bien. Ya me lavé el cabello—Esme giró, tomando su taza, y caminó hacia la parte principal de la casa.

—Está bien. ¿Por qué no te lo mojas y lo envuelves en una toalla? —Gabino recogió las bolsas y su cerveza y la siguió—. ¿Vas a usar tus anteojos hoy?

—No —dijo ella firmemente.

—Porque si tus ojos están irritados...

—Para nada —espetó ella, suavizando el tono luego—, Gabino, mis ojos están perfectamente bien. Nada más me iré a poner los lentes de contacto.

—¿Puedo colgar el traje en tu cuarto?

—Sí, por supuesto. Es la segunda puerta hacia la derecha subiendo las escaleras. ¿Es de cuero?

—Es una sorpresa.

—Maravilloso —dijo sin interés—. Hay un gancho al otro lado de la puerta del guardarropa si quieres ponerlo ahí.

—Entonces te veré en el baño —dijo él —, y empezaremos. ¿Te parece bien?

Levantando la parte baja de su bata, Esme empezó a subir las escaleras con pasos pesados. Sí, se decía, no puedo esperar.

El olor a lavanda en la recámara de Esme, aunque suave y fresco, lo consumió desde el momento de entrar. Gabino colgó el portatrajes sobre el gancho de la puerta del guardarropa, luego arregló las medias, zapatos, bolsa y accesorios en una fila ordenada al pie de la cama de cuatro postes de Esme. Aunque no debería haberse metido en lo que no le importaba, no pudo más que dar un vistazo alrededor.

El cuarto era grande, con techo de catedral por un lado. Una acojinada colcha roja de pluma de ganso cubría la cama, y cojines multicolores estaban dispersos contra la cabecera. Una chimenea de madera dominaba la pared frente a la cama, y unas colchas y unas cobijas de franela estaban ordenadamente colocadas a los dos lados de la chimenea.

Se movió hacia la repisa de la chimenea y estudió las fotografías enmarcadas. Sus padres y otros parientes de ella, supuso. Luego había una serie de fotos de Lilí, Esme y Pilar a través de los años. Las tres amigas. Él deseó haber cultivado algún vínculo tan fuerte con alguien a través de los años. No tenía caso soñar, sin embargo. Una sonrisa se dibujó en sus labios, y extendió la mano para tocar una imagen de Esme. Tan bonita. Tan dulce.

Caminó hacia la cama de ella y se asomó a la mesa de noche, no espiando, sino tratando de absorber a la mujer a través de su retiro más privado. Recién sacudida de polvo, la mesa de noche tenía encima un despertador, varias velas de diferentes formas juntas sobre una charola de plata, y un montoncito de libros para leer en las noches. Él inclinó la cabeza para leer los títulos:

Todo Lo Que Querías Saber de Pintar al Óleo.
El Gran Libro de La Pintura al Óleo.
El Artista y su Estudio.
Pintores Americanos en la Edad del Impresionismo.

Sostuvo la respiración. ¿Qué era esto? Emocionado, se sentó en la orilla de la cama y hojeó uno de los libros. Su pecho estaba apretado y le quemaba. En otras circunstancias, habría pensado que le iba a dar alguna especie de ataque. Pero, no. Se trataba del amor, nada más.

Cerró el libro y alisó la palma de la mano sobre la portada. El que él le importara lo suficiente para ahondar en la pasión de la vida de él era... pues era tan cosa de Esme. Ella pensaba en todo el mundo menos en sí misma. Él pensó en lo de la Galería Westmoreland y la emoción le salió a flor de piel. Tenía tantas ganas de compartir la buena noticia con ella referente a la exposición en la galería, pero prefería arreglar las cosas entre ellos primero. Así que esperaría hasta encontrar el momento más propicio para hacerlo. Algo que estaba lentamente aprendiendo a hacer al estar en la vida de Esme.

Sonriendo, volvió a colocar el libro donde lo había encontrado y echó una última mirada alrededor del cuarto. En ese cuarto, realmente veía a la mujer. Y, se sentía totalmente en paz respecto a lo que tenía planeado. No la presionaría, no la forzaría ni la lisonjearía. Nada más iba a hablar con ella con el corazón en la mano, atrevidamente y cara a cara, y dejaría que Esme decidiera lo que quería. Atravesó hacia el guardarropa y sacó otro artículo de la bolsa de compras.

Un rosa sencilla, color de rosa y perfecta. Nada de espinas.

No había estado seguro de lo de la rosa hasta este momento, pensando que quizás todas las tarjetas de Hallmark que había leído habían envenenado su cerebro. Pero no. Quería regalársela. Llevando la rosa en la mano, atravesó hacia la cama y la colocó en frente de la cabecera, donde ella seguramente la encontraría. Luego besó las puntas de sus dedos, y tocó la almohada.

Recuerdos del futuro.

Antes de saber lo que pasaba, Esme de repente se encontró sentada sobre el lavabo con Gabino frente a ella, totalmente concentrado en su cara. Ella apenas podía entrar a este cuarto sin recordar, sentir, revivir, ese beso. Sin embargo, en esta postura, en un día como duplicado de aquel, con el cuerpo de Gabino y su fragancia que sofocaba sus sentidos, a Esme le resultó absolutamente imposible.

Pudo haber sido una idiota una vez, quizás dos, pero la tercera sería la vencida, y definitivamente no se iba a dejar. Haciendo un esfuerzo para no pensar en el sabor y la sensación de Gabino, Esme se recordó a sí misma lo que había visto desde la ventana de la cocina. Levantó la mano para tocar su peinado, sorprendida ante su suavidad.

—Mejor que todo el fijador, ¿verdad? —Gabino le guiñó un ojo.

Ella bajó el mentón.

—Tú eres el experto.

—Te va a gustar mucho esto, querida —sonrió con su hoyuelo, y movió un poco la mandíbula de ella con un nudillo—. Ya te ves hermosa, y todavía no hemos acabado.

—Como tú digas —dijo ella, dudosa. De todas maneras, el cumplido la abrazó como consuelo. Trató de ignorar la sensación. Él había sido afectuoso con ella también la primera vez que la había maquillado, convirtiéndola en alguien que no era ella. Ella no iba a caer de nuevo en la trampa. Echó un vistazo en dirección a los caros cosméticos nuevos y se dio cuenta de que Gabino había comprado el color más claro de rubor que a ella le había gustado en la tienda de departamentos. Al inspeccionar aún más, notó que la mayor parte de los colores que él había elegido eran más sutiles. La esperanza se hinchó dentro de ella. ¿Finalmente había entendido los verdaderos deseos de ella? ¿Había desechado lo exótico como alguna vieja cinta de 8 pistas? Esperaba que sí, porque lo que realmente quería ella era verse elegante, no exótica. Nada más que antes no lo había sabido expresar.

—Quiero decirte algo, Esme, pero tengo que decirlo todo antes de que interrumpas —dijo, sacando una brocha de rímel del tubo, y levantándola—. ¿De acuerdo?

—De acuerdo —dijo ella, juntando su mirada con la de él.

Él movió su dedo de la línea de visión de ella hacia su nuez de Adán.

—Mira aquí y no parpadees —esperó hasta que ella obedeció, y luego empezó a aplicar el rímel lentamente a sus pestañas—. Lo que te hizo vivir Víctor Elizalde fue despreciable. Sin embargo, mi participación en todo el fiasco…y en los resultados no ha sido mucho mejor.

Los labios de ella se abrieron para tartamudear una negativa, pero él levantó la mano, con el tubo de rímel entre sus dedos, para hacerla callar. Esperó hasta que ella estuviera acomodada de nuevo.

—Prometí ser tu amigo, Esme, y no logré hacerlo muy bien. No intencionalmente, pero porque me cegué tanto... por mi deseo por ti, por como me hiciste sentir.

La mirada de ella subió hacia los ojos de él, y él se dobló, alcanzando un algodón.

—Te manchaste con rímel.

—Perdón.

Él rechazó la disculpa con un ademán de la mano.

—Ahora —hizo de nuevo la señal para que lo mirara al nivel de su garganta. Ella obedeció, y empezó a aplicarle el rímel al otro ojo—. Me he dado el lujo de emparejar las cosas con venganzas algunas veces en el pasado, así que no te culpo por la necesidad que tienes de hacer... lo que vas a hacer esta noche. Siempre y cuando sepas que Elizalde no te merece. Y los dos sabemos que no lo amas.

Una risa de asombro se escapó de la garganta de ella, y abrió la mano sobre su pecho.

—¿Que demonios te hizo pensar que yo amaba a Víctor Elizalde? ¡Entre toda la escoria humana que hay en el mundo!

—Esme —dijo él, inclinando la cabeza de lado—, por favor.

—Perdón. Te escucharé —ella hizo un movimiento como cerrando su boca con cremallera—. Adelante.

Terminando con el rímel, Gabino lo aventó en la bolsa de compras. Se chupó una mejilla, pareciendo luchar con lo que quería decir. Finalmente, tomó el delineador— color neutro, afortunadamente— y empezó a pintarle la boca.

La mera verdad es que vi algo que yo deseaba desesperadamente y traté de conseguirlo. Te empujé dema-siado, Esme. Lo sé ahora. Se me metió a la cabeza la idea de que yo sabía lo que era lo mejor para ti, y que lo único que necesitaba hacer era convencerte como pudiera, sin importarme lo que tuviera que hacer —pasó un minuto, y suspiró—. Estaba equivocado. Y me quiero disculpar contigo.

Ella se mordió el labio para no hablar.

—Pero, de verdad, tú tienes la culpa de todo.

—¿Cómo?

Él sonrió hacia ella, pero su expresión se volvió seria y más intensa rápidamente.

—Es tu culpa, porque con cada momento que pasaba alrededor de ti, querida, me hacías amarte más.

La mirada de ella cayó. Él levantó su mentón.

Se juntaron sus miradas de nuevo, y las sostuvieron.

—Pero más importante aún, cada momento que pasaba a tu lado, nena, me hacías quererme a mí mismo —él sostuvo un puño contra el pecho—. Y eso es algo que nadie ha podido hacer en treinta y cuatro años.

Su dedo pulgar tocó el labio inferior de ella, enviándole descargas eléctricas hasta la espina dorsal, mientras él le sonreía con ternura.

A ella se le llenaron los ojos de lágrimas.

—Si te quitas el maquillaje chillando, Esme, vamos a pelear.

—Perdón —. Ella rió y sollozó al mismo tiempo y miró hacia el techo hasta detener el llanto lo mejor que pudo.

—Y ahora que me quité el peso de encima y te abrí mi alma, te voy a contar lo que no voy a hacer —hizo una pausa para meter un pincel en un color delicado de malva, luego de rellenar los labios de ella con gran destreza—. No voy a decirte que no hagas lo que quieres hacer esta noche. Ni siquiera te lo voy a pedir. Apoyo tu decisión, la que sea.

Colocó el lápiz labial a un lado y puso sus manos sobre los hombros de ella.

—Nada más quiero que sepas que no tienes nada que probarle a Elizalde. También quiero que sepas que no me voy a dar por vencido, y no me iré. Estaré aquí esperándote, cuando y como me quieras.

Antes de que Esme pudiera encontrar las palabras para contestar, él había deslizado las manos de sus hombros hacia sus muñecas y la jaló para bajarla del lavabo.

—Mira —la volteó para que se viera en el espejo.

Ella jadeó, sin poder respirar. No sabía si era porque se veía tan bonita o porque el reflejo hermoso de Gabino compartía el espejo con el de ella. De cualquier manera, la vista la dejó muda. Así era como había visualizado su cambio de apariencia. Eso era lo que siempre había querido. Sutil...apenas se notaba que estaba maquillada... pero a la vez pulida y elegante.

—¿Ves? —dijo Gabino con voz rasposa—. Te ves como tú.

—Pero mejor —agregó ella susurrando.

Él negó con la cabeza.

—No, mi corazón, te ves como tú. Punto. No hay nada mejor que eso.

—Gabino... —la emoción estaba trabada en su garganta. Sus ojos se encontraron con los ojos de él en el reflejo—. Me encanta.

—A mí me encantas *tú* — le dijo sencillamente, tocándole la punta de la nariz—. Ahora, ve a vestirte. Yo te esperaré en el porche trasero —sin más, él volteó para irse.

Pero, Gabino, quiso preguntarle ella, al sentir que el calor en su corazón se enfriaba, *¿qué me dices de la rubia?*

CAPÍTULO DIEZ

Esme se retiró a su recámara mentalmente recitando cada letra de canción de amor que conocía, y de lo idiota que uno era, o no era, al amar, pensando en Gabino con cada una. Sí, Gabino Méndez era encantador, dulce, amable, chistoso, guapo, sensual, convincente...

Pero con todo y eso, ella no iba a llegar a ninguna parte.

Se había enamorado del hombre, pero quedaba algo que no podía aclarar ni él ni nadie: aunque hubiera dicho las palabras correctas y la hubiera maquillado muy bien, la había lastimado ya dos veces en el poco tiempo que lo había conocido. No podía darse el lujo de pensar con el corazón, salvo que quisiera convertirse en otra idiota enamorada de las que volvían millonarios a los compositores de canciones.

Pero se preguntaba si su dolor realmente había sido por culpa de Gabino.

Se ordenó callarse, molesta con su propia consciencia. Enderezando los hombros, Esme caminó al guardarropa y sacó el portatrajes, y luego se detuvo. Estaba nerviosa, y no estaba pensando con la cabeza. Primero se pondría las medias, ya que se usaban abajo del resto de la ropa. Estaba aprehensiva ante el prospecto de la noche que la esperaba y su terriblemente mal planeada venganza. Esperaba recuperar su dignidad de donde la tenía guardada Elizalde desde que se la había robado, pero de verdad no lo había pensado del todo. Su cabeza había estado ocupada con otras cosas. ¿Qué demonios iba a hacer? Se mordió el labio, y la tensión nerviosa humedeció las palmas de sus manos. Todo el mundo en la fiesta iba a saber lo del *Programa de Barry Stillman*. Indudablemente estarían observando cualquier intercambio entre ella y Elizalde, notando cualquier cosa extraña. A ella le chocaba la idea de ser el centro de una atención tan negativa. Condenado Víctor.

Gabino había dicho que no tenía que asistir. No había nada que demostrarle a Elizalde. Titubeando, Esme se rodeó la cintura con los brazos y estudió la preocupación en sus ojos en el espejo sobre su buró. Sí, la verdad es que tenía que asistir. Si no por otra cosa, por hacer acto de presencia profesional con sus colegas. Era la reunión del plantel docente, por el amor de Dios. Ella no era el centro de la reunión. Aunque no tuviera nada que demostrarle a Elizalde, tenía mucho que demostrarse a sí misma.

Quizás Esme Jaramillo no fuera hermosa, pero no se retiraba de las batallas con la cola entre las patas. Ella no agachaba la cabeza ante la humillación. Ella no iba a crear su autoestima en base a la opinión de un imbécil arrogante.

Pero, ¿no era exactamente lo que estaba haciendo?

La duda surgió a través de ella. La apartó. Ése no es el punto, le dijo silenciosamente a su reflejo en el espejo. Víctor Elizalde merece... ¿Qué? No estaba segura, y no quería tomar el tiempo para pensar en eso. Ya bastaba. Tenía que vestirse.

Esme volteó hacia la cama y sonrió, a pesar de sí misma, ante la manera tan ordenada en que Gabino había dejado todo. Un destello de sorpresa pasó por ella al darse cuenta de que no había escogido las botas de medio muslo de trotacalles como ella había temido.

Aliviada, ansiosamente se puso a revisar las cosas que él había seleccionado. Los zapatos de gamuza gris no tenían tacón muy alto, pero tampoco muy bajo. Unos aretes y un collar de perlas también grises estaban colocados al lado de una bolsa de gamuza del mismo tono que los tacones. Muy bonito. Elegante. Justo lo que ella quería. Tenía que admitirlo, Gabino era un hombre amable y perceptivo.

Aparte de encantador, dulce, amable, gracioso, guapo, sensual y convincente...

Esme se ordenó callarse. Estaba comportándose como una inexperimentada colegiala ridícula, con risitas tontas y desmayándose ante la menor atención del capitán de fútbol hacia ella. Y pensándolo bien, ¿cómo podía él decir que la amaba después de conocerla tan poco tiempo? Pero al mismo tiempo, ella lo había conocido durante el mismo tiempo, y ella sabía sin duda alguna que estaba enamorada de él.

Pero, ¿quién era la rubia?

Hubiera sido mejor no haberlos visto. Si supiera nada más. Podría simplemente preguntarle de una buena vez. Dios, no eran jovencitos de veintitantos años, tenían treinta y tantos. No debería ser tan difícil. Pero, ¿no le diría él mismo si la mujer no fuera alguien importante? ¿No merecía por lo menos eso de un hombre que juraba que la amaba?

Quizás la rubia fuera... quizás se tratara de... su sirvienta.

Esme rió en voz alta. Cómo no. La mujer no tenía facha de sirvienta, todo lo contrario. No había manera de que pudiera ser la sirvienta.

Se ordenó olvidarlo. Gabino no le debía explicación alguna. Había dicho que la amaba. ¿Por qué tenía que dudar de su palabra? ¿Por qué? Porque... porque... porque simplemente así era ella. ¿Y por qué la iba a querer? Ésa era la pregunta real. No quería salir lastimada, especialmente no por Gabino. ¿Era tan inconcebible que simplemente quisiera protegerse de ser lastimada?

De nuevo creció su frustración ante sí misma. Suficiente. Su destino ya estaba echado. Definitivamente iba a la fiesta. Punto. Se ordenó poner manos a la obra. Se le acababa el tiempo. Notó los números verdes sobre la cara del reloj despertador... y ahí fue cuando se dio cuenta de que había una rosa sobre la cama. Él había dejado una rosa encima de su almohada.

El gesto le dio tanta ternura que hasta le dolía. Olas de dolor pasaron por ella, inundándola. Atravesó el cuarto hacia la cabecera de la cama, y se sentó. Recogió la flor. La olfateó. Gabino supo lo nerviosa que estaba ella por lo de la fiesta en la noche, y en lugar de suplicarle que no fuera, o de criticar sus motivos por hacerlo, había decidido apoyarla con ternura.

Con una sola rosa. Sin espinas.

¡Si así fuera la vida!

Se ordenó firmemente no llorar, dándose cuenta de que sus lágrimas amenazaban con derramarse, lo cual dejaría su cara manchada de rímel. Se negaba rotundamente a echar a perder el maquillaje. Se paró de nuevo, dándose cuenta, medio divertida, de que había pasado varios minutos hablando sola. ¿No le regalaban camisas de fuerza y agradables cuartos acojinados a la gente que hacía eso? Riéndose, llevó la rosa al baño y la colocó en un vaso con agua. Después de dar un paso atrás para admirarla, decidió regresarla a su cuarto y ponerla en su mesita de noche para poder olerla más tarde mientras se quedaba dormida.

Otra mirada al reloj la animó a ponerse en acción. Tenía que irse, simplemente, antes de convertirse de nuevo en idiota miope. *La tercera es la vencida,* se dijo de nuevo.

Sacando las finas medias del paquete, las deslizó a lo largo de sus piernas lisas. Se sentían como seda fina contra su piel. Volteó su tobillo de lado a lado, admirándolas, y luego atravesó hacia el portatrajes, bajando la cremallera a lo largo de la bolsa.

Un pequeño jadeo reverente se escapó de su boca. En la bolsa encontró aquel vestido color ciruela, de seda y satín, que había admirado el día que habían ido de compras. Dios. De verdad que Gabino le prestaba atención. Esta atención, como todo lo demás que había hecho Gabino ese día, le llegó hasta el fondo, le agudizó las emociones, a pesar del autocontrol que trataba de guardar.

Cuidadosamente descolgó el hermoso vestido y se lo puso. Le quedaba perfectamente, y le encantó. La tela ondeaba alrededor de sus piernas quedando justo arriba de sus rodillas, que de verdad no se veían tan huesudas como había pensado.

Sintiéndose ligeramente mareada, conteniendo las lágrimas, y peligrosamente cerca de aventarse a los brazos de Gabino, su orgullo estaba a punto de ser descartado cuando volteó a verse en el espejo. Con las manos temblorosas, se puso las alhajas y los zapatos, llenó la pequeña bolsa con lo esencial, y salió con prisa del cuarto. En la puerta, se detuvo. El espejo la llamaba de nuevo.

Espejo mágico en la pared, ¿quién es la más bonita del reino?

La respuesta a esa pregunta jamás había sido "Esme Jaramillo". Pero viéndose en el elegante vestido de cóctel, con maquillaje sencillo y amor en sus ojos, *Esme se sentía hermosa*. Por primera vez. Gracias a Gabino.

Y aún así, estaba pendiente el asuntillo de la rubia.

Y su dignidad.

Ella sabía que él la esperaba para despedirse, pero sabía que si lo veía, se iba a desplomar. Antes de que sus emociones tomaran control de ella, Esme apagó su lámpara, bajó las escaleras en silencio, y salió por la puerta principal sin decir palabra alguna a Gabino. Iba a la fiesta. Tenía que hacerlo. No esperaba que él lo comprendiera.

Esme había estado en la fiesta durante una hora, y aún no había visto a Elizalde. Candiles de cristal iluminaban tenuemente al salón de baile del hotel, y los profesores, elegantemente vestidos, y otros miembros del plantel docente de la universidad andaban por todas partes, riendo y disfrutando la comida y la cantina libre. Los aromas de orégano italiano, salsa marinara, espárragos a la parrilla y rosbif suculento se mezclaban en el aire. El ambiente festivo la animaba. Su ansiedad respecto a la velada se disipaba con el paso de cada minuto.

Levantando su copa, Esme tomó hasta la última gota de su vino, y luego colocó la copa en la charola vacía de un mesero que pasaba. Había platicado con varios de sus colegas, y aunque varios le hubieran chuleado el vestido o preguntado que cuándo había comenzado a usar los lentes de contacto, a Esme no le había parecido jamás que estuvieran pensando que normalmente se veía ella muy distinta o fea, al hacer sus comentarios positivos. Pero por supuesto que no lo harían. La idea era ridícula, pensándolo bien. Ella era una miembro respetada de la docencia de planta, así como una científica a sus treinta años, por el amor de Dios. La mayor parte de la gente que estaba al mismo nivel eran profesionales muy educados que la respetaban por su inteligencia y sus aportaciones a la universidad. Nada más porque Elizalde la había engañado para sacarla en el programa no significaba que a sus demás colegas les importara un bledo lo netamente superficial.

Ella lo sabía. ¿Cuándo se le había cambiado tanto el criterio? Sacudiendo la cabeza, Esme tomó su bolsa y salió en busca del tocador.

Vernon Schell, un colega a más alto nivel que ella en el equipo de investigación, la tomó del brazo cuando ella caminaba entre las mesas.

—Esme —su voz retumbó al darle su famoso abrazo de oso—. Me preguntaba si habías venido. Me da mucho gusto verte.

—Igualmente, Vernon —sonrió, fijándose en las manchas de sol oscuras que se veían entre el delgado cabello canoso que apenas cubría la cabeza bronceada del hombre. Las arrugas marcadas por las sonrisas alrededor de sus ojos mostraban una vida llena de alegría—. ¿Qué tal te fue de verano?

—¡Increíble! Pasé el tiempo pescando pez azul en las costas de la Florida y leyendo —rió él. Intercambiaron otras palabras de rencuentro durante unos momentos antes de que la cara bronceada y regordeta se pusiera seria, y el bajara el tono de voz—. Ha sido mi intención toda la noche encontrarte para hablar contigo a solas, Esme —lucía apenado y apretó los labios—. Debería haberte llamado antes.

Dios. Se le heló la sangre. Ella había logrado evadir cualquier mención del programa de Stillman, pero ya era inevitable. Se preparó para soportar la lástima de Vernon, levantó el mentón, y se esforzó para sonreír.

—¿Qué pasa?

—El estudio que publicaste en la revista de la Asociación Médica Americana durante la primavera, ¿sobre el tratamiento de infertilidad? Ha sido nombrado para ganar un premio. Nos agrada muchísimo a todos.

Su asombro debía habérsele notado en la cara, porque el Dr. Schell se rió fuertemente al darle palmaditas en el hombro.

—No te veas tan sorprendida, Esme. La investigación fue absolutamente perfecta y el artículo tan bien escrito y lógico, que hasta convenció a nuestros peores opositores a tomarlo en cuenta —sonrió ampliamente, poniéndose un dedo pulgar sobre los labios, observándola—. Bueno, pues ya te di la buena noticia, y ahí te va la mala. El presidente de la universidad quiere que viajes a Washington un poco después del comienzo del semestre para presentar la información al Grupo de Investigación del Congreso —enchuecó la boca de lado—, lo cual te va a estorbar en tu programación de clases, que es por lo que te debería haber llamado antes. Mis más sinceras disculpas, hija.

Ella recobró de inmediato su compostura perdida, y luego alcanzó la mano de él para apretarla. ¡Y ella había pensado que todo el mundo estaría pensando en lo del estúpido *Programa de Barry Stillman!*

—¿Estás bromeando, Vernon? —levantó la mano para ponerla sobre su pecho—. No te disculpes. Estoy encantada.

El gran cuerpo de Vernon volvió a temblar por la risa.

—Tú siempre te adaptas a lo que se te presente. Tengo que decirte, doctora Jaramillo... —se inclinó hacia ella, y su frente se arrugó mientras la observaba sobre los medios lentes que Esme siempre había pensado que lo hacían verse como Santa Claus—, vas a tener que aprender a ser una elitista berrinchuda si quieres dejar tu marca permanentemente grabada en los anuarios del profesorado petulante —dijo él, guiñándole un ojo.

Esme echó la cabeza hacia atrás, riéndose. Lo que siempre le había encantado de Vernon era su absoluta negativa a tomarse demasiado en serio ni a sí mismo ni a su puesto. Si alguien tenía "derecho" a ser arrogante era el estimado profesor, Vernon Schell. Sin embargo, no lo era. Ella podría tomar unas cuantas clases con él.

—Lo tomaré en cuenta —dijo ella bromeando.

—No lo hagas, por favor, hija —le imploró con un suspiro triste—. De haber más como tú... —. Inclinándose hacia adelante, le dio una palmadita en la mejilla, y luego pasó a su lado, abriéndose paso entre la gente.

Todavía al pasar por la puerta hacia el tocador forrado de espejos Esme se sentía profundamente agradecida por los cumplidos genuinos de Vernon. Estaba pasando por la elegantemente amueblada sala de descanso en camino a los baños cuando una atractiva y joven mujer le llamó la atención. Las dos se sonrieron al mismo tiempo. Luego se quedó pasmada. Dios mío, pensó, era *ella misma*. Se acercó un paso más a su reflejo en el espejo, y luego el espejo tras ella reflejó el primer espejo, en una serie infinita. Siempre había pensado que había algo mágico en ese tipo de reflejo. Pero esta vez fue diferente. Mejor.

Sintiéndose tan alegre como una niña en una feria, Esme miró detenidamente su reflejo. No podía creer que la mujer que había visto, hasta admirado, pudiera ser ella misma. Qué cosa más extraña, pensó, que por un simple cambio de perspectiva, al verse como si viera a una extraña durante un breve momento, se le habían aclarado las cosas mejor que todo ese tiempo que había pasado lamentándose y quejándose por su aspecto físico. Qué tonta había sido. Se veía como ella misma. Se veía perfectamente bien.

¿No es lo que le había dicho Gabino desde el momento en que se habían conocido?

Esme no parpadeó ni se movió mientras ese momento de claridad cambiaba su mundo entero. Desde siempre, él se había sentido atraído por ella. Desde el principio. Había sido ella quien había frenado sus avances, y había sido ella quien había corrido del baño después de ese fantástico beso sin explicación alguna. Él había malentendido su pánico para correr con Lilí como pánico por... otra cosa. ¿Repugnancia? Claro que no.

Pero, ¿cómo lo iba a saber él?

Por supuesto que Gabino se disculparía... era demasiado caballero como para romper las reglas que ella había impuesto. *Nada más amigos*. Ella se mofó. ¿Es que estaba completamente loca?

¿Qué es lo que había esperado probar en una confrontación con Víctor Elizalde? ¿Por qué le había sido tan importante tratar de recobrar su supuesta dignidad manipulando las reacciones de un hombre que le era indiferente, en lugar de escuchar al hombre a quien amaba? ¿A un hombre que la amaba?

Esme rió en voz alta y sacudió la cabeza.

Para ser una mujer inteligente, hacía muy bien el papel de tonta.

Deslumbrada, Esme se echó un vistazo a sí misma en el espejo tras de ella, y luego de nuevo hacia adelante. Los reflejos repetidos parecían un pasillo que llevaba a la nada. O quizás una vereda hacia un futuro pleno y maravilloso.

Ella supuso que todo dependía de la perspectiva que uno tomara.

¿Por qué había dudado de él?

¿Por qué lo había abandonado?

Como si jamás hubiera pasado un momento de confusión en su vida, Esme se dio cuenta de lo que tenía que hacer. Gabino la amaba. De eso no tenía la menor duda. Tenía que existir alguna explicación respecto a la rubia, porque si algo conocía de Gabino Méndez, es que él era un hombre de impecable honor. Jamás la lastimaría intencionalmente fingiendo amarla mientras andaba con otra mujer. Jamás la lastimaría intencionalmente, y punto. Él le había dado la absoluta libertad de hacer lo que tenía que hacer, y ahora ella le daría la oportunidad de explicarlo.

Él la amaba. Era lo único que importaba.

Tenía que ir a su encuentro.

Esme salió del tocador con prisa y se topó nada menos que con Víctor Elizalde, quien iba en busca de los teléfonos públicos. Los dos retrocedieron un paso, y la expresión de Víctor se convirtió en asombro y hasta en...¿temor? La idea le provocaba risa a Esme desde lo más profundo de su cuerpo. El doctor Víctor Elizalde le tenía miedo. ¿Y qué creía él que ella le iba a hacer? ¿Apuñalarlo con una navaja?

Dicen que no hay nada comparable con la ira de una mujer...

Ella enderezó los hombros y sonrió sinceramente. De verdad, debería besar al desgraciado este y darle las gracias efusivamente. De no ser por su estúpido truco de llevarla al *Programa de Barry Stillman,* jamás habría conocido a Gabino. Tenía ganas de hacerle saber al miserable cretino que había sido simplemente un peón dentro del panorama mayor del plan de su destino.

—Hola, Víctor —dijo ella, disfrutando incomodarlo—. Me da gusto verte.

Éste se alisó el cabello ya liso.

—¿Te da gus...? Pero, por supuesto. Doctora Jaramillo. Igualmente —su mirada buscaba desesperadamente hacia la salida y de regreso.

Esme pensó que él probablemente estaba calculando las posibilidades de esquivar la navaja. Ella se visualizó como El Zorro, cortando el aire con su sable al formar una gran zeta frente a Víctor. La imagen la divirtió tanto, que no pudo más que prolongar la conversación. Nada más un poquito.

—¿Me supongo que ya supiste que nuestra investigación sobre la infertilidad está siendo reconocida?

Él tragó en seco, pareciendo sopesar la táctica de ella, probablemente preguntándose por qué no lo estaba golpeando ella con los puños.

—Sí. Excelente noticia. Estoy pensando que la publicidad nos traerá más dinero de becas. Deberías estar...muy orgullosa.

—Lo estoy, gracias —ella sonrió, sintiéndose poderosa y alegre por tanta esperanza. Ya era suficiente. Se sentía como una gata todopoderosa jugando con el pobre ratón antes de devorarlo. Sólo había una diferencia, que ella ya no quería matar—. Bueno, ya me tengo que ir. Nos vemos en poco más de una semana —le dio la vuelta, pero la mano de él se desenroscó para detenerla.

—Esme.

Ella volteó, arqueando una ceja curiosa.

—Te ves... te ves muy bonita.

—Lo sé —le guiñó un ojo, verdaderamente creyendo sus palabras por primera vez—. Estoy enamorada. Eso hace maravillas por una mujer, ¿no lo crees? —antes de que él pudiera responder, liberó su brazo y se encaminó hacia la salida. Hacia su casa. *Hacia Gabino*.

La fuerte luz de la luna se filtraba a través del ventanal haciendo un dibujo mezcla de azul y plata sobre el piso del departamento sobre la cochera. Gabino había jalado su silla hacia la ventana para dar la cara a la ventana, sin ganas de hacer otra cosa. Ni siquiera había prendido una luz. Las estrellas manchaban el cielo negro de luz, y de no ser por que se sentía tan triste, podría haberse inspirado por tan maravillosa vista.

¿Por qué se había ido sin siquiera dirigirle la palabra? Había pensado que el nuevo maquillaje y la sorpresa del vestido que había admirado tanto habrían derretido por lo menos algo del hielo que congelaba su corazón. Había pensado que podría lograr convencerla, pero quizás sus errores habían sido demasiados serios. Había perdido la oportunidad con ella.

Gabino vio cuando Esme dio la vuelta por el lado de la casa, con sus zapatos colgando de la mano, y lo inundó una sensación de alivio. Alivio reservado. Por lo menos había regresado. Elizalde no se había aprovechado de sus vulnerabilidades para enamorarla algo que le había preocupado desde el momento en que se había dado cuenta que ella había salido.

Con una mirada adorable de franca determinación en sus finas facciones, Esme corrió por el jardín de la casa... en dirección a la cochera. Él contuvo la respiración. ¿Buena señal? Esperaba que sí. Se paró, mejilla a mejilla con su reflejo en la ventana, observando su progreso. Cuando ella se acercó a su puerta, él atravesó su casita con pocos pasos largos. Recordando controlarse, no forzar las cosas, y dejar que ella marcara el paso, Gabino apoyó el brazo contra el marco de la puerta. Con la cabeza agachada, cerró los ojos y esperó a que tocara.

Ella tocó suavemente. Tal como ella misma. Gabino sonrió.

No perdió el tiempo jugando, sino que abrió la puerta para saludarla... la mujer que el había rezado llegara a amarlo, con todo y sus imperfecciones. Pero, al verla parada ahí, con solamente las medias cubriéndole los pies, la brisa despeinándola, el corazón le subió a la garganta, impidiéndole hablar.

La vista de ella en su vestido de seda que había sido diseñado con las curvas de su delgado cuerpo en mente casi lo noqueó. La tímida inclinación de su cara no ayudaba, pero logró mantenerse en pie. Apenas. No comprendía del todo la expresión en la cara de ella. No se veía enojada, ni apática como había estado cuando la había maquillado más temprano. Tenía una expresión de esperanza en los ojos. Esperanza y…¿era aprehensión? Él se mesó el cabello con los dedos y la miró.

—Ya regresaste.

—Sí —ella estudió la cara de él durante un momento, columpiando los zapatos grises enganchados sobre sus dedos, y luego inclinó la cabeza hacia el cuarto oscuro tras él—. ¿Estás ocupado?

—Nunca lo estoy para ti.

—¿Puedo pasar? —dijo ella con una pequeña sonrisa.

—Por supuesto. Nada más, permíteme… —la dejó parada en la entrada y navegó por la oscuridad hasta llegar a la lámpara. Al prenderla, la luz dorada llenó la pequeña estancia. Giró, para encontrar los ojos curiosos de ella moviéndose alrededor de su habitación y estudio. Estaba parada en la entrada incómodamente, viéndose como si pudiera escapársele en cualquier momento.

—Pasa —esperó hasta que ella pasó tentativamente antes de preguntarle—. ¿Cómo te fue? —. Sintió como si estuvieran los dos haciendo círculos alrededor del otro en cámara lenta, ninguno muy seguro de lo que el otro iba a hacer.

—Me fue… educativo —dijo ella, enigmáticamente, acentuando las palabras con una gran sonrisa—. Gracias por el vestido.

—Te queda perfecto —susurró. El aire nocturno se sentía cálido, pero le salió piel de gallina por todo el cuerpo. ¿Por qué parecía que este momento era la culminación de todos los segundos de su vida hasta este preciso momento?—. Te ves hermosa con ese vestido.

El rubor coloreaba sus mejillas. Miró hacia abajo y luego hacia arriba en dirección a él de nuevo.

—No me di cuenta de que te habías fijado en el vestido ese día en el centro comercial.

Él tragó en seco y habló lentamente, temiendo arruinar las cosas de nuevo. Nunca sabía exactamente como proceder con ella.

—Todo lo que te importa a ti, querida, me importa a mí —siguió una pausa, así que decidió cambiar el tema—. Llegaste temprano.

—Yo... —asintió con la cabeza ella— quise estar aquí.

Él empezó a extender los brazos, pero se detuvo, curvando la mano para dejarla caer a su costado.

—¿Qué pasó en la fiesta?

Ella trazó su dedo sobre la pequeña mesa del antecomedor cerca de la puerta y colocó los zapatos sobre la silla.

—Bueno, pues me enteré de que gané un premio —dijo con ligereza.

—¿Un premio? —ella parecía casi juguetona. Decidió seguirle la corriente—. ¿Por ser la mejor vestida?

—No.

—¿La chica más bonita?

Ella rió y levantó la vista hacia la cara de él, su voz espesa por la emoción.

—No, tampoco ése. Uno aún mejor.

El fuego que vislumbró en los ojos de ella lo perturbó. Pero ese fuego estaba suavizado con... con algo. Sin poder controlarse, se acercó a ella, suficientemente cerca para notar una pestaña sobre su pómulo. La quitó, pasó la mano sobre su cabello, y tocó su mejilla con un solo movimiento fluido.

—Dime —dijo, pensando que mejor le dijera antes de que él se descontrolara por completo al estar tan cerca y tan enamorado de ella.

Para su asombro, los ojos de ella se oscurecieron por una expresión de preocupación, y se mordió la esquina de la boca.

—¿Qué te pasa, querida?

—Siéntate conmigo —ella sacó una de las sillas y se acomodó en ella, suspirando—. No estoy acostumbrada a los tacones. Me duelen los pies.

Muy dentro de él, el miedo brotó. Había algo más, algo malo. Lo podía palpar. ¿Había ella venido para despedirse de él? Permanecieron sentados, sin hablar. Él respiró hondo y se preguntó brevemente si el olor a las sustancias químicas no la molestaba. Ella no había dicho nada, pero él sabía que no estaba acostumbrada al olor. Finalmente, cuando ya no pudo soportar el suspenso, susurró:

—¿Qué pasó?

Ella inhaló, sostuvo el aire, y luego lo exhaló:

—Gané un premio por un artículo que escribí sobre un estudio que encabecé. Se publicó en una revista profesional —sus dedos se extendieron para enredarse con los de Gabino sobre la mesa. Los apretó—. La universidad me va a enviar a Washington dentro de unas cuantas semanas para hablar ante no sé qué comité en el Congreso.

Él exhaló un soplo de aire y sacudió la cabeza.

—Eres asombrosa. Me alegro muchísimo por ti.

—Gracias. Realmente es un gran honor.

Pero realmente, eso no contestaba su pregunta. Él quería saber qué era lo que la había detenido, y qué había provocado aquella preocupación y aquel temor que él había visto en sus ojos. Gabino todavía podía palparlo. Definitivamente era algo que ella no le estaba contando. Que Dios ampare a Elizalde si la ha lastimado de nuevo, lo voy a..., se decía mentalmente.

—¿Por qué dejaste la fiesta tan temprano, querida? —dijo en voz alta.

—Porque quería verte —las lágrimas le inundaron los ojos.

—¿Qué te pasa? —aumentó su alarma—. Dímelo.

Gabino se levantó de su silla, poniéndose en cuclillas ante ella, suavemente acariciando los muslos de ella desde la rodilla hasta su cadera.

Esme, te lo suplico. ¿Te hizo algo Elizalde?

—No —se limpió una lágrima y aspiró—. No es eso.

Él apretó la mandíbula.

—Lo mataré si te...

—Mi vida —dijo ella sencillamente—. Él no vale la pena. Yo ya enterré a Elizalde. No es nadie. Además, si él no me hubiera engañado para salir en aquel programa, jamás te habría conocido.

La esperanza creció dentro de él. ¿Qué quería decir ella? Si era feliz porque el destino los había juntado, entonces, ¿por qué lloraba?

—¿Qué te está molestando? —ella se mordió su labio inferior tan fuerte que a él le dolió verla.

—Tengo que preguntarte algo, Gabino. Y... no te va a parecer muy bonito, pero lo tengo que hacer.

—Pregúntamelo, querida —abrió los brazos y sonrió, sintiendo tanto amor hacia ella—. Mi vida es un libro abierto para ti.

Ella estiró la cabeza, mirando en dirección a sus lienzos estirados y pinturas apoyadas contra las paredes.

—Ayer estaba yo haciendo café —tragó en seco varias veces y limpió más lágrimas.

Gabino esperó. No pudo más que notar que ella parecía estar apenada. Casi arrepentida.

—Y... pues no soy... pues una persona entrometida, normalmente, Gabino, pero he sido tan lastimada. Lo cual no es excusa —meneó la mano débilmente—. Te vi —su cara se quebrantó. Más lágrimas— saliendo de tu casa. Con una mujer, y yo...

De repente Gabino se dio cuenta de qué se trataba y casi se rió del gran alivio que sintió. ¡Ella pensó que tenía otra mujer! Como si pudiera volver a ver a otra mujer en su vida que no fuera ella. Pero lo mejor de todo era que... ¡a ella le importó! Ahora sí lo sintió.

—Ay, no, no, no...Esme. ¿El abrazo?

Ella asintió con la cabeza, llorosa y viéndose apenada.

Él se acercó más a ella y le tomó la cara en sus manos.

—No es lo que pensaste. ¿Por qué no me preguntaste antes?

Ella estudió los ojos de él, encogiéndose de hombros.

—¿Quién era ella?

Él había dicho que iba a esperar el momento propicio para enseñarle el retrato, y el momento no podría ser más propicio que este preciso instante. En lugar de contestar su pregunta, se levantó y extendió la mano hacia ella.

—Ven conmigo. Te enseñaré.

Esme miró hacia arriba para verlo, luego se puso de pie tambaleante. Él colocó la mano de ella en su propio brazo. Juntos caminaron al lienzo cubierto por una lona sobre el caballete. Inclinó su cabeza hacia ella.

—¿Te acuerdas que había logrado interesar a algunos dueños de galerías que querían ver mi trabajo?

Ella asintió con la cabeza.

—La mujer que viste era Denae Westmoreland, Esme. Ella y su marido son los dueños de una de las galerías más prestigiosas de Denver.

Ella aspiró profundamente, mirándolo hacia arriba:

—¿Y?

Él sonrió, demasiado orgulloso y emocionado para controlar sus emociones.

—Y me adoran. Mejor dicho, a mi trabajo. Tomaron varias de mis obras a consignación.

—¡Gabino! ¡Eso es maravilloso!

Ella le rodeó el cuello con los brazos, y él la levantó, haciéndola girar.

Riéndose, la bajó de nuevo, pero no la soltó. Sus cuerpos, desde el pecho hasta las pantorrillas, estaban juntos, y la perfección de la suavidad de ella amoldada contra el cuerpo de él lo hacía perder la compostura. Gozando la vista de ella, susurró:

—Es una práctica común que un dueño de galería visite el estudio de un artista para ver sus obras, querida. Cuando me viste, la señora Westmoreland y yo acabábamos de llegar a un convenio muy favorable —él aprovechó el momento y besó la punta de su nariz—. Eso fue todo.

Ella gimió.

—¿Por qué no me dijiste?

—Fui a decírtelo —bajó el mentón—. Pero, encontré un sobre en la puerta en lugar de encontrarte a ti.

La mirada de ella bajó y se sonrojó.

—Me siento tan estúpida. Debería haberlo sabido. Debería haber tenido confianza en ti —escondió la cara contra el pecho de él.

—Jamás te di alguna razón para hacerlo —él le besó su cabello.

—Tampoco me diste razón para no hacerlo.

—Ya terminó —susurró—. No te preocupes —dijo—. Si te hubiera visto abrazando a otro hombre, yo me habría vuelto loco y lo habría despedazado lentamente.

—¿De veras? —los ojos de Esme se abrieron.

—No. No soy ese tipo de hombre... —le guiñó un ojo— ¿te acuerdas? Me habría preocupado, sin embargo.

—Gracias por decirlo —dijo ella, exhalando.

—Espera. Hay más.

—¿Más?

Gabino levantó la mano y jaló la lona de seda de encima de la pintura, luego de dar un paso atrás para permitirle a Esme una vista clara. Su mirada volaba desde el perfil de ella hasta la pintura y de regreso, mientras su corazón latía fuertemente dentro de su pecho. Quería que le gustara tanto a ella como le gustaba a él.

—Dios mío —respiró ella, hipnotizada. Acercó sus puños hacia su pecho. Después de verlo boquiabierta durante varios segundos, se humedeció los labios—. Soy yo.

—Sí.

—Me veo… —sus ojos brillaron por la emoción.

—Hermosa —susurró Gabino, acercándose a ella—. Como siempre te he visto. Como el mundo te verá en la Galería Westmoreland, corazón.

—Ay, Gabino. No sé que decir…

—Ésta es la obra que hizo que Denae Westmoreland me abrazara —extendió los dedos para pasarlos lentamente a lo largo de la mejilla de ella. Su piel se sentía como seda, polvo, pétalos de una rosa. Era delicadamente suave y sedosa—. Así que una vez más, todo esto es por culpa tuya.

Ella se rió, inclinando la cabeza para verse los pies cubiertos por las medias. Cuando volvió a levantar la vista, su mirada chispeaba. Estiró la mano y tocó los labios de él. Él cerró los ojos. Tomando sus muñecas entre sus manos, cubrió las palmas de ella con suaves besos.

—Eres tan tierno conmigo.

—Me inspiras ternura, querida.

—Pues, me haces sentirme hermosa. Así que somos tal para cual —suspiró. Él abrió los brazos, y ella se metió entre ellos, abrazándolo fuertemente, besando su pecho a través de la camisa.

—Esme, te siento tan bien en mis brazos.

—Entonces déjame quedarme aquí —susurró ella.

—Mientras quieras estar aquí, nena.

Ella presionó su mejilla contra él.

—Hemos cometido errores, Gabino.

—No importa —él alisó su cabello bajo su palma—. Tenemos tiempo para corregirlos. Todos los errores.

Ella levantó la cabeza, sus ojos buscando respuesta en la cara de él.

—¿Te acuerdas del beso?

Él gruñó suavemente. ¿Que si se acordaba? Sólo en eso pensaba cuando estaba despierto y el recuerdo ocupaba la mayor parte de sus sueños.

—Sí, claro.

—Nos interrumpieron —le recordó.

—Así es —respondió él, con una flecha quemante de deseo pasando por su corazón.

—Bueno... —ella se acercó más. Confiando. Amando. Recorrió con su dedo desde su garganta por todo lo largo de su torso hasta engancharlo con el cinturón de su pantalón—. Fue uno de nuestros errores, ¿no crees?

—Un error desafortunado.

—Un error desafortunado que creo que debemos corregir —susurró ella—. Ahora mismo.

Con un movimiento poco sutil contra su cuerpo, Esme definió con perfecta claridad lo que deseaba.

—¿Estás segura? —las palabras le salieron roncas.

—Jamás he estado tan segura de nada en toda mi vida.

Gabino se agachó y la levantó en sus brazos, sonriéndole mientras la cargaba a su cama. La depositó suavemente encima de la cobija y cubrió el cuerpo de ella con el suyo propio.

—¿Gabino?

—¿Sí, nena?

Las palabras de ella salieron temblorosas, apasionadas.

—Te amo. Te amo tanto.

—Lo sé, querida —susurró él, acercando sus labios hacia la boca de ella—. Es lo que veo en tu mirada.

FIN

LOOK OF LOVE

Lynda Sandoval

*For my Mom,
Neva Elaine Sandoval,
who has supported every dream I've ever entertained.
And in loving memory of
my Dad, Carmel Enrique Sandoval, 1937-1989,
and my Grandma, Maria Amada Perea Sandoval, 1911-1997,
who both would have been so proud.*

ACKNOWLEDGEMENTS

I'd like to thank the following people for their generous contributions to this book: Phyllis, Terri, and Amy—my valued readers/critiquers. LaRita, who not only critiqued, but also offered incredible brainstorming help. Maggi and Anita, for the enthusiasm, Elena and Connie for answering the silly questions, and my on-line buds: Debi B., Jan D., Susan B., Karen B., Linda A., Nan A., and Happeth for their art expertise.

Heartfelt gratitude to my gem of an editor, Diane Stockwell, for believing I have stories worth telling—*muchísmas gracias*. And as always, love to Trent for never doubting.

One

Esme Jaramillo wiped her damp palms down the side seams of her slacks and wondered, briefly, if the taupe pantsuit her friends had insisted she wear had been the proper choice for her first—and probably only—television appearance. They'd fussed through a mountain of clothes in her hotel room that morning, while she sat in the corner and reviewed her notes, amused by their fashion plate antics. She supposed the tailored silk ensemble they'd settled on exuded a conservative enough image to offset her controversial topic: human cloning.

Now, if only she could be cloned from Jennifer Lopez for this talk show appearance, life would be just peachy. A smirk lifted one corner of her mouth as she glanced around the cramped make-up studio backstage of the set of *The Barry Stillman Show*.

Four beige walls, adorned with framed photos of previous guests, surrounded the beauty parlor chair she occupied. A filing cabinet claimed one corner, with a CD player perched on top. Rolling metal racks behind her held a mishmash of garments, perhaps for guests who had fashion emergencies before they were due on stage. Along with the rescue clothes hung a few smocks smeared with makeup streaks. Before her stood a long counter top stacked with more pots and jars and bottles of cosmetics than she'd ever seen, and above the counter was a huge mirror which framed the reflection of her un-made-up face.

The hot bulbs circling the mirror glared off the lenses of her large wire-framed eyeglasses and melted the creamy cosmetics piled before her. If the makeup lights were hot, Esme could only imagine what it would feel like beneath the strong stage lights in front of All Those People. She shuddered, suddenly nervous. At least her parents and her best friends, Lilly and Pilar, would be out there for moral support. She reminded herself to look for their smiling faces in the audience the minute she got out on stage.

Speaking of faces. Esme pushed her glasses atop her head and leaned forward to squint at her own mug. *Ugh.*

Bland. Boring. That's how she looked.

It was *always* how she looked. And her hair—she twisted her head from side to side and arranged the limp, shoulder-length locks. She sat back in the chair until her reflection was nothing but a myopic blur, and sighed. Oh well. No one expected female scientists to be attractive, anyway. Still, she was grateful a professional would be applying her makeup for the show. A woman could be vain once in her life, couldn't she?

She glanced at her watch and wondered where the makeup person was. The producer had stuck her head in the room earlier and told Esme she'd go on in fifteen minutes. That didn't leave them much time.

As if on cue, the door opened, and in walked—Esme plunked her glasses back on the bridge of her nose and turned. Her breath caught. Lord, he had to be a Greek god. Broad-shouldered and bronze-skinned, the man wore faded, form-fitting Levi's, low-heeled black boots, and a tight black T-shirt emblazoned with *The Barry Stillman Show* in red lettering. And, if her mama only knew what images the man's shiny black ponytail brought to her mind, there'd be a chorus of Hail Marys uttered in her soul's defense within minutes.

"Dr. Jaramillo?"

"Yes?" Her hand fluttered to her throat.

"I'm Gavino Mendez, your makeup artist," said the man, his

deep voice smooth as creme de menthe. "You're the brilliant scientist I've been hearing so much about, yes?" He flashed her a movie star smile and extended his long-fingered hand toward her for a handshake.

Esme nodded slowly, ignoring the heated flush she felt creeping up her neck at his compliment. Disconcerted, she glanced from his face to his hand, then back at his face before she did her part to complete the handshake.

"Dios mio," she whispered more than spoke, as his warm palm slid against hers. If men like Gavino Mendez were commonplace in Chicago, she'd clone the whole darn city and become the hero of the female population. The thought curved her mouth into a smile.

Gavino released her hand and asked, "Nervous?" He turned his back to switch the CD player on, filling the room with hot Celia Cruz tunes, then began assembling brushes and pencils and pots of color, his focus on the tools of his trade.

"A-a little," Esme admitted, content just to watch him move about the close quarters they shared. His movements were skilled and confident, masculine but graceful. This was probably her one chance in life to have a man like Gavino Mendez lay his hands on her, and she was thrilled by the prospect.

"It always seems to hit people once I come in to do their makeup." He winked at her.

Esme's heart plunged before snapping back up to lodge in her throat. That wink should be classified as a lethal weapon.

"You have my sympathy," he continued, seemingly oblivious to her admiration. "I much prefer remaining behind the scenes."

Esme pulled herself out of the hunk-induced stupor and cleared her throat. "I've, ah, never been on television before." *He probably knows that, silly,* she chastised herself. This focused male attention was rattling her composure. She wasn't used to it. "It's not too often a scientist has such an opportunity. I'm really very flattered." She nudged her glasses up with the knuckle of her pointer finger. "My parents and friends are in the audience." She cast her gaze down briefly, not wanting to appear too prideful.

Gavino peered at her, his expression darkening for an instant before he turned away. Esme wondered if she'd said something wrong, but the moment quickly passed.

"Tell me about your research, Esme—may I call you that?"

"Of course."

He faced her, crossed his arms over his chest, then leaned back against the counter, a position which accentuated the sculpted muscles in his arms. The bright lights shadowed the angles of his jawline and glinted off the single diamond stud in his earlobe. Esme forced her mind from its slack-jawed awe of man and back onto his question.

"Research? Research. Yes. Human cloning, that's what I research." She laughed lightly, shaking her head. "And, well, it's a touchy subject."

"How so?"

"Lots of moral and religious implications. My grandmother prays daily for my soul. She thinks my colleagues and I are trying to play God. If I ever actually clone a human being, I'll probably be excommunicated from the church." Esme ran her fingers through her hair and shrugged one shoulder.

Gavino chuckled, holding several different colored lipsticks next to her cheek. "Sounds like my grandmother. Let me guess. Catholic?"

"But, of course," she told him, her tone wry. "So, I continue to do the research, but I feel guilty about it."

He leaned his head back and laughed, giving Esme an excellent view of his muscle-corded neck, his straight white teeth. *Talk, Esme. Stay on track.*

"We're not necessarily trying to create people, though," she blurted, averting her gaze from his seductive Adam's Apple. "There are a lot of other medically plausible reasons to clone human beings, but it's still a little too sci-fi for most people to swallow." She wondered when Gavino would get to the part where those long fingers of his touched her face. She was prepped and ready to file away that particular sensory memory for frequent replays.

"Well, I'm sure there are medical reasons. But, it *is* kind of a scary thought, having little duplicates of yourself running around," Gavino conceded. He inclined his head. "Forgive my ignorance if that's a misconception. I don't know much about cloning."

"Don't apologize. There's no doubt Hollywood has put a skewed impression out there. It'll be hard for the stodgy science community to overcome."

Gavino made a rumbly agreement sound deep in his throat, then said, "Take your glasses off for me, Esme."

Anything else? she wanted to ask him. Her cheeks heated. She didn't usually have such wanton thoughts in the midst of a normal conversation. Then again, she'd never had a conversation with Gavino Mendez before.

She watched, mesmerized, as he picked up a large makeup brush and dipped it into one of the containers. Poofs of face powder launched into the air around the brush, tiny particles dancing in the light. He raised his eyebrows at her, reminding her of his request. *Request? Glasses. Oh, yeah.*

"I'm sorry," she murmured. She removed her frames and folded them in her lap, then closed her eyes while Gavino tickled her face with the powder brush. The sweet fragrance of the talc reminded her fondly of playing dress-up as a child, back when she still had hope she'd grow up beautiful. She wanted to smile, but didn't, fearing she'd get powder-caked teeth.

When Gavino finished, she put her glasses back on and waved her hands to fend off the cloud that still hung in the air. "I just hope the audience is open-minded about the topic and not hostile with me."

Gavino stilled. "I . . . uh, yeah."

A thick pause ensued, prompting a seedling of discomfort to sprout in Esme's middle. Was she missing something here?

"Well, you'll knock 'em dead, I'm sure."

"I hope you're right."

He made careful work of capping the powder container and lining up the compacts before looking back at her. "Can I ask you something, Esme?"

"Sure."

"Do you ever . . . watch *The Barry Stillman Show?*"

"Oh, you would ask me that." She twisted her mouth to the side apologetically. "I'm ashamed to say that I've never seen it. I just don't have much time for television."

Gavino pressed his lips into a thin line and nodded.

"Why?" Esme asked.

"I'm . . . no reason. Just wondering."

It sure sounded like there was a reason behind his "no reason," but Esme didn't want to push the man. Maybe he was just having a bad day. A fight with his wife at the breakfast table, perhaps. An ugly pang struck Esme at the thought, and her gaze fell to his left hand. No ring. No ring mark. She sighed with relief. Like it mattered. *Get a life, Esme.*

"I must say, I'm impressed, though," she told him. "I didn't know any of the talk shows still dealt with legitimate topics these days."

Gavino didn't comment, so Esme went on. "If it's not people beating each other up or transvestites in love triangles, it never seems to make it to daytime TV. At least, that's what I thought until I was asked on the show." Esme glanced at her reflection, which jolted her back to the matter at hand. She pressed her fingers to her cheeks and pulled down slightly. "Aren't you going to do something with my face? I look awful."

Gavino moved in between her and the mirror and spread his legs until he'd lowered himself to Esme's eye level. Esme folded her hands in her lap as her heart thunk-thunked in her chest at his proximity. Wasn't breathing supposed to be automatic? she wondered, as she reminded herself to pull in air.

Gavino reached for her face slowly. His fingers danced along her cheekbones, her temples, then he smoothed the pad of his thumb over her chin. "No, Dr. Jaramillo, you don't look awful. You look anything but awful." His voice was a gentle caress. "You look beautiful just as you are."

Her heart triple-timed. "Well . . . thank you, but—"

"Remember that." He touched the end of her nose. "Okay?"

She frowned, a little confused by his words and spellbound by his touch. "I—sure. But, I don't get it. Does that mean you aren't going to make up my face?"

The look he gave her was almost apologetic, Esme decided. "Right. I'm not going to make up your face. But, it's okay. You don't need warpaint."

So much for her moment of vanity. Disappointment drizzled over Esme before she shrugged it off and decided Gavino was trying to tactfully tell her it wouldn't make much difference. Splashing color on her features would have probably just drawn attention to their plainness. Eh, well, it didn't matter, and she wasn't going to pout about it. At least he'd touched her face. She inhaled the heady mingled scents of makeup and heated masculine skin, and decided a change of subject was in order. "How long have you done this kind of work, Gavino?" Was that relief she saw on his beautiful face? Why?

"Three long years I've worked on this show." He leaned against the counter again, hands spread wide and braced on the edge, and crossed one foot over the other.

"You make it sound like a jail sentence."

He tilted his head to the side in a gesture of indifference. "It pays the bills, but my first love . . ." Doubt crossed his features. "You want to hear all this?"

"Of course," Esme assured him. "Your first love?"

"Is painting," he finished.

Esme watched in wonder as the smile lit up his face. His gaze grew distant, dreamy. She hadn't thought he could get much better looking. Boy, had she underestimated him. "Warpaint?" she teased, glancing back at her bare face in the mirror.

He chuckled. "No, not face painting. Oil painting. Art."

"An artist. Hmmm. I'm not surprised." He had the hands of an artist, hands that made her wish she were a fresh, new canvas ripe for his attention. She swallowed. "It's wonderful, Gavino. What do you paint?"

"Later." She watched a muscle tick in his jaw for several moments as his eyes grew more serious. With a quick glance at the door and back, Gavino squatted before her and took her hand in both of his. "Esme, listen to me. About the show—"

Before Gavino could finish, the harried producer knocked sharply, then opened the door a crack and poked her head in. Tendrils had sprung free of her lopsided French twist into which she'd stuck two pencils and apparently forgotten them. "Dr. Jaramillo, time to go on."

Gavino stood and moved away from her, sticking his hands into his back pockets. Regret socked Esme in the stomach, and she pinned him with her gaze. What had he been about to say? Absurd as it was, she didn't want to leave him. He was so comfortable to talk to, and so easy on the eyes. Men like him didn't usually give her the time of day. "I—"

"Now, Dr. Jaramillo. Please," the producer urged.

"Go on, Esme," Gavino told her, treating her to another devastating wink.

"What were you going to tell me?"

"Nothing. Just, break a leg," he said, his voice low. "That means good luck." He flashed her a thumbs-up. "I'll see you again in a few minutes."

She looked at him curiously as she got out of the chair and

smoothed down the front of her suit. A few minutes? Hope spiked inside her. "You will?"

"I mean, I'll watch you on the monitors."

"Oh." Long awkward pause. "Well. Thank you," she told him, fluffing her hair with trembling fingers and stuffing back the wave of disappointment. What did she expect from the guy, a pledge of undying love? With one last smile for Gavino and a deep breath for courage, Esme turned and trailed the producer from the room.

"Damnit!" Gavino exclaimed as soon as the slim, softspoken professor was out of the makeup studio. He slumped into the chair and held his forehead in his hands as guilt assailed his gut. When the door squeaked open, he looked up to find the stage manager, Arlon, peering in at him.

Arlon raised a brow. "What's up?"

"That poor woman has no idea what she's in for," Gavino muttered. "She honestly thinks she's going to talk about human cloning."

"Ah, you soft touch." Arlon snorted, leaning against the door jamb with his clipboard cradled in his beefy arms. The remote radio headset nestled on his bald head looked like it had grown there, it was so much a part of the man. "Anyone who agrees to come onto *The Barry Stillman Show* deserves what she gets. You'd have to live in a cave to think this show bore any resemblance to legitimacy."

"She's never *seen* it, Arlon." Gavino lunged to his feet and stalked across the small room. He punched the stop button on the CD player then braced his palms against the wall and hung his head. Esme Jaramillo had infiltrated his domain all of what— ten minutes? And already his music reminded him of her. He could still smell her lavender scent in the air.

God, he felt like a heel.

That sweet woman with the heart-shaped face and trusting eyes didn't deserve this. He'd expected a renowned young scientist to be arrogant and aloof. Haughty at the very least. Instead, Esme Jaramillo had turned out to be one of the most down-to-earth, reachable women he'd met in a long time. From her inquisitive brown eyes hidden behind those endearingly large spectacles, to her joking manner and wide smile, Esme was nothing if not genuine.

"Sure, she's seen it." Arlon's skeptical voice cut into Gavino's thoughts. "Everyone's seen *The Barry Stillman Show.*"

"Not everyone spends their days propped in front of the boob tube, Arlon. She's a scientist. She has a life."

The stage manager whistled low. "She's got you all worked up, Mendez. Must've been some looker. No wait—" the man turned his attention to the clipboard he held "—she couldn't be a looker if she's on *this* particular show. My mistake."

"She looked great." Gavino growled, whirling toward his colleague. He stopped and ran his hands down his face, willing himself to relax. "Doesn't it ever get to you, Arlon?" Gavino blew out a breath. "Lying to these people just to get them on the show?"

Arlon shrugged. "It's just a job, bud. Television. Mindless entertainment. Besides, you were just the makeup man. She can't blame you."

"But she will. She'll think we all lied to her, Arlon, and we *did*. To her—" Gavino pointed in the general direction of the stage "—this will be a public shaming." He clenched his jaw, fighting back those familiar bully feelings from his past. If anyone in this world did not deserve to be bullied, it was Dr. Esme Jaramillo. "We're sending an innocent lamb to the slaughter. How can we live with ourselves?"

"Don't be so melodramatic. So she gets embarrassed on television. Big deal. She'll get over it."

Gavino burned him a glare, annoyed by his cavalier attitude.

"Besides, there's nothing we can do about it now," Arlon added, pressing the earphone tighter to his ear. "Looks like the good professor just went on."

The whoops and hollers from the audience surprised Esme as she walked on stage and took a seat in one of the two chairs centered on the carpeted platform. She'd expected a more demure group for a show about cloning, but at least they seemed welcoming. Behind her, an elaborate set gave the appearance of a comfortable living room. Lights mounted on scaffolding glared in her eyes, but she could vaguely make out the faces in the tiered crowd seated in a semicircle before her.

After settling into her chair, she gazed around the audience searching for her family and friends. There they were, front and center. Mama, Papa, Lilly, and Pilar, all in a row.

She smiled at them, but they looked odd.

Pilar's hands were clasped at her ample bosom, her eyes wide and serious. And Lilly? Esme could swear she looked flaming mad. Come to think of it, her father looked a little angry himself. Was Mama crying?

Perplexed, Esme squinted out at them. Yes, Mama was definitely crying. She hoped nothing bad had happened since the last time she spoke to them, and fought the urge to get up and walk over to them. Her adrenaline level kicked up a notch. Before she could worry further, the raucous cheers died down, and Barry Stillman smiled at her from the aisle where he stood.

"Dr. Jaramillo, welcome to the show."

"Thank you," she murmured, pushing up her glasses with her knuckle. Laughter rippled through the audience, which confused her.

"Tell us a little about your research, Doctor."

She crossed one leg over the other and leaned forward. Her confidence always jumped when she discussed her studies. She favored her host with an enthusiastic smile. "Well, I'm a professor of Genetics Engineering at a private college in Colorado. We're leading the country's research in cloning. Particularly, human cloning, though the procedure is still illegal in the United States."

"Sounds like a job that could keep a woman pretty busy."

Apprehension began to claw its way up her spine. She glanced at the empty chair next to her and wondered who should be sitting there. They hadn't told her she would be part of a panel. And what was with Barry's inane questions? She licked her dry lips, wishing for water. "Yes, it's exhausting work."

"Probably doesn't leave you too much time for pampering, Dr. Jaramillo, does it?" More laughter erupted from the crowd.

Suddenly defensive, Esme sat back in her chair and crossed her arms to match her entwined legs. Her skin flamed, and a rivulet of perspiration rolled down her stiff spine. "I thought we were going to discuss human cloning." This time, the audience remained silent, but the pause seemed packed with gunpowder and about to explode.

"Well, Dr. Jaramillo, we aren't going to discuss human cloning. We actually have a surprise for you."

Esme blinked several times, trying to grasp what was happening to her. She glanced off into the wings and saw Gavino standing there, his dark eyes urgent and pained. Their gazes met momentarily before he hung his head and turned from her.

What in the hell was going on?

"A surprise?" Esme finally croaked out. "I don't understand."

"Maybe we can help you understand. Listen to this audio tape, Doctor, for a clue about who brought you on today's show."

Everyone fell silent, and soon a deep, accented, patronizing voice boomed through the studio. "Esme, I know you want me. But, I'm here to tell you, before we have a chance, your bookworm looks have *got* to go. I'm doing this for your own good."

Realization washed over Esme like acid burning through her

flesh. The lilting voice belonged to none other than Vitor Elizalde, her flamboyant Brazilian co-worker. She covered her mouth with her hand as the words slithered through her brain. *I've been duped!*

Esme had gone for coffee with Elizalde twice in the past month as a gesture of friendship. He was a visiting researcher, and though she found him a bit arrogant and conceited, she'd tried to make him feel welcome on the team. Of course he would assume she wanted more. Macho jerk.

As the audience roared their approval, the host asked her, "Recognize that voice, Doctor?"

She couldn't even nod, let alone speak. Bookworm looks? Mortification froze Esme to her seat as her heart sank. Hot tears stung her eyes, and as her chin started to quiver, the audience burst into applause, chanting, "Bar-ry! Bar-ry! Bar-ry! Bar-ry!"

She glanced out at her supporters, who looked as horrified as she felt. Lilly mouthed the words, "I'm so sorry."

Stillman's obnoxious voice cut in with, "Audience, what's your vote?" after which a hundred or more black placards were thrust into the air. SHE'S A BOOKWORM, most of them read, in neon yellow lettering. Belatedly, Papa lifted his sign to its neon yellow flipside with shaky, liver-spotted hands. SHE'S A BEAUTY, spelled the stark black lettering. Esme was so ashamed for putting her parents into this position. If only she'd known it was all a trick—

"Audience? What do you have to say to Dr. Jaramillo?"

A hundred collective voices yelled at her, "Don't worry, Bookworm. We're going to make you over!"

Esme saw stars, and gripped the chair arms so she wouldn't faint. This was a nightmare. No wonder Gavino didn't make up her face. She wasn't beautiful, like he claimed. Rather, he wanted her to look her very worst when she walked onto this stage. Esme choked back a sob. For some reason, Gavino's deception cut to her core. He'd seemed so sincere. *Fooled you, Esme.*

"Welcome Professor Vitor Elizalde to the show!" Barry hollered. Out of the wings opposite where she'd seen Gavino sauntered smug, pompous Vitor Elizalde, his black hair slicked back. He raised his arms to the audience like a reigning king as they clapped and cheered for him. He even took a bow.

How could he do this?

How could he bring her on national television, in front of God and her parents, her friends? Everyone. Her staff, their colleagues. What the hell was wrong with him?

Before she could stop them, hot tears burst forth behind her glasses and blurred her vision. As Vitor took the empty chair next to her, Esme lunged unsteadily to her feet and backed away from him, smearing at the tears rolling down her make-up free face. She laid her palms on her flat, trembling abdomen.

"How could you?" she rasped before wheeling on her sensible heels and running from the stage, trailed by the audience's loud booing.

Off-stage, the producer with pencils in her hair caught Esme by her upper arms and held her back. "Come now, Esme. They're going to give you a makeover. It won't be so bad."

Her tears had escalated to sobs, which had prompted hiccups. Were these people for real? "Leave me—" *hiccup* "—alone, I'm not going back out—" *hiccup* "—there."

She tried to push past the woman when another man arrived to assist. The producer glanced at the man for help. "Arlon?"

"Don't, uh, cry now, miss," the man said, his stilted words proving him ill at ease with the role of comforter. He patted her upper arm and cleared his throat. "It's not so bad. We'll just get you some ice for your puffy eyes and—"

"Let. Her. Go," Gavino's dead serious voice said from behind her. Both the producer and the man called Arlon diverted their attention to Gavino, and Esme took advantage of the moment to push between them and run through the cables and scaffolding to the hallway which would lead her out. Behind her, she heard the producer say, "Stay out of this, Mendez."

She wept freely, never so embarrassed in all her life.

She'd worked so hard to make her parents proud. They'd brought her to this country from Mexico when she was a toddler, hoping to provide her with better opportunities. They'd given up everything familiar—their family, friends, the language they both spoke so eloquently, the country they loved—for her. Her entire life was geared to show them she was grateful, that she'd made the most of her opportunities to become a success, a daughter they could be proud of. Now this.

Sure, she was a well-educated woman, a leader in her field, but she couldn't help thinking Mama and Papa had seen her in another light today. As a homely thirty-year-old woman who couldn't even get a date with an overblown, cocksure jerk.

She shoved against the bar spanning the metal door and pushed her way into the exit hallway and wondered how she'd ever live this down, how she'd ever make it up to the parents who valued their dignity so.

"Esme! Wait!"

Gavino. She tried to keep running, to get away before she ever had to see his face again, but he caught her and snaked a hand around her forearm.

"Let me go," she said, staring at the ground as she tried to pull free. Part of her wished he would just hold her and tell her everything would be okay. The stupid part of her.

"Esme, please. I'm so sorry. Listen, let me ex-"

"Sorry?" Fury mixed with her humiliation as she hiccupped again. "Leave me alone, Gavino, okay?"

He'd pretended to be nice to her, when all the while he'd been part of the lie. She lifted her chin, pushed up her glasses, and glared at him, trying her best to mask the hurt with a look of indignation. She wrenched her arm from his grasp and rubbed the spot he'd held with her other hand. Her chest heaved as she stared up at him.

"Just, let me go. After all this, can't you—" *hiccup* "—at least do that?" She turned and stumbled down the long, stark corridor slowly. Her limbs felt leaden, like all the energy had been leeched out of her. She just wanted to go home and put sweats on and curl up with a glass of—

"I meant what I said, Esme," Gavino called after her. "You are beautiful."

Her heart clenched. *Another lie.*

Esme never even turned back.

Two

Telling the Barry Stillman people to take their job and shove it hadn't been difficult for Gavino. But, packing up his worldly goods and driving across the country in search of a woman he'd met but once, a woman who haunted his dreams—and probably hated his guts—was the biggest risk he'd ever taken.

No matter. It felt good. He'd been on the road for at least twelve hours, and as the evening skyline of Denver loomed into sight, Gavino glanced down at the directions he hoped would lead him to Esme. She deserved an apology, and for once, Gavino would have a chance to make things right with a person he'd hurt who hadn't deserved it. Gavino steered his black pickup onto Speer Blvd. South, and moved to the center lane. He rolled down his window and breathed in the cool, dry summertime air that was so different from the stifling humidity in Chicago where he'd grown up. Then again, everything about growing up had been stifling for him.

It was almost as hard for Gavino to remember himself as an angry young bully as it was to remind himself he wasn't one anymore. He'd transformed, and he had his high school art teacher, Mr. Fuentes, to thank for his changed demeanor. Though rail thin and none too masculine, Fuentes wouldn't be bullied. He'd never flinched when he faced the angry young Gavino toe to toe, yet he never made him feel worthless. On the contrary, Fuentes made him believe in his painting, in his talent. He'd shown Gavino how to channel his pent-up rage into his art and made him understand that true happiness came from inside a man, not outside. And, even though Gavino hadn't gotten to the point where he could fully support himself with his painting, he'd had a couple of shows, made a few sales, and, at age thirty-four he still believed in himself.

Fuentes had won Gavino's respect, and later his admiration. Gavino had thanked the man on more than one occasion over the years, but he'd never gone back and told any of the people he'd hurt that he was sorry. Perhaps his turned-around life was penance enough, but the open-ended guilt of his youth hung around his heart like a lead weight. He may not be able to assuage it with one apology, but at least it was a step in the right direction. And any steps that carried him closer to Dr. Esme Jaramillo were ones he definitely wanted to take.

If he was honest with himself, it wasn't just the chance for an apology that led him to the slight professor with the fine, silky hair that just begged a man to run his fingers through it. Something far more instinctual pulled him as well. It had taken one fitful night of remembering her gentle lavender scent, seeing images of her bright, dark eyes behind those glasses, and hearing her wind-chime laughter, before he knew he had to see her again. If he didn't, her memory would be with him forever, like a war wound. Reminding him now and then, with a stab of pain, what could possibly have been.

He glanced back down at the crinkled map in his passenger seat, brushing aside the wadded Snickers wrappers covering it. If his navigation was correct, he should be knocking on Esme's door in no time. And, if fate was on his side, she'd be willing to hear him out.

Three hellish days had passed since the ill-fated appearance on *The Barry Stillman Show*. Esme—bundled in a voluminous sweat suit and feeling like lukewarm death—slumped crosslegged on the floor of her living room across from her best buddies, Lilly Lujan and Pilar Valenzuela. Between them, on the dark brown carpeting, sat serving dishes filled with various comfort foods: enchilada casserole, mashed potatoes, chicken mole, and a Sara Lee cheesecake. Not to mention the pitcher of margaritas. Their forks hung limply from their hands as they took a collective break from gastronomically comforting themselves.

Esme leaned back against her slip-covered sofa and laid her hands on her distended abdomen with a groan. If only Gavino Mendez could see her at this moment, she thought. How beautiful would he claim she was now?

Her eyes were still tear-swollen, and she'd broken out in a rash on her neck from the stress. She'd spent most of the last two days lying listlessly on the couch, channel-surfing to kill time between her crying jags. Now she was bloated, and she just didn't care. The entire universe already knew she was ugly. No sense trying to hide it.

Oddly enough, a memory other than being humiliated on television kept popping into her mind, squeezing her heart. She'd been just a little girl who loved playing dress-up and watching the Miss Universe pageant on TV. She would close her eyes during commercials and picture herself accepting the crown for USA. At that point, she still believed it could happen.

But one summer afternoon, her Aunt Luz and her mother were sharing iced tea on the front porch while Esme played with dolls in her room. Her window was open, inviting a breeze which carried the voices of Mama and Tía Luz.

"Look, Luz. Photographs of the children from the church picnic last week."

The sounds of Tía thumbing through the prints came next, and Esme's ears perked when she heard, "Ah, there's little Esme." A pause. "Such a smart girl."

"Gracias," murmured her mother, and Esme could hear the smile on Mama's face.

"Thank God for her brains. She certainly didn't get the looks. With those skinny chicken knees and thick glasses, she may never find a husband, but she'll always find a good job."

Esme froze, a crampy feeling in her stomach like when she'd eaten too much raw cookie dough the week before. She set down her dolls and curled up on her side on the floor, hoping her tummy would stop hurting. It made her want to cry. She tried to stop listening, but she couldn't help herself.

Her mama tsk-tsked. "Don't be cruel, Luz. Not everyone can be beautiful. She'll grow into her looks."

"We can only hope she's a late bloomer," Tía Luz added.

But, she hadn't bloomed at all, no matter what Gavino claimed about her looks three days earlier. If she had, she wouldn't have ended up as a guest on Barry Stillman's bookworm makeover show. Pushing the painful memory out of her mind, Esme scratched at the red bumps below her ear and hiccuped.

"You still have those?" Pilar asked.

"I get them when I'm under—" *hiccup* "—stress." She nudged up her glasses then took to scratching the other side of her neck. "They've come and gone since the—" *hiccup* "—fiasco. I'm probably just gulping—" *hiccup* "—down my food too fast."

Pilar got up, stepped over the smorgasbord, then plopped herself onto the couch behind Esme. "I'm gonna plug your ears, and you drink your margarita. It may not get rid of 'em, but after all that tequila, you won't care."

Esme let out a mirthless chuckle, then did as she was told. It worked. She smiled up at Pilar, who'd begun playing with Esme's unruly hair, and absent-mindedly brought her fingernails to her neck again.

"Honey, don't scratch your rash. You'll make it worse." Lilly told her softly. "Did you use that cream I gave you?"

Esme nodded and rested her hands in her lap. If anyone knew what being judged for your looks felt like, it was Lilly. She and

Esme understood the concept from different perspectives, though. Lilly, a natural beauty with wavy, waist-length black hair and huge green eyes, had gone on to a great modeling career after being named "Prettiest Girl" in high school. At thirty, she was one of America's most recognizable Chicanas, having graced the pages of *Cosmo, Vanity Fair, Latina, Vanidades,* and *Vogue,* to name a few. In looks, she and Esme were polar opposites, always had been. But in their hearts, along with Pilar, they were soul triplets.

If only she'd looked like Lilly on stage. Maybe then Gavino would have felt something for her other than pity. Esme closed her eyes against the wave of embarrassment she'd relived repeatedly since the filming in Chicago. On the airplane, she felt like everyone was staring at her. *Look! There's the ugly professor!*

She'd medicated herself with several tiny bottles of cheap, screw-cap wine during the flight, and had finally convinced herself she was being overly-paranoid. Still, it had taken every ounce of her courage to walk through Denver International Airport with her head held up, even with Lilly and Pilar flanking her for much-needed moral support. Of course people had seen her. *The Barry Stillman Show* had ten-million viewers. She just wasn't sure *who* had seen her, and that's what scared her most.

It had felt so good to finally walk into her comfortable home in Washington Park and deadbolt the door behind her. And after half an hour of quiet, she'd started to feel better, thinking maybe no one *had* seen the show. Then, her phone began to ring. It seemed everyone she'd ever met in her life had seen the blasted show. Her answering machine had been clogged for two days with uncomfortable messages of sympathy and pity—just what she needed. A local full-service beauty salon had even sent a courier bearing a gift certificate, much to her utter dismay.

The phone rang again, and Esme glared at it. "I could die," she whispered to her friends, chugging down another healthy dose of margarita. She wiped salt from her lips and added, "Who could that be now? The president? I think he's the only one who hasn't sent condolences for the untimely death of my dignity."

Lilly clicked her tongue and cast a beseeching look at Esme while Pilar reached over and switched off the ringer. "When we realized what they were doing, we tried our hardest to get backstage to warn you, Esme, I swear," Lilly told her.

"They wouldn't let us," Pilar added, digging her fork into the cheesecake. "Bastards. Your mama laid into them with a barrage of Spanish cuss words. Made my hair stand on end. I think they didn't know quite what to do with her." She popped the bite into her mouth and chewed, her eyes fixed apologetically on Esme's face.

"I don't blame you guys. It was my fault for walking into their trap." She furrowed her fingers into her hair and laid her head back against the couch. And what a trap they'd set, with a juicy enticer like Gavino Mendez to lure women in. God, she was so stupid.

"It's unconscionable what they do to people, Esme. You should complain," Lilly said, dishing up another serving of enchiladas.

She shook thoughts of Gavino from her mind and graced her friend with a wan smile. "Eh, it wouldn't do any good. Besides, I just want to forget it ever happened." *To forget that I entertained even one thought that a man like Gavino Mendez would look twice at a woman like me.* Miss Universe, she wasn't.

"How much time off do you have before the new semester starts?" Pilar asked.

"A little over a month." A little over four weeks until she had to face Vile Vitor again. The thought of Elizalde made her want to fist fight. "Ohh, that man," she growled. "Who does he think he is, anyway? Chayanne?"

"That's right," Pilar said, wrapping her arms around Esme's shoulders from behind for a hug. "Like you'd ever give him the time of day anyway."

Esme didn't think she'd go that far. "I've got to think of some way to get back at the arrogant jerk."

"Oh, revenge." Lilly nodded her head. "That's always a good, healthy way to recover from trauma."

Recognizing the sarcasm, Esme rolled her eyes. "In any case, I'm hoping by the time I go back it will be old news to everyone and my own embarrassment will have waned. I want absolutely no reminders of that debacle." *Especially none of a brown-eyed artist with fingers that made a woman scream for edible body paints.*

The doorbell chimed. Twice.

Esme looked from Lilly to Pilar and frowned. "Who could that be? *Hard Copy?*"

"Very funny. It's probably your Mom," Lilly said, standing. "I'll get it."

"No, wait." Esme groaned to her feet. "Let me. It'll probably be the only exercise I get all week." Padding across the brown carpet in a tequila-induced zig-zag, Esme made her way to the dark front hall leading to the door. Lord knew, she needed some fresh air.

July in Colorado heated right up, but the temperature dropped with the sun, bringing cool breezes in with the moon. Maybe she'd sit with Mama on the porch instead of bringing her in. The darkness would hide some of the puffiness around her eyes, and staying outside would prevent Mama from witnessing their little pity party on the living room carpet. The woman would be aghast that they were eating so much food from dishes set right on the floor. Mama was nothing if not proper.

Esme stopped in the dark hallway, leaned against the wall, and pulled in a long, deep breath. Just the thought of seeing her mother brought on renewed feelings of shame. Oh, her parents had handled everything much better than she had. It didn't matter—she still felt guilty. She knew, deep down, they had to be embarrassed that their daughter was known nationwide as a wallflower. No matter how long it took, she was going to put the incident to rest for all of them, just as soon as her anger at Vitor Elizalde dissipated.

Esme flipped on the porch light before she threw the deadbolt back and pulled on the heavy, carved wooden door. She started speaking as the hinges squeaked.

"It's late, Mama, you shouldn't be ou—" Her words cut off as her mind grasped the realization that the muscular man looming larger than life on her porch bore no resemblance whatsoever to her mother.

She wasn't sure if her heart had stopped or was beating so fast she couldn't feel it. Either way, she looked like hell and had a guacamole smear on her sweatshirt, and here she stood face to face with—"Gavino—" *hiccup* "—w-what are you doing here?" An amazingly calm question, considering her life had just passed before her eyes. Esme hoped she wouldn't fall down, because she could no longer feel her feet. And, physiological impossibility aside, she'd just proven that a person could exist without a heartbeat or the ability to draw air into the lungs. *Gavino Mendez? HERE?*

"Esme. Forgive me for . . . just showing up." He spread his arms wide and let them drop to his sides, as if searching for what to say next. His long hair hung free of the ponytail she remembered, and the yellow glow of the porch light made it shine like a sheet of black gold. He looked just as good in dark jeans and a well-worn University of Chicago sweatshirt as he had the day she'd met him.

Looking at him, Esme fought the ridiculous urge to sit on the floor. Instead, she stood stock still and bunched the avocado-stained front of her sweatshirt into her fist. With her other hand, she poked her glasses up on her nose. "I . . . I thought I made it clear you should—" *hiccup* "—leave me alone."

To her dismay, Gavino flashed her a devastating, sweet smile that pulled a dimple into his left cheek. She hadn't noticed that the other day. "Don't tell me you've had those hiccups since you left Chicago."

She shook her head and hiccuped again.

"Esme, we need to talk." He took a step forward, and she eased the door partway closed, hiding half of her body behind it. He stopped, stared at her.

Her gaze dropped to his Adam's Apple as he swallowed. "No," she told him. "We don't need to talk. I want to—" she held her breath for a moment and staved off a hiccup "—forget everything about that day." God, she wanted to be angry at him. She didn't want to feel her heart beating in anticipation at the mere sight of him, or worry that he'd noticed her disheveled hair. She didn't want to smell his cologne on the night air or yearn to feel his strong arms around her for comfort. "Denial is my drug of choice. I'm going to pretend it never happened."

"It shouldn't have happened, Esme." He laid his palm high up on the door frame, leaning toward her. "I feel just—"

"Don't." She held out her hand. He'd been a part of the trick; she couldn't forget that. "Don't apologize now, after the fact, because I really, really thought you were a nice man, Gavino Mendez. An apology will only make me want to slug you, and I've had too much trauma and too much—" *hiccup* "—tequila to resist the urge."

"It's a risk I'm willing to take," he said, after pausing to chew on his lip.

His pointed gaze, filled with affection, flamed her cheeks. Esme expelled a sigh and hung her head. How much could one woman take? It had been a long time since her Tía Luz had pointed out her flaws, and though her glasses weren't as thick these days, her knees were just as knobby. She couldn't let a man like Gavino, a man solidly out of her league, affect her. It would only bring her more pain. After a moment, she looked up at him. "Look. You were only doing your job, okay? I understand."

He opened his mouth to speak, and she waved his words away,

reminding herself to be angry. He'd tricked her. He'd shamed her. He'd left her face bare. "It's fine, Gavino, please. Just . . . leave me to my life and go back to yours. There are a lot of other ugly women whose faces you can ignore, too."

"Esme?" called Lilly from the front room. "You okay?"

"Fine," she yelled back, a little too sharply, her eyes never leaving Gavino's face.

"Slug me if you want, but I *am* sorry, Esme. More than you'll ever know. You probably don't believe that."

"Did you come here to convince me or yourself? Because you've already told me one lie. You'll have a tough job on your hands if you're working on me."

"Esme," he breathed her name, his gaze imploring.

He didn't try to touch her. She didn't try to move away. Time stilled between them as they stared at one another. Gavino dipped his chin, Esme raised hers. Crickets chirped from the darkness beyond the porch. A gust of wind rustled the leaves on her old grand cottonwood tree and lifted a lock of Gavino's long hair across his face.

"Why are you here?" she whispered. "You live in Chicago."

"Not anymore." He tucked his hair behind one ear as he added, "I don't work for the *Stillman Show* anymore."

"You don't?"

"You *are* an attractive woman, Esme." The words came out husky. "I mean it."

She ignored that. She had more pressing questions. "Did you get fired?"

"Quit."

Surprise fluttered through her and she let go of the door. "Why?" she asked, moving closer to lean against the jamb.

"Because I never again wanted to see hurt on a person's face like I saw on yours as you left the studio. I can't stop the show from bringing people on under false pretenses, but I can sure as hell remove myself from the situation."

Esme sighed and broke eye contact, focusing instead on his low-heeled black boots. Why did he have to be so nice? So sincere? Why couldn't he leave her to her sulking instead of invading her doorstep with his bulk and his warmth, filling her nostrils with the scent of his masculine skin and her ears with his creme de menthe voice? "I can't feel responsible for you losing your job, Gavino."

"I'm not blaming you."

She raised her gaze back to his. "What will you do?"

He shrugged. "I'll get by. It's time to give my painting a chance, and . . . who knows?"

She shook her head slowly and reached up to scratch her neck. He quit his job. He quit his job and packed up his life, and now he was standing on her doorstep hundreds of miles away trying to convince her she wasn't ugly. Why? Feeling another bout of hiccups coming on, she whispered, "I have to go now."

"Can I come in?"

"No." She started to shut the door.

He held it open. "Esme, wait. I want to see you again."

"To assuage your own guilt? I don't think so."

"That's not why."

So he said. But, really, how would she ever know?

He reached out and ran the backs of his fingers slowly down her cheek. "You have a rash."

"Adds to the whole beauty package, wouldn't you say?"

"Don't, *querida*." His hand slid from her cheek to her shoulder and rested there.

Her eyes fluttered shut, and she choked back another wave of tears. This man could break her heart if she let him. "Leave me alone, Gavino. Please."

"I can't."

"Esme?" Lilly and Pilar peered into the hallway, then looked from their friend to Gavino, their eyes widening in surprise. Neither moved.

Esme glanced over her shoulder. "I'll be right there. Mr. Mendez was just leaving."

"No, I wasn't."

"You are now."

"We aren't finished."

"We never even started."

He pressed his lips together and lowered his chin. His somber gaze melted into hers for excruciating seconds before a smile teased his dimple into making an appearance. He winked. "Tomorrow, Esme? Can I see you then?"

"No."

"Just coffee. No pressure."

"No."

He shifted from boot to boot, then crossed his muscular arms over his chest. "Need I remind you that you said you thought I was a nice man?"

"I also said I wanted to hit you," she countered, in as haughty a tone as she could muster.

"But you didn't."

She faltered and bit her lip, which had started to tremble. "Don't do this to me. Please."

"I'm going to keep trying until you give me a chance, Esme."

Shoring up her resolve, she wrapped her arms around her stomach and sniffed. "You'll be wasting your time."

He brushed her trembling bottom lip with his knuckle, then stepped back. "Ah, but you see, I'd rather waste my time on you than spend it wisely on anyone else." He nodded goodnight at Lilly and Pilar, who still hung behind Esme, then stepped off the porch and disappeared into the night shadows.

Three

Esme slept fitfully for the next two nights and spent her waking hours answering Lilly's and Pilar's never-ending questions about Gavino. It was pure torture. She really didn't want to face the answers. *Who is he? When did you meet? Why is he here? Did he ask you out?* And, the Bermuda Triangle of all questions—*how do you feel about him?*

And, just how did she feel about him? She'd been angry at him and everyone from *The Barry Stillman Show* for a couple days, but she just couldn't drum up that emotion for Gavino anymore. He'd apologized, after all, and she wasn't by nature a person to hold a grudge.

She was attracted to him. Big deal. She was attracted to Armand Assante, too, but that didn't mean she'd ever have a chance with the guy. Her feelings about Gavino were as jumbled and unbalanced as her feelings about herself, and it just wasn't getting much better.

It didn't help that she hadn't seen hide nor hair of him since the night on the porch, and couldn't help wondering if his guilt had dissipated enough for him to just move on. Secretly, the notion disappointed her. She didn't want to get her hopes up, didn't want to think about him, but she couldn't help it. Gavino Mendez had invaded her soul. The worst part was, she wouldn't be with him now even if he got down on his knees and begged. She couldn't, not after the *Stillman* fiasco, knowing she was just a pity date to him and always would be. If they'd met any other way, things might be different.

But they hadn't, and they weren't.

End of story.

Sometime on the second day, Esme had decided hard work was the perfect antidote for what ailed her, and she'd asked Pilar and Lilly to help her tackle a project she'd been putting off: painting her house. Now here they stood, with the morning sun warming them, covering their hair with scarves and mixing the paint that Esme hoped would help brighten her house as well as her outlook. And, naturally, they were talking about Gavino.

"Of course he's interested in you, Esme, don't be obtuse," said Lilly. She held the paint spraying contraption in her arms like a machine gun, her French-manicured nails curving around the deadly barrel.

Esme eyed her, wondering if she'd chosen the wrong task for them to undertake. "Your obtuse is my realistic. But, no sense quibbling over semantics. Put that paint gun down, you're scaring me." None of them had ever painted a house exterior before, but the old place had been begging for a fresh coat for two summers. If she ever planned on collecting a decent rent for her carriage house apartment, she supposed she'd better pretty the place up.

"Seriously, Es, why else would a man quit his job, for God's sake, and drive across the country?" Pilar asked.

"Guilt is a powerful motivator," Esme reminded them, straightening her scarf. "It's tough to live with."

"That's a cop-out."

"Well, cop-out or not," Esme said, "he hasn't been back. A guy like Gavino Mendez would not base life decisions on a woman like me, so drop it."

Lilly, who'd thankfully surrendered her paint weapon, stopped buttoning a smock over her shorts and tank top and cast a sardonic glare at Esme. "A woman like you. Hmmm. Let's think about that." She propped her fists on her hips, and tilted her head to the side in thought. "You're a successful genetics engineer at the ripe young age of thirty, leading the nation's research in one of the hugest scientific breakthroughs since . . . since—"

"Fertility drugs," offered Pilar, glancing at her two sons, Pep and Teddy, content to be playing with their prized Matchbox cars on the sidewalk. The boys, like their father, were crazy about vehicles and quite knowledgeable about makes and models.

"I was going to say Velcro, but yeah, since fertility drugs." Lilly spread her arms and leaned forward, raising her perfectly arched eyebrows at Esme. "You're right, girl. You are a booby prize."

Esme expelled a pointed sigh. "You know what I meant. I'm not saying I'm not successful, but given the choice between a lab coat and a silk teddy, which do you think most men would choose?"

"You underestimate yourself, Esme, you always have," Pilar said. She gestured down at her very curvy body. "Look at yourself compared to me. You're willowy—"

"Bony."

"And tall—"

"Five-foot-eleven Lilly is tall, Pilar. I hate to tell you, but I'm only five-four, and that isn't tall."

"It is when you're four-foot-eleven and chubby."

"You're not chubby, you're voluptuous." Esme sighed and nudged her glasses up. "You two can't possibly understand. Lilly, well, you're Lilly Lujan. Need I say more? And, Pilar, everyone has loved you since high school. You're Miss Popularity. I don't remember you ever without a boyfriend."

"Big whoop. I've only had one, and I married him."

"At least you had the choice." Esme clasped her hands together and pleaded with her friends. "Please don't feel like you have to sugarcoat things for me, you two. I'm not saying I begrudge you your beauty, Lilly, or your popularity, Pilar. But, I need your honesty right now. I'm not denying I'm smart or successful, but—shallow or not—that's not enough at the moment. You know it's never been that big of an issue that I'm not beautiful. We get what we're given and make the best of it. But I was just publicly outed as a dog on national television." Esme huffed a humorless half-laugh and shook her head. "Forgive me if I wish—just once—that I was known as pretty. Maybe even sexy. Enough to make Vitor eat his heart out."

Lilly expelled a little ladylike snort.

Pilar just sighed. "You underestimate yourself. I'll say it again. Gavino Mendez is hot for you, girl."

A frisson of thrill spiraled through Esme, but she shoved it away. Maybe they wouldn't admit that she wasn't pretty, but they *had* to admit Gavino was out of her league. "Get real. You saw the man, didn't you?"

"Hell yeah, we saw him," Pilar said. "And if I wasn't married—"

"Or I wasn't in a committed relationship," added Lilly.

"We'd be fighting your tall, willowy butt for him right here in the yard." Pilar winked.

Esme smiled back, then bent over to stir the Spring Eggshell-colored all-weather paint, which looked exactly like apple cake batter. She knew two things for sure. First, everyone, including her two best friends, must think she was either gullible or blind. And, two, despite their idle threats, neither Lilly nor Pilar would ever go after Gavino knowing how she felt about him.

Esme stopped stirring and blinked several times. What was she thinking? There was that feelings stuff again. She didn't *feel* any way about Gavino. She had her pride. She would never accept a pity date, which was precisely all she'd ever get out of Gavino Mendez. The man felt sorry for her. Period. The thought made her cringe. She remembered the night before her senior prom, visiting her friends' houses to check out their outfits. She'd been genuinely excited to ooh and aah over Pilar's and Lilly's gowns, but once at home, she couldn't help but feel depressed and left out. She hadn't even been asked to the dance. Her mama, bless her heart, had tried so hard to make things better. She'd cornered Esme's second cousin, Juanito, in the kitchen, and asked him to escort Esme to the festivities since she *couldn't get a date*. Talk about a booby prize. Esme'd never been so mortified, more so when she saw the emotions on Juanito's face move from shock to horror to resignation . . . to pity. She'd faked cramps to weasel out of the mercy date. Never again. Being alone wasn't nearly as bad as being pitied.

Besides, who cared? That was a long time ago, and she had a house to paint. "Let it go," she said, to herself and her friends at the same time. "Let's get going before it gets too hot out here."

Three hours later, with only a tiny section of the front of her house done, Esme, Lilly, and Pilar sprawled on lounge chairs sipping iced tea and resting their tired limbs.

"I didn't know this was going to be so hard," Esme said. Painting was exhausting work. Her arms ached, her calves were cramped, and it seemed like they'd barely made any progress.

"We need help," Pilar added.

"We need to pay someone to finish," said Lilly, voicing what they'd all been thinking. "This is hell."

Pep and Teddy glanced up when a big black pickup truck rumbled to the curb, then six-year-old Pep whipped his head around and announced, "Someone's here in a '97 Ford F350, Auntie Esme."

Esme looked over in time to see Gavino's long, muscular, denim-clad legs stretch below the driver's door. When the door slammed, his V-shaped upper body, looking fine in a fitted tank top, came into view. Esme lurched upright, sloshing iced tea on her paint-spattered overshirt.

Four-year-old Teddy jumped to his feet and bounced across the lawn, stopping at Gavino's boots. He leaned his little crew-cut way back, looking up at a smiling Gavino, and said, "We don't live here, but my Auntie does. Can I sit 'n your truck? Is it yours? Who're you?"

"Teodoro!" Pilar called. "Mind your manners."

Gavino laughed and ruffled Teddy's head. "I'm a friend of your Auntie's. I'm Gavino."

Teddy bolted across the lawn hollering, "Auntie Esme, your friend Gavino is here in his *black Ford Extra Cab four-by-four!*" before a caterpillar on the sidewalk caught his attention.

Esme cast a scowling glance at her grinning, paint-dotted friends, and then tried to decide whether to get up and go meet Gavino or wait for him there. Since her legs felt wobbly and weak, she stayed seated and focused on convincing herself that she wasn't excited to see him. Not at all.

Gavino ambled across the lawn toward them, his sable brown eyes hidden behind a pair of sunglasses. He glanced up at the house and his lip twitched to the side. "Morning, Ladies."

"What are you doing here?" Esme asked, immediately chastising herself for her rudeness. "I mean . . ."

"It's okay. I was in the neighborhood. What's up?"

"They're paintin' the house," Pep told him, not looking up. The boy sat on one leg, and the other folded knee jutted up in front of him, providing a perfect spot for him to rest his chin while he lined up his car collection.

Gavino turned to him. "You helping?"

"No way," Pep said, glancing up. "I'm just a kid."

"That's some shiner you've got for a kid." Gavino squatted and studied the bluish-purple ring around the boy's left eye.

Pep shrugged. "It doesn't hurt anymore."

Gavino stood and turned back to the women. "I'd be glad to help with the painting," he offered.

"No, thanks," Esme said, while Pilar and Lilly echoed, "That would be great." The women glared at each other, before Pilar turned a smile back at Gavino.

"It's Esme's house. I guess it's up to her."

Gavino looked at Esme, raising one eyebrow. "We're fine," she told him. "We can handle it."

"Suit yourself. But I am a painter, you know."

"I don't want a fresco on the front of it." She sniffed. "I just want a nice coat of Spring Eggshell, and we're perfectly capable of doing that."

"Speak for yourself, Superwoman," Pilar muttered.

Gavino took off his sunglasses and smiled from Pilar to Lilly. "I'm Gavino Mendez," he told them, leaning forward to shake their hands, one after another, which provided Esme a clear view down his tank top of his tight pectoral muscles. She looked away to hide the hunger she was sure showed in her eyes.

"Pilar Valenzuela." Pilar gestured at the yard. "Those yard monkeys out there are my boys, Pep and Teodoro—say hello, *mi hijos.*"

"Hi," the boys chimed with a decided lack of interest.

"And, this is Lilly Lujan," Pilar finished.

Gavino did a double take at Lilly. "Wow, *the* Lilly Lujan?"

She shrugged, genuine and unaffected as ever. "That would be me. Paint covered and all."

"It's a pleasure to meet you both." He crossed his arms over his chest and smiled politely at Lilly. "My eighteen-year-old nephew has magazine pictures of you all over his room. I hope that doesn't creep you out. He'll pass out when I tell him I saw you in person, though."

Surprise filtered through Esme at his words. Gavino was thrilled to meet a celebrity, no doubt about it. But he wasn't ogling Lilly, like most men did.

Lilly laughed and said, "Nope, not creeped out. Just be sure to stand clear of furniture when you tell him if he's going to pass out. I wouldn't want to be responsible for a cracked skull." She tipped her head and peered down the row at Esme. "That's our rude friend, Esme, down there. But, I guess you guys have already met."

Esme forced a wan smile. What would she do in this situation if it wasn't Gavino standing at the end of her lounge chair casting his cool shadow over her hot body? Ah, yes. Hospitality. "Can I . . . get you some iced tea, Gavino?"

"I'm good," he replied, shaking his head.

Esme didn't doubt that claim.

"I actually came about the apartment you have advertised for rent." He pointed to the sign posted in the front yard.

"It's been rented," Esme blurted, just as Pilar and Lilly chimed, "It's available." They exchanged another set of meaningful glances.

Gavino smirked. "I know. It's Esme's house, we'll leave it up to her."

She swallowed past a throat that felt like it was coated with drying Spring Eggshell all-weather paint. "What I mean is, it's not, um, ready to rent yet."

"Then why the sign?" Gavino hitched his head back in the general direction of it.

Pilar scrambled to her feet, followed by Lilly. Both of them headed for the house. "Boys, come on. Aunt Lilly and I are going to make you lunch."

"We'll wait here," Teddy said in a monotone, mesmerized by the caterpillar inching its way up the front of his T-shirt.

"No, you won't. Come on, Teddy. And leave that caterpillar out here. Pep? Put your cars away."

Esme sat forward, her heart rattling at the thought of being left alone with Gavino. "Pilar, wait—"

"Now, little men." Pilar ignored her protests.

"Aw, mom!" Pep whined. "It ain't lunch time—"

"Don't say ain't."

"It *isn't* lunch time," the boy added. "We just ate breakfast. I'll barf."

"Listen to your mo-ther," Lilly sang.

Prickly heat clawed up Esme's neck, and out of her peripheral vision, she saw Gavino grinning. He obviously knew what was up. How embarrassing. She imagined this was like being on an unwilling blind date.

Pep continued to protest. Amongst moans and groans, he and Teddy scuffed to their feet and grudgingly followed the two women into the house. For a few moments after they left, Esme sat stiffly in her lounge chair and concentrated on the birds chirping in the cottonwood tree. Or pretended to, at any rate. Soon, Gavino stretched out on the chaise next to her with a sigh of satisfaction and the ease of a man who belonged there.

"Gotta love this Colorado weather," he said.

She watched an enormous white thunderhead float across the blue sky and took surreptitious glances at Gavino's long legs and familiar black boots. What could she possibly say to this man? *I want you? I don't want you? Stay? Go away?* She'd never been more attracted to or more confused by a man, and she still doubted his motives. But, they couldn't just sit here and ignore each other or she'd go mad. Esme took a deep breath. She crossed her arms beneath her breasts and said, "So."

"So."

A stiff pause. "You're here again."

"You doubted I would be?" His words held a smile.

Esme swallowed back her reply. Of course she doubted it. Almost as much as she hoped she was wrong. She couldn't start getting all mushy on him. "What do you want from me, Gavino?"

She felt his gaze on the side of her face for several, long moments. It burned as though he'd touched her. Instead of answering the question, he said, "Your rash is going away."

She lifted her hands to her neck and cut a quick peek at him. "I thought you were gone. Back to Chicago, or . . . wherever." She listened to the rapid beating of wings as several spooked birds took flight from the branches of the cottonwood. Her stomach felt like the birds' wings were beating against its walls as she waited for his response. She tried to focus on the matter at hand and fought not to let his soap-smelling, just-showered male freshness distract her. When she couldn't stand the suspense anymore, she turned to him and found his liquid brown eyes staring at her.

"Why won't you rent me your apartment, Esme?"

His smooth voice cooled her and heated her simultaneously. Everything about this man was distracting and attracting; every word he spoke made her want to touch him. If she didn't stay aloof around him, she'd be in a world of hurt. "Because I don't know why you want it."

He chuckled and ran his hands through his long, slick hair. "Well, for one, staying in a hotel is expensive."

"There are a lot of apartments in the Denver area, Gavino. The housing market is wide open."

"And, for two, you're the only person in Denver I know."

"You don't know me."

"I'd like to change that. That's number three."

Esme shook her head slowly, unable to hold back her mirthless laugh. "Okay, okay. I forgive you for the show. Is that what you want to hear? Will that make you stop trying so hard to work out your guilt? I forgive you," she enunciated sharply. "You are free to leave."

For several moments, nothing. Then, "Has it ever occurred to you, Esme, that perhaps I just like being around you?"

Her tummy clenched. "Ah, no. I'm not that naive. I remember how our paths crossed. Surely you haven't forgotten."

"Oh, no. I remember." He expelled a sigh. "Let me ask you this. In the makeup room, before . . ." She sensed his discomfort and, for a moment, felt bad for him. "Did you enjoy talking to me?"

"Sure, but that was before I realized you were just blowing sunshine up my—"

"Esme, don't," he chastised softly. He reached for her, settling his hand on her leg. Gently. Innocently.

She stared down at the exquisite fingers he'd touched her with, willing them to stay but knowing she should tell him to remove them. She said nothing. Probably didn't even draw a breath. And then he started caressing her leg in small, promising circles, and her world rocked.

"You and I both know we hit it off in that room, *querida*. Despite everything. You were beautiful then, and you're beautiful now. With or without makeup, Esme Jaramillo, you make my mind work and my heart pound. But, that isn't what matters."

She blinked at him, then poked her glasses up.

"Even though you are beautiful, I couldn't care less what you look like on the outside, because you're one of those women who's beautiful on the inside, and it shows." His mouth twisted to the side. "Why can't you believe me?"

Did she dare trust the mesmerizing words of this man? She wanted to. But she couldn't bear to set herself up for more pain. Her skin tingled from head to foot, and when she darted her tongue out to moisten her parched lips, she saw his gaze drop to her mouth and deepen. Desire pooled low within her. "I won't be your pity date, Gavino. Now or ever."

"You never would be."

"I'm not looking for a relationship. I'm not some desperate . . . single . . . ugly—" she sputtered, though it felt like someone knifed her heart when she said the words.

"You *aren't* ugly, as I've already pointed out. But that's not the issue."

"What *is* the issue?"

"I didn't come here to put the moves on you, Esme. Not necessarily. We can just be friends if that's what you want." His hand slid from her leg. "I'm cool with that." A beat passed. "Is that what you want?"

"Yes, I . . . I guess." *No. I don't know.* She sighed and turned her head away from him, gathering her wits, gauging his motives. What would it hurt to be friends with him? As long as the boundaries were clear, and they each respected them, things wouldn't get out of control. She needed a tenant, he needed a place to live. She was perfectly capable of resisting him. He was just a man. *A gorgeous, hunk of kissable, hard, bronze male flesh, that is.* Esme nudged her glasses down, closed her eyes, and pinched the bridge of her nose. What was she—lovestruck? No matter what he looked like or how sweetly he talked, she could manage a platonic relationship with Gavino Mendez, makeup artist and painter. She *could*. Wait a minute. Her eyes popped open.

With a rush of anticipation, she realized Gavino possessed talents she obviously didn't. Skills and know-how that could help her regain her pride. Gavino wouldn't dare refuse her, even if he didn't agree with her plan. She'd play on his guilt if she had to. Her brainstorm would meet both their needs.

"There's good light in the carriage house apartment," she murmured, clearing her throat. "I mean, for your painting. I can give you a break on the first couple months' rent so you can get on your feet if—"

"Hold up." Hope lit up his eyes, pulled the corner of his mouth into a half smile. "Does that mean . . . ?"

"Yes," she said. "It's yours on a couple of conditions."

He crossed his arms, his bare biceps bulging. "Name them."

She angled her head toward their slapdash paint job and rolled her eyes. "One, you finish painting this damned house."

He laughed. "I knew you'd come around on that. No problem there."

"Two, we both understand that we're friends." She fixed him with her most earnest stare. "Just friends. I'm not looking for . . . entanglements." *Not pity entanglements, anyway.*

He shrugged one shoulder. "I'll admit, that rule's a drag, but if that's how it has to be, okay. We've got a deal."

"Not so fast. One other thing." Her morning coffee burned in her gut. She splayed a palm over her torso and pressed.

He urged her on with a nod of his head.

"I want you . . ." She faltered, afraid to utter the words. Her teeth cut into her bottom lip for a moment. "I want you to help me change my image, Gavino. Makeup, hair, all of it. You're a professional, and that's what I need."

He looked baffled. "If that's what you want, okay. But, why? You look great."

She wouldn't fall for that line again. "Not everyone thinks so. Besides, I don't want to look like this anymore. I don't want to be remembered for that show."

A small line bisected his brows. "What do you want, Esme?"

Turning toward him, she hiked up her chin, just daring him to scoff at her. Taking one more deep breath for courage, she told him, "I want to look sexy, like a bombshell. I want you to help make me irresistible to Vitor Elizalde."

Four

Gavino could understand Esme's need to regain control, to make some changes in her appearance in order to recover from the blow dealt by *The Barry Stillman Show*. What he couldn't quite grasp was her desire to become irresistible to a pompous, mean-spirited, slouch-shouldered jackass when here he sat next to her, ready, willing, and thinking she was fifty kinds of irresistible already. Women. Who could figure them out?

He studied her. Tension buzzed just beneath her surface, even though her casual posture belied the fact. Stretched out on the lounge chair next to him, slim and tentative as a gazelle, a passerby would likely think she was relaxing. Gavino knew better. She was waiting for his answer. Sunlight shone on the locks of hair that peeked out of the front of the funny little head scarf she wore, and a dollop of paint had dried right on the tip of her straight, kissable nose. Even dressed in an oversized, paint-splattered men's shirt and cut-offs, Esme looked every inch the brilliant scientist he knew her to be.

And then it hit him.

Perhaps she wanted that Elizalde weasel because they were of the same education level. Maybe his own charms had no effect on her because he didn't measure up where it counted to this woman. He was just a starving artist, a simple man. He didn't stimulate her exquisite brain, and just possibly the smart creep did. The thought made him clench his jaw until his teeth ground.

Elizalde didn't deserve Esme.

Maybe you don't deserve her either, Vino. You hurt her. A sting of sadness hit him. Who was he trying to kid? Esme didn't want him because of what had happened on the *Stillman Show*. In the first few moments he knew her, he betrayed her. He would make up for that, even if it meant setting aside his desire for her for the time being. No sense trying to sweet talk her. She still thought he'd come to Denver out of a sense of pity.

"Well?" Esme blinked at him from behind her glasses. "Will you agree to all the conditions?"

His mama didn't raise no fool. He'd go along with anything if it meant spending time with her, even this stupid makeover idea. If he had his own agenda in the whole jacked-up plan of hers, well, she just didn't need to know it. This would give him time to redeem himself, and after that, he'd show her he could arouse her brain as well as her senses, no matter their educational differences. But for now, he wouldn't come on too strong with her. Throwing the full Mendez Mack Action would just scare her away. He'd let her take the lead and, with any luck, she'd come around.

"Of course I'll do it. It would be my pleasure to be of service to you." She wanted bombshell; he'd lay it on thick. So thick, in fact, she'd hate it and come to appreciate her own natural beauty. It'd work. It *had* to work.

"Then it's a deal, thank you." Her tone softened. "I really appreciate this." She laid her delicate hand on his leg and squeezed. For a moment his mind reeled. This kind of gratitude, he could get used to. He'd work on giving Esme better reasons to touch his body with those velvety hands, but for now, the thank-you worked well enough.

"*You* appreciate it?" He chuckled. "You're saving me a road trip to nowhere, Esme."

A wrinkle of worry touched her forehead, and her fingers moved to her bottom lip. "I didn't even stop to consider your situation. I just assumed . . . can you stay in Denver?"

Mr. Fuentes always told him, if you don't have anywhere to go, you better start liking where you are. Gavino spread his arms and grinned. "I'm all yours. Two months' free rent might be just the jumpstart my art career needs." *And it will give me time to show you I'm the guy you need.* He laid back, feeling better than he had in a long time.

"What are you going to do to me first?" Esme asked.

A dagger of desire impaled him, and for a moment he couldn't breathe. Her gaze was clear, her question innocent of innuendo, but he was damn proud to be a red-blooded Latino male. It took every ounce of restraint not to leap on the double meaning he read into her words. Was he the only one feeling this undercurrent of electricity between them?

Against his natural inclinations, he adopted an all-business attitude. "First off, I need to get moved in. Next, I finish painting the house. Then—" he clapped his palms together, then rubbed them slowly as he fully assessed her "—how much time do we have for this makeover?"

"The Fall faculty get-together is on August sixth, so about—" her eyes shifted up and to the left as she calculated "—four weeks." She looked doubtful. "Can we pull it off?"

"That's more than enough time. We'll do your hair first."

Her hand went to her scarf, and she tucked her chin like a puppy used to getting smacked. "Okay."

He could see he'd have to be extra gentle with her feelings. "Not that your hair needs work, Esme. We have to start somewhere. I figure I'll just start at your head and make my way slowly down your body until I have it all covered. Sound good?" He could feel the wolfish grin begging to make an appearance on his face, but he held it back.

He watched Esme holding her breath, and he knew she was staving off the hiccups. Finally, she answered, her voice breathy and feminine.

"Uh . . . it, um, yes. Sounds good."

***

The man definitely wore briefs, Esme decided. Or maybe nothing. Or maybe she shouldn't be gawking at his backside with unabashed lust, but she just couldn't help it. She stared drymouthed at the skin-exposing rip in Gavino's jeans—just below his muscular rear end—as he descended the ladder to retrieve the ice water she'd brought out to him. When his foot reached the bottom rung, she tore her reverence from his body and focused on the fresh coat of Spring Eggshell paint on her house. Her mind's eye remained on his backside. "It looks *so* good."

Gavino turned to her, a curious smile on his face. He studied her over the rim of the glass as he took a long draw of water, then wiped the back of his hand slowly across his lips. "Such glowing admiration could make a painter wish he were the paint job itself."

"Ha ha," she replied in a tart but playful tone. If he only knew. She shifted her gaze to the ground, but not before it had swept down his bare, muscular, sweat-sheened and paint-spattered chest. She noted the unfastened top button of his jeans with unladylike interest. "I really appreciate you getting this all buttoned up. Finished, I mean."

"No sweat. It's calming work," Gavino said. "Gives me time to think about my artwork."

With dismay, Esme realized she'd been so focused on her own issues lately, she hadn't even bothered to inquire about Gavino and his life. "How's that going? Are you all settled in?"

He nodded. "After I finish the new painting I just started, I think I may take a few pieces around to some of the galleries in town, see what kind of response I get."

"That's a wonderful idea. I'd love to see your work," she hinted, hoping he'd offer to take a break and show her right then. She supposed she could learn a lot about the man that way.

"Sometime, sure," he said, but sounded unconvincing.

She felt the conversation dwindling to a close and wracked her brain for something to revive it. "What's the new painting? Can I take a peek at that one?"

He hiked up one shoulder, his gaze distant, as though looking inward rather than out. "I never show my works-in-progress until they're no longer in progress." Gavino plucked an ice cube from his glass and ran it over the back of his neck and his chest. A low sound of satisfaction rumbled from his throat, making Esme's lungs tighten. "I needed this," he said. "It's hot today."

Speak, Es. Say something. She'd guided technical lectures, spoken before grant review boards with eloquence, yet nothing intelligent came to mind when presented with such brazen masculine appeal. Well, that certainly knocked one job off her list of alternate careers. She could never work as an announcer in a men's strip club. She'd be tongue-tied the whole time. "August," she blurted.

"Excuse me?"

"August is usually Colorado's hottest month," she said, crossing her arms over her torso. "You haven't seen the worst of the heat wave yet." *Weather. Yes. Innocuous and socially acceptable. Let's talk about that.* She didn't want to ponder the image of Gavino running that dripping ice cube over her skin.

Yes, I do.

She was the one to insist they keep things platonic, so why did she want to kick herself for that rule every time she saw the man? Over these first three days of Gavino's residence in the carriage house, they'd fallen into an easy, polite friendship. They met on the back porch each morning and shared coffee and sections of *The Denver Post*. He'd kept his word by being nothing but a gentleman. Almost brotherly. Yet, here she stood lusting after him like a cat in heat and wishing her feelings were reciprocated. How fickle could she be?

She had probably concocted fifty weak excuses to come outside and gape at him while he painted her house wearing only ripped jeans and tennis shoes. She had to pull herself together.

"But it's a dry heat, yeah?" He grinned.

"What? Oh. Yes." She pushed her lips into the semblance of a normal smile and watched his throat move as he drained the glass. A rivulet of melting ice trickled slowly down his chest, traversed his ridged stomach, and soaked into the top of his jeans. *Dios Mio,* call the fire department.

"What are your plans tonight?" Gavino asked, extending the empty glass toward her.

Esme jerked her gaze to his face then took the tumbler, clutching it to her chest. "Uh, I don't have any. I was going to peruse some lab studies but they aren't pressing. Why?"

He squinted up at the house, then stooped to gather some painting supplies into a neat pile on the sidewalk. "I thought we'd discuss some options for the makeover . . . over dinner, wherever you'd like," he said casually. "Then we could catch some live jazz at El Chapultapec." He stood, hands on hips.

Her lips parted. Was he asking her out?

He raised his palms and winked. "Before you protest, I assure you, it'll just be two friends grabbing a bite and checking out music."

"I—I know." Irrational disappointment fizzled through her.

"My treat."

"Oh. Well. I'm perfectly capable of paying my own way."

"Whatever you'd like."

Nothing seemed to faze the guy. He pulled the elastic from his ponytail and ran his fingers through his hair. Sweat dampened his hairline, ran down his jaws.

"I've heard a lot about El Chapultapec's world-class jazz. It'll be more fun together."

What wouldn't? Esme thought. She'd never even heard of El Chapultapec, such was the extent of her dismal night life experience. Even so, her heart quickened at the thought of an evening out with Gavino. It wasn't a date, but it kind of felt like one. The ridiculous urge to spin in a circle ribboned through her. "I've never been there. But that would be fine," she stammered. "Fun, actually. So, yes. When should we go?"

The low-hanging afternoon sun burnished Gavino's face in warm gold light. He smiled, looking genuinely pleased. "Really? Great. I need to straighten up here, then grab a shower. Let's say, an hour? Will that give you enough time?"

She nodded, firm and businesslike. "See you then. I'll bring a notebook and pen."

"A notebook and—why?" Confusion clouded his eyes.

"So we can take notes, write down our plan." She adjusted her glasses. "For the makeover. You said we'd discuss it over dinner. That's the whole point, right?" *Please say no.*

"Oh. Right. Of course." The corners of his mouth quivered. "Good, uh, you bring those things. That'll save me the trouble of digging 'em up myself." He winked, and the diamond stud in his earlobe caught the sunlight.

Esme turned and took hesitant steps toward the porch, wondering about the look of amusement on Gavino's face. She felt like she'd made some kind of dorky blunder but had no clue what it was and didn't have time to dwell on it. She only had an hour to get ready. Ugh. She dreaded it. She slowed and finally turned back, cheeks burning. "Gavino? I'm sorry. What do you suppose women wear . . . to such a place?" She bit the corner of her lip as humiliation bubbled up inside her for having to show how woefully inept she was at this type of social interaction.

He closed the space between them in seconds and touched her nose with one paint-coated finger. "Whatever you choose will look perfect, *querida*. It's not a fancy spot by any means. Wear what makes you comfortable."

She released a pent-up breath. A smile lifted her lips, and her skin tingled where he'd brushed it. It was a new sensation, being touched by a man like him, and she enjoyed the attention. "Thank you," she said, and meant it. Gavino Mendez was a nice man. He made her feel less like a scientist and more like a woman. After the *Barry Stillman* debacle, she never thought she'd say it, but she was glad Gavino had come to Denver.

The famous jazz club was nothing more than a minuscule hole in the wall on the corner of 20th and Blake streets in lower downtown. Esme crossed the threshold, welcomed by a door-woman who smiled but didn't check their ID cards. The place was pretty full for a weeknight, men and women nursing beverages and bouncing their heads gently to the beat of the music. The black rayon slacks and cherry-red twinset Esme had chosen were on the conservative side, but she didn't feel the least bit self-conscious. Gavino had told her she looked wonderful. That seemed to hold her.

The back room was a brashly lit cantina offering no-nonsense food and a pool table. They'd just finished a meal at the LoDo Grill next door, though, so they scanned the bar area close to the musicians. They spied a couple vacating a wood and vinyl booth halfway between the door and the tiny stage and made a beeline for it. Esme slid in, surprised that Gavino took his seat beside her instead of across the table. She looked at him quizzically.

"You mind? I like to be able to watch the musicians," he explained, propping the heels of his boots on the bench across from them and settling in. "I'm a visual artist."

"I don't mind." Was he nuts? Sitting next to him was a treat. She let her eyes wander around the darkened interior. Photographs of musicians who'd played there lined the walls, frame to frame. Pink bar lights shone off the black and white floor tiles and glinted off the chrome edges of the Formica tables. Up front, four musicians crowded a small, battered stage, filling the club with music through a surprisingly good-quality sound system.

ONE DRINK MINIMUM PER SET, a large sign near the stage stated.

An attractive young waitress dressed in jeans and a short-sleeved green blouse approached the table. She briefly glanced at Esme before her ravenous gaze and 300-watt smile rested comfortably on Gavino. "Well, how are you this evening?" Her voice held a whiskey-rasp served up with a side shot of confident sexuality. "What can I bring you?"

Gavino turned from the waitress to her. "Esme?"

"Whatever you're having," she told him, catching the waitress's "notice me" posture out of the corner of her eye.

Gavino ordered them each a coffee with Frangelico as Esme lost herself in the husky tunes, ignoring the waitress's blatant flirting with Gavino. She might as well have straddled his lap to take the order. How irksome. What was she, invisible? Sure, she didn't have any hold over Gavino, but how could the waitress know that? Was it so obvious to the waitress that a woman like Esme could never truly be with a man like Gavino? Her stomach cramped. She wouldn't think about it, that's all.

When their coffees came, Esme glanced over and realized with a start how close she and Gavino sat. His body heat felt like a magnetic force field. If she turned her head, she could probably count the whiskers dusting his bronzed cheeks. His arm draped casually over the back of the booth, his long fingers tapping out the beat next to her head. His proximity set her senses dancing, and despite the irrationality of it, she yearned to edge even nearer, to nestle into him. She closed her eyes and allowed herself to fantasize how it would feel for Gavino Mendez to actually be attracted to her. One song ended, and another began.

"It's just my opinion," he said next to her ear, his breath hot, his creamy voice vibrating against her skin until she could hardly bear it, "but there's just something blatantly erotic about saxophone music. Yeah?"

Esme swallowed with effort, her lids fluttering open. It was a simple question. She didn't know about the music itself, but there was definitely something erotic about a lethally sexy man breathing on your neck in a hot smoky jazz club while saxophone rhythms thumped their way into your soul. *That* she could get used to. She brushed her hand against the side of her neck. "Yes. It's . . . it's lovely," she finally managed.

Gavino's soft laughter brought her gaze to his profile. She tried to look indignant, though the coffee and companionship had mellowed her into a great mood. "Are you laughing at me?"

"I'm laughing *with* you, Esme." He squeezed her shoulder.

She crossed her arms and raised an eyebrow. "Well, considering the fact that I'm not laughing, what's so funny?"

He shifted to face her, so he didn't have to speak into her ear to be heard over the sultry bass pumping through the packed crowd. Pink light caught one side of his face while shadows claimed the other. "I don't know . . . you make me happy."

"How so?"

"Here I am talking about sax music being erotic, sensual, and you say it's lovely." He shrugged. "You're different than the other women I've known. You're just so . . . real."

She arched a brow. "You thought I was an illusion?"

He ran his fingers along her shoulder, studying her face with an intensity Esme could hardly bear. "Sometimes, I wonder."

Esme turned her attention back to the band, feeling light and tingly and alive. He said the nicest things to her all the time. One would almost think the man found awkwardness attractive. Right then, it didn't matter if Gavino was schmoozing her, trying to charm his way into her good graces to make up for what had happened. The flattery felt nice, and she just wanted to enjoy his company for a while. He was witty and attentive, and oh-so-gorgeous. She felt warm and special tucked next to him in the booth, even if it wasn't a "real" date.

Her mind wandered to their earlier discussion about the makeover. They'd shoot for an exotic look, he'd suggested over a dinner of West Texas burgers and home fries. Elizalde hailed from Brazil, Gavino had explained, and many Brazilian women went for that style. For Esme, "exotic" brought to mind fruit basket hats and fuschia feather boas but she was sure it meant something else altogether to Gavino. She certainly hoped so, anyway.

She leaned toward him. "Do me a favor. If you see a woman who has this exotic look we're trying for, point her out."

"Gladly," Gavino said, immediately scanning the crowd. She tried to follow his gaze, but found herself staring at his angular jawline instead, yearning to touch it. Even masked by the smoke in the bar and the enticing food odors wafting in from the kitchen, Gavino smelled soapy fresh and audaciously masculine. She didn't think he wore cologne, not that he needed any help smelling incredible.

"There's an exotic-looking woman." He inclined his head toward a table adjacent to the stage.

Esme tracked his line of sight until her eyes rested on the woman in question, and her stomach plunged, though not nearly as far as the woman's neckline. Maybe she was looking at the wrong person. Esme scanned the booths, but besides Ms. Cleavage, only men occupied the seats. From her poofed-up hair to her garish makeup and painted-on clothes, the woman looked nothing like what Esme had pictured as exotic. She looked like a . . . a tramp.

"You can't possibly mean her?" Esme balked, resisting the urge to laugh out loud. "In the purple mini-dress?"

Gavino smiled with what could only be interpreted as sloe-eyed masculine approval. "That's her. Looks great, yeah?"

Esme's hand fluttered to her throat, her eyes fixed on the overblown caricature of the stereotypical bar fly. Was this the kind of woman who turned Gavino's head? A little coil of disappointed jealousy sprang free inside her. She could never carry that look. She took a large swallow of her coffee and reminded herself she wasn't trying to interest Gavino, she was trying to get back at Vitor. That was her goal.

Period.

"Well, I guess you could say she looks exotic." She fiddled with her coffee mug. "A bit much, though, don't you think?"

"Are you kidding? If anything, she's a little tame."

"Tame?" Dread surged through her. "No way. She looks—"

"*Qué?*"

Nose scrunched, she tipped her head side-to-side, searching for a kinder phrase, before giving in and saying what had immediately come to her mind. "She looks . . . paid for."

Gavino laughed, leaning his head back. "You won't look exactly like that, don't worry. By exotic, I just mean a style."

"But, *that* style?"

"We're talking about a wealthy, worldly, Brazilian scientist," he reminded her. "The man could have his pick of women. We have to choose a look that stands out from the crowd."

Esme's throat closed at the prospect of standing out like that. She'd look like the poster child for cheap and desperate women in their thirties. Then again, what did she know? Gavino had his finger on the pulse of fashion, and he was a man. She'd have to trust his judgement about what would attract other men.

"Well, she certainly does stand out." Her dubious gaze fell to the woman's neckline again. She'd never fill a dress like that. They only had four weeks, and short of plastic surgery, her pert breasts were doomed to remain virtually cleavage-free. "Miracle Bra" was just a brand name, after all.

"This is what you wanted, right, *querida?*" His tone lowered as the musicians ended one song to a smattering of enthusiastic applause. "To look different than you do right now? To attract Elizalde? 'Make me a bombshell,' I think you said."

Her head nodded as her mind screamed, "No!" She pushed her drink farther away, unsure if she had the stomach for finishing it. "I do want that, but . . . maybe she was a bad example. Find another woman who looks exotic."

Gavino glanced around, finally pointing at an in-your-face blonde wearing a royal blue leather bustier and matching miniskirt. "She has the style."

Esme studied her, feeling sick. She couldn't even feign approval of the blonde's immodest outfit. *Mama would have a stroke if she saw me wearing that.* "Anyone else?"

"In the hot pink." Gavino pointed. "Over there."

Three strikes, and I'm out, thought Esme, catching sight of the bottle-redhead he'd indicated. If these examples were any indication of her fashion future, she was doomed to look trashy. Not that she begrudged the three women their choices, but the look just wasn't *her*. Yet, that was how Gavino envisioned her metamorphosis. How horrifying.

Dismay settled like wet leaves in her stomach, and she directed her attention to the street outside the window. She'd instigated the whole plan, so she couldn't back out now. For all she knew, it would work. Perhaps the core of her beauty problem stemmed from a fear of taking risks. Wearing skintight blue leather might actually exhilarate and empower her. She doubted it. But, if Gavino thought it would work . . .

"I've told you already," he said, as though reading her mind, "you don't need to change. If you want to go through with this, that's fine. If not, that's okay, too. You're perfect as you are."

"Is that why I ended up on *The Barry Stillman Show?*"

He maintained a calm expression, but Esme noticed his fists clench. "You ended up on the show because Elizalde is a no-good, deceitful—"

"Don't worry. I'll take care of him." She flicked the words away as though swatting a bug. "As for this makeover, you don't have to coddle me, Gavino. I'm a grown woman. I know I need work."

"We'll have to agree to disagree on that point." He covered

her hand with his own, then quickly released it. "But I've already told you I'd make you over. Your wish is my command. So, tell me what you want."

A morose sigh escaped her lips. "I know it's shallow, but I just wish I felt . . . beautiful." Esme wasn't sure if it was the liqueur or the way Gavino's eyes darkened as her stared at her, but liquid warmth surged through her, rendering her limbs buoyant and weightless. When he looked at her, he really looked at her. Like she mattered more than anyone else. She'd never experienced anything like it.

"Don't you worry, *querida*," he said finally. "I've got all kinds of ways to make you feel like the most beautiful woman in the world."

Esme wanted to believe him. She really, really did.

Five

"Purple?"

"Yes!"

"He actually said he was going to dye your hair purple, and you just batted your baby browns and said, 'Okay'? *Estás loca?*" Lilly's disbelieving rasp carried across the phone line.

Esme twisted around to scowl out the window toward the carriage house, tangling herself up in the phone cord in the process. "No, I'm not crazy, and I didn't bat my eyes. I just didn't know how to respond. I seem to have trouble formulating intelligent sentences when I'm around the guy."

Lilly groaned. "You're driving *me* crazy, girl. Just take a breath, back up, and tell me exactly what he said."

Esme tucked the phone between her cheek and shoulder and began emptying the dishwasher to keep her nervous hands occupied. "He didn't say purple exactly. He said eggplant, which is worse. Eggplant, for God's sake. I just don't know if I can go through with something that drastic, Lilly." She hurled a meat fork into the drawer. "I'll look like a club kid. I just know it."

A week had passed since Gavino had pointed out the three exotic musketeers at El Chapultapec. It had cracked her resolve to the point that she'd put him off for several days. But yesterday, he'd tripped her up. He flashed that dimple at her, called her *querida* and asked her when they'd get the show on the road. "How about tomorrow morning?" she'd blurted, eager to spend time with him. Stupid, stupid. Now, tomorrow was today and there was no turning back.

"Oh." Lilly blew out a breath, and her tone softened. "That's different. That's one of the hot new hair colors, Es. It doesn't come out looking purple at all, especially on dark hair like yours and mine. It's pretty. Eggplant's just the name, you know? Is he there yet?"

Esme peered out the window, scanning the carriage house for signs of life. "Not yet." She settled back against the edge of the sink and hung her head, still unsure about dying her hair the color of a bulbous vegetable that very few people liked. "You're sure it'll be okay?"

"Tell him to do temporary color instead of permanent if you're really worried. I think it'll be fine." Lilly hesitated. "Listen, Es, I've been meaning to talk to you about this. If you're making changes that'll improve your self-esteem, if you're doing it for you, that's one thing. But if this is part of your ridiculous revenge plan—"

"Ah, sorry to interrupt, but he's here, Lil," Esme lied, not up for another lecture. Her friends seemed to believe she should just throw herself into Gavino's arms and forget about Elizalde. Like *that* would bring her dignity back. "I'll call you later."

"But Es—"

Esme cradled the telephone handset gently, then peered back at the carriage house again. Where was he? Anticipation bubbled inside her like an unstable volcano.

Despite reservations about her impending dye job, Esme couldn't wait to spend some time with Gavino. Though they'd met on the back porch for coffee each morning as usual, he'd spent the majority of his days in the carriage house working furiously on this new secret project of his. She'd caught glimpses of him through his large north-facing window several times, which made her feel like a Peeping Tom. But, it wasn't her fault the window over her kitchen sink faced his place.

She'd just set the pot of coffee to brew and laid out some crumb cake when Gavino darkened the open back door. "Hey-yo, it's not the Avon Lady calling," he said through the screen, punctuating his playful words with a wink.

"Then it must be the L'Oreal Man, because I'm worth it."

"Funny lady," he replied. "Can you grab the door?"

Esme smoothed her hands down the front of her blue jeans as excitement twined with dread inside her. She crossed the room and pushed open the squeaky screen door, welcoming him with a nervous smile. "C-come on in."

Faded jeans that almost matched hers hugged his muscular thighs, and a black polo shirt molded to the width of his chest and shoulders. His hair hung damp and loose, and that signature just-showered freshness assailed her senses and filled the room. He smelled so familiar, so alive and vibrant, it made her dizzy.

"You sound out of breath," he told her, carting in a plastic cape and what looked like a fishing tackle box.

"I'm, uh, fine." Esme eyed the tools he'd lugged in with barely masked concern, then wrapped her arms across her torso and shivered. "Okay, I lied. I'm nervous."

"*¿Por qué?*" He set his things on the wooden dinette and turned back to her, planting his fists on his hips. His eyes narrowed, and a playful smile tugged that delicious dimple into his cheek. "Still worried I'm gonna give you fluorescent hair?"

She blurted a nervous little *heh-heh-heh* and moved to the cabinet, snagging two mugs off the top shelf. The crisp, welcoming scent of coffee filled the air between them. "You know you're a dead man if you do. If anything, you should be shaking in those black boots of yours. Eat some coffee cake." She pointed toward it.

"I won't do anything out of control, I promise." He picked up a square of the cake and bit into it. "Mmmm, it's warm."

"That's usually how things come out of the oven," she teased. "I just made it."

"You made it?" he exclaimed, shaking his head and looking at her with laughter in his eyes. "Smart, beautiful, funny, and she cooks, too. You're a catch, *Profé*. No lie."

"Uh huh. Sure." She didn't believe him, but his words still warmed her. She grabbed a piece of cake and took a nibble, setting the rest on a small plate.

"You know, I started to think you'd changed your mind about this makeover." He popped the rest of the breakfast cake in his mouth, then rubbed his cinnamon-coated fingers together while he chewed and swallowed.

"Not at all. I'm anxious for it. I've just been busy getting ready for the semester." Esme turned away to hide the lie and busied herself pouring their drinks. She didn't have much preparation left for the Fall term because, true to form, she'd gotten it all done in the first couple weeks of her break. Being a Type-A personality came in handy now and then.

Without warning, Gavino moved behind her and furrowed his long, warm fingers into her hair, moving slowly from her nape up along the sides of her head. Her heart lunged, her breath caught. Goosebumps trailed down her back. His touch sizzled but she froze, only remembering to exhale when the steaming brew spilled over the rim of the mug she'd been filling and spread in a pool on the countertop.

"Whoops! I . . . oh, darn it." She set down the carafe with a sharp clunk and spun to face him. Too close. She saw the flecks of gold in his brown eyes, and noted with dismay that he'd licked his soft, full lips. "W-what are you doing?"

He blinked innocently. "Just checking the length of your hair, deciding whether I should trim before I color. I didn't mean to startle you." He rested his palms on the edge of the counter on either side of her, boxing her inside his arms. His expression turned devious, and he raised his brows. "What did you think I was going to do? Kiss you?"

"Well . . . I . . . no—" Mortified, she poked her glasses up and tried to keep herself from trembling. Her chin raised, and she used her most professorial tone. "Of course not."

"That's good, because we have our agreement and all. Just friends," he drawled. His eyes drank in her face, settling just long enough to be uncomfortable on her mouth. "You remember the rules, *querida*, yeah?"

It took everything within her not to bite her lip. Or his. But, she had her pride to consider. "Of course, I remember. I made the—" *stupid, short-sighted, infuriating* "—rules."

He cocked his head to the side, a rueful half-smile on his lips. "No arguing there." His gaze dropped to her throat, and his nostrils flared as he inhaled. Next to them, coffee ran off the countertop in a trickle, splashing wide on the linoleum.

Esme noted it distractedly, then croaked, "Excuse me." She pointed toward the sink. "I need the dish cloth." She needed to get away so every breath she pulled into her lungs wasn't filled with the scent of him, the promise of him.

The empty promise.

He pushed away like nothing had happened and walked backward until the table stopped him. Stuffing his hands in his back pockets, he just watched her.

Esme snagged the dish cloth and sopped up the mess on the counter before squatting to swipe at the floor. The air fairly crackled with unspoken tension. Was she the only one who felt the electricity between them?

She managed stammering small talk while she poured them coffee. It wasn't until she was seated on a barstool wrapped in Gavino's plastic cape that her flustered state had eased enough to facilitate normal conversation.

"I have an appointment to get contact lenses on Monday," she told him as he combed through her hair. She clutched her glasses in her lap, the room before her a soft myopic blur. "Maybe we can go shopping for cosmetics sometime after that."

"Sure." He set the comb down and stepped around in front of

her. "No rush. Get used to your contacts first. Your skin is sensitive. I won't be surprised if your eyes are, too."

She squinted, watching him mix some vile-smelling concoction in a small plastic bowl. "Okay." She indicated the glop, her words apprehensive. "This is the temporary color, right?"

He nodded. "It'll wash out in about four weeks. Sooner if you really hate it. Stop worrying."

"I'll try." She squinted at it again, then sat back, horrified. "Is *that* the color my hair will be?"

"No, Es," he said with exaggerated patience. "I wouldn't dye your hair deathbed gray. Give me a little credit."

"Sorry." She held out her hands and took a deep breath. "Okay. I'm okay."

"Not that my opinion counts for much, but I think you look adorable in your glasses," he said lightly, setting the bowl on the table and digging neat squares of aluminum foil out of the tackle box. He placed them next to the bowl, then stepped behind her and parted her hair neatly with a yellow comb, clamping one side of it in some kind of big clothespin-looking thing.

His opinion meant a lot, but she couldn't tell him that. Instead she quipped, "Well, you know what they say. Men don't make passes at girls who wear glasses."

"Men like Elizalde, *qué malcreado*, might not, but that's his loss." He lifted a section of her hair and slathered some of the dye on it from the roots out, then folded it in one of the foil squares over the ends.

"And men like you, Gavino?" she ventured. "Somehow I just can't imagine you'd go for the wallflower type when all the best-looking women are throwing themselves at you."

"Men *like me?*" He laughed. "What do you mean by that?"

What could she say? Drop-dead gorgeous men? Those who should never be more than half-dressed? Bare-chested babes hot enough to star in Diet Coke commercials? Make-me-shiver-and-beg type of guys? "You know." She sniffed, the pungent chemicals stinging her nose. "You're not exactly average."

He deftly painted and foiled more of her hair, his fingers sure and gentle. "If that is your version of a compliment, *Profé*, thank you. And incidentally, just because a woman wears glasses doesn't mean she's a wallflower."

She didn't want to argue the virtues of her spectacles any more. "Tell me about your family." Esme couldn't see his face, but he seemed to ponder her request before answering, taking his time to slather and wrap another section of her hair.

"There's not much to tell. What do you want to know?"

"You know, the usual. Where were you born, where are your parents, do you have any brothers and sisters."

"I never knew my father," he started, dipping the little brush into the metal bowl. "My brother Phillipe and I grew up with my mom in Chicago."

"Does she still live there?"

"She passed away four years ago."

Silence. Hair dye. Foil. "I'm so sorry," Esme whispered, feeling awkward. "How rude of me to pry."

"No té preocupes. You weren't prying. We're getting to know each other. Anyhow, I'm sorry, too. She had a hard life, so I don't blame her for checking out early." He paused, resting the heels of his hands against her scalp. "But I miss her."

"I bet she misses you and Phillipe, too."

He snorted with doubt and resumed working on her hair. "My brother and I didn't make life any easier for her, that's for damn sure. Until we grew up, of course. Phillipe was always a pretty good son. Me, on the other hand—" He sucked in one side of his cheek, making a sound of regret.

"Were you a bad boy, Gavino?" Esme teased.

"Actually . . . yes."

His somber tone straightened her up and warned her to move away from the subject. "And Phillipe? Where is he?"

"He's a missionary with the church. Lives in Venezuela."

"*¿A lucerio?*"

"Yes, really." He chuckled. "Is that such a surprise?"

"You just don't seem priestly to me." *What a waste that would be,* she thought, waiting for lightning to strike.

"*Phillipe's* the missionary, Esme, not me."

She leaned her head back. "Yes, but. Well. I guess you're right. Does he look like you?"

"Kind of." He dipped out more dye. "Shorter hair. Why?"

She faced forward again and hiked one shoulder up. "I don't know. Seems unfair for the Venezuelan women. A missionary who looked like you would make them want to sin, not repent."

Gavino laughed again, and Esme's cheeks heated. Where were these bold comments coming from? One would almost think she was flirting with the man. Curiosity getting the better of her, she said, "Tell me about this bad boy past of yours."

"Oh, sure, *scandalosa*. Dig out all my skeletons."

Esme clicked her tongue. "I am not a gossip! I'm just making friendly conversation."

"Uh huh." He'd finished applying the color and foil to her hair, and he reached for a timer. Its gentle ticking and the whir of the refrigerator filled the air. "If I tell you about my past, you've got to answer any question I ask you. Okay?"

"*Any* question? How can that be fair?"

"Take it or leave it," he said playfully, leaning his hip against the counter and crossing his arms.

Her mouth parted. Before she could answer, a knock on the back screen door interrupted them. "Esme?" Pilar sounded teary.

Both Gavino and Esme turned. "Pilar," Esme said, reaching from under the cape to put on her glasses. "What's wrong? Come in." She stood and crossed to the door.

Pilar's puffy cheeks and red-rimmed eyes showed she'd been crying. Pep shuffled in next to her, his head bowed. Pilar's protective hand cupped his tiny neck. "I'm sorry to interrupt. Hi, Gavino," she added, distractedly.

"Hello."

"You're not interrupting, honey, you know that," Esme added, turning her attention to the boy. She softened her tone and squatted to his level. "Hey, Pep. Aren't you going to say hi to your auntie?"

His head came up slowly, and he did a double-take at her foil-wrapped hair and black plastic cape. His pout brightened tentatively. "Cool. You look like a creepy space man."

"Thanks." Esme noted the deep purple bruising around Pep's eye, the fresh cuts over his brow and on his swollen lip. She flickered a glance at Gavino, who was studying the boy's face with a concerned frown. "And you look like a heavyweight boxer, *mi hijo*. What happened?"

"I don't wanna talk 'bout it." Pep's scowl deepened.

"It's okay, baby," Pilar said, her voice wobbly from holding back tears. "You go in the living room and watch TV while I talk to Auntie Esme. Later I'll take you to McDonald's, okay?"

Pep shrugged, then scuffed listlessly out of the room.

"Where's Teddy?"

"I dropped him off at my mom's." She stared wistfully at the doorway through which her older son had gone. "I figured Pep could use some one-on-one time."

"Can I pour you a cup of coffee, Pilar?" Gavino asked.

She nodded before slumping into a chair at the end of the table and dissolving into tears. Her face in her palms, Pilar's shoulders shook as she wept.

Esme scraped a chair over until it faced Pilar, then laid her hands on her friend's knee. "Honey, what happened? The same boys again?"

She nodded. "He's just a baby. Why is this happening?"

Gavino set the mug in front of Pilar, then laid his hand on Esme's shoulder, intending to let her know he'd wait in the other room. His insides knotted whenever he saw a woman cry, and he sensed that he should give the two friends privacy.

Esme peered up at him, her expression disturbed. Before he could take his leave, she covered his hand with her own and said, "Pep's been having trouble with some bullies in their neighborhood. He's been coming home beat up all summer long. This is his fourth—"

"Fifth," Pilar corrected.

"His fifth black eye since school let out."

"And he's six. *Six!* His permanent teeth are just starting to come in, and I'm afraid he's gonna get them knocked out." Pilar sniffed loudly then smeared at her eyes. "He's such a peaceful, introverted little guy. What's with young boys, Gavino? Why do they always pick on the weaker kids?"

A feeling like a steel-toed boot kicked Gavino's gut. He sank into a chair and smoothed his palm down his face. If they only knew they were talking to the grown-up version of one of Pep's tormenters. A tidal wave of guilt engulfed him. He felt like a fraud. "I don't know, Pilar. Has your husband talked it over with Pep yet?" *Good, Vino, pawn it off.*

Her eyes flashed. "That's another thing." She glowered at Esme, flailing her small hands to punctuate her emphatic words. "He has time to solve all the problems in the world, but he can't take half a day to stay home and talk to his son."

Esme glanced at Gavino again, twisting her mouth to the side. "Danny is a cop with Denver. We all went to high school together," she explained, her eyes conveying more than her words did. "His . . . schedule keeps him away from home a lot."

Chipper cartoon voices and zany sound effects filtered in from the living room, oddly out of sync with the gravity of the conversation. If Pilar and Danny had argued that morning, Gavino felt certain he—being male—stood on the wrong side of enemy lines. Esme and Pilar watched him as he geared up to traipse through a verbal mine field in this Mars versus Venus war. Woefully unarmed, he swallowed and took one tentative step, bracing himself mentally for the explosion.

"Maybe he's busy at work. I'm sure he'd stay home if he could," he offered, not sure at all. He didn't even know the guy. All he could give her were air-balloons of false assurances, weightless and empty and trite.

No mines blew, thank God. Pilar half-laughed, half-huffed at his suggestion. "Yeah, it's just swell having a tough guy for a dad when he can't even help you escape the neighborhood jerks." She reached for a piece of cake and nibbled at it halfheartedly.

Gavino tiptoed over one mine and faced another. He had no business offering anyone parenting or marital advice. But, Esme—wide-eyed and serious despite the glob of purplish-gray dye meandering down her temple from her berserk silver crown—kept looking at him like he should bang his fists on his chest and save the day. And, damnit, he didn't want to let her down.

He stood, pointing vaguely at the doorway. "Why don't you two talk for a while? I'll go hang out with Pep." He jerked his head toward the ticking timer. "Call me when that goes off so I can rinse you."

"I will," Esme said distractedly.

"Don't forget unless you want to fry your hair."

"I won't. I promise. Go talk to Pep." She smiled at him like he was a knight riding in to rescue the little prince. Tenderness welled inside him. He leaned toward her, wanting so badly to capture those red apple lips with his own. Instead, he nicked the blob of dye off her temple, then winked.

"He's so kind," he heard Pilar murmur as he left the room.

Gavino's heart pounded an army cadence in his chest as he walked toward the front of the house. He paused in the hallway. What in the hell should he say? *What would you have wanted to hear as a confused six-year-old boy, Vino?* He wouldn't have wanted to hear much of anything from an adult, unfortunately.

As a child, he had yearned to be *listened* to more than anything else. He just wanted someone to hear him. With that in mind, he forged ahead. How scary could a six-year-old pipsqueak be?

He stopped in the archway to the living room and leaned his shoulder against the wall, crossing his arms. Pep was slumped on the sofa, enveloped in his stylish baggy clothes. The animated action on the screen prompted no emotion on his innocent face. Bright colors shone in his listless round eyes. His bottom lip jutted out and his shoulders hung. He looked depressed. At six years of age, that was just unacceptable. Pep stole a sidelong peek at him, trying to pretend he hadn't.

"*Órale, chavalito.*" Gavino pushed off the wall and sauntered toward the young boy.

He blinked, solemn. "They kick you out?"

"Something like that."

Pep pursed his lips. "*Chismas* time. No men allowed," the boy added, his tone resigned and knowledgeable.

Gossip time. Gavino grinned at the youngster's assessment of his mother's discussions with her friends. He settled onto the couch next to the tiny boy, mimicking his position. Pep's feet didn't come close to reaching the floor, a detail Gavino found endearing. He looked too small to be targeted by bullies.

For a few minutes, they just stared at the screen together. Gavino gave the boy time to wonder what the heck this grown-up was doing next to him. "What're we watching?" he finally asked.

Pep's feet bounced three times then stopped. His eyes remained on the screen. "Somethin', I dunno."

Gavino scooped up the remote. "If it's that boring, then maybe we should watch a soap opera."

"No, please no!" Pep whined, reaching for the remote. He wore the desperate look of a boy who'd suffered through one too many of the sappy shows.

"Aw, come on, how about one with girls crying and lots of

kissing?" Gavino mimicked a few big loud smackeroos in the air.

A grudging smile lifted one corner of Pep's mouth, tugging at an angry-looking cut that had puffed his bottom lip. "No way. I don't like those shows. Let's watch this."

Gavino shrugged and handed the boy the remote. "Your choice, guy." He stretched his arms up, then interlaced his fingers behind his head.

Pep hugged the remote to his bony chest. Pretty soon he set it down, then stretched his arms up and interlaced his fingers behind his own head. He peeked over at Gavino. "Aren't you that guy with the black Ford truck?"

"That's me."

"I forget, was it an extra cab or a crew cab?"

"Extra cab."

Pep pondered this. "You know the crew cab has real back seats' steada jump seats," he said, his tone matter-of-fact. "If you got kids, you should get the crew cab. Got kids?"

"Nope." He angled a glance at the boy. "You?"

Pep giggled at the absurdity. "What's your name again?"

"Gavino."

"Gavino," Pep repeated, as though trying out the sound on his tongue. "Am I allowed to call you that?"

Gavino lowered his arms, then lifted one ankle to rest across the opposite knee. "Sure."

"You got that '97 Ford truck here right now, Gavino?"

"Mm hmm."

His interest piqued, Pep stretched his neck up to peer out the front window, then whipped back toward Gavino. "I don't see it parked out there."

"It's in the back," Gavino told him. "I live here."

The boy's eyes widened and his jaw dropped. "You live with my Auntie Esme? Are you her husband?"

Gavino barked a laugh. "Slow down, buddy. I haven't even kissed her yet."

"Yuck." He blinked up at Gavino with pure innocence and thinly veiled disgust. "That's sick. What does kissing have to do with bein' a husband?"

Gavino narrowed his eyes with playful menace. "You want me to turn on that soap opera, buddy?"

Pep's missing teeth gave his grin the look of a seven-ten split. "Naw."

"Then quit flappin' and watch your show."

Pep giggled. A few cartoon-filled quiet moments passed before he lost his ability to sit without speaking. "Are you Auntie Esme's *uncle?*" he asked.

"Nope." Gavino frowned. "Sheesh, how old do I look?"

"I dunno." Pep shrugged. "Just as old as any other grown-up." He touched his swollen lip gently, then checked his fingers for blood. "You her cousin?"

"Nope."

He cocked his head to the side. "Her brother?"

Gavino glanced at him with lighthearted exasperation. "I'll make you a man's deal, Pep, how's that? I'll answer your questions if you answer a few of mine." He offered his palm.

"Deal." The handshake engulfed the little boy's hand. "So, are you?"

"Am I what?"

Pep rolled his eyes. "Auntie Esme's brother."

Gavino sighed and ruffled the boy's hair. "Sometimes it feels like it, *chavalito,* but no, I'm not her brother."

Esme offered a listening ear and a shoulder to cry on until Pilar said she felt a little better. With a long exhale, her petite friend's eyes rose to her foiled locks. "So, wow. Science fiction. What's this gonna look like, Es?"

Esme stood and carried their dishes to the sink, then turned back. "I don't know, but the color is eggplant."

"Ay." Pilar cringed. "What did Lilly say?"

It was a given that she'd consulted their resident supermodel. They generally expected her to know everything about everything having to do with grooming. "She said it will look good, it's the new thing." The timer read ten minutes. "Anyway, anything should look better than my natural drabness."

Pilar tilted her head to the side. "Aw, honey, don't say that. When are you gonna open your eyes? Forget Elizalde. It's obvious Gavino's into you. Having a great-looking man like him on your arm is the best revenge."

Esme closed her eyes and mentally counted. "Pilar, I don't want to get into this with both you and Lilly in the same morning, okay? I have to do what I have to do. Period."

"You still think Gavino is here out of pity?"

"Yes. No. Hell, I don't know." She dropped back into the chair. "He's nice to me. We're friends."

"So, why don't you—"

"Friends, Pilar, that's all," she affirmed. "He's not my boyfriend, and I have to even the score the way I see fit."

"Even the score." Pilar scoffed, but held her hands up in surrender, turning her face to the side. "Look, forget I said anything. I love you, Esme."

"I know. I love you, too."

"You're a genius, you're funny." She ticked Esme's assets off with her fingers. "You have a great career, a nice house."

"That's not the—"

"And *I*," Pilar continued, "know how beautiful you are."

Esme smiled a little sadly. "Well, if I could see myself through your eyes, maybe I wouldn't be trussed up like a futuristic turkey. But, I can't, so I am. End of story." Her voice dropped to a whisper. "Please just support me."

"You know I do." Pilar grabbed another piece of coffee cake off the platter. "I just worry for you."

"Well, don't." Esme checked the timer again. Five minutes to go. "I'm going to get him now. I don't like the idea of having all my hair fall out. Be right back."

Esme could hear the ebb and flow of conversation as she approached, and she slowed her steps so as not to interrupt. She hung back, just outside the living room, peeking around the corner. The two guys sat side by side in the exact same position—one ankle across the opposite knee.

Pep, looking endearingly tiny next to Gavino's bulk, stared with rapt attention at his new friend. "So, if you aren't Auntie Esme's brother or uncle or cousin or husband, what are you?"

"I'm her friend," Gavino said easily.

The boy screwed up his face and pulled his head back. "Huh? Auntie Esme's a girl!"

Esme ducked back and covered her mouth to muffle a laugh.

"So? You can be friends with girls, Pep."

"But who'd want to? First you be friends with 'em, then you hafta buy 'em stuff. Sooner or later you gotta kiss 'em."

Gavino chuckled. "Once you get older you'll realize that doesn't happen nearly as often as you'd like, my pal."

"Sick. I don't want it to happen ever."

"Yeah, talk to me in ten years about that," Gavino murmured, his tone wry. His voice changed when he added, "Okay, my turn for a question." A beat passed. "What's up with the bruises, guy? Who's giving you a hard time?"

"I don't wanna talk about it," Pep groused.

Gavino's voice rumbled smoothly through the room. "We had a man's deal, Pep. Remember? I answered your questions, now you answer mine."

Pep clicked his tongue, sounding dejected. Even at six, he couldn't bring himself to welch on a deal. "I don't do nothin' to those kids, Gavino," he said in a plaintive tone. "They just don't like me and they won't leave me alone."

"You know them from school?"

"Nuh uh, they're way older. Like, nine." Awe laced his words. "They started calling me mama's boy, and now they say I'm a snitch because my daddy is a police officer. They call me bad words I'm not allowed to say."

Esme could hear Gavino's underlying outrage from where she stood. She didn't even have to see his face. His ability to hide it from Pep was impressive, though. "And you walk away?" Gavino asked, his voice level.

"I try," Pep said, "but they grab me."

Esme peered around the corner again. Gavino had turned toward Pep and rested his long, muscular arm along the back of the sofa. He looked intently at the boy.

"Have you talked to your dad about this?"

"A little. He tells me to stand up to them . . . but I'm afraid," he finished, his voice a shame-riddled whisper. She could see the boy's swollen lip quiver from here, and a bolt of anger at Danny shot through her. How could he tell an innocent little child like Pep to "stand up"? Macho jerk.

Gavino nudged Pep's chin up with his knuckle until the boy looked at him. "It's okay to be afraid, *chavalito*. You hold onto that fear."

"But, Daddy's not afraid of nothing."

Gavino shook his head. "Everyone's afraid of something, Pep. It doesn't make you less of a man to admit it."

"Well, I'm afraid to stand up to 'em, then," Pep muttered. "I don't know how to fight."

"What your daddy is trying to tell you is not to fight back with fists. You fight back with this." He pointed at his temple.

"My head?"

"Your brain. Your smarts."

Pep fidgeted. "Whaddya mean?"

"A lot of bullies act mean because they don't have a lot of smarts, they're empty."

Pep's eyes widened with horror. "They don't got insides?"

Gavino chuckled. "No, I meant they don't have anything in their heart. No love, no feelings. You understand?"

Pep nodded.

"They try to make themselves feel better by pushing around smaller people." Gavino lowered his chin and his tone. "But, you, you're a smart guy, yeah?"

Pep beamed. "Yeah."

"Don't ever let them make you doubt what's inside here." He tapped the little boy's chest. "You have love and feelings in your heart, Pep. Don't let those kids put their anger inside you. You might have to keep walking away for now. But eventually they'll leave you alone. When they do, forget about them. When they pick on you, it's their problem, not yours."

"Really?" He slanted a glance at Gavino. "You for sure think my dad won't mind if I don't fight 'em?"

"I think your mom and dad will both be proud if you're brave enough to use your wits instead of your fists." He winked. "I know I would be."

"What's wits?"

Gavino pointed at his temple again.

Pep brightened. "Same as smarts?"

"You got it." Gavino laid his palm on the boy's head.

Esme froze to the spot, her chest tight. Was there anything this gentle, sweet, intelligent man couldn't do? She wanted to hug him. She wanted to shower kisses on his face. She wanted to climb on his lap and—

Ding! The timer brought Gavino's gaze to the doorway. Caught. She stepped into the arch and gave a wan smile, forcing back the waves of desire and awe before he noticed. She cleared her throat. "The, ah, eggplant appears to be done."

Six

The first things Gavino had noticed about Esme were her clear intelligence, genuineness, and wit. He respected her more than any woman he'd ever met, and he was drawn to her personality, without a doubt. But the more he was around her, the more his physical attraction to her blossomed, and he'd begun to fixate on his desire to touch her. The woman had no idea how sexy she was. Gavino made no apologies for wanting her, but the forced platonic stipulation in their relationship posed a bit of an obstacle to him acting on his yearnings.

Pep and Pilar had left, and Gavino was doing his best not to stare at Esme's shapely bottom as she bent over the sink rinsing her hair. She wore low-slung Levi's jeans better than any woman he'd ever seen. Not tight, but clinging just enough to give him a mystery to ponder as he fell asleep at night. Baggy enough to maintain the signature demureness that had begun to drive him blind with wanting her.

The black plastic cape had fallen open, allowing a glimpse of her trim waist. Tiny, almost invisible hairs dusted her lower back. Dumbstruck, he ached to touch her. To slip his hand around to her soft, flat tummy and pull her against him until she understood just how much he desired her, how intensely she turned him on.

"So, how does it look?"

He jerked his lust-filled gaze away. "W-what?"

Esme flipped her head up, wound it in a towel, swami-style, and turned. A delicate blush colored her cheeks. "The eggplant," she replied, as though it should have been obvious. "Do I look ridiculous? Tell the truth."

He swallowed past his tight, dry throat, thirsting for something that wasn't his to take. From what he'd seen of the hair color, it looked rich and shiny. She'd love it. But he was too distracted to care at the moment.

"We have to style it first. But I promise you don't look ridiculous. Why don't you go get your blow-dryer?" he suggested, turning away from her to gather his supplies. He took his time, willing key parts of his anatomy to relax so he could think straight.

Gavino didn't know how much more of this pretending to be *just* her friend he could handle. He wanted her, damnit. Was that so wrong? Should fate deny him the possibility of a deeper relationship with her simply because of their unfortunate beginning? He wanted to court and seduce her, to see those bright gentle eyes looking deeply into his own as he made love to her delicate body.

The bitch of it was, Esme didn't even mean to entice him. But her guilelessness only served to intensify his feelings. He liked everything about her, from her seriousness to her wit, her neat-as-a-pin house, the strength of her friendships and the obvious solidity of her upbringing. She was unlike anyone he'd ever met. He wanted to be her friend, but he wanted more, too.

He'd come to Colorado on impulse seeking a woman who'd intrigued him, but he'd found a woman he knew, in time, he could love. Damn, that was scary. He didn't even know if he could live up to the kind of man Esme deserved. Okay, deep breath. He was getting way ahead of himself. Distance. That's what he needed. Space to gather his—

Her arm snaked around his waist, and every rational thought within him ground to a shuddering, mind-bending halt. Her warm, pliant, lavender-scented body molded against his back, and he felt her cheek press against his shoulder blade. He grew vaguely aware of her wet towel dampening his shirt, but didn't care. Was this real or a cruelly vivid mental manifestation of his wishes?

"You have no idea how touched I am by what you did for Pep," she whispered, her breath a warm gush through the cloth of his shirt. He didn't speak, didn't move, didn't want to break the spell of the moment. "I didn't mean to eavesdrop, Gavino, but I'm so glad I did. I . . . I have never known a man as kind as you, as selfless as you were to that boy."

I'm no better than the boys who beat him up.

The insidious thought needled him. He pushed it away. "I didn't do anything special, *querida*. Please don't give me credit I don't deserve." He reached his arm back and pressed her against him, closing his eyes and tilting his head back.

"How can you say that?" She murmured. "He wouldn't open up to his mama, he wouldn't talk to me. But I walk into that room and you have him eating out of your hand."

"My truck." Gavino cleared his throat. "He just likes the truck. It was a guy thing."

She sighed. "Whatever it was, I'm impressed. Thank you. So much. You'll make a great father someday, Gavino."

A raw sensual image of Esme heavy with his child weakened his knees. He couldn't formulate the words to respond.

"And I'm glad we're friends," she added firmly, releasing him from the unexpected embrace.

Friends. The word hung in the air like a funeral dirge, the moment lost. Before he recovered from mourning it, she'd slipped away and out of the room. Gavino whirled around, thinking perhaps he'd imagined it all. But, no. The air cooled the wet spot her towel had left on the back of his shirt. He reached over his shoulder and touched the damp fabric absentmindedly.

She had hugged him.

Now she was gone.

He bent forward and leaned his elbows on the counter, hanging his head. His hands wound into involuntary fists and he clenched his teeth. What a fool. He'd read more into the moment than he should've, and now he felt like he'd been tied to the tracks and run over by a high-speed emotional rollercoaster. Repeatedly. He rasped a bitter oath through his teeth.

Esme wanted to be *friends*.

And he wanted to please Esme.

So, he'd back off and be her friend, but he'd need some emotional and physical distance from her in order to pull it off. Bottom line, he couldn't be around her and not want more than just friendship. He was that far gone.

Damnit. He needed a shower. Cold.

Half an hour later, her hair dried and styled, Esme stood in front of the bathroom mirror. "I love it. I really do." She turned her face side-to-side and admired the subtle berry shimmer. "Eggplant. Who would've thought . . . ?"

"I'm glad you approve."

"You know why I like it?" she continued, trying not to be concerned by the fact that Gavino seemed so distant and eager to get away from her. Did he resent having been pushed into the position of dealing with Pep? Maybe he didn't like children. Maybe he didn't want that much inclusion in her personal life. "I like it b-because it looks like me, but . . . better," she said, trying to hint about the rest of the makeover. She hoped he'd tone down his version of exotic a bit.

"Yes, it does," Gavino said, not really looking at her. "Look like you, I mean. But, don't sweat it, we'll go a little bolder with the style for the Fall faculty get-together, maybe with some spikes."

Her hands froze in mid-primp. "Spikes?"

He nodded, a muscle in his jaw working as he swept her with

an objective, assessing look. "Maybe shimmer spray, too. We want you to stand out so Elizalde can't help but notice you."

So much for the idea of toning down. Clearly, Gavino found these subtle changes in her appearance too boring compared to the va-va-voom women from El Chapultapec he liked so much. Esme stifled a sigh. Ridiculous or not, it irked her to think about him lusting over those overblown seductresses. He might think they looked exotic, but she thought they looked phony. She could never look anywhere near as . . . ripe. She didn't even want to.

It shouldn't matter. She'd already told Gavino she didn't want him, and judging from his current distant attitude, he'd obviously realized he didn't want her either. Well, what had she really expected?

Enough. She had revenge to seek.

Gavino's feelings about her were inconsequential in the scheme of things. Besides, if she just accepted his judgement about the makeover no matter the results, maybe he'd start to see her in a different light, unobstructed by guilt or pity. And he'd stop looking like he'd rather be anywhere but here.

She turned to him, resting her hips lightly on the vanity. "You know what? You're right. I'd love spikes."

His brows rose. "Yeah?"

"The bolder the better."

Suspicion claimed his expression. "Since when?"

"Since, I don't know—" she shrugged "—now. What have I got to lose? My drab, boring looks? I say, bring on the spikes." She grinned. "Show me the leather."

The room fell silent but for the drip in the old sink that she'd been meaning to fix. She'd expected a more effusive sign of approval. Instead Gavino stared at her, his face completely devoid of expression. She spread her arms. "What? I thought you'd be glad I decided to go for it. Don't you want me to look *exotic*?"

After another moment, Gavino cleared his throat and touched

her arm. "No, I do. You just surprised me, that's all." A wry smile lifted one corner of his mouth. "You seem to have a knack for that."

The afternoon sun beat down as Esme marched toward the carriage house with a mission and a goal: to find out why Gavino had been avoiding her and to make him stop. Darn it, she missed his company. She hadn't seen him for more than a couple minutes at a time in the past several days, and he had yet to comment on her contact lenses. Why? What had she done? It seemed ever since Gavino'd gotten roped into the middle of Pep's problems, he'd made himself conspicuously scarce. Instead of hanging out with her, he'd split his time between holing up in his apartment and repairing things around her house. She appreciated all he'd done, but she'd keep her squeaky door, dripping faucets, and loose porch slats just to get inside his head a little bit and figure him out.

Knock, knock, knock. She stepped back from the front door and tried to slow her breathing. Shuffling and muffled Zydeco music sounded beyond the door. She heard his footsteps approach, the deadbolt jangled, then—

"Hey," Gavino said, looking distracted and surprised by her unexpected appearance.

An overpowering odor of paints and turpentine wafted out, burning her eyes. She stepped back and inhaled fresh air.

"Are you okay?" He whipped a glance over his shoulder, then squeezed himself out the door and closed it behind him. "Sorry about the smell. I just get used to it, but I know it can be pretty bad." Barefooted, Gavino wore those torn Levi's jeans she loved so much and not much else, unless paint smears counted as accessories.

"It's okay. I'm fine. I just . . . haven't seen much of you." Her shoulders raised and dropped. "We're neighbors now, so I thought I'd come over and say hi." Was he going to invite her in? She guessed not and crossed her arms. "So . . . hi."

His eyes warmed and a smile spanned his face. "Hi."

"Are you busy?" Her gaze darted to the closed door behind him then back to his face.

"I'm, uh—" he rubbed at his jawline with his knuckles, then jabbed a thumb over his shoulder "—working."

"I figured as much. How's that going?"

"Great." His eyes sparkled. "I have a couple of gallery owners interested in looking at a few of my pieces. I might get a few showings, maybe some sales."

"That's wonderful!" Esme exclaimed, clapping her hands together. If he established himself in the arts community, that just might give him incentive to stay after the makeover agreement was over. Hell, she'd keep him around however she could. "When will you know?"

"I'm not sure. I've been working like a madman to get everything ready." His eyes darted to the ground. "I guess that's why I've been . . . uh, not around."

"It's okay," she said, not quite believing him. "What better reason? I'm so proud of you."

His eyes searched her face, then he reached out and ran the backs of his fingers down her cheek. The touch was unexpected and brief. "Are we still on for makeup shopping tomorrow?"

Her face tingled and her mouth had gone dry. "Of course, if you have time, that is."

"I wouldn't want to spend the day any other way."

Now she was confused. He didn't seem to be angry with her; in fact he sounded almost happy she'd come by. So, why had he stopped meeting her on the back porch for coffee each morning? It couldn't just be his work. A man had to take a break now and then. "Okay. Good." She hesitated, wanting to say more but feeling unsure. If she'd done anything to insult him—

"Something on your mind?"

"No. Well, actually, yes." She laughed a little. "I just thought you might like to come up to the house for dinner."

For a split second, he looked stricken, then it passed. "Oh, you know, I've got so much work . . ."

"Come on, Gavino. Pilar and the kids are coming over. Lilly was going to join us but she had to cancel." She studied his face, but he didn't seem put off by the idea of a group get-together. In fact, his features fell into something that looked like relief. "I know Pep will be disappointed if you aren't there. You're his new superhero, you know."

He scoffed. "Trust me, I'm no superhero."

She lifted her chin, ready for disappointment, but her words barreled forth. "We could rent a movie afterward. It's probably not a night on the town like you're used to, but—"

He laid his fingers across her lips to stop her words, then said, "Stop convincing me. I'd love to come."

"You would? Really? Great." She fought to tamp down her enthusiasm. No sense looking like she was used to rejection. "Okay, then." She started to walk away, then turned back. "Seven o'clock?"

He reached up and braced his arm at the top of the door jamb, his eyes boring into her. "How about six?"

"Six? Oh. Well. I won't have everything ready by then. Everyone else is coming at seven." She moved to nudge her glasses up. They weren't there. Instead, she wound her hands into a clasp behind her back and pasted a wan smile on her face.

"Even better. I'll help you cook."

"Cook?" She balked. "Are you sure?"

"Esme . . ." he said, the word sounding more like a sigh.

She wasn't quite sure what he meant by breathing her name out like that. She only knew she needed to get away and do a little breathing herself. The man really disconcerted her. "Okay, you win. Six o'clock."

"Great. Can I bring anything?"

"Just . . . you." *That's all I need.* She started back up the path toward her house, feeling giddy-to-bursting, like she'd won a prize and was trying not to gloat. Her body wanted to break into a run but she wound tight fists at her sides and concentrated on measuring her steps.

"*Querida.*" The word, his caressing voice, stopped her. Her heart began to pound. "The contacts look great."

She turned slowly and their eyes met and held. If she didn't know better, she could swear Gavino looked like he wanted to kiss her. But how could that be when he'd been avoiding her like a communicable disease for the past several days? Her heart revved, urging her to flee before she threw herself at him. His compliment wrapped around her like a hug. "Thanks," she said finally, reaching up to tuck a lock of hair that didn't need to be tucked behind her ear. "I like them, too."

Gavino rubbed his palms together and glanced around the kitchen. "All right, Sous Chef Mendez at your service and ready to cook. What can I do?"

Golden light softened the edges of the room and Celine Dion's mellifluous voice permeated the air. Esme wore a long, fluttery wine-colored skirt covered in little blue flowers and a matching blue T-shirt. A flour sack apron covered most of the outfit, and the "homeyness" of it cheered him. Her sandals exposed shiny clear-polished toenails, and the whole room smelled like her signature lavender scent. The situation—and the company—was so conducive to romance, Gavino thanked God that Pilar and the boys would arrive soon to act as a buffer.

"You can pour us each a glass of wine, and then it's your choice." She gestured with a chef's knife. "Season the steaks, chop the carrots, toss the salad, or fix the potatoes. Dessert is already finished."

"I make a killer glazed carrot," he said, opening one cupboard then another until he happened upon the wine goblets. He slipped two stems between his fingers and lowered them on the countertop. "How about I make those and the steaks; you take care of the salad and potatoes?"

"Deal."

They worked in companionable silence for several minutes until most of the prep work was done. Esme picked up her wine glass and sat gratefully in a chair, rotating her ankles. "Nothing else to do until they arrive," she said. "I don't want to overcook the meat."

Gavino took the chair across from her. "It feels good to relax." He glanced around. "I like your house."

"What a nice thing to say." She smiled. "I like it, too. Especially since you've fixed all the little irritations lately. You know, you didn't have to do that."

He shrugged off her compliment. "It wasn't a problem."

Esme glanced at the clock, hoping Pilar had gotten the kids bustled into the car without much trouble. "I have to warn you, Pilar's boys are picky eaters." She twisted her mouth to the side. "I never know from one day to the next what they'll like."

"Eh, kids. I was one once." He sipped from his wine glass, studying her over the rim. "How's Pep, by the way?"

"Well, I know you don't like praise, but Pilar says he's more upbeat than he's been in a long time—" she paused "—ever since you talked to him."

"I'm glad," he said, but a shadow crossed over his expression and he changed the subject quickly. "Tell me about Pilar's husband. Danny is it?"

"Yeah." Esme flipped her hand and leaned the back of her head against the wall. "Not much to say, really. Danny and Pilar have been together since we were all in eighth grade. They were the perfect couple, you know? We always knew they'd get married." She crossed her legs, rustling her skirt.

"But . . . ?" Gavino urged.

She sipped, wondering how he'd known she had more to say. "It's just my opinion, and I would never say anything to Pilar, but Danny just doesn't pay attention to her like he used to. I know he has a busy job—"

"He works the street?"

She nodded, eyes focused on her wine glass. She twirled the stem in her fingers thoughtfully. "He probably always will. Likes the adrenaline rush, I guess. Anyway, if you ask me, he takes Pilar and the kids for granted."

"That's a shame."

"They'll work it out." She set her glass aside and met his gaze squarely. "They always do."

He reached across the table and covered her hand with his own. "What about you, *querida*? Why haven't you married?"

A deep flush rose to her face. Where the heck had that come from? "I guess I haven't found the right person."

A smile invited his dimple. "The standard answer."

"Okay, the truth?" She sniffed and withdrew her hand, a little self-conscious but not wanting to hide herself from him. This was her: a wallflower. If he was truly her friend, it wouldn't matter. "I've never been in a serious relationship, Gavino. In high school . . . no one asked me out. Then there was college and graduate school. I just . . . got busy. Or, you know, that's my story and I'm sticking to it." She huffed a humorless little laugh and couldn't quite keep her gaze locked with his. "Pretty pathetic, huh?"

He scooted his chair closer to hers and lifted her chin. "If you're pathetic, I'm pathetic, Esme."

She blinked several times. "What do you mean?"

"I'm saying, I've done my share of dating, but I've never been in love, either."

"I don't believe it." She gaped.

He shrugged. "I have no reason to lie to you about it."

"But . . . but, why haven't you fallen in love?" she sputtered. "There's no reason a guy like you—"

"There's that 'guy like you' stuff again." He shook his head, playfully stern. "You know what I'd like, Esme? If you could stop putting me in some mental category and just see *me*. Gavino. For who I am, not who you think I should be."

Heat rose to her neck, and she almost hiccupped. She was a stereotyping jerk. "You're absolutely right. I'm sorry."

"It's okay. All I'm trying to tell you is, we all have our reasons for avoiding intimacy. You have yours, I have mine." He paused and took both of her hands in his. "Stop thinking you're so different, *Profé*. Not everyone finds their true love in high school like Pilar did. I didn't and you didn't, and we're okay in my book."

Before she could delve into his profound revelation, the sound of her front door opening broke the mood.

"Auntie Esme!" screamed Teddy from the front room.

Esme and Gavino moved apart as tiny footsteps pummeled toward them. They shared a private smile when they heard Pilar hollering at the boys not to run in the house. Moments later, they found themselves wrapped in Pep and Teddy's exuberant hugs.

A whirlwind of greetings, laughter, and exclamations of hunger ensued. By the time Pilar had the boys settled around the table, the house was fragrant with the mingled scents of grilling steaks and savory side dishes. Esme had just poured herself and Gavino a second glass of wine. She offered one to Pilar, as well, then poured milk for the boys. Gavino put the finishing touches on the steaks and carried them to the cloth-draped table. Pilar led grace, then they began passing dishes around.

"I'm not eatin' those," said Teddy. He stared with abject disgust at the bowl of glazed carrots before him. A recalcitrant cowlick stood up from his crown when he bent forward and scrunched his nose. "Betchtables make me sick."

"Yuck. I don't want 'em either," Pep added, stretching up from his seat of honor next to Gavino to peer across the table into the serving bowl. His bruises had faded to nothing more than flat yellowish reminders of his problems.

"Teodoro, that's rude," Pilar scolded, her cheeks red with parental embarrassment. She glanced apologetically at Esme. "You'll eat what your Auntie cooked, young man, or you'll go hungry." She fixed a death glare on her older son and flicked her hand toward the Corningware. "Pep, I expect you to set the example for your brother. Now take some carrots."

Pep's small chin quivered with the horrific burden of having to set such an example. "Mama, please don't make me. They're *orange*."

"Actually, I didn't cook them," Esme cut in, hoping to aid Pilar in the battle. She smiled at the boys as she smoothed her napkin on her lap. "Gavino did. They're glazed, which means they have butter and brown sugar on them."

"Did you really cook 'em, Gavino?" Pep asked, his tone grave. He clearly disbelieved that the man he'd come to revere would stoop so low as to cook the offensive items for dinner.

"I sure did."

"They're still betchtables no matter who cooked 'em," muttered Teddy, slumping back in his chair and pulling his feet up onto the seat.

"Feet down, young man." Teddy did as he was told. Pilar's eyes blazed. "You boys should be ashamed of yourselves acting like this. Apologize to Gavino and Aunt Esme right now."

"So-o-orry," they chimed with a distinct lack of sincerity.

"It's okay. Could you please—" Gavino motioned for the bowl. Esme reached in front of Teddy and passed the carrots to Gavino. He sneaked her a conspiratorial wink. "Thanks." He turned his attention to the boys' mother. "Carrots are man's food, Pilar. I don't guess these guys are grown up enough to have any, which means more for me. Mmmm mmmm mmmm," he added, dishing up a large serving.

"What? Oh. Right," Pilar said, catching on quickly after a moment of confusion. "I'd almost forgotten." Her eyes tracked Gavino, unsure of his next move.

Esme slanted a glance at the boys who watched Gavino with a rapturous combination of worship and horror. "But you didn't eat 'em when you were a kid, right, Gavino?" Pep asked in a please-don't-burst-my-bubble tone.

Gavino raised his eyebrows while he finished chewing, then swallowed. "You kidding? I ate them all the time. Of course, I had special permission to eat man's food because I wanted to grow up to be a strong man." He flexed his arm, drawing every eye in the room to his toned, cut biceps.

Pilar gawked with unabashed female pleasure, then stared pointedly at Esme, who only scowled in return. Pep's jaw dropped, and he peered into the carrot bowl with renewed interest. "What do they taste like?"

"You'll find out once you're old enough to try them." Gavino popped a couple more carrots in his mouth, making yummy noises as he chewed.

Pep pondered this, then asked, "When's that?"

"You have to be at least ten, don't you think, Esme?"

She bit her lip to hold back the smile and nodded. Gavino Mendez was an absolute genius.

"I'm almost ten," Pep said, his gaze fixed longingly on the carrots. "I'm six an' that's pretty close to ten."

"Mama, do you really hafta be ten to eat 'em?" Teddy stage whispered, his tone plaintive. "That's not fair, Pep's not ten."

"Not close enough, *chavalito*," Gavino said to Pep, pretending not to have heard little Teddy. "Sorry."

Pep clicked his tongue and pouted.

Gavino adjusted in his chair. "But, I guess if you really want some, we can give you a couple on the sly."

The boy's face brightened. "For real?"

Gavino pretended to ruminate. He sucked in one side of his

cheek and shook his head. "On second thought, I don't want to break the rules."

"Aw, c'mon, Gavino." Pep bounced. "No one'll know. Mom and Auntie Esme won't tell, will ya?"

They both shook their heads.

"Please?" came Teddy's piteous voice.

"You want some, too, little buddy?"

"Yeah," Teddy said, his eyes round. He sat on his hands.

Gavino pulled a shocked face before glancing from Esme to Pilar. "What do you ladies think?"

Pilar couldn't speak; it was obvious she needed to laugh.

Esme cleared her throat. "Well, Teddy's four and Pep's six. If we add those together, that equals ten." She shrugged.

"I hadn't thought of that. Guess that's why you're the scientist, Es." Gavino twisted his mouth to the side and toyed with the idea while the boys sat still as statues. When the tension was sufficiently high, he relented. "Okay. Just this once, you can have carrots."

"Yay!" Pep and Teddy cheered in stereo, as Pilar dished carrots up on their plates. She cast him a wry glance. "Gavino Mendez, I don't know where you've been hiding yourself, but you are a G-O-D. I bow and scrape in your presence."

He laughed, jerking his chin toward the boys. "Naw, I was just one of them once. I know what it takes."

"Well, you can eat with us any day."

He cut into his steak, then cast a glance at Esme. There was that rescued-by-a-gallant-knight look again.

The dinner had been a complete success. After Gavino pulled the brilliant reverse-carrot-psychology trick on the boys, endearing himself to Pilar, he completely won Pep and Teddy over by taking them outside to sit in his truck. He even revved the engine.

He was the perfect guest and a wonderful friend. She liked him more now than she ever had.

Pilar had taken the kids home early, leaving Esme and Gavino to share coffee on the back porch before calling it a night. The full moon cast a silvery glow over the yard and a cool breeze swept over them. Esme closed her eyes and reveled in the near-perfect moment, wrapping her palm around her warm mug. "That was fun. It turned out good."

"I'll say. I'm stuffed," Gavino said, patting his stomach. His lawn chair creaked as he adjusted his position. "I never should've had the second slice of chocolate cream pie."

She rolled her face toward him, feeling more relaxed in his company than she usually did. She liked being with him like this, without the makeover or Elizalde or memories of the *Barry Stillman* fiasco getting in the way. "What's a little self-indulgence now and then?"

"True, but I'll never be able to sleep feeling like this." He grimaced. "Don't tell me you're one of those irritatingly self-controlled eaters who always leaves your last bite on the plate."

She laughed, deciding not to answer his playful question. "We could go for a walk, if you'd like. God knows I could use the exercise."

"Yeah? I'd love to." He stood, adjusting the waistband of his black jeans as though they barely reached around him. "Let's do it before I burst."

After locking up the house, they meandered down the shadow-striped sidewalk talking about this and that, nothing important. They reached a particularly dark corner and Gavino glanced around. "How safe is this neighborhood?"

"Relatively," she answered. "I wouldn't walk at night alone, but I feel pretty safe with you."

He smiled and wound his arm around her shoulders, pulling her toward him. "You always say the right things, *querida*".

It didn't bother Esme one bit when he let his arm remain. "I always say the right things? What about that whole 'carrots are a man's food' action you came up with? How brilliant was that? Did you see Pep and Teddy gobbling those vegetables?"

"Betchtables," Gavino corrected.

Esme chuckled.

"That was a good ploy, if I do say so myself." Gavino blew smugly on his fingernails and buffed them on his shirt.

"I'll say." She reached up to adjust her phantom glasses, but stopped halfway and dropped her hand. She chuckled again. "I can't get used to not having glasses on my face."

"You can always go back to wearing them."

She chose to ignore that, rather than launch back into the you-look-good-in-goggles conversation. "I know you don't like me praising you, Gavino, but I can't help it. Thank you for tonight, for showing the boys the truck, everything."

"De nada. I like them. They're weird little creatures, children."

She peered up at him. "I know. That's what makes them so fun. How'd you get to be so good with kids?"

He shrugged. "I didn't know I was. Like I've said before, I haven't really been around them much. I suppose I just—" he paused, running his palm slowly down his face "—remember growing up, how hard childhood was. I sympathize with them."

Esme navigated the cracked and buckled sidewalk, perplexed by his winsome words. She didn't understand. Her childhood had been wonderful, her parents doting and supportive. But she wasn't so naive that she believed everyone's youth had been idyllic. She wanted to ask Gavino to tell her what he'd meant, but didn't want to pry. They crossed the street and came upon the deserted elementary school campus.

"Is this Pep's school?"

"No. Danny and Pilar don't live in this neighborhood." Esme studied the playground through the chain-link fence. The loose tether ball chains clanged and pinged against the poles, their song eerily desolate. Swings drifted gently, and children's footprints still marred the sand at the bottom of the slide. Childhood shouldn't be difficult. The thought that it may have been for Gavino made her sad.

Before she could say anything, Gavino grabbed her hand and pulled her toward the equipment. "Come on. It's been a long time since I've gone down the slide."

"Are you serious?"

He grinned. "Last one to the slide is a rotten egg."

"No fair, I'm wearing sandals."

"Chicken!"

Esme's jaw dropped. "I know you are, but what am I?" She shoved him, taking advantage of his stumbling to launch into a full sprint. He took off after her, eventually passing her up.

They paused at the slide, and she bent at the waist, sucking air. He did the same. "You cheated," he told her.

She pointed to her open toes. "I evened the field."

"And I still won," he said smugly, his eyes smiling.

She snorted. "Oh, please. I let you win. Didn't want to damage your precious machismo."

Leaning his head back, he guffawed over that one. Their breathing back to normal, they ran from apparatus to apparatus laughing freely. Gavino swung from the monkey bars while Esme tackled the slide. She got dizzy when Gavino spun her on the merry-go-round, so they took a break and sat side-by-side on the swings. Esme let her feet dangle and drew shapes in the gravel with the toe of her sandal. She wondered again about Gavino's upbringing and decided to broach the subject tactfully. "I bet you had a lot of fun as a boy."

Moonlight caught the side of his face, illuminating the movement of his temple as he clenched his jaw. Finally, he looked at her. The chains of his swing were nestled in his elbows. His forearms crossed in front of him, each hand grasping the opposite chain. Slowly, he swiveled. "Esme, I have to tell you something about myself."

Everything in her tensed. His grave tone put her on guard. Was he an ex-con? Or married? *Or gay?* "O-okay. Go ahead."

He blew out a breath and stared off at the lonely monkey bars for a moment. Without looking at her, he said, "When I was growing up, I wasn't . . . a very nice person."

The mildness of the statement after all she'd suspected made her want to laugh, but she didn't. The wary look on his face told her this confession clearly meant a lot to Gavino. "What do you mean?"

He struggled to get the explanation out. "We all have roles as children . . . just like Pep and Teddy have theirs now. They shape us."

She inclined her head in agreement. "And your role was?"

His eyes met hers directly, and the shame she saw in them made her stomach drop. "I was a bully," he said. "A pushy, cocky tough guy without a conscience or remorse. So filled with rage over whatever . . . I couldn't see straight. I was no better than the boys beating up Pep."

The admission surprised her, and she didn't quite know what to say. She'd never met a gentler man than Gavino Mendez. "Gavino, small children are notoriously cruel to other kids." She bit her lip. "You know that."

"It didn't end in childhood." He kicked up an arc of gravel. "I was cruel and bitter and mean until I turned eighteen. I was . . . a horrible person."

"Don't say that." She reached out and touched his leg, sensing he needed the contact. "The Gavino I know is kind and—"

"No. Don't give me credit where I don't deserve it, *querida*." His body stiffened. "If it wasn't for one man, a teacher, I'd probably be the same way today."

"But that's absurd."

His face jerked up.

"You are giving this man way too much credit for the person you've become, Gavino—" she held up a palm "—and I don't mean to downplay how much he contributed to your personal growth. But does he control you? Are you his puppet?"

"No, but—"

She leaned in and took his hand. "Honey, people change. They transform." She paused to swallow thickly, realizing she'd just called him *honey,* but forged ahead before he could deny her words. "Anyone who knows you now knows what a good, gentle person you are. The only person you're beating up now is yourself."

The moment stilled so profoundly, even the tether ball poles fell silent. He stared at her, myriad emotions crossing the angles of his face—wonder, disbelief, gratitude, relief.

Esme had never felt so close to another person. She reached out and smoothed her palm down his cheek. "You can't base your adult self-image on the child you may have been. Angry or not."

His Adam's apple slowly raised, then dropped. "I could say the same to you."

She sat back and blinked. "Meaning what?"

"Who told you you were ugly, Esme?"

She scoffed, raising her eyebrows and looking toward the moon. "Ah, you mean other than Vitor Elizalde, Barry Stillman, and two hundred live audience viewers holding signs?"

He shook his head once, not backing down. "You had to have already believed it, for it to have hurt you so badly."

Her eyes traced his face for a moment before she sighed and leaned her cheek against the chain of her swing. "No one told me, I overheard it."

"Who said it?"

"My Tía Luz." To her abject horror, tears rose to her eyes and one rolled down her cheek. Just like that, he'd cracked her protective shell.

"What happened? Tell me."

She regaled the awful story, unmindful that the first tear's faithful followers began to plink-plunk on her lap. When she finished, Gavino lifted her chin. She sniffed, but didn't meet his gaze.

"Look at me, Esme. Please."

She did. Grudgingly.

"Baby, when will you believe me about how beautiful you are?" His voice whispered, caressed. "When will you listen to your best friends who think so highly of you? Ah, Es, you more than grew into your looks."

She sniffled, feeling somehow secure with him. It didn't scare her to say what she felt. "I don't know about that, but you make me feel good about myself, Gavino."

A sad smile lifted one corner of his mouth. He wiped a tear off her cheek. "Then my life is complete."

Her heart expanded, and she pressed her face into his palm. "Now you tell me, Gavino Mendez," she asked in a tremulous voice, "was that the statement of a bully?"

After a brief silence, Gavino grabbed the chains of her swing and pulled her closer. He trapped her with his legs and wrapped his arms around her, holding her in an odd suspended embrace. The bolts above them creaked as the breeze swayed them, and the rest of the world faded into nonexistence. "Don't speak," he told her when her lips parted. "I'm locking away this moment in my heart."

Seven

Gavino stepped back from the easel, assessing the wet canvas with a critical eye. The mood was perfect now; the changes he'd made were exactly what the piece had been lacking. Pleasure surged through him. A glance at his watch told him it was almost time to meet Esme. He stuffed rags into the paint-spattered coffee can he'd inherited from Mr. Fuentes and capped it. The familiar odors of linseed oil and viscous paints tickled his senses.

Red sable brushes and palette knives lay scattered like Pick-Up Sticks across his worktable. With a frown, he began to gather them. He wasn't usually this haphazard, but he'd been so excited over finally figuring out the painting, he'd wanted to get the brainstorm from his imagination to the canvas as quickly as possible. He had gotten the major work done, and the finishing touches could wait until after their trip to the mall.

Careful not to drip too much paint, Gavino crossed the drop-cloth-shrouded hardwood floor, then dunked the tools in Mason jars of turps he'd lined up on the small kitchen counter. The pungent, almost spicy chemical scent permeated the room.

He'd known where he wanted to go with this painting from his first charcoal sketch, but something had been off. Try as he might, he hadn't been able to breathe life into it. *Until now.*

Wiping his hands on the tattered apron he wore, Gavino turned back to the portrait of Esme and smiled. Yes. The eyes had been wrong before; he just hadn't pinpointed it until last night while sitting on the swings with her. They'd shared so much of themselves beneath the harvest moon, Gavino felt like he really saw her for the first time. Saw *into* her. And, when she'd looked at him that certain way . . . beautiful.

He'd added a luminescence to the portrait's eyes, a deepness to the expression, until looking at it felt like coming home. It was sure to draw the attention of the gallery owners. Even if they weren't turned on by the portrait, he hoped Esme would love it. He wanted her to see herself through his eyes. Maybe then she'd realize the power of her own gentle beauty.

Gavino cleaned his marble palette then quickly tossed the crinkled paint tubes he'd used into a large Tupperware container, noticing he was low on Titanium White and Viridian Green. As he stowed the plastic tub in the refrigerator, he made a mental note to ask Esme if she minded stopping by an art supply store while they were out. He'd pick up a few fresh linen canvasses, extra stretcher bars, more gesso, and a spare drop cloth while he was at it. He'd need the stock, as a multitude of new ideas had begun to whirl through his brain. He couldn't believe how inspired he'd been since he moved here. Everything about Esme stoked his fire.

Clock check. Time was running out. Yanking the apron, then his T-shirt over his head, Gavino stood at the sink and scrubbed paint from his hands and arms with Lava soap, then headed for the shower. He needed to call and confirm his appointment with the gallery owner, but it would have to wait. If last night with Esme was any indication, they were headed in a very intriguing direction. He didn't want to miss one single moment he had to spend with her.

" 'Meow'?" Esme gaped in disbelief at the tiny letters printed on the bottom of the twenty-five-dollar lipstick tube. For one, she couldn't believe they charged twenty-five smackers for something so small and frivolous in the whole scheme of life, but more importantly, "What the hell kind of color is 'Meow'?"

Gavino moved around the glass counter and took the lipstick. He uncapped it and checked, then replaced the cap and handed it back. His eyes sparkled with mirth. "It's red."

She scoffed, planting one fist on her hip. "So why not call it red? What pretentious idiot came up with *Meow* as a color name?" A distant part of her brain registered admiration that Gavino—a man who defined the word masculine—had no ego issues in shopping for cosmetics. Even so, she couldn't get past the fact that some retro-Cro Magnon jerk had named a women's product something so base-level offensive. *Meow,* of all things. "My feminist core feels like it should be outraged by the implication."

He chuckled, giving her a patronizing little pat on the shoulder. "Well, we're staying away from straight reds for you anyway, so pull in your claws, Miss Kitty."

A monosyllable of disbelief escaped from her throat as she stared at him. One corner of her mouth, then the other quivered into a smile against her will. "Gavino Mendez, please tell me you did *not* just say what I thought you said."

"Okay, I didn't." He lifted his hands to resemble claws and made a cat-fighting noise that sounded something like, "Ree-owr!"

"Oh-ho-*ho,* you are treading on dangerous ground, pal." She set the gleaming black tube on the counter with lighthearted disgust and smacked him in the chest with the back of her hand. The shopping excursion had been enjoyable so far, their friendship having reached a new level. Gavino seemed more comfortable with her, and she knew she felt more at ease with him. Just being around him raised her confidence. " 'Miss Kitty,' " she sputtered. "Jerk. I ought to—"

"I'm only teasing you." Gavino hooked his arm around her neck and pulled her toward him playfully as they ambled down the department store aisle toward the next cosmetic counter. "Start looking for a nice, non-threatening shade in the burgundy or wine family, *querida*. With your new hair tint, I'd like to stay with that color palette. Think your feminist core can handle that?" he asked against her temple before releasing her.

Her stomach fluttered when she pulled away, but in a wholeheartedly good way. In fact, she was in better spirits than she'd been in . . . forever. If nothing more, after the previous evening, she knew she and Gavino shared a special friendship no one could ever breach. They'd confided in each other, and she'd gotten the impression he'd never opened up to anyone else about his checkered past. But he'd trusted her enough to share it with her, which meant they truly were friends in the best sense of the word. She'd take that if she couldn't have all of him.

Despite her warm, fuzzy feelings, she scowled at him for good measure. "Don't change the subject. I'll get you for the Miss Kitty comment. When you least expect it, watch out."

"I'm shaking in my boots." He winked.

A beautiful plum-colored, silk and satin cocktail dress in the adjacent department caught Esme's eye, and she approached it, reaching out to run the fabric through her fingers. The bias cut made the dress drape the mannequin in a subtly sexy way, and the brief hemline lifted it out of the ordinary category. It was exquisite. Powerfully feminine. Exactly the kind of dress Esme always wished she were daring enough to wear.

"Hey, we're shopping for cosmetics. Remember?" Gavino came up beside her and shot a brief glance at the dress.

"Sorry. I was just . . ." She lifted the hem once again then let the fabric drop and turned to face him. "I'm sorry, where do you need me?"

Gavino gestured to a chrome and white vinyl stool next to a pristine cosmetic display. The back-lit sign boasted the line's gentleness to sensitive skin. "Have a seat here. Enough fooling around. I'm going to ask the rep if she'll let me test some of the products on you."

Esme wiggled into the stool, hooking her low heels over the rung near the bottom of the chrome legs. An absurd Muzak version of Will Smith's "Gettin' Jiggy Wit It" piped through the air. All around her, shoppers eagerly handed over their hard-earned cash for the privilege of taking home promises of beauty and better sex disguised as overpriced tubes of lipstick.

Glancing around at the various cosmetic reps, Esme came to the disturbing conclusion that she wouldn't want a makeup job like any one of these purported experts. She understood they were in the business, but many of them looked like they applied colors with a putty knife beneath bad lighting. A clear case of over-sell. Esme watched with amusement as shoppers walk in a wide arc around an overzealous perfume demonstrator, then set her purse on the counter with a clunk.

Her eyes sought and found Gavino as he crossed toward an adjacent cosmetic display. He caught the attention of a white-jacketed aesthetician with come-hither eyes and a propensity for leading with her pelvis as she walked. Or perhaps it was only because she undulated toward Gavino that her pelvis ran pointman for the rest of her body; Esme couldn't be sure.

When the woman's swishing hips reached Gavino, she stopped, her smile lending a whole new layer to the concept of customer service. While Gavino explained and gestured, the woman batted her lashes and nodded. She leaned closer than necessary when he extracted some document from his wallet for her to inspect. After studying the item, the woman thrust out a hipbone and glanced toward Esme, her cool assessment and blatant envy zinging like an electrical bolt.

In an uncharacteristic move, Esme squared her shoulders and bestowed a bet-you-wish-YOU-were-with-him smile on the makeup lady. Her misplaced bravado both cheered and jolted her. Yikes, when had she gotten so catty? Could Gavino's Miss

Kitty comment have a basis in fact? *Reeowr!* The thought made her laugh.

With Ms. Pelvis gyrating at his side, Gavino approached. "What's so funny, Es?" he asked.

"Ah, nothing. Just sitting here amusing myself." Esme smiled at the woman, this time genuinely. She reached up and patted her own face. "So, any hope for this?"

Ms. Pelvis, whose real name according to the rectangular silver tag on her jacket was Inga, beamed back. "Of course." She snaked a hand tipped with Meow-colored claws around Gavino's bicep and squeezed ever so slightly. "I'm going to set up our makeover tray and give Gavino here, free reign. Since he is a licensed professional, and all." *Bat, bat.*

"Fabulous," Esme replied, surprisingly entertained by it all. She was completely out of her element but didn't feel the slightest bit inferior because of it. She glanced at Gavino and gave a few strategic bat-bats herself. His brows furrowed in confusion, but he managed a private little wink.

Inga rounded to the business side of the counter, gushing and fawning while she laid out the accoutrements of beauty making. Gavino made polite conversation, but didn't succumb to Inga's coquettish banter, a fact that raised him immeasurably in Esme's esteem. After lingering longer than necessary, Inga swished reluctantly away and Gavino got to work.

Esme dismissed the urge to quip about Inga's flagrant flirting. Instead, she closed her eyes and lost herself in the feeling of Gavino smoothing moisturizer on her skin with his soft, warm fingers. Her mind wandered back to the playground and a smile lifted her lips.

"What are you thinking?" he asked.

"Nothing." She paused. "Well, actually, I was thinking about last night. I had a great time. Thank you."

"Don't thank me. I enjoyed it, too."

"I'm glad we talked, Gavino," she said in a low tone.

His hands stopped moving, and he flipped his fingers over to caress her cheek with the backs of them. "Me, too."

They shared a lingering glance that plunged Esme's stomach. Tremulously, she said, "Don't let me interrupt what you were doing. It feels good." Her eyes drifted shut.

He continued. "I'm not going to do a full face here," he said. "I just want to test some colors and make sure your skin doesn't react to anything, then we'll take the products home."

"Thief," Esme teased.

He chuckled, grabbing a white foam triangle from the tray to dab at her face. "Oh, believe me, no law breaking involved. You'll be whipping out your platinum card before we hit the road." He lifted her chin and tickled her lips with the sponge.

She squinted one eye open. "On that note, any chance you can try to select a lipstick that *isn't* twenty-five bucks?"

"I'll try," he said wryly, continuing to touch her face. "But I have this thing about quality products, so beware."

She reached up and grabbed his wrist, narrowing her eyes at him in what she hoped was a threatening, all-business look. "You might have champagne taste, pal, but I've got a beer budget, so frugality is the key."

"Yeah, yeah." He grinned. "Close your eye before we irritate your contact lenses."

She obeyed.

A few Muzak-laden moments passed before Gavino murmured, "You have really good bones."

"Said the undertaker to the cadaver," she replied.

He snorted. "You know what I mean. Bone *structure*. Nice high cheekbones, a good forehead."

Her eyes popped open and she gripped the edge of the vinyl seat. An unfamiliar feeling of pride rose in her chest. "Really? No one's ever said anything like that to me before."

"Does that mean I get points for originality?"

"You have enough points, Gavino."

"Is that so?" His brows arched. He held swabs of different colored foundation next to her cheek and neck, turning her face this way and that. He chose one, applied it with his fingers and a sponge, then selected a matching powder. Picking up a huge brush that looked like a guinea pig on a stick, he said, "Keep your eyes closed tight while I powder you."

She did, but halfway through the process, an unsettling thought popped into her head. "We don't have much time before the faculty get-together, Gavino. I don't feel like we've made much progress with my new look. Puh! Puh!" Grimacing, she blew powder off her lips, reaching up to smear the back of her hand across her mouth and swipe particles from her teeth. "Yuck."

Gavino laughed. "Makeup artists' rule number one. Don't open your mouth when you're getting powdered."

"Sorry. You're forgetting I'm new to this." Esme watched Gavino's hand hover over a lovely pale blusher before he selected a darker shade that reminded her of Pep's purple bruises. Great. A needle of anxiety pricked her.

"Then I'm sorry, too." He plucked a brush from a clear Lucite holder. "I'll keep you more apprised of what I'm doing."

She crossed her legs and sat back in the chair. "Start by explaining how we can possibly transform me from dull to drop-dead in the few days we have left."

"Don't worry, *querida,* we have plenty of time." He dipped the glossy brush in the cheek color, tapped off the excess, then tested it on her cheek. After studying the color from the front and side, he nodded, then wiped her face with a tissue. The bruise blusher went into the to-buy pile, much to her chagrin. "It's just a makeover, you know. Not plastic surgery."

"Uh huh." Esme eyed the stack of cosmetics she was doomed to purchase. Assessing each one the random value of twenty-five bucks, she figured she was one-hundred-dollars in the hole so far, not counting tax. "What else do we need to do?"

"We'll get all this and hair products today and look for an

outfit tomorrow." He paused, sifting through a cup of pencils. "By the way, do you mind if we swing by an art store on the way home? I'm low on supplies." He plunked a tube of raccoon-black mascara and a grape eyeliner stick in the purchase stack.

Ka-ching! Esme swallowed. "Of course not. Whatever you need." In went an eyebrow pencil, a pack of makeup brushes, and a lip-liner that reminded Esme of the 'razzmatazz' crayon in Teddy's Crayola 96-count Big Box. Gavino topped it with a bag of foam triangles. Esme pointed. "Um, I hate to spoil your vicarious spree, but I'm not independently wealthy, you know."

"Don't worry. I'm only getting the basics." He smirked.

"This is the basics? How do women afford to keep themselves up?" Esme couldn't help but think he was enjoying the heck out of her fiscal discomfiture.

Gavino skirted around the money vein. "I was thinking we'd do a trial run of the hair and makeup this evening, just to make sure we have everything we need before the big event." He slanted her a wary glance. "We'll make a night of it. Maybe we can order in Chinese, if you'd like."

"Okay." She eyed the product mound. "Is that all?"

"Nope. We still have to get the most important thing."

"What's that, an off-shore account to pay for it all?"

He laughed. "The lipstick, *querida*. Nothing sexier on a woman than a bright, pouty mouth."

"How could I forget?" She grabbed his arm. "Please *don't* pick a lipstick called Meow or anything equally repulsive."

"Esme?"

"Yes?"

He chucked her chin with his knuckle and shook his head slowly. "Are you always this bossy?"

She sniffed. "I just know what I *don't* like."

Gavino softened his question with a wink and a dimple. He picked up a gold-tubed lipstick, uncapped it, and smiled. "Here we go. Perfect. And it's called—" he flipped it over and read the tiny label "—Midnight Bordeaux. Can you handle that?"

She reached for the gleaming case and peered inside. Her jaw dropped. "Bordeaux? It's *black*, Gavino!"

"Deep wine," he countered.

She double-checked. "No, black. Pitch black. Geez. Midnight Bordello would be a more accurate name for this horrific color." Jab, jab went the anxiety needle, drawing blood this time. "You can't possibly think that'll look good on me."

"Of course it will." He took the lipstick back and tossed added it to the tally.

"Wait. There's no talking you out of that lipstick?"

"Nope. It's dramatic. It makes a statement."

"Yeah—I'm a terrier—I have black lips," Esme groused, extracting her credit card from her purse. "Not my idea of a great fashion statement."

He chuckled. "Hey, I'm good, but I can't pull off a cat joke and a dog joke in the same shopping trip."

She jammed her arms crossed and glared at the offending lipstick. "I am so not amused by you right now."

"Well, it's nice to see you've got the pout down pat." Gavino scooped the pile of cosmetics against his chest and smiled. "Come on, *Profë*. You'll get over it." He held out his palm for her credit card. "Let's go max out your plastic."

"What do you use that for?" Esme asked, pointing at the gesso Gavino held while they waited for the clerk to bring out the canvasses. Customers swarmed through the art supply store, and though the employees seemed attentive, there were only so many of them to go around.

"This?" He plunked it on the counter. "It is applied to ground the bare canvas. Prepare it for the paint," he added, when her quizzical frown told him she didn't quite get it.

"Oh, I didn't know you had to do that," she said, chagrined. "I figured you just kind of . . . slapped the paint on when you had a creative brainstorm. I'm afraid I don't know much about your profession. But I'd love to learn more."

"Some artists coat the canvas with rabbit skin glue before the gesso," he told her, "but a lot of curators frown on that practice now." He leaned in and lowered his tone. "Critters think rabbit skin glue is a delicacy."

"Ew." Her nose crinkled at the thought. She waited patiently until the clerk had handed Gavino the canvasses and a few tubes of paint. As they walked to the cash register, she glanced over at him. "Tell me more about oil painting."

"I'm tired of talking about me. Tell me about *your* job."

Her face came up, surprised. "Really? No one ever wants to talk about what I do."

"Why? Cloning is much more interesting than painting."

She laughed, and they piled the goods on the checkout counter. "Well, what do you want to know?"

He spread his arms in a gesture of helplessness. "I don't even know enough about it to ask a proper question. I just keep thinking about evil duplicates of people storming the planet and wreaking havoc."

She rolled her eyes. *"Dios Mio,* Hollywood. The bane of my existence." A gum-popping clerk began listlessly ringing up their purchases. She wore the vacant stare of a disillusioned minimum wage earner. "We're working on the medical advances human cloning may provide rather than on the sci-fi aspect."

"Like what?" He extracted a credit card from his wallet and handed it to the checker after she monotoned his total to him.

"Well, hmmm. There's so much." She pondered it, then flipped her hand over. "One example would be the possibility of being able to clone a heart disease sufferer's healthy heart cells and then inject them into the damaged areas. We do a lot of studies with embryonic stem cells, too."

"Which means what? In plain English, please. Or Spanish," he added, with a smile.

She crossed her arms and leaned one hip against the counter. "We're researching whether stem cells can be grown in order to produce organs or tissues to repair or replace damaged ones. Skin cells for burn victims, spinal cord cells for quadriplegics. Like that. If the tissues were cloned from the patient rather than donated, the rejection rate would plummet."

Gavino grabbed his bags absentmindedly, engrossed in what she was telling him. "And that's cloning? I never knew. How do you grow these cells?"

She pressed her lips together and considered the question as they walked out to the truck, then tried to explain the procedure in as non-technical terms as possible. She knew that scientific babble put most people off.

Gavino slammed the tailgate and wiped his palms together to brush off the road dust. "So, as long as the technology isn't banned by people who think it's all a science fiction ploy to take over the world, a lot of people with diseases and conditions could benefit from cloning."

She nodded, as always energized by the topic that had fired her blood since high school. "Potentially. A lot more research needs to be done but it's exciting." She shrugged. "Problem is, we need grant monies and governmental support, which is difficult to secure when every special interest group in the world protests the research. They just don't understand the potential."

"What wonderful and fulfilling work you do."

She sighed. "I love my career, but it has its negative aspects. You know, I'm the only woman on the research team, and the only person under the age of forty, too. Combine that with being a quote-unquote minority and I'm quite the oddity."

"You should be proud."

"I am. Don't get me wrong. It's just burdensome sometimes to be the frontrunner. The token Latina, some people think. I must be there because of a quota, not my brains." She huffed. "I've worked damned hard to get where I am, ever since I first learned about human cloning in my high school genetics class."

"I'm sure you have."

She bestowed on him a smile of pure gratitude. "Not to mention, the field is packed with arrogant, prima donna men who puff up their chests at the thought of a thirty-year-old woman working on a level commensurate with their own."

Like Elizalde, Gavino thought. That Esme showed even the slightest interest in the man completely rankled him. He didn't want to think about it.

"If we had kind, intelligent men in the field, I'd probably be much happier. Men like you," she added quietly.

Gavino warmed at the compliment and averted his gaze. And here he'd been thinking she'd be bored hanging out with a simple painter. Maybe he was wrong. God, he wanted to hold her. She made him feel so incredible, so special and . . . gentle. His swelling emotions told him to get back on track, and quick. "What about things like injured joints or amputated limbs?" He held her door open while she climbed in the truck. "Could cloning possibly regenerate those for a person?"

Her face brightened. "Exactly! Wow, it's so wonderful to talk to someone who just gets it. *That—*" she poked her finger softly in his chest "—is the type of human cloning research we do. We're not out to re-create emotionless human duplicates."

He raised his hands like a heavyweight who'd just won the world title. "And Mendez chalks up another point for catching on. The crowd goes crazy." He cupped his hands around his mouth and imitated crowd cheering noises. It was a feeble attempt to lighten the intimate mood before he gave in to the impulse to gather her against his chest and rain kisses on her face.

She shook her head and laughed a little, then studied him intently. "Ever thought about going into the sciences, Gavino? You've obviously got the mind for it."

He pulled a skeptical face but pleasure from the compliment swirled through him. "No. I'll leave the hard work to experts like you. I'm perfectly happy painting."

"Which is a perfectly brilliant contribution to the world."

"Ah, sweet Esme." He caressed her arm slowly from shoulder to wrist. "A man sure could get used to being around you."

Later that evening, Esme perched on the edge of the bathroom vanity while Gavino applied the promised "full face" on her. She hadn't seen it or her hair. She could only wonder what effect the glitter spray had on the whole look, God help her.

"Quit touching your hair."

"Sorry." She folded her nervous hands in her lap. An idea struck. "You getting hungry yet? We could take a break and order dinner." She really just wanted an excuse to turn around and get a sneak preview of her face.

"No, you can't peek but nice try." He glared. "We're almost done. And in answer to your question, I can wait to order unless you're going to die of starvation."

"I can wait, too," she muttered, grumpy that he'd pegged her amateurish ploy.

Gavino had been firing off questions about her job since the minute he walked in the door, which pleased her. Most men she'd encountered had either been bored by the topic or intimidated by her expertise. He seemed genuinely interested. As though reading her thoughts, he deftly turned the conversation back to the topic. "How does Elizalde fit into the research team?"

Oddly enough, thinking of Elizalde didn't infuriate her as much as it had right after the *Stillman Show* disaster. She found him rather pathetic, though she still wanted to get him back for what he'd done. "He's on a two-year faculty exchange from *Universidade Federal de São Paulo*," she said. "He's actually a medical doctor and he's part of the embryonic stem cell project. Hot stuff in his country. In the whole field, really."

"Hmm," Gavino said, sounding unimpressed. "Stare at my throat and don't blink." Gavino applied mascara to her lashes in silence. When he finished, he stuck the brush back into the tube and cast her a sidelong glance. "Can I ask you a question that's none of my business?"

"Great opening, really sets a person's mind at ease." She gave him a droll smile. "But, sure. Go ahead."

"What do you see in that guy?"

Her forehead crinkled. "Vitor?"

Gavino turned his back on her and took a moment to rifle through her new cache of cosmetics. "Yeah," he said through clenched teeth.

She shrugged, confused. "Well . . . I don't know what you mean. I respect his work, his contribution to the field of genetic research . . . and we're lucky to have him on the project."

"But, is that enough of a reason—" The ringing phone interrupted his question.

"I should get that." *Yes!* Now was her chance to catch a glimpse of her makeup.

"Fine, but *no peeking.*"

"Okay," she fibbed, jumping off the counter. She *had* to see it so she could control her reaction in case she hated the way it looked. Not that she was a pessimist. "I'll run downstairs and order the food while I'm at it. It will be at least forty-five minutes before they deliver."

He held up his finger. "I'm serious, Es, don't look."

She ignored him, pummeling her way down the stairs to pick up the phone on the fourth ring. "Hello?"

"Hey. It's Lilly."

"Lil! We haven't talked in forever." Slowly, with trepidation squeezing her lungs and horror flick background music playing in her head, Esme turned in measured increments to face the hall mirror. She cajoled herself: Maybe it wouldn't be so bad. Maybe Gavino decided to go for subtlety. Maybe—

The first glimpse was like a punch in the gut.

Dumbstruck, she sucked in a breath. The only thing that could make her look more gruesome was the addition of black lipstick, *which came next.* "Oh. My. God."

"What's wrong, Es?"

"This can't happen. You have to see this," Esme gasped. She wadded the phone cord in her fist and glanced behind her to make sure Gavino wasn't within earshot.

"Why are you whispering? See what?"

Panicked, she searched her brain for a feasible escape route from this nightmarish makeover plan. Sleazy was one thing, but she never expected it to be this macabre. Somehow she had to convince Gavino this wasn't the way she should look. An idea struck her. "Are you busy?"

"No, that's why I called." Lilly sounded mystified. "I thought I'd stop by and chat later if you're free."

Esme licked her lips, her head bouncing like a frenzied dashboard Chihuahua. "Good. Yes. Excellent. Holy crap. Come soon. Come *now.*"

"Esme Jaramillo, you are jabbering. For the last time, what's going on?"

She sucked a breath and blurted it all in one jumbled exhale. "Gavino did my makeup and hair, kind of a dress—" *hiccup* "—rehearsal for Friday's party. Anyway, do you remember that song, 'Gypsies, Tramps, and Thieves'?"

"Yeah."

"Well, I look like all three of them rolled into one ridiculous—" *hiccup* "—caricature. Mixed in with a little science fiction glitter for good measure." The description was an understatement. No way could she show her face in public looking like this. She glanced into the mirror at the unrecognizable hooker-slash-vampire staring back at her. Her stomach cramped. She fought back a whimper.

"Uh oh. You're hiccupping. It can't be good."

"It isn't!" she half-rasped, half-slurred.

"Okay, wait," said Lilly, ever the voice of rationality. "Did you somehow give him the impression it was a costume party?"

"No, of course not." Panic bubbled inside Esme. She bounced, shaking her hand with urgency. "Stop asking stupid questions and come—" *hiccup* "—over. You have to convince him this looks ridiculous. Maybe if he hears it from you—"

"All right, all right," Lilly soothed, sounding apprehensive. "But what if you're wrong and I like it?"

"Trust me." Her throat clenched. "You'll *hate* it."

A sigh. "I'm on my way."

Esme hung up and ordered their food, adding an order of Kung Pau chicken—Lilly's favorite—in case she hadn't eaten. She took the sympathetic restauranteur's suggestion to order her sesame beef extra hot because the chile supposedly cured hiccups. After arranging her expression in a semblance of casualness, she pressed a palm to her trembling torso, and headed up the stairs to meet her black-lipped fate.

In the bathroom, Gavino blocked the mirror. He cupped a hand next to her face like a horse blinder while she got situated on the sink. "You didn't look, did you?"

How could she lie without flat-out lying? "I, um, caught a glimpse in the hall mirror but—" *hiccup* "—didn't get a close look." She changed the subject before he had a chance to dig deeper. "Lilly's going to join us for dinner, do you mind?"

"Of course not. We're almost done here." His eyes narrowed in suspicion. "Why do you have the hiccups?"

"Medically, I think it's when you swallow air."

"That's a belch."

"Whatever." She licked her lips. "Let's finish before she gets here. What do we have left? Just the terrier lips?"

He flattened his mouth into a line and chastised her with a glance. "Just the lipstick."

Gavino rummaged out a tiny brush and began to blacken it with the offending lip color. Esme watched him with mounting stress. Did he really like this look?

"So," she posed gracefully, "h-how do I—" *hiccup* "—look?"

He stood back and grabbed his chin, turning his head this way and that as he studied her. "Definitely exotic."

She blurted a nervous laugh. Her palms began to sweat. "Well, good, that's what we wanted." She toyed with the flyer that had come in the lipstick box while Gavino held her chin and painted the funereal shade on her mouth. "Finished," he grinned and began gathering the products. Esme focused on reading the lipstick flyer, which listed instructions and marketing claims in English, German, French, Spanish, and an Asian language she didn't recognize. *Who'd need instructions for lipstick?* she wondered. "Can I look now?" she asked.

"Not yet. Let me, first." He breached her personal space and scrutinized her up close. "You look great, Es."

Was he insane? Her eyes read faster. "Oh, thanks."

His knuckles moved to rest on either side of her, effectively trapping her in. His musky male scent, like warm leather, surrounded her. Something moved between them with the power of the earth's tectonic plates shifting. Oh, God.

"I personally think you always look great."

Uh huh. Sure you do.

"But, this is good, too," he murmured.

"Are you sure?" She tensed, inadvertently squeezing his hips with her thighs. His eyes smoldered, and he moved closer until his face was mere inches from her own. *Dios mio*, he was going to kiss her. She knew it, could feel it like a déjà vu, like it had already happened and she was reliving it in TechniColor and Surround Sound. They'd just managed to get their friendship on track. He couldn't kiss her. *God, please kiss me.*

Unable to stop herself, she raked her newly blackened lips through her teeth.

His gaze dropped. "Hey, now," he teased. "You're going to chew all that lipstick off, *querida.*"

She held up the accordianed product flyer. "Uh, it's chew proof, according to—" she held her breath and staved off a hiccup "—this. Though, I'm sure they didn't do a scientific study to prove such a claim." Wow. And, she'd always thought the concept of a person's heart being *in* her throat was metaphorical. She swallowed—barely.

"Know what else it says, Esme? That it's kiss proof."

An airless chuckle strangled past the heart blocking her normal throat function. "Definitely no scientific studies to prove that one, I'd bet."

His gaze rested on her mouth. She could see his pulse in his neck, could feel his warm breath tickle her lips. "Probably not," he drawled, "but, baby, there's definitely something to be said for testimonial evidence."

She reached out, intending to press against his chest and prevent the kiss, but her heart had other plans. Before she could stop herself, Esme had gathered a fistful of Gavino's shirt and pulled him roughly against her. Their mouths came together with a passion so innate it was inevitable. A moan tore from her throat, guttural and spontaneous.

His tongue explored her mouth, and her hands snaked around to his nape, releasing the ponytail from its rubberband confines. God, she'd been wanting to do that for a long time. She drove her fingers into his shiny hair and scrunched it in her fists, indulging herself in the feel of him. The position raised her breasts into his chest and she pressed them harder, knowing nothing beyond her blinding need to rub the tingling tips against his solidity. Everything in her throbbed. Her libido switched her brain on autopilot and sat back for the wild, sensual ride.

His mouth lifted. "Sweet God, *querida,* I want you." His words shook with wonder and surprise. He palmed her hips and pulled her closer until the insides of her thighs made contact with his hipbones, until nothing separated them besides clothing and moist heat. And he captured her mouth again. He traced her lips with his tongue, plundered and pulled back. His urgent hands caressed her upper arms, her back, her thighs, and when her tongue made a tentative approach, he sucked it gently into his mouth. She gasped.

Their eyes met. Held.

Time stopped. Breathing ceased.

Then another wave of passion rolled over them.

She never imagined it would be this good, this right. He felt so big and warm, so brazenly male, she couldn't get enough of him. She yanked impatiently at his T-shirt, pulling it from his waistband. Her hands sought the bare, hot skin she'd admired from afar for what seemed like forever. When she smoothed her palms up over his hard, rippled stomach and flicked the pads of her thumbs over his nipples, he simultaneously sagged and groaned. She dug her fingers into the width of his back.

He pushed her back until her head met the mirror—a little harder than planned. Her hand went to her head. She chuckled.

"I'm sorry." He laughed, too, but Esme quickly stifled the sound with her ravenous mouth over his.

She clambered closer to him none too gracefully and knocked a hairbrush off the vanity. It clattered on the tile, followed quickly by the soap bar and toothbrush holder. She didn't care. He didn't seem to, either. His long fingers found their way to her breasts. He cupped and lifted her. She arched into his palms and tipped her head back to allow his hot lips and rough whiskers access to her neck.

The doorbell rang.

Who cares? Go away. Busy. No one home.

It rang again.

Esme's eyes flew open. Oh no, Lilly. Lilly, who had been instructed to convince Gavino that Esme's Mistress of the Dark look was unacceptable. But Gavino obviously liked the way she looked, and she definitely approved of the way he felt. Change of plans. She had to get to Lilly before Lilly got to Gavino.

"Stop!" Gripping Gavino's shoulders, she pushed him back and managed to knock a few more toiletries to the floor.

He looked stunned, distracted. "But, I—"

"I h-have to—"

"Wait, I—" he whispered, in a husky tone.

He leaned toward her again, but she gripped his shoulders to stop him. She was panicked, thinking Lilly might use her spare key and inadvertently ruin things just when they'd started to get good. "No . . . just let me get off the—"

She half-fell off the vanity, straightened her clothing, grappled for her bearings. Feeling lust-drunk and crazed for him, she smeared at her mouth with the back of her hand. She couldn't find words to explain. "It's Lilly." Her gaze dropped for fear he'd see the truth in her eyes. *I'd do my face this awful way just to have you want me.* "I have to . . . go."

She brushed past him, out the door, down the hall.

Just like that, she was gone.

The stillness sucked him in like a vacuum. Blood raced in Gavino's veins. His brain buzzed with painfully acute desire. With shaky hands, he stooped to pick up the items scattered over the bathroom floor, willing his uncooperative body to return to its normal state. He situated the toothbrush holder on the vanity, aligned the hairbrush neatly next to the basin.

Hard as he tried to ignore it, a sense of spiraling disaster swept through him. Remorse. He closed his eyes and rested his forehead on the front of the vanity. He shouldn't have kissed her. Hell, he'd practically devoured her, and he knew how little experience she had. What ever happened to gentleness? Taking his time? He'd clearly pushed too hard, too soon. The panic in her eyes as she'd escaped from the bathroom said it all.

You screwed up, Vino. She wanted your friendship
You took advantage of that.

Gavino stood and braced his hands on the countertop. He hung his head, letting his hair fall like a screen around his face. "Damnit." He wanted her to know he'd take her any way he could get her. Neighbor. Friend. Lover.

Lover. Desire surged.

No. She didn't want that. "Damnit," he bit out again, raking his hair roughly back from his face. He straightened and stared at his reflection in the mirror with revulsion. Pushing people around to get what he wanted. Still. Who the hell did he think he was?

He'd fix this if he had to apologize, grovel, beg. He'd tell her it shouldn't have happened and assure her it would never happen again. He'd make it up to her. He would.

No matter what.

Esme fumbled with the deadbolt and yanked the door open. "Come in," she barked. "Hurry up."

"What a lovely greeting," Lilly quipped. Her features morphed from amused to mortified with one glance at the makeover results. "Lord have mercy, girl, you look like Night of the Living Dead." She crossed herself hastily.

"It's awful, I know. But I don't care."

"Huh?"

"Shhh. Just come on." Esme grabbed Lilly's forearm and dragged her into the house. They stumbled through the living room toward the guest bathroom off the hallway. She shoved Lilly in, slammed and locked the door, then pressed her back against it. *"Dios mio,"* she exhaled, closing her eyes. Her hands curled into fists. "I can't believe that just happened."

"Quit freaking out and let me look," Lilly said, her mind obviously on a different track. She grabbed Esme and centered her in front of the mirror, then stood behind her staring over Esme's teased hair at their reflection. Lilly chewed the inside of her cheek, a disturbed wrinkle marring the perfection of her forehead. "Okay, first off, the lipstick should be *on* the lips, not spread around them."

"I don't care about the makeup," Esme rasped, peering guiltily at her confused friend while smearing the black from around her mouth. She glanced in the mirror again. It looked like she'd been cleaning out the fireplace with her lips. So much for kiss-proof. "I knew they couldn't prove that scientifically," she muttered.

"Scientifically? What—?" Lilly asked.

"Nothing. Never mind." Esme whirled, steadying herself with her palms on the sink edge. "Listen. New plan. You have to tell Gavino you love it. That it looks great. I don't want him to know how much I hate it."

Lilly's jaw dropped and her green eyes rounded with shock. "Girl, have you lost your mind? You can't go to your office party looking like this."

"I know, but—"

"No, you obviously don't know." Lilly gripped Esme's chin turned her face toward the mirror. "Look at it, for God's sake. I thought you told me Gavino was a professional. What happened?"

"He is a professional." Esme batted away Lilly's hand and started to gnaw her lip, before deciding against it. She didn't want black teeth as well. She slumped onto the toilet lid, toes and knees pointing inward. Elbows on her knees, chin in her palms, she said, "I don't know. I can't explain it."

"Try."

Esme inhaled. "All I can tell you is . . . Gavino and I have managed to become friends."

"Yeah, Pilar told me that part. What's that got to do—"

"Just listen. Everything was working fine between us. Then he made me up to look like this—" she framed her face with her hands "—and all hell broke loose."

"Hell?"

"Well, good hell."

Lilly clicked her tongue and frowned at Esme. "Don't let your mama hear you say that."

Esme ignored her. "He kissed me, Lilly. *Really* kissed me."

Lilly pulled her head back in shock. "And, that's hell?"

"Good hell, remember?" Esme swallowed, sensual excitement ribboning through her as she remembered just *how* good.

Lilly busted into a Colgate grin. "But, he kissed you?!"

"Hoo-boy, did he ever." A feeling of wild passion reeled back and slapped her, and it took her a moment to gather her wits enough to go on. When she could speak again, Esme reached up and clutched her T-shirt at the neck. "He kissed me," she said again, "just before you got here. Hence the raccoon mouth."

"Es, that's so great. I don't know why you're looking so glum. I'm sorry I interrupted." Lilly gripped her wrists and shook them, grinning. "Told you he had the hots for you."

"Yeah, for *this* me. Not the real me." Esme's words sounded morose to her own ears, as well they should. "He has the hots for Vampira. What am I going to do?"

Lilly slid down the wall and sat crosslegged on the floor. "Es—" she uttered a sound of disbelief "—don't be an idiot. He can't possibly want you to look like that."

"Uh, are you forgetting he created this look? He told me I looked great. He doesn't even know I've seen it yet. Besides—" Esme spread her arms wide and spoke in a sarcastic tone "—did he kiss me in my natural state? No."

"Did you encourage him to do so? No," Lilly countered, mimicking Esme's snideness. "Just the opposite. You told that hottie you wanted to be friends."

"Because he came here out of pity for how ugly I am!" Esme hollered, scooting to the edge of the toilet lid. She pressed her lips together and struggled to lower her voice. "What am I supposed to do, Lilly? Be grateful for the charity?"

"You're not—" Lilly growled in frustration "—Esme, wake

up. God, you can be so irritating. Tell Gavino you don't like the makeover. Tell him you like a more natural look. Tell him you want his bod. End of story. Happily ever after."

Unbidden, tears rose to Esme's eyes. Her chin quivered, and a sob escaped. "It's so easy for you to say that, Lil. You don't get it. Science nerds don't even look at me. No one does. They never have." She sniffed then yanked a tissue out of the box on the toilet tank. "And you honestly think a man like Gavino Mendez would be interested? Forgive me if I don't share your confidence."

Lilly softened. "Aw, honey—"

"He probably has Frankenstein Syndrome," Esme croaked. "A twisted lust for his creepy creation."

Lilly unfolded her long limbs around until she could kneel. She scuffled across the floor on her knees and wrapped Esme in a hug. "I didn't mean to sound flippant, Es. But you aren't giving yourself enough credit with this man."

"I don't know how." Her entire body trembled. She was scared of losing something that wasn't even really hers. "I've never felt this way before. All I know is, if he likes me this way, why would I want to change back to the way I looked before? To be alone? To be the object of ridicule on national TV?"

"But if he truly cared about you, he wouldn't want to change you." Lilly rubbed her back.

"Thanks a lot," Esme said wryly.

"No, I meant—"

"Forget it. I know what you're saying. But some of us don't have the luxury of choice." Pulling out of Lilly's embrace, Esme tipped her head back. She held tissue-wrapped fingers beneath her lower lashes, not wanting to completely ruin the makeup job since she had to face Gavino again. She sniffed and wiped her nose. "I think I'm falling in love with him, Lil."

"I know you are, honey." Lilly laid her palm on Esme's cheek and smiled. "It'll be okay. What do you want me to do?"

"Just let me deal with it," Esme implored her friend. "Tell him it looks good and be convincing. Okay?"

Lilly sighed. "Okay, Es, if you really want me to, I'll tell him you're the bomb," she soothed. "Whatever you want."

"Promise?" Esme whispered. "Don't think badly of me."

Lilly smacked her in the arm. "Who do you think you're talking to here? I'm your best friend. Now, stop crying or you'll look like *Rainy* Night of the Living Dead."

Esme blurted a watery chuckle, then stood and leaned in toward the mirror. She managed to erase most of the smeared lipstick from around her mouth, then slapped her cheeks a few times, trying to remove evidence of her tears. "Ahhhh," she intoned, releasing her tension. Thank you for this, Lil. I ordered you Kung Pau Chicken," she said, her voice tremulous.

"Oh, good. I'm starving," Lilly said dispassionately. She looked completely worried and out of sorts.

Esme blew out a breath, stretching her neck from side to side. After shaking her hands out like a boxer prepping to enter the ring, she asked, "Are you ready?"

"Me? Are *you* ready?"

Esme's teeth sunk into her black bottom lip as she worried a soppy tissue through her fingers. "No. But, I'm not getting any readier. Come on." She unlocked the door, and with Lilly at her heels, they skulked down the hallway like thieves.

"Shoot, let me grab my purse," Lilly said, turning back.

Esme spared her a fleeting glance but continued toward the living room. She thought about Gavino, and her stomach twanged.

That kiss. Sure, it mostly involved their lips, but she felt it straight down to her toes. It wasn't like your normal, everyday kiss. Gavino climbed right inside and became a part of her, until she didn't know if it was her nerves or his being stimulated to the shrieking point.

Oh, God. She wasn't *falling* in love with him.

She *was* in love with him.

And in lust. *That kiss*.

Turning into the living room, she came face to face with Gavino sitting awkwardly on the arm of the sofa. "Oh!" she exclaimed. Her hand fluttered up to her chest which flushed with heat at the mere sight of him. "You scared me."

"I'm sorry. I—" He stood and crossed to her cautiously, looking peaked and intense. A few feet from her, he reached out, but stopped himself and pulled back. "Esme, listen. We have to talk about—"

"Hi, Gavino," Lilly interrupted. She paused in the doorway.

"Oh. Hi." He backed off and raked his fingers through the length of his hair, his wary eyes moving from one woman to the other. When his heels hit the back of the couch, he sat down. "I forgot you were here."

"I'm here," Lilly said, with fake cheerfulness. She poked her thumb in the direction of the hallway. "We couldn't wait. We looked at her makeover in the downstairs bathroom. Sorry."

A very pregnant pause ensued. No one moved. Inhaled air kept filling Esme's lungs until she thought she'd explode and float around the room like confetti.

"And?" Gavino's Adam's apple rose and fell. "What do you think of it?"

"I love it," Esme blurted, the air whooshing out.

"She . . . loves it." Lilly punctuated the unnecessary statement with a titter of nervous laughter.

Esme shot a staccato glance at Lilly, then turned to Gavino and forced a brittle smile. She wrapped her arms over her torso and didn't speak for fear she'd hiccup. Or cry. Or die.

Gavino's jaw went slack. He blinked several times. His face jerked toward Esme. "You . . . love it? Really?"

Her head jerked up and down in a somewhat nod-like manner.

"But . . . the makeup? The hair? All of it?"

"Yes," she told him. "It's exactly what I wanted. Thank you so much."

"Well . . . great." He gave her a flat-lipped smile but looked vaguely ill. "That's just . . . great. She loves it," he added to Lilly, shrugging. "What about that, Lilly?" Lilly leaned against the doorjamb and sighed. "Go figure."

How could she possibly have liked it? Gavino thought. He felt bereft. So lonely. He'd made her up to look ghoulish intentionally, so she would realize how ridiculous it was to think that makeup or the lack thereof made the woman. But the whole plan had backfired right in his face. Now he'd have to send her off to an important faculty function looking horrid. Either that, or he'd have to confess his whole devious plot. After the blow of the *Stillman Show*, he didn't think she'd forgive him for humiliating her a second time, no matter how good his intentions had been. But, that makeup job. *Hijola*.

And she loved it.

"I absolutely love it."

His eyes moved to the chic young woman standing next to him in the carriage house, Denae Westmoreland. He'd thought about cancelling the appointment with the prominent gallery owner that morning, and now he wished he had. He could scarcely dredge up the enthusiasm to pay attention to one of the most important gallery owners in Denver, a serious career mistake. "Pardon?"

Her perfectly coiffed blond hair didn't move when she swiveled to smile at him with absolute debutante decorum. She gestured at the painting of Esme with a hand sporting so many gargantuan rings, he wondered how she held her wrist up. "I said I love it, Mr. Mendez. The portrait. It's exquisite. My husband will adore it as well, I'm certain."

"Well, the subject is exquisite," he told her, staring at the Esme he loved. Pure, gentle, genuine. Not his. He couldn't forget, she wanted Elizalde. He should've remembered that last night. Another speeding bullet of regret and sadness pierced his heart. Direct hit. Zero survivors. Rest in Peace.

"I don't believe I've ever seen a contemporary portrait where the subject wore glasses. At least not one rendered so beautifully."

"Thank you." He sniffed the air covertly, hoping he'd fumigated the carriage house well enough. It had gotten to where he hardly noticed the overpowering odor of the paints and oils, but he knew it distracted some visitors. Then again, this particular visitor was in the business.

Ms. Westmoreland tilted her head this way and that, shifting her weight from one three-inch lizard heel to the other. One arm resting against her torso, she cupped the opposite elbow and bent her wrist, gesturing with two fingers. "The composition is first class. But, you know, that's not it either," she said. She gripped her chin and stepped backward, scrutinizing the painting with a narrowed gaze and pursed lips. "It's the emotion in the piece, the life."

In spite of his desolate mood, Gavino's heart began to pound. She really seemed to like it. Consigning with the Westmoreland Gallery could set him on his feet. He wouldn't have to leave Denver. *Or Esme.* He'd start over, make it up to her.

Ms. Westmoreland peered over at him like she'd just figured out the mystery of the century. "I've got it. It's her look."

Gavino swallowed and turned to the portrait. "Her look?"

"Absolutely, Mr. Mendez." She directed her attention back to the canvas as well. "That lovely woman has the undeniable look of love."

Esme padded listlessly into the kitchen and shoved the coffee carafe under the faucet. Her muscles ached and her eyes had burned too much to even consider putting her contacts in. But her glasses felt oddly comforting on her makeup-free face. She felt like herself, four-eyes and all.

She'd cried herself to sleep last night after Gavino had pulled her aside and told her the kiss had been a mistake. *He apologized.* Said he felt awful about it and it shouldn't have happened. He might as well have driven a knife into her heart.

She didn't want to go anywhere when she was feeling so vulnerable, especially not with him. But they had to shop for her outfit today. The faculty get-together was tomorrow night. So, she'd suffer through the shopping with Gavino when she looked and felt worse than she had since the three days after the *Stillman Show*. What did she have to lose? He didn't want her, and there she'd stood, ready and willing to relinquish her pride and wear freakish makeup just to keep him. What a fool.

The whole thing was a fiasco. Her life was a fiasco.

God, she loved him.

She groaned. Almost against her will, she moved to the kitchen window to peer across the lawn at the carriage house. Dappled sunlight shone on the roof. The Russian olive tree near the back swayed in the slight breeze. With the big north-facing window, what a perfect studio it could be for Gavino. If he lived with her, he could move all the living furniture out and have ample space to create. If only he loved her like she loved him, it could work.

Gavino's door opened. She inhaled sharply and ducked down. Shoot, had he seen her? Her heart pounded out embarrassment in her chest. She rose slowly and moved off to the side of the window, peering cautiously around the wispy white curtain. Gavino stepped out and—

Her extremities went completely numb. Gavino stood in the doorway with a perfect magazine-page blonde. The woman wore a tight suit with a faux leopard-skin lapel and cuffs. She reeked of money. They smiled and laughed with one another, and Gavino looked utterly beautiful, completely carefree. He wore a Mandarin-collared pearl-gray shirt tucked into charcoal slacks. His hair—the hair she'd clutched with unabashed desire and need—hung loose, catching the sunlight and the breeze.

The woman leaned forward to say something and touched Gavino's arm. He didn't look like he regretted *that*. Sharp, ugly talons of jealousy tore at Esme's middle. She white-knuckled the edge of the sink and wanted to hate them both for being perfect and gorgeous and completely out of her league. But she couldn't. Because she loved Gavino Mendez with every clonable fiber in her body. Esme scoffed. And she'd always been so proud of her intelligence. Ha.

Gavino reached a hand out to the woman, and she took it but then pulled him into an enthusiastic hug. As his arms wrapped around the perfect blonde, Esme imagined his scent wrapping around her, too. Of course he'd want a woman like that. Why not? Hot tears of anguish blurred the image she wished she'd never seen. She wouldn't have, had she not been staring at the carriage house longing for a dream she'd never realize.

As if the day weren't bad enough, now this.

She knew one thing: she couldn't bear to face him now.

Eight

After changing into jeans and a polo shirt, Gavino walked across the back lawn toward Esme's house. Sunshine heated his hair and kissed his skin. His steps felt weightless, and he couldn't keep the grin from his face. The day had started out so unforgivably bad, but it had turned around. A sense of hope imbued him. He couldn't wait to tell Esme the great news and unveil the portrait. Maybe he could convince her that Elizalde was a rat who would only end up breaking her heart. He couldn't quite make himself believe she wanted the cretin. Inconceivable. So he'd confess his feelings, and hope she'd give him a chance. They could start over.

Denae Westmoreland not only consigned "Look of Love," she also selected five other pieces from his collection and intended to dedicate one complete room in the gallery to his opening. The wealthy gallery owner seemed even more excited than he was about their new partnership. She'd even hugged him! She and her husband belonged to the kiss-kiss pretentious upper crust, but he could tolerate that for this big of a coup. In the art world, the Westmorelands were big time, and that's what really mattered.

Gavino jumped in the air and pumped his fist. *Yes!*

His entire body felt energized, alive. All of this was because of Esme. She inspired him, made him accept the man he'd become and forgive the angry boy he'd once been. He didn't need to beg forgiveness from all the people he'd hurt, he merely had to ask for clemency from himself. He knew that now. Because of her. When he was around her, Gavino felt like a good man. That had never happened before. God, he loved her. More than he ever thought he could.

A lump rose to his throat and his stomach flopped. He wished his mother was alive to meet her. God, she'd be so pleased. He could finally do something to make her happy. And, Phillipe—his brother had to meet Esme. Mr. Fuentes, too. They wouldn't believe that Gavino had found such a wonderful woman.

He laughed and lifted his face to the sun. Without even realizing her power, she took the mismatched colors and bare canvas of his life and nurtured him into a *pièce de résistance*.

He would have her. Somehow.

Even if he had to rein in his feelings and wait.

Sobered slightly, Gavino slowed his steps. Things between them weren't perfect, he had to remember that. They might be if he hadn't screwed up so royally last night. His jaw clenched, but he consciously released the tension. *No time for doubt—think positive.* He hoped, after he'd apologized so profusely, that she'd had time to forgive him for the kiss. Boy, had he ever read her wrong on that one. She'd been so responsive, he felt sure she wanted it as much as he had. His mistake. Hopefully, she'd know his apology had been sincere and they'd make up. Go shopping. Joke around again. Life would be good.

A persistent sense of foreboding shadowed his thoughts. Of course, there was the matter of preparing for the faculty get-together and explaining why he had tricked her and gone the ghoul route with her hair and makeup. But . . . he'd figure that out as he went along. She couldn't hold it against him forever, could she? Esme was a reasonable, intelligent woman. She'd listen to his motives before casting him aside. *Please let her listen.* Again, he stubbornly pushed away the negative worries.

Gavino took all three porch steps at once and lifted his knuckles to rap on the door. Before he could knock, something caught his eye. He froze, fist in the air. An envelope.

White. Sealed. Taped at an awkward angle on the glass.

And right in the middle, in Esme's neat drafter's printing, was his name. *Gavino*.

His heart didn't thud, it didn't race. Rather, it seemed to stop dead, and everything in him went cold. She'd left him a note on the door, which could only mean she didn't want to see him. That couldn't possibly be good, could it? Was it an eviction notice? A Dear John letter? Hate mail?

He unfurled his fist and pulled the envelope off the glass. With shaking fingers, he ripped open the top. The unmistakable scent of lavender wafted from the stationary and socked him in the gut. It smelled like her. Something stiffer weighted the bottom of the envelope. He peeled in and frowned — her credit card? Baffled, he unfolded the note and read:

Dear Gavino,
I'm not feeling well today, must've been the extra hot sesame beef. I'm not up to visitors and I certainly can't go shopping. Please, go without me. I've listed my sizes below. I've also enclosed my credit card so you don't incur any expenses on my behalf. I'm sorry. Get whatever you think is best. It doesn't matter to me. I trust you. I'll see you tomorrow. I hope you're still willing to do the makeover.
Esme.

Just as he'd suspected, it wasn't good news. Gavino crumpled the letter in his fist and glanced up to Esme's shrouded bedroom window. Bad sesame beef? He didn't think so. Esme couldn't even bear to see him. He disgusted her.

He disgusted himself.

His eyes stung. A soul-deep ache started in his throat and radiated through his body. He hung his head, feeling beaten and desperate. He would beg, he would change, he would die . . . for this woman. Couldn't she see that? He never meant to hurt her. And yet, he had. Not once, but twice. Maybe this was his karmic destiny. It was his turn to hurt.

"Esme," he whispered.

God help him, he couldn't bear to lose her now.

"Gavino?"

Hearing his name, he turned from the Things Remembered window, where he'd been staring at—or rather, through—the wedding display for the last however many minutes. He didn't even know how long. He blinked at the tall, willowy woman weaving toward him through the passing shoppers.

"I thought that was you," Lilly said, tipping her shades down to peer over them.

"Oh. Hey, Lilly." Even dressed down and wearing dark glasses and a baseball cap, she looked every inch the supermodel. Her attempt at looking incognito would've amused him if he didn't feel like his heart had been ripped from his chest with a meat hook. "What are you doing?"

"Just shopping." She angled her head to the side. "You?"

His mouth opened, but nothing came out. The truth? He'd been scuffling through the mall like a listless vagrant for the past three hours, cursing the person who had written that crap about "it is better to have loved and lost, blah, blah." He had looked at clothing for Esme but hadn't had the heart to buy anything yet. He knew he was a goner when he found himself standing in the Hallmark store reading every single card in the From Me to You line. One of them had even made his eyes blur with tears. What was he doing?

Losing his mind, that's what.

He lifted his arms halfheartedly, then let them drop. "I really screwed things up with her, Lil." The insufficiency of the words that finally tripped off his tongue frustrated him. Even so, a small bit of the weight on his shoulders lightened just for having verbalized the truth.

A quiet moment passed, with stroller moms and mall-rat teens passing them in a blur of chatter and packages. Lilly chewed the inside of her cheek while she studied him. "Look, Gavino," she said finally, "you're a really nice man, but Esme is my best friend. My soul sister. I absolutely won't stand by to let anyone hurt her."

"Neither will I," he said, firmly.

She looked protective. Wary. "What do you want from her?"

"What do I—?" Gavino moved closer. "I'm in love with her," he rasped, clutching his hands into fists at chest level. "Sick in love with her." When Lilly didn't speak, he huffed and added "What do I want from her? Everything. All of her. Forever. I want to make her happy."

Lilly crossed her arms and pursed her lips on an exhale. "That's what I thought. But, geez, buddy, I was starting to wonder." She swung her arm over his shoulder and steered him toward the food court. "I'll make you a deal. Buy me a cappucino and biscotti and you can spill your troubles to me."

Fifteen minutes, two coffees, four biscotti, and a jumbled, incomplete explanation later, Lilly raised one perfectly tweezed brow and planted her elbows on the table. "You have no idea how relieved I am to know you didn't really think that freakazoid makeup job looked great."

His mouth twisted to the side. "It was awful, yeah?"

"Ghastly."

"That's what I was going for. At least I succeeded at one thing." Sighing, Gavino ran his hand over the top of his head and let it rest at his nape. He stared at the best friend of the woman he loved. "But she wasn't supposed to like it, Lilly. She was supposed to realize . . . something. I don't know. I can't even remember now and who cares anyway? It's over. She loved it. I can't believe how badly I screwed up." He bit off a swear word and hung his head.

"Gavino," Lilly ordered in a droll tone. "Look at me."

He did.

"Here's the thing you aren't getting." She knocked a knuckle on her temple. "Esme *didn't* like the makeup job."

He blinked. Twice. "But she said—?"

"Get real." Lilly spread her arms wide. "She hated it. She despised it. How could she not? I won't even tell you the words she used to describe it."

Shock zinged through Gavino like metal balls in a pinball machine. Pandemonium broke loose in his brain. *She said— He thought— They made a deal to— But, what about—*

Lilly took advantage of his moment of dumbfounded muteness to sip her cappucino, eyeing him over the paper cup's rim.

"Then . . . why did she say she loved it?" He sputtered finally, aiming his finger at Lilly. He narrowed his gaze. "Love. I distinctly remember her using the word love."

Lilly wiped her lips daintily and looked at him like he was hopeless. "Because, newsflash. She *loves* you, Gavino."

His heart bungee-jumped. Could it be true? Even so, claiming she loved the horrid makeup job didn't make sense. "That doesn't explain why—"

"She somehow got it implanted in her brain that you only became attracted to her when she transformed into Elvira on a heavy makeup day." Lilly zigzagged her hand through the air at the ridiculous notion. "Something about a kiss."

He ground his teeth. "I knew I shouldn't have kissed her."

"Oh, you *should've* kissed her, you just shouldn't have kissed her with her Monster Mash face on. That, brother, was your crucial error."

Gavino fixated on one part of her statement. "You're saying it was okay to kiss her?"

"Yeah. Or it would've been, a couple weeks ago."

"But she said she only wanted to be friends," he said, in a lukewarm effort to defend his lack of action. "She told me she didn't want entanglements."

"Um, forgive my blunt response here, but, *duh!*" She whipped open her palms to accentuate the monosyllable. "Esme said that to maintain her dignity, Gavino."

"Huh?"

Lilly sighed. "It's like this. Esme refuses to believe that a man like you would be attracted to the real her. Which, of course, you inadvertently reinforced by kissing her while she was in full warpaint last night."

He didn't even address the "man like you" comment, though it registered in his brain. "That's ridiculous. I've been telling Esme how beautiful she is since the day I arrived in Colorado."

Lilly softened her tone and gave him a small, sympathetic smile. "Yes, but based on the way you two met, you can hardly blame her for doubting your motives."

He pressed his lips together. The truth stung. Parts of Lilly's explanation made sense, but a couple crucial puzzle pieces were missing. "There's one thing I don't get in this whole fiasco," he said.

"What might that be?"

"If she supposedly loves me, why does she want Elizalde?"

Shock registered on Lilly's face, then she tipped her head back and laughed out loud. When she looked back at him, tears shone in her eyes. "Gavino—God! You're such a man. You and Esme are a perfect match. You're both insane."

He tried for an indignant look, but only managed befuddled and forlorn. "What's that supposed to mean?"

She reached across the table and grabbed his hand, her tone measured and distinct, like she was speaking to a child. "Esme doesn't *want* Elizalde, punkin. She wants him to be attracted to her so she can turn him down flat. Humiliate him like he did her. Get it?" She paused to let it sink in. "The whole *point* to this ridiculous makeover scheme is so Esme can get revenge. Incidentally, I've never approved of any of it."

Holy— It made sense. One corner of his mouth, then the other, creaked up into a smile. Esme loved him. *She loved him.* They just had to find a way to bushwhack through the rainforest of their combined stupidity and everything would be fine. Right? Except, he still had to make her over for the "event," and how exactly would he pull that off? His smile dropped. She still planned to go through with this revenge scheme, and though he was vehemently opposed to the whole idea, the last thing in the world he wanted to do at this point was boss her around. He frowned. "How am I going to get out of this, Lilly?"

She shook her head. "I've supplied the inside track, Gavino, but you're going to have to dig yourself out on your own. If you truly love her, you'll figure it out."

"But, do you think she'll—" he swallowed past a raw throat "—forgive me? For the makeup job? Everything?" He rested his forearms on the table and wound his hands into a ball.

Lilly leaned forward and patted his hands. "Last tip for ya, big guy. Lose the black lipstick." She stood and hiked her bag onto her shoulder. Donning the I'm-not-who-you-think-I-am sunglasses, she smiled. "Thanks for the java. Good luck."

By the time late Friday afternoon rolled around, Esme had resigned herself to facing Gavino again. Eh, what the hell? She'd never really expected fireworks between them anyway. She just had to make it through the next hour . . . and the faculty get-together . . . then she could burrow back into her safe, predictable life and forget that this summer ever happened. As for Gavino, she was sure he'd quickly move on to bigger and blonder things.

So be it.

The teapot began to whistle. She whisked it from the heat and poured boiling water over a peppermint teabag. Gripping the string, she dunked the bag absentmindedly in the mug. Her gaze strayed out the kitchen window toward the carriage house, willing him to appear so they could get on with it. Be done with it. No sign of him. Big surprise. She'd long since learned that wishing for something didn't make it come true.

With a sigh, Esme carried her tea into the living room mainly to get away from the draw of that window. She curled up in the corner of the couch and picked up the latest issue of *Newsweek*, thumbing through it without interest. The blood-red orb of the setting sun dropped behind a stand of cottonwood trees, casting long, dark shadows through the window into the room. She didn't bother to turn on a lamp. She reveled in the darkness. In her next life, she hoped to come back as a bat. Or perhaps a mushroom. Anything that thrived in darkness.

Anything but a wallflower.

Knock, knock, knock.

Gavino. She chucked the magazine aside and glanced toward the kitchen. Despite direct orders from her brain to the contrary, Esme's heart began to pound in her chest. The really sick part was how much she wanted to see him. Still. She unwound herself from the couch, pulled her bathrobe tighter around her neck, and headed for the back door. Opening it, she looked at Gavino standing there, then dropped her gaze. "Hi."

"Hey." A long uncomfortable pause ensued. "How are you feeling, *querida?*"

Feeling? she thought, glancing back up at him. The reddish light from the sunset burnished his smooth bronze skin and cast a fiery luster to his long hair. The diamond in his earlobe reflected it, too, like a ruby. Feeling? she thought again. Ah, yes. Bad sesame beef.

"Better," she lied, clearing her throat. "Thanks for asking." She stood aside and motioned him in. As he crossed the threshold, she noted the garment bag he held, along with another bulky shopping bag. Curiosity got the better of her. "What did you buy?"

"An outfit—" he lifted the garment bag, then lowered it and raised the other sack "—matching shoes, hose, purse, accessories, and . . . some cosmetics." He set both packages on the table.

"Cosmetics?" She frowned, nudging her glasses up. "Don't you think we got enough the other day?"

"Don't worry. This is all my treat," he said, with a small smile. "You've really done me a favor giving me a break on the rent. I just wanted to say thank you."

She didn't have the gumption to argue. "You're welcome."

"Plus, I thought we'd try a slightly different look for tonight and . . . we needed a few extra things."

"Oh. That's fine." But if he got her a tight suit with faux leopard-skin lapels and cuffs, she'd die. "Want some tea?"

"Got a beer?"

She grudgingly smiled as she walked to the fridge. "If you were in kindergarten, you'd get a failing grade for 'gives appropriate answer to a question.' " She lifted a bottle off the refrigerator shelf and handed it to him.

"Well, I never was a stellar student." He twisted off the cap and pitched it into the trash. "And I'm not in a tea sort of mood tonight."

What sort of mood was he in? she wondered. And why? Against her will, the beautiful scent of him—soapy, masculine, fresh—entered her sensory plane and gripped her heart. The very heart he'd stolen when she hadn't been guarding it well enough. Hot tears stung her eyes. She blinked them back and bit her lip.

In one fluid motion, Gavino set his bottle on the table and swept her into a heartbreakingly gentle embrace. One hand spanned her back, the other cupped her head and tucked it against his chest. She reached up and pulled her glasses off her face. They stood like that for a long time, silent, swaying, her arms stiffly at her sides, his wound about her. She felt him press his cheek, then his lips to the top of her head.

"Sweet Esme," he whispered. "I know you're nervous about tonight. And I haven't made it any easier for you. You deserve so much more than that."

"I-I'm fine," she lied. Her arms slipped around his waist, and she let the tears run soundlessly down her face to soak his shirt. Why did he have to be so nice? The jerk. She just wanted him to hold her forever. Was that too much to ask?

"I promise I'll make it better for tonight, yeah?" His lips warmed her hair once again. "I think you'll like how I make up your face this time much better."

"Last time was okay," she muttered apathetically.

"I didn't think so."

"Y-you didn't?" What about that kiss? She blinked against his chest. "I got the impression you liked it."

"It was okay. But—" she felt him shrug "—not you. This look will be you. I promise."

"Not too much me. I have to attract Elizalde, remember?"

"How could I forget?"

She sniffled once deeply, then pulled away and smeared at her cheeks. "I'm sorry for that. I always get weepy when—" *my heart is breaking* "—uh, when I'm not feeling well. I've already shampooed my hair." Esme spun, picked up her mug, and headed for the front of the house.

"Okay. Why don't you wet it and wrap it in a towel?" Gavino scooped up the bags and his beer and followed her. "Are you going to wear your glasses tonight?"

She scoffed. "No."

"Because if your eyes are irritated—"

"They're not," she snapped, then softened her tone. "Gavino. They're fine. I'll just go put in my contacts."

"May I hang the outfit in your room?"

"Yes, go ahead. Second door on the right upstairs. Is it leather?"

"It's a surprise."

"Great," she said, her tone bland. "There's a hook inside the closet door if you want to put it there."

"Then I'll meet you in the bathroom," he said, "and we'll get this underway. Okay?"

Lifting the bottom of her robe, Esme started up the staircase with listless, heavy steps. *I can hardly wait.*

The lavender scent in her room, though gentle and understated, consumed him from the moment he entered. Gavino hung the garment bag on the closet door hook, then arranged the hose, shoes, purse, and accessories in a neat row on the end of Esme's four-poster bed. Though he should've minded his own business and left, he couldn't stop himself from looking around.

The room was big, with a slanted ceiling on one side. A thick, red down comforter covered the bed, and multicolored pillows lay scattered against the headboard. A wood fireplace dominated the wall opposite the foot of her bed, and a neat stack of quilts and fleece blankets flanked it.

He moved to the mantle and studied the framed photographs. Her parents, some other relatives, he supposed. Then a series of photographs of Lilly, Esme, and Pilar over the years. *Tres amigas.* He wished he'd cultivated such a strong bond with someone over the years. No sense wishing, though. A smile lifted his lips, and he reached out to touch an image of Esme. So lovely. So sweet.

He walked to her bedside and scanned the nightstand, not really snooping, just trying to absorb the woman through her most private retreat. Freshly dusted, the nightstand held an alarm clock, several different shaped candles nestled together on a sterling silver tray, and a stack of books for nighttime reading. He tilted his head to the side to read the titles:

Everything You Ever Wanted to Know About Oil Painting
The Big Book of Oil Painting
The Artist and His Studio
American Painters in the Age of Impressionism

His breath caught. What was this? Touched, he sat on the edge of the bed and thumbed through one of the books. His chest constricted and burned. If he didn't know better, he'd think he was heading for some kind of attack. But, no. It was just love.

He shut the book and smoothed his palm over the cover. That she cared enough about him to immerse herself in his life's passion was . . . so like Esme. She thought of everyone but herself. He thought of the Westmoreland Gallery and excitement bubbled inside him. He wanted so much to share his good news about the gallery showing, but he preferred to make things better between them first. So he'd wait until the time was right. Something he was slowly learning to do, being in Esme's life.

Smiling, he replaced the book where he'd found it and took one more look around the room. In it, through it, he really saw the woman. And, he felt at peace with what he had planned. He wouldn't pressure, force, or cajole. He'd just lay his heart out there, bold and bare, and leave it up to Esme to decide. He crossed to the closet and pulled one more item out of his shopping bag.

A single, perfect pink rose. No thorns.

He hadn't been sure about the gesture until now, thinking perhaps all the Hallmark cards he'd read had poisoned his brain. But, no. He wanted her to have it. Cradling the blossom in his palm, he carried it to the head of the bed and laid it there, where she was sure to find it. Then he kissed his fingertips and touched them to the pillow as well.

Déjà vu.

Before she knew it, Esme found herself perched on the sink with Gavino standing in front of her completely focused on her face. She could barely enter this room without remembering, feeling, reliving that kiss. But in this position, with everything so perfectly replicated, Gavino's bulk and scent suffocating her senses, Esme found it utterly impossible.

She could be a fool once, even twice, but three strikes, baby, and she was out. Forcing her mind from how Gavino had felt and tasted, Esme reminded herself of what she'd seen from the kitchen window. She reached up and touched her styled hair, stunned to find it soft.

"Better than the stiff hairspray, yeah?" He winked.

She lowered her chin. "You're the expert."

"You're going to like this, *querida*." His cheek dimpled with the smile, and he nudged her jaw lightly with his knuckle. "You look beautiful already, and we're not even done."

"Whatever you say," she said, dubiously. Still, the compliment wrapped around her like an embrace. She tried to ignore the feeling. He'd been affectionate before as he made her up to look like someone she wasn't. She wouldn't fall for it again. She glanced toward the new cache of overpriced cosmetics and noticed Gavino had bought that beautiful paler shade of blusher she'd admired at the department store. Upon further inspection, she noted most of the colors he'd selected were subtler. Hope swelled inside her. Had he finally caught on to her true desires? Had exotic gone the way of 8-track tapes? She hoped so, because what she really wanted was elegant, not exotic. She just hadn't known how to express it before.

"I want to tell you something, Es, but I have to get it all out before you interrupt." He pulled a fluffy mascara wand from the tube and held it up. "Okay?"

His words brought her gaze to his face. "Okay."

He moved his finger from her eye level to his Adam's apple. "Stare here and don't blink." He waited until she did, then began slowly stroking mascara on her lashes. "What Vitor Elizalde put you through was despicable. But, my part in the whole fiasco . . . and the aftermath hasn't been much better."

Her lips parted, ready to stammer a denial, but he held up a hand, mascara tube clutched between his fingers, to stop her. He waited until she'd settled back. "I promised to be your friend, Esme, and I fell down on the job. Not intentionally, but because I became so blinded . . . by my desire for you, by how you made me feel."

Her gaze lurched upward to his eyes, and he cringed and reached for a swab. "Whoops—mascara dots."

"Sorry."

He waved away her apology. "Now—" He made the stare-at-my-throat gesture again. She complied, and he went to work on the other eye. "I've had my share of scores to settle in my time, and I don't begrudge your need for . . . tonight. Just as long as you know that Elizalde doesn't deserve you. And we both know you don't love him."

A surprised monosyllabic laugh blurted from her throat and she splayed her palm on her chest. "Whatever made you think I loved Vitor Elizalde, of all God-awful people?"

He tilted his head to the side. "Esme, please—"

"I'm sorry. I'll listen." She made a zip motion over her lips. "Go ahead."

Finished with the mascara, Gavino pitched it into the shopping bag. He sucked in one side of his cheek, seeming to struggle with what he wanted to say. Finally, he picked up the lip-liner—nude, thank goodness—and got to work on her mouth.

"Bottom line is, I saw something I wanted desperately and I went after it. I pushed you too hard, Esme. I know that now. I got it into my head that I knew what was best for you, and all I had to do was convince you however I had to, whatever it took." A beat passed. He sighed. "I was wrong. And, I'm sorry."

She bit her lip to keep from speaking.

"But the whole thing is your fault, really."

"What?!"

He grinned at her, but his expression quickly sobered and grew more intense. "It's your fault, because every moment I spent around you, *querida*, you made me love you."

Her gaze dropped. He lifted her chin.

Their eyes met again, and held.

"But more importantly, every moment I spent around you, baby, you made me love *me*." He held his fist to his chest. "And that's something no one has been able to do for thirty-four years." His thumb brushed over her bottom lip, sending shockwaves straight to her spine. A winsome little smile curved his mouth.

Tears rose to her eyes.

"If you cry this makeup off, Esme, we're gonna have words."

"I'm sorry." She chuckle-sobbed and looked toward the ceiling until she'd staved off the tears as best she could.

"Now that my soul is bared and my chest is weight-free, here's what I'm *not* going to do." He paused to coat a lipbrush with soft mauve lipcolor, then deftly filled in her lips. "I'm not going to tell you not to go through with tonight. I'm not even going to *ask* you not to do it. I support your decision, whatever you want."

He set the lipstick aside and placed his hands on her shoulders. "I just want you to know that you have nothing to prove to Elizalde. Also, I'm not giving up, and I'm not going away. I'll be here for you, whenever, however you want me."

Before Esme could find the words to reply, he'd slid his hands from her shoulders to her wrists and pulled her gently from the vanity. *"Mira."* He turned her around to face the mirror.

Her breath hitched. She didn't know if it was because of how lovely she looked or because Gavino's gorgeous reflection shared the mirror with her. Either way, the sight rendered her speechless. *This* is how she'd envisioned the makeover. *This* is what she wanted. Understated—she could barely tell she had makeup on—yet polished and elegant.

"See?" Gavino said, his voice husky. "You look like you."

"Only better," she added in a whisper.

He shook his head. "No, *mi corazon,* you look like *you.* Period. It doesn't get any better than that."

"Gavino . . ." Emotion ached in the throat. She met his eyes in the reflection. "I love it."

"I love *you,*" he told her simply, touching the tip of her nose. "Now, go get dressed. I'll wait for you on the back porch." Just like that, he turned, and was gone.

But, Gavino, she wanted to ask as the warmth in her heart began to cool, *what about the blonde?*

Nine

Esme retreated to her bedroom, mentally reciting every lyric she could dredge up about being a fool for love. Or *not* being a fool, that is. Yes, Gavino Mendez was charming, sweet, kind, funny, gorgeous, sexy, persuasive—

Okay, this was getting her nowhere.

She'd fallen in love with the man, but the point remained: though he'd said all the right words and made her up beautifully, she'd been hurt by him twice already in the short time she'd known him. She couldn't afford to think with her heart right now if she didn't want to join the ranks of all the other damned fools who made ballad singers wealthy.

But was your pain really Gavino's fault?

"Oh, shut up," she groused at her opinionated conscience. Squaring her shoulders, Esme marched to the closet and reached for the garment bag, then stopped herself. She was feeling flustered, not thinking straight. She might as well put her hose on first since they were worn *under* the rest of the clothes. Apprehension ratcheted up her spine at the prospect of the evening ahead and her woefully unplanned plan. She hoped to snatch her dignity back from Elizalde, but she really hadn't thought it through. Her mind had been . . . elsewhere. What in the heck was she going to do? She bit her lip, nervous tension dampening her palms. Everyone at the party would know about the *Stillman Show*. They'd undoubtedly watch the interactions between her and Elizalde with bated breath. She hated to be the center of such negative attention. Damn Vitor.

She didn't have to go, Gavino had said. Nothing to prove to Elizalde. Faltering, Esme wrapped her arms around her middle and studied her worried eyes in the mirror above her bureau. Yes, she *did* have to go. If for nothing else than to make a professional showing to her colleagues. It was the faculty mixer, for goodness sake. It wasn't all about her. She may not have anything to prove to Elizalde, but she had a lot to prove to herself.

Esme Jaramillo may not be beautiful, but she doesn't retreat from a battle with her tail between her legs. She doesn't hang her head in the face of humiliation. She doesn't base her self-image on the opinion of one arrogant oaf.

But wasn't that exactly what she was doing?

Doubt whispered through her. She pushed it aside. "That's not the point," she said to her reflection. "Vitor Elizalde deserves . . ." What? She wasn't sure and didn't care to ponder it. Enough of this. She needed to get dressed.

Esme turned to the bed and smiled, despite herself, at how neatly Gavino had laid everything out. A little zing of surprise fired through her when she realized he hadn't gone for the thigh-high streetwalker boots like she'd feared. Relieved, she eagerly examined his selections. The dove gray suede pumps weren't too high, nor were they dowdy. Little gray pearl earrings and a necklace lay nestled next to a matching suede clutch purse. Lovely. Elegant. Just what she wanted. She had to admit, Gavino was a thoughtful and perceptive man.

Not to mention charming, sweet, kind, funny, gorgeous, sexy, persuasive—

"Stop it!" Esme whispered at herself. She was acting like a ridiculous, inexperienced schoolgirl who would titter and swoon at the attentions of the football captain. How could he claim to love her, anyway, when he'd only known her for a short time?

Then again, she'd known him for the same amount of time, and she knew without a doubt she loved him . . .

But who was the blonde?

If only she hadn't seen. If only she *knew*. She should just ask him, get it over with. My God, they weren't even twenty-something, they were thirty-something. This shouldn't be so difficult. But wouldn't he tell her himself if she was nobody? Didn't she deserve that much from a man who claimed he loved her?

Maybe the blonde was . . . maybe she was his . . . cleaning lady.

Esme barked out a laugh. Yeah, right. The woman looked like she would vehemently deny the word clean could ever be used as a verb. No way was she a maid.

Forget it. Gavino didn't owe her any explanations. He'd said he loved her—why should she doubt him? Why? Because . . . because . . . oh, hell. She just did. Why *would* he love her? was the real question. She didn't want to get hurt, especially not by Gavino. Was it so inconceivable that she'd want to protect her heart?

Frustration at herself surged. *That's it*. The wheels of fate had been set in motion. She was going to the party. Period. "Just get on with it," she groaned to herself. Time was running out. She glanced at the luminescent green numbers on her alarm clock . . . and that's when she saw the rose. He'd left a rose on her pillow.

The gesture struck her as so utterly sweet, it hurt. Waves of pain washed through her, over her, drowning her. She crossed slowly to the head of her bed and sat. Picked up the flower. Sniffed it. Gavino knew how nerve-wracked she felt about the party tonight, and instead of begging her not to go or scoffing at her reasons, he'd chosen to support her gently.

With a single rose. No thorns.

If only life were so kind.

"Don't even think about it," she warned the burgeoning tears threatening to streak her mascara. She wasn't going to ruin this makeup job. She stood, realizing with wry amusement that she'd been embroiled in a conversation with herself for the past several minutes. Didn't they give people complimentary white jackets and nice padded rooms for such behavior? Chuckling, she carried the rose into the bathroom and placed it in a cup full of water. After standing back to look at it, she decided to bring it back into her room and set it on her nightstand so she could smell it while she fell asleep later.

Another glance at the clock revved her engines. She needed to just *go,* before she became a shortsighted fool again. *Three strikes, you're out,* she reminded herself.

Pulling the ultra-fine hose from their package, she eased them up her smooth legs. They felt like spun silk against her skin. She turned her ankle side to side, admiring, then crossed to the garment bag and unzipped it from top to bottom.

A small, reverent gasp escaped her lips. Inside she found the plum-colored silk and satin cocktail dress she'd admired the day they went shopping. God. He really paid attention to her, didn't he? The gesture, like everything else Gavino had done that day, reached in and lifted her emotions, no matter how she struggled to hold them back.

She carefully pulled the gorgeous dress from the hanger and slipped it on. Perfect fit, and she loved it. The fabric swished around her legs and stopped just above knees that really didn't look so knobby after all.

Feeling slightly wobbly, a little teary, and dangerously close to shucking her pride and throwing herself into Gavino's arms, she turned from the mirror. With shaky hands, she slipped on the jewelry and pumps, filled the little clutch with a few essentials, and hastened from the room. In the doorway, she hesitated. The mirror beckoned one last time.

Mirror, mirror, on the wall, who's the fairest of them all?

The answer to that question had never been Esme Jaramillo. But looking at herself in the elegant cocktail dress, with understated makeup and love in her eyes, *Esme felt beautiful*. For the first time. Thanks to Gavino.

And yet, there was still the little matter of the blonde.

And her dignity.

She knew he expected her to say goodbye, but that would be her undoing. Before she allowed her emotions to chose otherwise, Esme switched off her lamp, crept down the stairs, and slipped out the front door without speaking to Gavino. She was going to the party. She had to. She didn't expect him to understand.

Esme had been at the party for an hour, and she had yet to cross paths with Elizalde. Dimmed crystal chandeliers lit the posh hotel ballroom, and well-dressed professors and other university staff members milled about, laughing and enjoying the open bar and generous buffet. Scents of Italian oregano, marinara, grilled asparagus, and succulent roast beef mingled in the air. The festive party atmosphere cheered her. Her angst over the evening dissipated with every passing minute.

Lifting her glass, Esme sipped the last of her wine, then set the goblet on the empty tray of a passing waiter. She'd spoken with many of her colleagues, and though several had said, "Lovely dress," or "When did you start wearing contacts?", Esme never got the impression they were thinking, "And you usually look like such a dowdy hag," as they paid the compliments. Of course not. The notion was ludicrous to her the more she thought about it. She was a well-respected, tenured faculty member and a scientist at thirty years of age, for goodness sake. Most of the people in her circle were well-educated professionals who respected her for her mind and her contributions to the university. Just because Elizalde had tricked her onto the show didn't mean that the rest of her contemporaries gave a hoot about the superficialities of appearance.

She knew that. When had her perspective gotten so skewed? Shaking her head, Esme picked up her clutch and went in search of the powder room.

Vernon Schell, a colleague up the chain on the research team, caught her arm as she weaved through the tables. "Esme," his voice boomed, as he pulled her into one of his famed bear hugs. "I was wondering if you were here. So good to see you."

"You, too, Vernon." She smiled, noticing the dark sun spots showing through the thinning white hair barely covering his tanned scalp. The deeply etched smile lines around his eyes bespoke of a life filled with joy. "How was your summer?"

"Super! Spent my time fishing for Blue Marlin off the coast of Florida and catching up on my reading." He guffawed. They exchanged more banalities of reacquaintance for a few moments before Vernon's ruddy, jowled face sobered, and he lowered his tone. "I've been meaning to pull you aside and talk to you, Esme." He looked contrite and pressed his lips together. "I should've called sooner."

Uh-oh. Her blood chilled. She'd managed to evade any mention of the *Stillman Show*, but here it came. She braced herself to endure Vernon's sympathy, lifted her chin, and forced an pleasant smile on her face. "What is it?"

"The study you published in the *AMA* journal last spring about cloning's role in infertility treatment? It's been nominated for an award. We're all so pleased."

Her shock must've showed on her face, because Dr. Schell belly-laughed and patted her shoulder.

"Don't look so surprised, Esme. The research was flawless and the article well-written and logical enough to give even our staunchest detractors pause." He beamed, laying a thick freckled finger over his lips as he studied her. "Anyway, that was the good news here's the bad. The University president would like you to travel to Washington shortly after the term starts to present the data to a congressional task force." He twisted his mouth to the side. "That ought to throw a monkey wrench into your class schedule, which is why I should've called sooner. My most sincere apologies, my dear."

She quickly gathered her scattered composure, then reached out and squeezed his hand. So much for her thinking the stupid *Barry Stillman Show* was foremost in everyone's mind. "Are you kidding, Vernon?" She splayed a hand on her chest. "Don't apologize. I'm thrilled."

Another rich guffaw shook Vernon's notable girth. "Isn't that just like you to adapt to whatever is thrown your way. I must tell you, Dr. Jaramillo—" he leaned in, and his forehead crinkled as he peered over the half-spectacles that Esme always thought made him look like Santa Claus "—you're going to have to learn to be much more of a tantrum-throwing elitist if you want to leave your mark on the annals of self-important professordom." He winked.

Esme tossed her head with laughter. The thing she'd always loved about Vernon was his absolute refusal to take himself or his position too seriously. If anyone had a "right" to be impressed with himself, it was the esteemed professor, Vernon Schell. Yet he wasn't. She could take a lesson or two from him. "I'll work on that," she said, tongue-in-cheek.

"Please don't, my dear," he implored with a wistful sigh. "If only there were more just like you . . ." Leaning forward, he patted her cheek, then made his way past her through the crowd.

Esme still felt warm and fuzzy from Vernon's genuine compliments as she pushed through the door to the multi-mirrored powder room. She was heading through the tastefully appointed sitting area toward the toilets when a captivating young woman caught her eye. She smiled at exactly the same moment as the other woman. Then she froze. My God, it was *her*. She took a tentative step toward her reflection, then the mirror behind her caught the facing mirror-image and unfurled it to infinity. She'd always thought it bizarre and a little magical when confronted with such reflective tricks. But this time was different. Better.

Feeling as giddy as a child at a carnival, Esme stared at her reflection. She couldn't believe the woman she'd glimpsed—admired, even—was none other than herself. Odd that a simple perspective shift, seeing herself as a stranger for a split second, had clarified far more for her than all the time she'd spent bemoaning her appearance. What a fool she'd been. She looked like herself. *She looked fine*.

Hadn't Gavino told her that since the moment they met?

Esme didn't blink, didn't draw a breath, didn't move as the moment of clarity rocked her world. All along, he'd been attracted to her. From the beginning. It was she who had put the brakes on his advances, and it was she who ran out of the bathroom after their mind-blowing kiss without so much as an explanation. He'd misinterpreted her panic to get to Lilly as panic about . . . something else. Revulsion? Hardly.

But how was he to know?

Of course Gavino had apologized—he was too much of a gentleman to break her rules. *Just friends*. She scoffed. Had she lost her mind?

What had she hoped to prove to herself through a confrontation with Vitor Elizalde? Why would she try and regain her so-called dignity by manipulating the reactions of a man who didn't care about her instead of listening to a man she loved? A man who loved her?

Esme laughed and shook her head.

For an intelligent woman, she sure could be a fool.

Dazzled, Esme glanced behind her at the mirror then back at the one before her. The repeating reflections looked like a hallway winding off into nowhere. Or perhaps a pathway to a rich, wonderful future.

She supposed it was all in one's perspective.

Why had she doubted him?

Why had she left him?

As though she'd never experienced a moment of confusion in her life, Esme realized what she had to do. Gavino loved her. She absolutely had no doubt. There had to be an explanation for the blond-haired woman, because if she knew one thing about Gavino Mendez, he was a man of impeccable honor. He would never intentionally hurt her by pretending to love her while carrying on with another woman. He would never intentionally hurt her, period. He'd given her the freedom to do what she had to, and now she'd give him the opportunity to explain.

He loved her. That's what mattered.

She had to go to him.

Esme hurried from the powder room and ran smack into none other than Vitor Elizalde as he made his way toward the payphones. They both staggered back, and Vitor's expression flashed with surprise and even . . . fear? The thought pulled laughter from deep inside Esme. Dr. Vitor Elizalde was afraid of her. What did he think she was going to do? Drive a switchblade into his gullet?

Hell hath no fury . . .

She squared her shoulders and gave a genuine smile. Actually, she ought to kiss the guy and thank him profusely. If not for his stupid little ploy with the *Stillman Show,* she never would've met Gavino. She wished the egotistical boar knew he was merely a pawn in the larger plans of fate. "Hello, Vitor," she said, enjoying his discomfort. "It's nice to see you."

He smoothed his already slicked-back hair. "It's nice to—? But, of course. Dr. Jaramillo. You, too." His gaze made a furtive dip to the exit and back.

Esme figured he was probably estimating his chances of escaping the blade. She pictured herself as Zorro, cutting a Z-shaped swath through the air before Vitor. The image amused her so much, she couldn't keep from prolonging the conversation. Just a little. "I assume you heard our infertility study is getting some notice?"

He swallowed slowly, seeming to guage her tactics. Why isn't she pummeling me with her fists? he probably thought. "Yes. Wonderful news. I am thinking the publicity will bring us additional grant monies. You should be . . . very proud."

"I am, thank you." She smiled, feeling powerful and giddy with hope. Enough of this. She felt like the all-powerful cat batting around the pathetic mouse before devouring it. Only difference, she no longer had a taste for blood. "Well, I have to be going. See you in a week or so." She skirted around him, but his hand snaked out to stop her.

"Esme."

She turned and raised a questioning brow.

"You . . . you look lovely."

"I know." She winked, truly believing the words for the first time. "I'm in love. Does amazing things for a woman, don't you think?" Before he could respond, she eased out of his grasp and headed toward the exit. Toward home. *Toward Gavino.*

Bright moonlight streaked through the picture window casting silvery-blue illumination across the floor of the carriage house. Gavino had pulled his chair over to face the glass, lacking the motivation to do anything else. He hadn't even turned on a light. Stars spackled the inky sky, and he might have found the view inspiring if he didn't feel so bleak.

Why had she left without speaking to him? He'd thought the new makeover, the surprise of the dress she'd so admired would have melted at least some of the ice around her heart. He'd believed he could get through to her, but perhaps his mistakes had just been too grave. He'd missed his chance with her.

Then Gavino saw Esme round the side of the house, high heels dangling from her hand, and relief flooded through him. Guarded relief. At least she'd come back. Elizalde hadn't latched onto her vulnerabilities and taken her for a ride, something that had worried him since the moment he realized she'd left.

Wearing an adorable, determined look on her fine-featured face, Esme hurried across the back yard . . . toward the carriage house. His breath hitched. Good sign? He hoped so. He stood, cheek to cheek with his reflection in the glass, watching her progress. When she neared his door, he traversed the dark cottage in long, hasty strides. Reminding himself to hold back, not to push, to let her take the lead, Gavino braced his arm against the door frame. Head hung, he closed his eyes and waited for the knock.

Tap, tap.

Gentle. Just like the woman herself. He smiled.

He didn't waste time playing games, but threw the door open to greet her—the woman whom he prayed could learn to love him, imperfections and all. But as she stood there in stocking feet, the breeze ruffling her hair, his heart tightened and stole his words.

The sight of her in the silk dress that had been designed with her gently curving body in mind nearly knocked him flat. The shy little tilt to her face didn't help, but he managed to remain standing. Barely. He couldn't quite get a handle on her expression. She didn't look angry or apathetic, as she had when he'd made up her face earlier. Hope gleamed in her eyes. That, and . . . apprehension? He furrowed his fingers through his hair and said simply, "You're back."

"Yes." She studied his face for a moment, swinging the gray shoes hooked over her fingers, then inclined her head toward the dark room behind him. "Busy?"

"Never too busy for you."

She bestowed a small smile. "May I?"

"Of course. Just let me—" He left her standing on the threshold and navigated through the shadows to the lamp. With a snap, golden light flooded the small cottage. He turned, finding her wide eyes moving around his living and working space with curiosity. She stood awkwardly in the doorway, looking as though she might bolt at any moment.

"Come in." He waited until she'd stepped tentatively forward before asking, "How did it go?" He felt like they were circling each other in slow motion, neither quite sure of the other's motive or next move.

"It was . . . illuminating." She said, cryptically, punctuating the statement with a winsome smile. "Thank you for the dress."

"It's perfect on you," he whispered. The night air felt balmy, but goosebumps coated his flesh. Why did it seem like this moment was the culmination of every second of his life up 'til now? "You're so beautiful in it."

Blush colored her cheeks. She looked down, then up at him again. "I didn't know you noticed it that day in the mall."

He swallowed and spoke slowly, afraid of messing things up again. He couldn't quite get his bearings with her. "Everything that's important to you, *querida,* is important to me." A tight pause ensued, so he changed the subject. "You're home early."

She nodded. "I . . . wanted to be."

He started to reach out for her but stopped, curling his hand back and dropping it to his side. "What happened at the party?"

She trailed her finger along the small kitchenette table near the door and set her shoes on the chair. "Well, I found out I won an award," she said lightly.

"An award?" She seemed almost playful to him. He decided to follow her lead. "Best dressed?"

"No."

"Prettiest girl?"

She chuckled and looked up at him, her voice thick with emotion. "Nope, not that one either. A better one."

The heat he saw in her eyes rocked him. But it was tempered with . . . something. Unable to stop himself, he crossed to her, close enough to notice an eyelash on her cheekbone. He brushed it off, smoothed his hand through her hair, and cupped her cheek in one fluid motion. "Tell me." *Before being this close to you, this much in love with you, makes me unable to hear a word you say.*

To his surprise, a storm cloud of worry darkened her eyes and she bit the corner of her mouth.

"What is it, *querida?*"

"Sit with me." She pulled out one of the chairs and nestled into it with a sigh. "I'm not used to heels. My feet hurt."

Deep within him, fear sprouted. There was something more, something bad. He could feel it. Had she come to tell him goodbye? They sat, didn't speak. He inhaled deeply and wondered briefly if the chemical smell bothered her. She hadn't said, but he knew she wasn't used to it. Finally, when he couldn't bear the suspense, he whispered, *"¿Qué paso?"*

She sucked in a breath, held it, then whooshed it out. "I won an award for an article I wrote about a study I headed. Published in a professional journal." Her fingers reached out and wound with his on the table. Squeezed. "The University is sending me to Washington in a few weeks to speak before some sort of congressional committee."

A rush of air left him, and he shook his head. "You're amazing. I'm so happy for you."

"Thank you. It really is an honor."

But that really hadn't answered his question. He wanted to know what was holding her back, what put the worry and fear in her eyes. Gavino still felt it. Definitely something she wasn't telling him. So help him, God, if Elizalde hurt her again. "Why did you leave the party early, *querida?*"

"Because I wanted to see you." Tears flooded her eyes.

His alarm compounded. "What's wrong? Talk to me." Gavino rose from his chair and crouched in front of her, gently caressing her legs from knee to hip. "Esme, I beg you. Did Elizalde—?"

"No." She swiped a tear and sniffed. "It's not that."

His jaw clenched. "I'll kill him if—"

"Honey," she said simply. "He's not worth it. I'm done with Elizalde. He's nobody. Besides, if he hadn't tricked me onto the show, I would never have met you."

Hope whirled through him. What did she mean? If she was happy that fate had brought them together, then why the tears? "What's troubling you?" She bit her bottom lip hard enough that he winced just watching her.

"I-I have to ask you something, Gavino. And . . . it's not going to sound so good. But, I have to."

"Ask, querida." He spread his arms and smiled, feeling so much love for her. "My life is an open book to you."

She tossed her head, looking off toward his stretched canvasses and paintings leaning against the walls. "Yesterday, I was making coffee." She swallowed several times and wiped away more tears.

Gavino waited. He couldn't help but notice she seemed embarrassed. Almost apologetic.

"A-and . . . I'm not a . . . suspicious person normally, Gavino, but I—I've been so hurt. It's no excuse." She waved her hand weakly. "I saw you." Her face crumpled. More tears. "Coming from your house. With a woman, and I just—"

Realization dawned, and Gavino nearly laughed with relief. She thought he had another woman! As though he could ever look at anyone else but her. But the best thing about it all was—*she cared*. He felt it now. "Oh, no no, Esme. The hug?"

She nodded, looking weepy and sheepish.

He leaned closer and cradled her face in his hands. "It's not what you think. Why didn't you bring it up sooner?"

She studied his eyes, then shrugged. "Who was she?"

He said he'd wait until the time was right to show her the painting, and the time couldn't get any more right than this. Instead of answering her question, he stood and held out his hand to her. "Come with me. I'll show you."

Esme stared up at him, then rose unsteadily to her feet. He tucked her arm into the crook of his elbow and pulled her closer. Together they walked toward the cloth-draped canvas on the easel. He leaned his head closer to hers. "You remember I told you I had caught the interest of some gallery owners who wanted to view my work, yeah?"

She nodded.

"The woman you saw was Denae Westmoreland, Esme. She and her husband own one of the most prestigious galleries in Denver."

With a sharp intake of breath, she looked up at him. "And?"

He grinned, too proud and excited to rein in his emotions. "And, they love me. My work, that is. They consigned several of my pieces."

"Gavino! That's wonderful." She threw her arms around his neck and he lifted her, swung her around.

Laughing, he set her on her feet but didn't release her. Their bodies, from chest to shin, pressed together and the perfection of her softness molded against his body shook his composure. Drinking her in with his eyes, he whispered, "It's common practice for a gallery owner to visit the artist's studio to view his work, *querida*. When you saw me, Ms. Westmoreland and I had just come to a very favorable business agreement." He took the chance and kissed the tip of her nose. "That's all."

She groaned. "Why didn't you tell me?"

"I came to tell you." He dipped his chin. "But I found an envelope on the door instead."

Her gaze dropped and her cheeks reddened. "I feel so stupid. I should've known. I should've trusted you." She buried her face into his chest.

"I never gave you much reason to." He kissed her hair.

"You never gave me reason not to."

"It's over," he whispered. *"No té preocupes."* "If I'd seen you hugging another man, I would have gone mad and ripped him limb from limb."

Her eyes widened. "Really?"

"Not really. I'm not that kind of a man—" he winked "—remember? I would've worried, though."

She expelled a breath. "Thank you for saying that."

"Wait. There's more."

"More?"

Gavino reached up and deftly pulled the air-light silk from the painting, then stepped back to allow Esme an unobstructed view. His gaze moved from her profile to the painting and back as his heart pounded wildly in his chest. He wanted her to love the portrait as much as he did.

"My God," she breathed, mesmerized. She clutched her fists at chest level. After staring open-mouthed for several seconds, she licked her lips. "It's me."

"Yes."

Her eyes glistened with raw emotion. "I look . . ."

"Beautiful," Gavino whispered, moving closer to her. "Just as I've always seen you. Just as the world will see you in the Westmoreland Gallery, *mi corazon.*"

"Oh, Gavino. I'm . . . speechless."

"This is the piece that made Denae Westmoreland hug me." He reached out and ran the backs of his fingers slowly down her cheek. Her skin felt like silk, powder, rose petals. She was excruciatingly soft and pliant. "So you see, once again, this whole thing is all your fault."

She laughed, inclining her head to stare at her stocking feet. When she looked up again, her gaze sizzled. She reached out and touched his lips. His eyes closed. He wrapped his hands around her wrist and swept her palm with soft kisses.

"You're so gentle with me."

"You make me feel gentle, *querida.*"

"Well, you make me feel beautiful. So, we're even." She

sighed. He opened his arms, and she went into his embrace, holding him tightly, kissing his chest through his shirt.

"Esme, you feel so right in my arms."

"Then let me stay here," she whispered.

"For as long as you want, baby."

She pressed her cheek against him. "We've made some mistakes, Gavino."

"That's okay." He smoothed her hair beneath his palm. "We have time to correct them. All of them."

Her head came up and her eyes searched his face. "You remember the kiss?"

He snorted softly. Did he remember it? It consumed his every waking thought and most of his dreams. "Ah . . . yes."

"We got interrupted," she reminded him.

A burning arrow of desire pierced his heart. "Yes, we did."

"Well . . ." She nestled closer. Trusting. Loving. She ran her finger from his throat all the way down the front of him, then hooked it in his waistband. "That was a mistake. Don't you think?"

"An unfortunate mistake."

"An unfortunate mistake that I think we should correct," she whispered. "Right now." With a not-so-subtle movement against his body, Esme made it abundantly clear what she wanted.

"Are you sure?" The words came out husky.

"I've never been more sure of anything in my life."

Gavino bent down and swept her into his arms, smiling down at her as her carried her to his bed. He deposited her gently onto the comforter and covered her body with his own.

"Gavino?"

"Yes, baby?"

Her words came out wobbly, passionate. "I love you. So much."

"I know, *querida,*" he whispered, lowering his lips toward hers. "I can see it in your eyes."

Acerca del autor

Durante un semestre en la universidad, el profesor de psicoterapia de Lynda Sandoval la persiguió por el pasillo después de su prueba final, tratando de convencerla para que se olvidara de la carrera profesional que había elegido (Servicios Humanos), y se dedicara a escribir. Lynda continuó sus estudios y con el tiempo se graduó, pero jamás olvidó las palabras del profesor. Después de pasar cuatro años viviendo en el extranjero y siete años como agente de la policía en Colorado, Lynda decidió seguir el consejo de su profesor e intentar realizar su sueño.

Además de novelas de romance, Lynda es la autora de un libro de referencia, "AZUL VERDADERO: UNA GUÍA POLICIACA...PARA ESCRITORES" (Libros Gryphon para Escritores/1999), bajo su pseudónimo de Lynda Sue Cooper. Ella vive en Colorado con su marido y un consentido Terrier Cairn, y le encanta saber las opiniones de sus lectores. Pueden escribirle al: P.O. Box 620901, Littleton, Colorado, <http://members.aol.com/PRLynda>.

About the Author

Lynda Sandoval's college psychotherapy professor chased her down the hall after the final exam one semester and urged her to forget her chosen major (Human Services) and write instead. Lynda continued her studies and eventually graduated, but the professor's encouraging words stuck with her. After spending four years living overseas and seven years as a police officer in Colorado, Lynda decided to follow her professor's advice and give her long-time dream a go.

In addition to writing romance, Lynda is the author of a non-fiction reference book *TRUE BLUE: an insider's guide to street cops—for writers* (Gryphon Books for Writers/1999), writing as Lynda Sue Cooper. She lives in Colorado with her husband and a spoiled Cairn Terrier, and she loves to hear from readers. Write her at P.O. Box 620901, Littleton, Colorado 80162-0901, or visit her on the web at: http://members.aol.com/PRLynda

¡BUSQUE ESTOS NUEVOS ENCANTO ROMANCES!

EL SECRETO DE CRISTINA/CRISTINA'S SECRET   (0-7860-1035-5, $5.99/7.99)
Por Rebecca Aguilar
Nadie debe saber por qué Cristina se fue de El Salvador para empezar una nueva vida en Estados Unidos. Ni siquiera Eric, un policía latino que sufrió heridas en los ojos en cumplimiento de su deber. Aunque pasa horas cuidándolo, Cristina no se atreve a revelar su secreto…o la pasión que siente por su paciente. Pero cuando Eric pueda verla por fin, ella no podrá esconder la verdad.

LLAMAS DE AMOR/ON FIRE   (0-7860-1029-0, $5.99/7.99)
Por Sylvia Mendoza
La actriz mexicana Rubina Flores está convencida de que no encontrará un hombre a quien no sólo le atraigan su fama y su fortuna. Luego conoce al bombero Miguel Ortiz, que no tiene tiempo para ir al cine. Rubi no puede negar que los une un ardiente deseo. ¿Podrá Miguel aceptar que la mujer que enciende su pasión es la artista más sensual de Hollywood?

PASIÓN EN MIAMI/MIAMI HEAT   (0-7860-1022-3, $5.99/7.99)
Por Berta Platas Fuller
Miriam Gutiérrez no tiene prisa para casarse. Pero quisiera ir acompañada de un hombre guapo a la boda de su prima. El amigo de su hermano, Peter Crane, sería perfecto, pero hay un problema: ¡Miri no lo puede aguantar! Al menos eso es lo que ella se dice cuando invita a otro para que la acompañe. Pero se encenderá un amor con quien Miri menos lo espera.

LA PERLA/PEARL   (0-7860-1036-3, $5.99/7.99)
Por Cecilia Romero Cooper
Julia Fuentes espera encontrar un poco de aventura cuando se va a vivir a un bote. Tiene intención de tirar por la borda todas las precauciones y dejar que los instintos manejen su cabeza y su corazón. Pero Dan Powers, un guapo marinero, parece tener todas las intenciones de sabotear su negocio de viajes…¡y sus planes de navegar sola!

A la venta en supermercados y librerías. Si quiere comprar éste u otros libros de esta colección directamente de la editora, envíe un cheque por el precio que aparece en la carátula, más 50 centavos por libro para costos de correo a Kensington Publishing Corp., Consumer Orders. Para pedidos con tarjeta de crédito, llame gratis al 888-345-BOOK. Si reside en los estados de Nueva York o Tennessee, agregue el impuesto a las ventas. NO ENVÍE DINERO EN EFECTIVO.

LOOK FOR THESE NEW BILINGUAL ENCANTO ROMANCES!

__ **Pearl / La Perla**
by Cecilia Romero Cooper 0-7860-1036-3 $5.99US/$7.99CAN

Julia Fuentes decides to let her instincts rule her life when she moves onto her newly inherited boat. But a rugged sailor arrives who appears bent on sabotaging her chartering business . . . and her plans to sail solo!

__ **Christina's Secret / El Secreto de Cristina**
by Rebecca Aguilar 0-7860-1035-5 $5.99US/$7.99CAN

No one knows why Cristina left El Salvador to begin a new life as a nurse in America—not even Eric, an injured cop whom she spends hours taking care of. She doesn't dare reveal her tortured past, or her passion for her handsome patient, until his recovery forces her to finally tell the truth . . .

__ **On Fire / Al Rojo Vivo**
by Sylvia Mendoza 0-7860-1029-0 $5.99US/$7.99CAN

Mexican actress Rubina Flores is convinced she'll never find a man who isn't simply drawn to her fame and fortune . . . until she meets sexy firefighter Miguel Ortiz. But can he accept that his love is Hollywood's sexiest screen siren?

__ **Miami Heat / Pasión en Miami**
by Berta Platas Fuller 0-7860-1022-3 $5.99/US/$7.99CAN

When Miriam Gutierez needs a date for a wedding, her brother's best friend comes to mind. Only problem? She can't stand him! But romance has a sneaky way of developing when you least expect it . . .

Call toll free **1-888-345-BOOK** to order by phone or use this coupon to order by mail.

Name _____
Address _____
City _____ State _____ Zip_____
Please send me the books I have checked above.
I am enclosing $_____
Plus postage and handling* $_____
Sales tax (in NY and TN) $_____
Total amount enclosed $_____

*Add $2.50 for the first book and $.50 for each additional book.

Send check or Money order (no cash or CODs) to: **Encanto, Kensington Publishing Corp., 850 Third Avenue, New York, NY 10022**

Prices and numbers subject to change without notice.
All orders subject to availability.

Visit our web site at **www.kensingtonbooks.com**.

THINK *YOU* CAN WRITE?

We are looking for new authors to add to our list.
If you want to try your hand at writing Latino romance novels,
WE'D LIKE TO HEAR FROM YOU!

Encanto Romances are contemporary romances with Hispanic protagonists and authentically reflecting U.S. Hispanic culture.

WHAT TO SUBMIT

- A cover letter that summarizes previously published work or writing experience, if applicable.
- A 3-4 page synopsis covering the plot points, AND three consecutive sample chapters.
- A self-addressed stamped envelope with sufficient return postage, or indicate if you would like your materials recycled if it is not right for us.

Send materials to: Encanto, Kensington Publishing Corp.,
850 Third Avenue, New York, New York, 10022.
Tel: (212) 407-1500.

Visit our website at
http://www.kensingtonbooks.com

¿CREE QUE PUEDE ESCRIBIR?

Estamos buscando nuevos escritores. Si quiere escribir novelas románticas para lectores hispanos, ¡NOS GUSTARÍA SABER DE USTED!

Las novelas románticas de Encanto giran en torno a protagonistas hispanos y reflejan con autenticidad la cultura de Estados Unidos.

QUÉ DEBE ENVIAR

- Una carta en la que describa lo que usted ha publicado anteriormente o su experiencia como escritor o escritora, si la tiene.
- Una sinopsis de tres o cuatro páginas en la que describa la trama y tres capítulos consecutivos.
- Un sobre con su dirección con suficiente franqueo. Indíquenos si podemos reciclar el manuscrito si no lo consideramos apropiado.

Envíe los materiales a: Encanto, Kensington Publishing Corp.,
850 Third Avenue, New York, New York 10022.
Teléfono: (212) 407-1500.

Visite nuestro sitio en la Web:
http://www.kensingtonbooks.com

CUESTIONARIO DE ENCANTO

¡Nos gustaría saber de usted!
Llene este cuestionario y envíenoslo por correo.

1. ¿Cómo supo usted de los libros de Encanto?
   - [ ] En un aviso en una revista o en un periódico
   - [ ] En la televisión
   - [ ] En la radio
   - [ ] Recibió información por correo
   - [ ] Por medio de un amigo/Curioseando en una tienda
2. ¿Dónde compró este libro de Encanto?
   - [ ] En una librería de venta de libros en español
   - [ ] En una librería de venta de libros en inglés
   - [ ] En un puesto de revistas/En una tienda de víveres
   - [ ] Lo compró por correo
   - [ ] Lo compró en un sitio en la Web
   - [ ] Otro_____
3. ¿En qué idioma prefiere leer? [ ] Inglés [ ] Español [ ] Ambos
4. ¿Cuál es su nivel de educación?
   - [ ] Escuela secundaria/Presentó el Examen de Equivalencia de la Escuela Secundaria (GED) o menos
   - [ ] Cursó algunos años de universidad
   - [ ] Terminó la universidad
   - [ ] Tiene estudios posgraduados
5. Sus ingresos familiares son (señale uno):
   - [ ] Menos de $15,000 [ ] $15,000-$24,999 [ ] $25,000-$34,999
   - [ ] $35,000-$49,999 [ ] $50,000-$74,999 [ ] $75,000 o más
6. Su procedencia es: [ ] Mexicana [ ] Caribeña_____
   - [ ] Centroamericana_____ [ ] Sudamericana_____
   - [ ] Otra_____
7. Nombre: _____ Edad:_____
   Dirección: _____

   Comentarios: _____
   _____
   _____
   _____

Envíelo a: Encanto, Kensington Publishing Corp., 850 Third Ave., NY, NY 10022

ENCANTO QUESTIONNAIRE

We'd like to get to know you!
Please fill out this form and mail it to us.

1. How did you learn about *Encanto?*
   - ☐ Magazine/Newspaper Ad
   - ☐ Direct Mail
   - ☐ TV ☐ Radio
   - ☐ Friend/Browsing

2. Where did you buy your *Encanto* romance?
   - ☐ Spanish-language bookstore
   - ☐ English-language bookstore
   - ☐ Newstand/Bodega
   - ☐ Mail ☐ Phone order
   - ☐ Website
   - ☐ Other_____

3. What language do you prefer reading?
   - ☐ English ☐ Spanish ☐ Both

4. How many years of school have you completed?
   - ☐ High School/GED or less
   - ☐ Some College
   - ☐ Graduated College
   - ☐ PostGraduate

5. Please cheek your household income range:
   - ☐ Under $15,000 ☐ $15,000-$24,999 ☐ $25,000-$34,999
   - ☐ $35,000-$49,999 ☐ $50,000-$74,999 ☐ $75,000+

6. Background:
   - ☐ Mexican
   - ☐ Caribbean_____
   - ☐ Central American_____
   - ☐ South American_____
   - ☐ Other_____

7. Name:_____ Age:_____
   Address:_____
   _____

   Comments: _____
   _____
   _____

Mail to:
Encanto, Kensington Publishing Corp., 850 Third Ave., NY, NY 10022